SABINA NABER

Flamencopassion

LIEBE, LASTER, LEIDENSCHAFT Ein reicher Erdölspezialist wird gefoltert und nackt erhängt, mit einer Hahnenfeder im Gesäß. Kurz darauf werden Chefinspektor Karl Maria Katz und Gruppeninspektorin Daniela Mayer zu einer weiteren nackten Leiche gerufen. Der erschlagene Gelegenheitsarbeiter hatte neuerdings einen undurchsichtigen Botenjob. Die Männer kannten einander, ihre Frauen sind Schülerinnen einer Wiener Flamencoschule. Der eine ein Förderer des Hobbys seiner Frau, der andere ein vehementer Gegner. Aber beide waren Fans der geheimnisvollen Esma, der Veranstalterin von Underground-Flamenco-Treffen voll Sinneslust und Kampfliedern gegen den Kapitalismus, wider die strenge spanische Tradition in Wienerisch geschrieben. Alle Fäden scheinen bei ihr zusammenzulaufen, doch sie ist verschwunden – genauso wie der Inhalt eines Depots, in dem das erste Opfer äußerst wertvolle Geschenke von Auftraggebern gebunkert hatte. Für Mayer und Katz beginnt ein Wettlauf mit der Zeit …

Sabina Naber arbeitete nach ihrem Studium in Wien u.a. als Regisseurin am Theater, als Journalistin und Drehbuchautorin. Seit 2002 ist sie als freie Schriftstellerin tätig. Neben zahlreichen Kurzgeschichten (Friedrich-Glauser-Preis für »Peter in St. Paul«, 2007) veröffentlichte sie bislang einige Kriminalromane. Beim Gmeiner-Verlag sind bereits drei Abenteuer des Ermittlerduos Mayer & Katz erschienen (»Marathonduell«, nominiert für den Leo-Perutz-Preis 2013, »Caddielove« und »Schwalbentod«), auch ihr neuer Roman »Flamencopassion« ist in der Welt des Sports angesiedelt.

www.sabinanaber.at.

Bisherige Veröffentlichungen im Gmeiner-Verlag:
Schwalbentod (2015)
Caddielove (2014)
Marathonduell (2013)

Da Sieg is der unsre
Und wir san der Sieg
Sei Farb ist di Liebe
Und Liebe is Krieg

(Esma Baykurt)

1/1

Was machst du da?

Ich schau dir zu.

Das sehe ich. Aber du schaust nicht, du starrst.

Nein, ich schau nur.

Ja, aber so, als würdest du mich das erste Mal tanzen sehen.

Vielleicht ist es so.

Blödsinn.

Vielleicht sehe ich es das erste Mal so wirklich und richtig, wie du tanzt.

Was meinst du damit?

Gar nichts.

Oh doch. Heraus mit der Sprache.

Ich kann es nicht sagen.

Doch, das kannst du. Hör auf damit, dich immer so blöd zu stellen. Ich frag mich überhaupt, warum du das tust. Was soll das bringen?

Gar nichts. Ich bin so.

Ja, sicher. Ach, leck mich doch.

Sag das nicht so.

Dann schau du nicht so. Das macht mich nervös. Wenn du nicht gleich damit aufhörst, schmeiß ich dich hinaus.

Du wirst nie nervös.

Woher willst du das wissen?

Ich kenn dich.

Sicher.

Oh doch, ich kenn dich.

Wenn du meinst. Und jetzt gib eine Ruh. Mir ist da was eingefallen. Ein neuer Text. Den muss ich ausprobieren.

PAUSE.

Ich kenne dich.

Hör mal, hör auf mit dem Quatsch. Bist du eingeraucht? *Ich kenn dich. Ich kenn dich.* Machst du jetzt einen auf Psycho? Und eines sage ich dir, Alter: Nur, weil man mit jemandem seit ewig bekannt ist, kennt man denjenigen noch lange nicht. Da gehört noch was anderes dazu.

Ich sag ja nicht, dass du mich kennst, aber ich kenn dich. All die Jahre. Ich weiß, was du willst, was du verabscheust, was du fürchtest, was dich freut.

Bullshit. Das geht gar nicht.

Doch. Denn ich habe dir zugehört. Ich habe dich beobachtet.

Was heißt das?

Einfach nur, dass ich dich beobachtet habe. Und ich habe mir alles gemerkt. Da, hier oben, ist alles gespeichert.

PAUSE.

Weißt du was? Du bist echt ein Psycho. Aber das ist ja nix Neues.

Nein, ich liebe dich.

Okay, jetzt reicht's wirklich. Ich werd genug angebaggert, ich brauch deine blöde Tour nicht. What the fuck und wieso überhaupt auf einmal?

Nicht auf einmal, immer schon.

Na, superfein. Aber das ist dein Problem. Kannst du nicht weiter einfach nur schwärmen? Ey? Musst du ausgerechnet heut einen auf Ramazzotti machen? Komm, lass mich in Ruh.

PAUSE.

Geht nicht. Denn heute … ist etwas passiert, das alles ändern wird.

Sicher.

Ja, heute ist der Tag, an dem ich dir meine Liebe beweisen kann.

Geh bitte, hör mit dem Herumgesülze auf. Ich kann Leute, die auf Drogen sind, nicht ausstehen. Die hören sich gern reden und sind dabei auch noch aufdringlich.

Ich bin nicht …

Oh doch! Das seh ich dir doch an. Und außerdem – nur, weil du mich beobachtet hast, was auch immer das bedeutet, heißt das noch nicht, dass du mich kennst. Und wenn du mich nicht kennst, kannst du mich auch nicht lieben. Ha. So. Du bist nichts anderes als ein Wichser.

Soll ich es dir beweisen?

TAG 1 / KATZ

Katz beugte sich zu Danis Ohr. »Ich sag nur *Zitrone*.«

»Hm?« Sie ließ ihren Blick weiter über die Köpfe im Foyer des Akzent-Theaters* schweifen.

Katz stellte sich so knapp vor sie hin, dass sie ihn ansehen musste. »Sehr geehrte Frau Mayer, Sie ähneln mit Ihrer in Falten gelegten Stirn und den nach unten hängenden Mundwinkeln einem Menschen, der in mindestens ein Dutzend Zitronen gebissen hat. Das ist für ein erstes Date nicht gerade förderlich.«

Danis grüne Augen blitzten ihn an. »Sehr geehrter Herr Chefinspektor – halt bitte einfach deinen Mund, ja?«

Katz grinste seine Lieblingskollegin an. »Kann ich nicht, dafür liegt mir dein Wohlergehen viel zu sehr am Herzen.« Er zog ihren Kopf am Kinn hoch. »Ehrlich jetzt, was ist los? Glaubst du, dass sie uns sitzen lässt? Sie hat uns eingeladen, sie hat die Karten. Und nach dem, wie du sie mir beschrieben hast, wird sie nicht kneifen.«

Die Klingel, die den Vorstellungsbeginn ankündigte, ertönte. Bereits mit einem Doppelton. Es war also bald so weit. Und prompt irrlichterte Danis Blick wieder über die Menge der Zuschauer, die sich nun zusehends in den Theatersaal begaben.

* Akzent-Theater: im 4. Wr. Gemeindebezirk gelegen, hps. mit Fremdproduktionen bespielt.

»Sie kommt sicher gleich, Dani. Und außerdem tritt ihre Schwester auf, zu so etwas kommt man nicht zu spät, da bleibt man nicht einfach daheim.«

»Weiß ich.«

»Ich weiß, dass du das weißt. Ich wollte nur Ausreden vorbeugen. Also, was ist dann los?«

Dani streckte den Rücken durch, ließ den Blick wieder über die anderen Theaterbesucher schweifen, dann zur Tür des Saals. »Ich – schlaf im Theater immer ein.« Dani schloss die Augen. »Vor allem bei Tanztheater.«

»Das ist Flamenco.«

»Noch schlimmer. Und noch dazu eine Tanzschulaufführung. Also irgendwelche Hausfrauen mit zu vielen Speckröllchen auf den Hüften, die auf rassige Südländerinnen machen.«

Katz war über Danis bissige Bemerkung froh, denn sie erlaubte ihm, seine eigenes Unwohlsein wegzulachen. Was er auch tat. »Aber Schulaufführungen sind immer sehr ...« Er umfasste die Gäste mit einem weiten Bogen des Arms. »Die werden alle vor Begeisterung ausrasten. Es wird lustig. Also komm, keep smiling. Und das Getanze ist ja nicht der Hauptgrund, warum wir da sind. Also zumindest wir beide.«

Dani sah ihn an. »Ich bin eine Vollidiotin. Man sollte auch bei einer ersten Verabredung nie etwas tun, was man sonst nicht auch tun würde. Jetzt bildet sich Laura dann vielleicht ein, dass ich mit ihr immer zu so was latsche. Und wenn ich dann verweigere, ist sie grantig.«

»Wer ist grantig?«, flötete es rechts neben Katz.

Es war sein Freund Alex, der einen dunkelroten Fächer vor das Gesicht hielt. Nur mehr die Augen waren sichtbar. Er klimperte mit den Wimpern. »Schönes Ding, oder? Gibt's da hinten bei dem Stand. Bei diesem«, er gurrte, »netten Cornetto.«

Katz folgte dem Blick seines Buddys. Der Verkäufer von Kastagnetten, Videos, Fächern und dergleichen war der klassische Typ Hüne, der es Alex seit seiner Pubertät angetan und ihn immer wieder enttäuscht hatte. Dieses Mal in der Ausführung blauäugig und kinnlange blonde Locken. Katz sah seinen Freund an und zog die Augenbraue hoch.

Alex hob die Handflächen. »Nein, ich hab gar nichts gemacht. Ich hab nicht einmal seine Telefonnummer. Je jure*!« Erneut klimperte er mit dem Wimpern. Dann streckte er den ausgebreiteten Fächer von sich und betrachtete ihn, während er mit der Hand kreisende Bewegungen vollzog. »Ich werd bei meiner Show so eine Nummer einbauen. Spanisch kommt immer gut. Und du machst den Torero mit Bolerojäckchen, Charles.«

Ja, im Gegensatz zu Dani und ihm war Alex definitiv vor allem wegen des Getanzes da. Ständig suchte er nach Inspirationen für seine Travestieshow. »Du im Rüschenkleid?«, flachste Katz.

Alex ließ den Fächer so gekonnt zusammenklappen, als hätte er diesen Handgriff schon als Baby gelernt. »Ja, ich weiß, diese Volants tragen auf. Aber noch, ich betone noch, kann ich es mir leisten.« Er lächelte Dani an. »Also, ma chère, wer ist auf meine Lieblingsuntermieterin grantig?«

»Laura. Wenn sie draufkommt, dass ich Tanztheater nicht mag.«

»Wirklich? Oh, ich finde es magnifique. Hast du so viele schlechte Erfahrungen gemacht?«

---

* Je jure: Ich schwöre

Dani wiegte den Kopf. »Nur einmal. So Figuren in weißen Strampelhosen im Serapions*.«

Alex klopfte ihr mit dem Fächer auf die Brust. »Ja, aber das heute ist Flamenco. Und außerdem hast du immer noch die Ausrede, dass du mitgegangen bist, weil du Lauras Schwester als Familienmitglied die Ehre erweisen wolltest.«

»Hi.«

Sie wandten sich alle drei zu der Grüßenden um. Katz sah sich einer Endzwanzigerin gegenüber, naturkrause, schwarze kurze Haare, blitzblaue Augen, weiße Haut und ein Puppenmund. *Ganz okay*, hatte Dani auf seine Frage nach Lauras Aussehen geantwortet, an das er sich nur mehr schemenhaft erinnern hatte können. Die Untertreibung des Jahres. Die neue Flamme seiner Kollegin könnte als Model durchgehen, wenn sie nicht diese gschmackigen Kurven hätte, sondern ein Hungerhaken wäre. Sie erinnerte ihn irgendwie an … Er spürte, wie er schlaff und zugleich angespannt wurde. Noch immer machte ihn jeder Gedanke an Regina Haas unrund. Ungefähr ein Jahr war es jetzt her, dass er sie im Zuge der Ermittlungen am Golfplatz kennengelernt hatte. Zu Silvester hatte er sich geschworen, sie nicht mehr zu erreichen zu versuchen. Denn die vielen Auslandsaufträge als Model für die reifere Dame waren offensichtlich nur eine Ausrede. Wenn sie Kontakt zu ihm haben wollte, hätte sie ihn angerufen, er hatte öfter als für den Selbstwert zuträglich seine Nummer in ihrer Agentur hinterlassen.

Wenigstens hatte Dani Glück. Ihre Laura hatte damals mit dem Fall in der Bundesliga nichts zu tun gehabt, sie

* Serapionstheater: Wiener Theatergruppe, bekannt für ihre eigenwilligen Produktionen

konnte sich also frank und frei in eine Affäre – oder auch mehr – mit der angehenden Fußballtrainerin stürzen. Wobei das Wort *stürzen* ebenfalls eine Übertreibung des Jahres war, denn Dani hatte in den letzten sechs Monaten viele Abende mit Alex, ihm selbst und einer gedopten Wasserpfeife benötigt, um sich den Ruck zu einer verbindlichen Verabredung zu geben. Zu sehr saß ihr noch das miese Verhalten ihrer Ex im Nacken.

»Mais certainement! Pas vrais, Charles*?« Alex stieß ihm mit dem Ellenbogen in die Seite.

»Was?« Verdammt, immer, wenn er an Regina Haas dachte, verschwand die Welt um ihn herum.

»Wir lieben Flamenco!« Sein bester Freund funkelte ihn an.

»Ja – also – ich hab's erst einmal gesehen, bei einem Urlaub in Málaga. Ist ewig her. Da haben ein paar Frauen im Restaurant – ja.«

Laura lächelte ihn an. »Verstehe. Aber das heute ist ein bissel was anderes. Nora, meine Schwester, kommt vom Ballett. Und auch die Leiterin der Flamencoschule, Irana, ist ausgebildete Tänzerin.«

»Aha«, brachte sich nun Dani in ihrer bekannt eloquenten Art ein.

Aber auch Katz wäre nichts Aussagekräftigeres eingefallen, denn Tanzausbildung musste ja nicht zwingend ein Weniger an Kitsch bedeuten.

Die Pausenklingel ertönte nun drei Mal.

Laura seufzte, presste kurz die Lippen zusammen und setzte dann ein breites Lächeln auf. »Ich hoff nur, dass alles glattgeht. Eine von den Einser-Fortgeschrittenen,

---

* Aber natürlich! Nicht wahr, Karl?

eine Freundin von der Nora, ist bis vor ein paar Minuten noch nicht aufgetaucht gewesen. Aber die Gruppe kommt erst als Dritte dran. Wird sich schon alles ausgehen.«

Dani klopfte sich mit dem Zeigefingerknöchel auf die Stirn und grinste Laura an. Diese Geste, um etwas nicht zu verschreien, wirkte so süß unbedarft und ungelenk. Am liebsten hätte Katz seinen Arm um die Schultern seiner Kollegin gelegt. In ihrem sonstigen Leben war sie bei Weitem nicht derart unsicher und hilfsbedürftig. Flirten und Charmieren gehörten eindeutig nicht zu ihren herausragendsten Fähigkeiten.

Sie drängten mit der Meute in den Saal, und Laura strebte zur zweiten Reihe. Beste Kategorie. Naja, wenn man Angehörige war. Alex schlüpfte als Erster auf seinen Platz, Katz folgte ihm, dann zwängte sich Dani zu ihrem Sitz, und Laura schloss die Lücke. Es war zumindest in der vorderen Hälfte ausverkauft, dahinter wurde es etwas schütterer, der Balkon war fast leer. Katz schätzte auf vierhundert Besucher. Immerhin.

Laura, die ihn offensichtlich beobachtet hatte, lehnte sich über Dani hinweg zu ihm. »In Düsseldorf oder Berlin oder sonst wo in Deutschland wäre die Bude knackevoll. Die haben da eine ganz andere Flamencoszene, sagt Nora immer.« Und dann mit einem Lächeln zu Dani: »In Österreich ist sie erst im Aufbau. Zusammengezählt vielleicht dreihundert Aktive, vielleicht noch einmal so viele Aficionados.«

»Aha.«

Laura sah Dani eine Spur zu lange in die Augen, worauf die äußerst konzentriert in ihrer Handtasche nach dem Handy suchte und es dann auf lautlos schaltete.

Was sie allerdings schon im Foyer, so wie auch Alex und er selbst, gemacht hatte. Mein Gott, wenn das in dem Tempo weiterging, war Dani Polizeipräsidentin und Laura Nationalelfcoach, bis sie endlich miteinander im Bett landeten. Katz beschloss, in der Pause und danach helfend einzugreifen, auch wenn er noch nicht wusste, wie.

Das Saallicht dimmte aus. Auf die Bühne, die zu Katz' Erleichterung frei von überdimensionalen Fächern, Palmen, künstlichen Bougainvilleas oder sonstigen spanischen Kitschutensilien, sondern mit Paneelen in einfachem Schwarz gehalten war, kamen zwei Gitarristen und setzen sich auf die Sessel im linken Eck. Auch sie waren kitsch-, sprich bolerofrei, trugen vielmehr neutrale schwarze Hosen und Hemden. Einfache Akkorde erklangen, als würden die beiden an ihren Saiten nur herumsinnieren. Langsam verdichtete sich das Gezupfe zu dem bekannten Flamencorhythmus, und einer der Männer warf den Kopf in den Nacken. Oh Gott, jetzt begann er gleich zu singen. Vor dem hatte sich Katz am meisten gefürchtet. Um nicht vollkommen blank dazustehen und sich vielleicht zu blamieren, hatte er sich auf YouTube ein paar einschlägige Videos reingezogen. Die mit dem Tanz waren ja noch gegangen, manche waren sogar richtig mitreißend gewesen, hatten ihn ein bissel an die Zeit erinnert, als er in jugendlichem Überschwang versucht hatte, Stepptanz zu lernen, aber jene, in denen nur gesungen wurde, hatten ihn nervös gemacht. Bei aller Liebe, es kam ihm meist einfach wie das Gejaule eines Möchtegerngesangskursteilnehmers vor. Oder wie der Ruf eines Muezzins zum Gebet.

Und es jaulte.

Katz krampfte sich ein, stellte sich vor, wie sich Wattebäuschchen in die Gehörgänge schoben. Eigentlich hätte er auch gut und gern auf den Abend verzichten können, aber Dani hatte auf seelische Unterstützung bestanden und Alex ihn als Kulturmuffel beschimpft. Das war er gar nicht, und zu Tanz hatte er durch seine Ausflüge mit Alex und seine einstigen Steppversuche sogar fast so etwas wie ein Naheverhältnis, nur musste man ja nicht von jedem Kuchen haben.

Die virtuellen Wattebäuschchen versagten, die Musik boxte sich in sein Gehirn. Und sie erzeugte ein Ziehen in seiner Brust. Doch es war kein Unwohlsein, sondern – ja, Sehnsucht. Plötzlich war für ihn der Gesang nicht mehr ein unprofessionelles Jaulen, sondern der Ausdruck von großer Emotionalität. Er versuchte, den Text zu verstehen, was ihm aber nicht gelang, dafür reichte sein vor Jahren erlerntes Urlaubsspanisch nicht einmal im Ansatz. Der Rhythmus steigerte sich, der eine Musiker schlug mit der Handfläche auf den Corpus der Gitarre, der andere ließ seine Hände über die Saiten fliegen wie einst Django Reinhardt. Ansatzlos verharrten sie wie aus einem Guss, um eine einfache Melodie folgen zu lassen, die nun von Klatschen unterstützt und zugleich konterkariert wurde. Zwei Frauen in langen, taubenblauen schwingenden Kleidern kamen von links und rechts auf die Bühne. Sie waren die geheimnisvolle Percussion.

Alex stieß ihn an. »Merde, gar keine Rüschen.« Er klang wie ein enttäuschtes Kleinkind.

»Vielleicht kommt das ja noch.«

»J'espère, j'espère*.«

---

* J'espère : Ich hoffe

»Du solltest von Französisch zu Spanisch wechseln.« Eine Abwechslung bei Alex' Attitüde, in einer Fremdsprache zu parlieren, wäre wirklich einmal ganz angenehm.

Das mittelalterliche Ehepaar hinter ihnen zischte »Pst«. Also schwiegen und schauten sie.

Katz sehnte sich schlagartig nach einem Bier. Dabei war es gar nicht so heiß im Saal, aber es war … das enge, intime Licht auf der Bühne, die Frauenkörper, die sich in den Hüften wiegten, die Busen, die rausgestreckt wurden, mitreißendes Stampfen, lockende Drehungen und über allem der Rhythmus, der immer fordernder wurde. Dazu sich windende Arme, die sich zu ihm zu schlängeln schienen. Alles sehr weich, rund. Erotisch.

Wieder beugte sich Laura über Danis Schoß zu ihm. »Die Linke ist Irana, die Chefin der Schule.« Sie stützte sich auf Danis Oberschenkel ab.

Katz spürte, wie sich seine liebste Kollegin versteifte, statt beiläufig die Hand auf den Rücken von Laura zu legen. Herrgott, sie war dreißig Jahre alt und stellte sich wie eine Zwölfjährige an. Was sollte ihr Date denn noch alles machen, um so unauffällig wie möglich Körperkontakt herzustellen? Er musste wahrlich ein ernstes Wort mit ihr reden, so von Vater zu Tochter quasi. Im passenden Alter war er ja.

Laura ließ sich in ihren Sessel zurückplumpsen. Ein wenig zu heftig, wie es Katz vorkam.

Und auch auf der Bühne erfolgte eine Zäsur. Die beiden Frauen standen nun nebeneinander und frontal zum Publikum. Unendlich langsam rafften sie ihre Kleider bis knapp unters Knie. Ansatzlos klapperten sie mit ihren Schuhen los. Die Bewegungen waren so ratternd, dass Katz keine definierbaren Schrittfolgen ausmachen konnte. Nun ja, er hatte bei Tanz auch wenig Erfahrung. Irgendwie erinnerte ihn das Ganze an Stepp, doch es war viel … Er suchte nach einem Begriff. *Fester* war es nicht, *brutaler* auch nicht. *Erdiger* vielleicht. Jedenfalls waren die Füße der beiden Frauen so schnell wie Nähmaschinen, gleichzeitig schienen sie dicke, fette Geschichten zu erzählen. Und der Rhythmus drang direkt in seinen Bauch. Er merkte, wie er die Luft anhielt, und atmete bewusst aus. Doch die Anspannung blieb. Eine Schulaufführung hatte er sich eindeutig wesentlich weniger auf- und anregend vorgestellt. Aber wahrscheinlich waren die beiden Frauen die Meisterklasse. Katz konnte sich nicht vorstellen, dass es in der Tonart weiterging, doch falls es so sein sollte, schwor er sich, für diese Schule Werbung zu machen. So manch einer Frau – er korrigierte sich im Geiste – so manch einer Person in seinem Bekanntenkreis könnte es nicht schaden, sich auch ein wenig von dieser Eleganz und der stolzen Körperhaltung anzueignen.

Es piepste. In der Handtasche von Laura. Eine SMS. Mit hastigen Bewegungen kramte sie das Telefon heraus. Nach der Lektüre der Nachricht legte sie die Hand auf das Display, als wolle sie dieselbe unsichtbar machen. Sie starrte auf die Bühne, blickte dann auf ihre Hand, zu Dani und schließlich zu Katz.

Erneut beugte sie sich zu ihnen beiden und flüsterte: »Die Kollegin von meiner Schwester, die, die zu spät … also, ihr Mann ist tot.«

»Tut mir leid.« Danis Hand zuckte zu jener Lauras, blieb dann aber doch im luftigen Nichts hängen.

»Ermordet.«

Katz spürte, wie sein Herz den rasenden Rhythmus der Bühne übernahm. »Oh!«

»Pst«, kam es von hinten und nun auch von vorne.

»Das ist doch euer Job, oder?«, fuhr Laura fort.

Was wollte sie mit der Frage, die von ihrem Charakter her eine rhetorische war, da sie Dani und ihn selbst ja im Zuge einer Mordermittlung kennengelernt hatte?

»Wir werden gerufen, wenn es die Kollegen vom Bezirkskommissariat für notwendig erachten«, erläuterte Dani nun wie eine Oberlehrerin.

Katz spürte eine Hand auf seiner Schulter, die ihn zur Sessellehne zurückriss, und warmen Atem an seinem Ohr. »Wenn Sie nicht gleich still sind, mach ich auf Carmen und stech Sie ab.«

Katz verkniff sich die Anmerkung von wegen Polizistenmord sei ungesund, auch weil Laura mittlerweile halb auf Danis Schoß lag und mit beiden Händen ihr Smartphone umklammerte, als wäre es ein Rosenkranz. »Die Arianne ist die beste Freundin von meiner Schwester. Könntet ihr nicht vielleicht einfach so …? Also, das fragt die Nora«, flüsterte sie viel zu laut weiter, wobei sie auf das Display deutete.

Die Frauen auf der Bühne streckten den Rücken, hoben das Kinn, wodurch der Hals ganz lang wurde. Katz spürte den unbändigen Drang, diese eleganten Linien sacht mit dem Zeigefinger nachzufahren. Die Hände drehten und wanden sich, schienen ihn zu sich zu locken.

Kurze Generalpause, deren Stille wie ein Trommelwirbel dröhnte.

Unter rhythmischem Klatschen kamen sechs weitere Frauen mit klackernden Schuhen auf die Bühne. Und da waren sie, die etwas groben Bewegungen. Er hatte den Höhepunkt wohl bereits gesehen. Er beugte sich Laura entgegen: »Aber nur, wenn wir noch einmal Karten für so ein Event bekommen.«

Seine liebste Kollegin wandte sich ihm mit aufgerissenen Augen zu. Es blitzte ihn Mordlust an.

1/2

Soll ich es dir beweisen?

Nein, wirklich nicht. Nur weil du irgendwas eingeschmissen hast und dich unwiderstehlich fühlst, brauchst du das nicht an mir ausprobieren. Also: Wehe, du fasst mich an! Kein Kuss, nichts. Lass mich einfach in Ruh, okay?

Das werde ich nicht.

Oh doch, das wirst du. Keinen Menschen interessiert dein Anfall von wegen Shit, ich brauch endlich eine Freundin. Geh mir nicht auf die Nerven. Such dir wen anderen.

Das werde ich nicht.

PAUSE.

Okay, okay. Du bist doch ein Lieber, oder? Die ganze Zeit checkst du alles, machst du alles. Bist immer da. Und ich mag dich auch. Echt. Aber du und ich – das ist nicht. Capito?

Oh doch, das ist schon die ganze Zeit, nur hast du es noch nicht gewusst …

DA IST NICHTS!!!

Nein, gewusst ist das falsche Wort. Du hast es nicht zugelassen. Weil du Angst hast, Angst vor Nähe.

Aus welchem Psycho-Chat hast du denn den Scheiß?

Schau dich doch an! Dein ganzes Leben läufst du davon, wenn's eng wird.

Du redest so eine gequirlte Scheiße. Ich brauch mir das echt nicht länger anhören, und wenn du nicht freiwillig gehst, dann …

Dein Handy ist nicht in der Tasche.

Wie bitte?!

Ich hab's rausgenommen. Ich wollte einfach sichergehen, dass uns niemand stört. Es ist auch abgeschaltet. SIM-Karte raus. Keine Ortung. Übrigens solltest du dir einmal einen anderen Klingelton zulegen. La Habanera ist doch wirklich ein bissel – billig.

PAUSE.

Nur, dass ich das richtig verstehe. Du hast mir mein Handy geklaut.

Nein, nein, du bekommst es ja wieder. Nachdem ich das mit dir besprochen habe, was ich besprechen will.

PAUSE.

Du versiffter, widerlicher Junkie, gib mir sofort …

Lass das, Esma. Du hast keine Chance gegen mich. Frauen haben nie eine Chance gegen Männer, außer natürlich, sie haben Selbstverteidigung gelernt. Aber das weißt du ja.

Du Arsch. Ich hab dir damals gesagt, du sollst das nie wieder erwähnen. Schlimm genug, dass ich es dir erzählt habe. Aber da hast du mich ja besoffen gemacht.

Das warst schon du, die gesoffen hat. Und die darüber geredet hat. Du wolltest dein Schlimmstes mit jemandem teilen. Und manchmal überlistest du dich eben selber. Mit Alkohol. Damit du über die Grenze gehen kannst.

Klugscheißer. Und ab nun nie wieder. Klar? Sonst reiß ich dir eigenhändig die Eier ab.

Klar.

Verdammt, das hab ich jetzt echt nicht gebraucht.

PAUSE.

Ich frage mich ja immer, warum du das nicht nachgeholt hast.

Das geht dich einen Scheiß an. Und jetzt gib mir mein Handy wieder.

Bitte sei nicht immer so ordinär.

Ich bin so viel ordinär, wie ich will. Und das darf dich doch eigentlich gar nicht stören, wenn du mich so gut und so lange kennst. Ha?! Aber das tust du nicht, weil sonst hättest du mich das nicht gefragt, weil du es sowieso weißt. Also was ist jetzt? Nichts kommt da. Alles nur blödes Blabla.

Du hast es nicht gemacht, weil es dich ständig an damals erinnert hätte. An den Park, an deine Ohnmacht, an seine Hand auf deinem Mund, sein Glied in dir. – Sinnlos, dir die Ohren zuzuhalten. Aber es passt so zu dir, denn alles, was dir wehtut, was dir, ganz persönlich dir, unangenehm ist, das schiebst du weg. So wie deine Tochter.

Hör. Jetzt. Auf!

Wie deine Tochter. Aber sie ist da. Hier in der Stadt. Es nützt dir nichts, dir die Probleme der Welt aufzuladen. Sie verdrängen die anderen nicht, sie machen den Berg nur größer.

PAUSE.

Woher weißt du das überhaupt von meiner Tochter? Das habe ich dir nie erzählt. Da bin ich mir ganz sicher.

PAUSE.

Ey … echt … das kann jetzt nicht sein. Shit. Ich hab mich damals schon … und in letzter Zeit auch … du verfolgst mich, du krankes Hirn!

Ich hab dir doch gesagt, dass ich dich schon dein ganzes Leben lang beobachte.

TAG 1 / MAYER

Daniela Mayer wünschte sich eine Fee herbei, die mit einem Stupser ihres Zauberstabs die letzte Stunde ungeschehen machen konnte. Wie hieß es so schön? Wenn man Pech hatte, hatte man Glück gleich auch nicht. Nein, nein, das war es nicht. Sie, nur sie selbst war schuld an diesem missglückten Date. Laura hatte mehr als offensichtlich gezeigt, dass sie, nun ja, Interesse hatte. Aber Mayer musste sich eingestehen, dass sie irgendwie paralysiert gewesen war. *Shit, shit, shit.* Und jetzt noch diese dämliche Aktion von dem verehrten Herrn Chefinspektor. Wie standen sie dann da, wenn sie eingestehen mussten, dass sie den Fall nicht übernehmen und daher auch nicht lösen konnten? Sie hatten keine Bereitschaft. Also, selbst wenn der Mord dem Landeskriminalamt zugewiesen wurde, erledigten ihn Kollegen.

Aber wenigstens blieb ihr der Rest der Tanzerei erspart, auch wenn der Beginn ganz vielversprechend gewesen war. Doch sie konnte sich nicht vorstellen, dass die weiteren Nummern der Aufführung dieses Niveau halten konnten.

Mayer starrte in den Sternenhimmel. Eine Frühlingsnacht, wie gemacht für eine heiße Liebesszene. Und sie saß da auf den Stufen des Theaters, in ihrer geilsten Bluse, und zog sich wahrscheinlich in absehbarer Zeit daheim mit Katz eine Wasserpfeife rein, während sie auf Alex warteten, der die Vorstellung natürlich bis zum Schluss verfolgen wollte. Heut war einer jener Tage, an dem sie am liebsten keine Untermieterin vom besten Freund ihres Chefs sein wollte, denn dann könnte sie zwischen sich und dem ganzen Kack ein wenig Abstand bringen und unbeobachtet ihre Wunden lecken.

Katz beendete sein Telefonat. »Der Reini von der Zentrale sagt, dass die Leich in Döbling* daheim ist.«

»Aha.« Es interessierte sie herzlich wenig, ob da irgendein reicher Schnösel von einem Einbrecher oder einem missgünstigen Geschäftspartner um die Ecke gebracht worden war. Es war nicht ihr Fall.

Aber den Herrn Chefinspektor schien es zu interessieren, denn er aktivierte erneut sein Handy. »Und der Rössler hat Dienst«, teilte er mit, bevor er sich von ihr abwandte.

Was jetzt? Welche Mauschelei zwischen dem Staatsanwalt und ihrem Chef sollte sie jetzt nicht mitbekommen? Und er fuhr sich mit der Hand über die Glatze. Oh, oh, kein gutes Zeichen, es bedeutete nämlich, dass der Spürhund in ihm zu erwachen begann. Sie hörte etwas von »persönlichem Bezug«. Er meinte damit doch hoffentlich wohl nicht … Oh doch, er meinte es. Denn jetzt hörte Mayer »beste Freundin« und »gute Bekannte von Dani«. Das war die Höhe!

Sie sprang auf und versuchte, ihm das Handy wegzunehmen. »Da ist kein persönlicher Bezug. Lass den Scheiß.«

Katz hielt das Telefon hinter seinem Rücken und wich ihr geschickt aus. »Aber Dani, mein Schatz, wenn wir

---

* Döbling: 19. Wiener Gemeindebezirk, bekannt für seine Villengegenden am Hang des Wienerwalds

den Mörder fangen, ist das *der* Beinespreizer für Laura. Da musst du dann gar nichts mehr machen.«

Sie musste nach Luft schnappen. »Du bist manchmal so widerlich ordinär.«

»Nein, ich red nur Tacheles. So eingekrampft, wie du bist, geht ja sonst gar nichts weiter.«

Jetzt beleidigte er sie auch noch. Mayer drehte ihm den Rücken zu, sonst kam sie noch in Versuchung, ihm eine zu knallen. Sie war nicht … war sie doch. Gerade eben hatte sie selbst so über sich gedacht. Trotzdem. Wegen eines Dates einen Fall den Kollegen wegnehmen, war doch irgendwie …

»Romantisch«, hörte sie hinter sich, dann Katz lachen und eine Adresse wiederholen. *Romantisch.* Es war kindisch. Aber das passte zu dem alten Sack, der zu Zeiten von Blümchen im wehenden Haar und im Wind flatternden Kleidern sozialisiert worden war. Aber wenigstens wusste jetzt Rössler, dass sie emotional fixiert war. Vielleicht gab er nun seine gelegentlichen Anbaggereien auf. Die Tatsache an sich, dass sie auf Frauen stand, hatte ihn bislang ja nicht davon abgehalten. Auch nicht der Umstand, dass er wohl eine Angetraute oder Lebensgefährtin hatte, denn mit wem sonst absolvierte er seit geraumer Zeit einen Tango-Argentino-Kurs nach dem anderen? Eigenartig war nur, dass er sich bezüglich seines Status so bedeckt hielt. Nicht einmal Katz, die alte und begnadete Tratschn*, wusste etwas.

Wie durch Zauberhand stand Katz plötzlich neben ihr. »Geritzt.«

»Was?«

---

* Tratschen: plaudern, plappern; Subst.: Tratschn: indiskrete Dame mit Logorrhöe

»Wir sollen einmal raufkommen, und er macht inzwischen unseren Kollegen klar, dass der Fall bei uns in den wesentlich besseren Händen ist. Ans LKA wäre die Gschicht sowieso gegangen.« Er winkte einem Taxi, das um die Ecke bog und sich brav sofort einquietschte.

»Wieso?« Mayer stieg ein.

»Nicht jetzt. Die letzten paar Meter müssen wir sowieso zu Fuß gehen, weil wir über den …« Er beugte sich zum Fahrer vor. »Beethovengang und Wildgrubgasse. Ich sag Ihnen dann, wo Sie stehen bleiben sollen.«

Der Taxler legte den Gang ein. »Onkidonki, Master. Du haben«, er zuckte mit den Augenbrauen und grinste, »Rendezvous?« Er preschte die Argentinierstraße hinunter.

Wie kam der Typ denn auf diese Idee? Genau diese Frage stellte ihm auch Katz.

»Och.« Der Michael Schuhmacher für Arme bog in einem Affentempo in die Paniglgasse ab. »Habe oft Fahrten zu Party dahin, in Wildgrubgasse. Immer dort, nie Schreiberweg, weil dort zu viele Augen und Ohren.« Er nickte gewichtig. »Bestellte Fahrten. Weil ich diskret, soooo diskret.« Er tat so, als verschließe er seinen Mund mit einem Reißverschluss.

Und dein Zipp ist wohl kaputt.

»Ja, ein Rendezvous mit einer Leiche.« Katz hielt ihm seinen Ausweis unter die Nase. »Und jetzt drosseln Sie Ihren Ferrari ein bissel, sonst ist die Leich stinkert, bis wir nach dem Unfall aus dem Koma erwachen.« Er ließ sich in die Polsterung fallen.

»Leiche?« Der Taxler namens Gautam Mistry, wie Mayer mittlerweile anhand des Ausweises, der über dem Rückspiegel affichiert war, herausgefunden hatte, machte

Geräusche wie jemand, der von etwas ganz Besonderem ergriffen war, ein Mittelding zwischen Summen und *Ohs*. Er wirkte wie die Persiflage eines Inders in einer britischen Komödie.

Aber immerhin fuhr er jetzt so langsam, dass sie die echte Hoffnung erfüllte, doch noch gesund an den Tatort zu kommen. »Und wieso müssen wir zu Fuß gehen? Ist so ein Auftrieb dort?«

Katz schüttelte den Kopf. »Nicht mehr als sonst. Aber die Hauptzufahrt über den Unteren Schreiberweg ist trotzdem verstopft, weil da nicht viel Platz ist. Wir können jedoch über einen Fußweg zwischen den Grundstücken den Hügel hinauf zum Haus gehen. So ersparen wir uns einen Hindernisparcours, hat Rössler gemeint. Es ist unauffälliger.«

Wie peinlich, sich an einen Tatort quasi heranschleichen zu müssen, aber Mayer beließ es dabei. Katz' Unwillen, vor Fremden einen Fall zu besprechen, schien angesichts des soooo diskreten Herrn Mistry mehr als berechtigt, erst recht, wenn es zusätzlich um interne Rangeleien ging.

Sie knotzte* sich ebenfalls bequem in die Polsterung und ließ die Lichter der Großstadt an sich vorbeiwischen. Ein Abend voller Verheißungen hätte das heute werden sollen, endlich einmal privaten Vergnügungen gewidmet, und jetzt sagte sie wieder einem Toten Hallo. Okay, dieser eine Fall noch, um Laura nicht zu enttäuschen, und danach würde sie endlich jeden Tag rechtzeitig Dienstschluss machen … Okay, zumindest ab und zu, wenn das Blut von so einem armen Teufel nicht mehr

* Knotzen: es sich gemütlich machen, sich hinfläzen

noch warm war. Genau deswegen, wegen dieses Dienstes rund um die Uhr, hatte sie nie Karriere machen und in ihrem beschaulichen Kommissariat West bleiben wollen. Jetzt war es zu spät. Die gute Zusammenarbeit mit Katz, sein Verstand und seine Intuition hatten sie einst eingewickelt, und die Chance danach, aus dem Status *Zur besonderen Verfügung* zurück ins West zu flüchten, hatte sie verstreichen lassen. Seit einem Monat und einem Tag, genau ein Jahr nach ihrer Erstbegegnung mit Katz beim Marathonfall, war sie offiziell in den Dienst des Landeskriminalamtes übernommen worden. Als eine von hundertvierundvierzig Frauen insgesamt. Eine von zwei bei ›Leib und Leben‹.

Es rumpelte. Ein Schlagloch. Rechts neben Mayer ragten Kreuze in den nachtblauen Himmel. Der Friedhof Heiligenstadt. Gleich dahinter bei der Rechtskurve kam der erste Weingarten*. Mayer ließ das Fenster hinuntergleiten und sog die Luft ein. Sie roch nach Erde, grünen Trieben und etwas Süßlichem. Wohl der Duft irgendeiner Blume.

Dunkel konnte sie sich erinnern, hier einmal mit ihrer Ex spazieren gewesen zu sein. Da gab es noch Häuser? Sie hatte nur das Bild von einem Heurigenlokal im Kopf. Das Auto kroch die Straße entlang, die sich auf dem rechten Hang des Tals entlang zog. Überall Weinreben. Nein, nicht nur. Auf dem Kamm des Hügels gegenüber erspähte sie Licht in einem Fenster. Also doch Häuser. Die waren ihr damals gar nicht aufgefallen. Richtig, weil Carmen und sie gestritten hatten. Mayer hatte klargestellt, dass sie kein Mensch zweiter Klasse war,

* Weinanbau in Wien: auf über 600 Hektar des Stadtgebietes mit etwa 2,1 Mio. Liter Ertrag.

nur weil sie die Namen von den wichtigsten Designern nicht kannte. Im Nachhinein betrachtet war das alles so lächerlich …

Sie schüttelte die Bilder von diesem unerfreulichen Nachmittag ab und versuchte, die Umrisse der Häuser auszumachen. Oder die Wege dahin. Aber der starke Unterschied zwischen der Helligkeit der Scheinwerfer und der Dunkelheit der Nacht machte ihre Augen blind für Details.

Der Taxler wurde mit einem Ruck langsamer. »Da?«

Mayer erkannte einen schmalen Weg, der über einen Bach hinweg den Hügel auf der anderen Seite hinaufführte.

»Nein, ich sag's Ihnen schon«, knurrte Katz.

»Schad«, meinte Herr Mistry und gab wieder Gas.

»Was ist schad?«

»Oh, wenn Leiche in Partyhaus, ich Ihnen Dinge sagen können. Heute ganz früh zum Beispiel …«

»Das glaube ich Ihnen aufs Wort. Wirklich schad, dass es erst *hier* ist.«

Das Auto machte trotz der geringen Geschwindigkeit fast einen Kopfstand, so abrupt bremste sich Herr Mistry ein. »Oh, bei Nachbar. Gut sein das.« Er kramte in einem Fach neben dem Navidisplay und reichte Katz eine Visitenkarte. »Gautam Mistry zu Diensten.«

Katz hielt ihm einen Fünfziger entgegen. »Ist Ihnen schon sehr fad in Ihrem Leben, oder?«

Herr Mistry überhörte auch diese Spitze, drückte vielmehr voller Enthusiasmus die Karte zu dem Fünfziger in Katz' Hand. »Mein Gast.« Er legte die Rechte auf sein Herz und verneigte sich Richtung Mayer. »Und auch Lady.«

Dann sprang er aus dem Wagen, rannte um die Vorderseite herum und öffnete Mayer die Tür, während er in einem Gemisch aus Indisch und geradebrechtem Wienerisch irgendwas über Schicksal, den Gott Varuna und Karma plapperte. Dann rauschte er davon.

Mayer sah Katz an, er sie. Sie lachten.

Katz ging in den Weg hinein. »Bin ich froh, dass es das Nebenhaus ist. Stell dir die Einvernahmen mit unserem Chauffeur vor.«

»Außerdem trau ich ihm nicht. Das mit den Partys ist sicher nur ein wichtigtuerisches Gschichtl, denn dass ausgerechnet wir zufällig den Experten für diese Gegend heranwinken, wenn genau hier was passiert ...«

»Wenn es denn so wäre, dann wäre es auch nicht Zufall, sondern ...«

»Systemimmanent.« So nannten sie komische Zufälle seit einem Fall im November, wo sich Derartiges nur so gehäuft hatte.

»Genau.« Er stapfte wie ein Jungspund den echt steilen Hang hinauf – mit knackigem Arsch und muskulösem Oberkörper.

Manchmal fragte sich Mayer, ob sie in seinem Alter, immerhin Mitte Fünfzig, auch noch so rüstig sein würde. Ihr ging die regelmäßige sportliche Ertüchtigung von vor-LKA-Zeiten jedenfalls definitiv ab. Zwar hatte sie noch nicht zugelegt, Größe sechsunddreißig passte ihr nach wie vor, doch sie bemerkte, dass sie zunehmend bei der geringsten körperlichen Belastung zu keuchen begann – so wie jetzt. Dabei rauchte sie, im Gegensatz zum Herrn Chefinspektor, nicht einmal. Zumindest keine Zigaretten. Das musste sich ändern, also das mit ihrer Kondition. Wie so vieles.

Nach ein paar Metern nahm sie der Anblick der Villa völlig gefangen. Sie war hell erleuchtet, ebenso der Park, wie der Abhang unterhalb des Gebäudes in ihre Richtung eigentlich genannt werden musste. Direkt bei der gut zweihundert Quadratmeter großen Terrasse, die auf Holzsäulen ruhte und sich an das Haus schmiegte, sah sie Schatten herumstehen. Mit zunehmenden Höhenmetern nahm sie indigofarbenen Schimmer wahr. Da hatte wohl wieder jemand vergessen, das Blaulicht abzuschalten. Doch es passte zur Szenerie, die wie aus einem Film wirkte: die mit ihren klaren Formen und Glaswänden ultrastylishe Villa weit über den Niederungen der Menschheit gelegen, die aber von eben jenen Niederungen eingeholt worden war.

Mit ihren Ausweisen schlüpften sie durch die Absperrungen. Rössler, gerade im Gespräch mit einem weißen Overall von der AB08*, entdeckte sie, gab dem Spurensicherer die Anweisung, ihnen ebenfalls Schutzkleidung auszuhändigen, und steuerte auf sie zu. »Ich bin froh, dass ihr euch aufgedrängt habt.«

»Wieso?«, knurrte Katz den Staatsanwalt an.

Auch Mayer schwante Übles. Und sie hatte keine Zahnstocher bei sich, weil sie dachte, sie würde eine entspannte Nacht erleben. *Fuck.*

Rössler fuhr sich mit der Zunge über die Lippen. »Es ist ein sehr spezieller Fall. Genau das Richtige für euch.«

* AB08: Abteilung für kriminaltechnische Untersuchungen (KTU)

1/3

Ich hab dir doch gesagt, dass ich dich schon dein ganzes Leben lang beobachte.

PAUSE.

Das nützt auch nichts, Esma. Ich werde doch nicht dein Handy in Sicherheit bringen und auf die Tür vergessen. – Da kannst du rütteln, soviel du willst. Und vorne das Lokal habe ich natürlich auch abgeschlossen, damit uns niemand überrascht.

Wooaaaaahhhhh! Gib mir sofort den Schlüssel.

Nein, sicher nicht. Bitte beruhig dich jetzt. Wir reden, was wir zu reden haben, und dann kannst du wieder machen, was du willst. Auch da hinausgehen. Aber du wirst bei mir bleiben wollen, da bin ich mir ganz sicher.

Ich schreie. Ich schreie die ganze Gasse zusammen. Aber was, den ganzen Bezirk.

Viel Spaß.

PAUSE.

Hast du es jetzt realisiert? Der Raum ist schalldicht, wenn ich dich erinnern darf. Damit von deinen Nächten auch ja nichts nach außen dringt. Tja, und in diesem Moment ist er es auch. Wieso sollte er es plötzlich nicht mehr sein? Und außerdem fensterlos. Wir sind hier völlig ungestört und können uns auf das konzentrieren, was wirklich wichtig ist. Also entspann dich bitte. Ich verstehe ja gar nicht, warum du überhaupt so ein Theater machst. Ich tu dir doch nichts, das weißt du. Ich hab nur Vorkehrungen treffen müssen, dass du mit deiner Spontaneität nichts Unüberlegtes machst. Alles gut, Esma. Komm, alles gut.

PAUSE.

Börek, du bist ein Psycho. Ein Psycho unter Drogen.

PAUSE.

Wieso bist du so oft derart unhöflich zu mir?

Weil du mir auf die Nerven gehst. Du hast mich schon immer genervt. Ständig bist du hinter uns anderen nach. Wie ein Baby. Hast dich schlagen lassen, treten, anspucken. Und was hast du getan? Nichts. Ein jämmerlicher Loser bist du, sonst nichts. Ich kenn dich nämlich auch, du Wichser. Und dein Nick war schon immer viel zu nett für dich, weil in einem Börek ist nämlich was drin. Wir hätten dich Strohhalm nennen sollen. Strohi. Ja, das wäre es gewesen. Ein Nichts, das beim leisesten Windhauch umknickt. Und jetzt gib mir das Handy und den Schlüssel. Und dann hau ab. Ich will dich nie wieder sehen. Hast du mich? Nie wieder, du Widerling. Du krankes Hirn. Und wenn ich noch einmal mitkriege, dass du mich verfolgst, hast du die Bullen am Hals. Das schwöre ich dir.

PAUSE.

Wieso tust du das?

Du bist ja noch immer da. Fuck off.

Wieso machst du diese Schritte? Zu dieser Musik?

He! Ich bin Tänzerin, falls du das vergessen haben solltest. Da macht man Schritte.

Du hast eine Soleà getanzt.

Und?

Das passt zu uns. Tiefe Leidenschaft. Unbewusst hast du jetzt ausgedrückt, dass du mich auch liebst. Egal, was du sagst.

Okay, noch einmal langsam zum Mitschreiben: Du gehst mir am Arsch vorbei. Ich brauch keinen Kriecher in meinem Leben, der noch dazu ein Psycho ist.

Wieso? Ach ja richtig, du magst nur kaltschnäuzige Psychos.

Hä?

Reich. Schnöselig. Geckenhaft.

Was willst du damit …? Wieso grinst du jetzt?

PAUSE.

Das darf nicht wahr sein. Du beobachtest mich wirklich die ganze Zeit.

Das sage ich doch.

Und? Es geht dich einen Scheiß an, mit wem ich vögle!

Ts, ts, ts, das haben wir doch schon geklärt. Es geht mich sehr viel an. Erstens, weil ich dich liebe …

Pah! Ich kann den Schwachsinn nicht mehr hören!

… und zweitens, weil ich lange nicht verstanden habe, warum du ausgerechnet deinen Feind in dein Bett holst.

Meinen Feind?

Aber dann ist mir klar geworden, dass es Kriegslist ist. Den Feind in Sicherheit wiegen und dann zuschlagen. Seine Schwachstellen erkennen und ihn dann ausmerzen. Ja, genauso gehört es gemacht. Du musstest es mir so drastisch beibringen. Ich hätte es anders nicht verstanden. Aber heute habe ich es verstanden.

Von was redest du bitte?

Du hast ihn mit deiner Weiblichkeit umgarnt, ihm Sand in die Augen gestreut und ihn dadurch hilflos und verwundbar gemacht.

PAUSE.

Du bist echt neben der Spur. Und ich werd mir was einfallen lassen, dass wir dich wieder auf Vordermann bringen. Aber jetzt gib mir mein Handy. Ich hab einen Termin. Mit deinem Gequatsche bin ich sicher schon zu spät.

Deine Tochter wird ohne dich Pizza essen müssen.

TAG 1 / KATZ

Karl Maria Katz gab Hannes Rössler recht. Der Fall war speziell. Oder besser der Anblick der Leiche von Markus Koller. Gut, der Tote war erhängt, das war noch nicht so speziell. Auch nicht der Ort, die Garage für drei Autos und ein Motorrad – und zwar zwei Gefährte der Marke BMW, in der Ausführung schwarzer SUV und Motorrad, sowie ein dunkelgrüner Jaguar und ein hellblauer Smart. Für diese Gegend war das zumindest nicht außergewöhnlich. Interessanter wurde es, weil die Hände des Erhängten mit weißen Kabelbindern gefesselt waren, wodurch Selbstmord definitiv auszuschließen war. Oder fast definitiv. Und er war nackt. Zwar war das auch nicht absurd ungewöhnlich, dennoch ein bisschen. Der Aufbau der Szenerie hingegen gab schon mehr her. Denn unter der Leiche lag das umgekippte Motorrad auf den hellgrauen Fliesen, mit denen die gesamte Garage gepflastert war. Und neben dem Bike war eine kleine Lacke. Kein Öl, etwas farblich Neutrales. Wasser?

Katz umrundete die Leiche, stieß dabei mit Helge Schmitz zusammen, dem Chef der AB08, der mit verschränkten Armen seinen rot-weißen Seehundschnauzer zwirbelte und vor sich hingrummelte. Er folgte dem Blick des Lieblingsbeutekölners der Truppe – und jetzt wusste er, was Rössler wirklich gemeint hatte. Im After des Erhängten steckte eine Hahnenfeder. Ein wunderschönes Exemplar, das in Smaragdgrün, Dunkelblau und Schwarz schillerte.

Dani kam an seine Seite. »Oh.«

»Genau. Das nenn ich einmal kreativ.«

Dani stöhnte. »Immer diese Wichser mit ihrer Symbolik. Können sie die Leute, die ihnen am Nerv gehen, nicht einfach abknallen. Und das bitte mit der auf sie registrierten Waffe?«

»Das tun eh die Meisten, liebe Dani. Aber manche Menschen streben eben nach einem außergewöhnlichen Fußabdruck. Sorry, Fingerprint.«

»Charakterprint.«

»Tatprint.« Sie lachte, er mit ihr mit. Schlagartig wurde sie wieder ernst. »Ja, aber warum müssen immer wir diese Psychopathen ausfassen? Das ist doch nicht normal.«

»Weil wir selber welche sind und sie daher derklatschen*. Karma.« Er grinste sie an. Sie verzog keine Miene.

Ach Gott, das Mädel musste schleunigst ihre Pleite im Theater vergessen, sonst gab sie nicht ihre hundert Prozent. Er zwinkerte ihr zu, und das half endlich. Sie grinste zurück.

Hinter dem SUV tauchte der zweite Seehundschnauzer der Truppe auf, jener von Ernst Wagner. »Ich begrüße die Infanterie.« Mit einem riesigen hellblauen Stofftaschentuch wischte er sich übers Gesicht. Es war tatsächlich außergewöhnlich warm hier drin, also für eine Garage.

Katz stellte fest, dass der Bart und der Haarkranz des Gerichtsmediziners heute braun waren. Es stand ihm nicht, befand Katz. Seit letztem Sommer versuchte Wag-

---

* Derklatschen: ergreifen, fassen

ner, mit verschiedenen Färbungen das Grau seiner Behaarung und so sein Alter verschwinden zu lassen. Ein aussichtsloses Unterfangen. »Sei mir gegrüßt, Schlachtheld.«

Wagner verzog den Mund nach unten. »Sei net ungustiös, Karl. Und es passt ja nicht einmal, gar kein Blut.« Er schnappte sich die Leiter, die ein Stückchen entfernt stand, stellte sie neben die Leiche und kletterte hinauf. »Ein typisches Erhängen, also ein wirklich traumhaft klassischer Knoten da im Nacken. Interessant sind nur die Scheuerspuren am Hals.« Er deutete auf ebendiese und hob dann wie ein Lehrer den Zeigefinger. »Das könnte darauf hindeuten, dass der Mann versucht hat, den Kopf aus der Schlinge zu ziehen.« Wagner horchte seinen Worten nach und lachte auf. »Kopf aus der Schlinge ziehen. Passt selten so gut.«

»Herr Wagner, Ihr Humor ist wirklich ein bissel – gewöhnungsbedürftig«, giftete Dani.

Was natürlich stimmte. Aber meist fand sie so schwarze Bemerkungen selber ganz lustig. Katz seufzte. Die Nacht würde noch sehr anstrengend werden.

»Entschuldigen Sie, liebe Frau Mayer.« Wagner sah Dani mit zusammengezogenen Augenbrauen an. Dann zuckte er mit denselben und strich sich mit dem Taschentuch über den Schnauzer. »Wenn er dazu Gelegenheit hatte, heißt das, er muss auf den finalen Fall gewartet haben. Müssen. Mit Fragezeichen. Denn auch wenn er gefesselte Hände hat, bedeutet das noch nicht, dass es Mord war. Man kann sich Kabelbinder selbst zuziehen. Quasi als Versicherung, dass man nicht im letzten Moment kneift.«

»Du meinst, wie wenn ich das Telefonkabel abschneide, das Handy zertrümmere, den Gashahn aufdrehe und den

Schlüssel aus dem Fenster werfe, bevor ich Schlaftabletten schlucke?«

»Genau, lieber Karl. Aber ich frage mich, warum man sich dann mit dem Warten auf den Tod selber noch quält? Selbstbestrafung?« Er kletterte zwei Sprossen hinunter, deutete auf die Füße des Toten und dann auf die Lacke am Boden. »Wir müssen das alles erst überprüfen …«

»Müsse mer, müsse mer«, mischte sich nun Schmitz mit seinem prägnanten kölschen Dialekt ein.

»Aber«, fuhr Wagner fort, »erstens würde ich sofort eine Psychostudie als nettes kleines Sachbuch herausgeben, wenn sich der Erhängte im Falle eines Selbstmordes auch noch eigenhändig eine Hahnenfeder in den Arsch gesteckt hat, und damit sehr reich werden …«

»Es gibt nix, was es net gibt, Ernstl«, feixte Katz.

Wagner verharrte und nickte dann. »Stimmt. Ich werd mir einmal vorsorglich einen Literaturagenten heraussuchen und …«

»Und zweitens? Vielleicht erübrigt sich dann ja erstens«, unterbrach ihn Dani.

Wagner seufzte. »Das fürcht ich auch. Also zweitens schaut das da«, er deutete zur Lacke, »nach Wasser aus. Und diese diffusen Verfärbungen da«, er tippte die Zehen der Leiche an, »könnten ganz leichte Erfrierungen sein.« Er schwieg gewichtig.

In Katz' Kopf rumpelte es. Sein Denkorgan war noch nicht wirklich warmgelaufen. Kein Wunder, hatte das Abendmotto doch ›vergnügliche Entspannung‹ geheißen.

»Eisblock?«, fragte Dani.

Wagner nickte ihr mehrmals zu. »Grandios, deine Partnerin, lieber Karl, ich kann mich immer wieder nur wiederholen.«

Katz verzichtete angesichts der Trägheit seines Denkens und der daher sicher noch nicht vorhandenen Schlagfertigkeit auf eine Replik. Und die Wärme im Raum half ihm auch nicht wirklich, in die Gänge zu kommen. Die Nachtluft draußen war bereits angenehm aufgefrischt, aber solange die Tatortscheinwerfer brannten, hatte nicht einmal der Ansatz von Kühle eine Chance. Und somit auch kein schneller Gedanke.

Aber der gute Ernstl schien einen solchen auch gar nicht zu erwarten. »Wie gesagt, das *könnte* alles sein«, fuhr er nach einer kurzen theatralischen Pause fort. »Wissen tun wir gar nichts, außer dass er aufgrund von Strangulation gestorben ist. *Wahrscheinlich* möchte ich aber auch hier hinzufügen. Diese Speichelabrinnspur«, er wies auf einen silbrig-weißen länglichen Fleck auf der Brust, »zeugt von Vitalität im Todeskampf. Aber er könnte auch nur leicht betäubt gewesen sein, dann vielleicht einen Herzstillstand …« Wagner kehrte auf den Boden zurück. »Haben Sie genug gesehen, verehrte Kollegen? Dürfen wir ihn jetzt endlich herunternehmen, damit ich uns all diese Fragen kläre?«

Katz trat stramm zwei Schritte zurück, Dani tat es ihm gleich.

Schmitz hob die Hand. »Ne Aurenblick noch. Kumm, ens Ernst, du muss mer jet helfe.« Er packte das Motorrad an den Lenkergriffen, Wagner am Sattel. Die riesige BMW kam nicht über den Angelpunkt. Die beiden stöhnten. Wagner keuchte: »Was – hat – der – bei – an – Unfall – gmocht?« Und Schmitz replizierte: »Nit ömfalle.«

Dani stieß Katz in die Seite. Okay, okay, sie hatte recht, sich über die zwei bloß zu amüsieren, war unkollegial. Er schob an der Seite des Sattels von unten an, Dani packte das Ding gegenüber an einer Schleife auf der Polsterung. Zu viert brachten sie es endlich in die Senkrechte.

Katz wischte sich die Hände an den Jeans ab, denn der Sitz war feucht gewesen. Dann besah er sich die neue Situation. »Verstehe.« Die Zehen hingen ungefähr drei Zentimeter über dem Sattel.

Und Dani sprach es aus: »Wenn es wirklich ein Eisblock war, dann hat er ganz schön lange auf seinen Tod gewartet. Fuck.« Sie wandte sich an Schmitz. »Wie lange braucht so ein drei bis vier Zentimeter dickes Ding zum Schmelzen?« Sie wischte sich die feuchten kurzen Stirnfransen aus dem Gesicht und zupfte am T-Shirt, um Luft an den Körper zu lassen.

Das war die entscheidende Frage, um überhaupt mit der Arbeit anfangen, sprich, Alibis checken zu können. Katz sah Schmitz an.

Der zuckte mit den Schultern. »'tschuldijung, ävver dat is minge eezte Iisblock. Do bruch isch jet Zick, öm da wat sare zo künne.«

»Und was heißt das auf Deutsch?« Manchmal war Katz' Lieblingsbeutekölner mit seiner Attitüde, die Sprache seiner Kindheit zu kultivieren, echt ein bissel mühsam.

Schmitz zwirbelte seinen Schnurrbart und meinte spitz: »Das ist der erste Eisblock in meinem Leben, ich muss das erst testen.«

Katz ging in die Hocke und betrachtete die Lacke. »Hm, kein Rest vom Eis. Wenn es denn überhaupt Eis war. Aber falls, dann reden wir sicher von Stunden.«

»Wenn ich an meine letzte eingefrorene Beiriedscheibe* denk«, meinte Wagner, »dann gut sechs Stunden. Wobei – hier ist es natürlich wärmer als bei mir in der Wohnung.«

Katz und die beiden anderen sahen ihn an.

Der Gerichtsmediziner lächelte verzwickt. »Ja, ich habe sie in der Früh aus dem Eis genommen, wollt sie mir nach der Uni zu Mittag abbraten, weil ich gewusst hab, dass ich bis spät in der Nacht in der Sensengasse** steh, und da braucht man was Haftiges***. Aber ich hab vergessen, sie in warmes Wasser zu legen. Beiried adieu, McDonald's hallo. Sie war ungefähr zwei Zentimeter dick.«

»Wozu brauchen wir die Wissenschaft, wenn wir 'nen Chefkoch bei uns haben«, feixte Schmitz. »Künne mer …«

»Der noch dazu mit Fantasie gesegnet ist«, unterbrach ihn Wagner, tänzelte von der Maschine weg in den Raum hinein und ließ das Taschentuch vor seinem Gesicht rotieren. »Die wahnsinnige Temperatur hier drinnen verzerrt zwar einiges bei den Merkmalen, aber dennoch bin ich mir ziemlich sicher, dass unser Mann schon einige Stunden tot ist. Was auch logisch wäre.«

Katz wollte schon genervt aufstöhnen, weil sein Hirn noch immer nicht das tat, was es sollte, da durchfuhr es ihn. »Ja natürlich!«

»Siehst du es jetzt auch vor dir?«, nickte ihm Wagner zu.

»Das Eis war rutschig«, sagte Dani, bevor er es konnte,

---

* Beiried: auch flaches Roastbeef (D), Entrecote (F) und Strip Loin Steak (USA) genannt

** Sensengasse: tatsächlich die Adresse des Departements für Gerichtsmedizin in Wien

*** Haftiges: Deftiges

während sie über den Sitz strich und sich danach die Finger rieb.

»Genau«, pflichtete ihr Katz bei. »Zusätzlich die Erwärmung durch Druck …«

»Und plumps«, finalisierte Wagner.

»Dat is jut für unseren Kunden hier, wenn isch dat mal so sagen darf. Hatte er wenijer zu leiden. Aber den Zeitpunkt des Aufbaus der Szenerie müssen wir trotzdem herausfinden«, merkte Schmitz an. »Also, künne mer jetzt …«

»Unbedingt, Schmitz, unbedingt. Nicht nur können, sondern müssen. Denn wenn auch Wagner natürlich recht hat mit seiner Vorsicht«, Katz sah einmal in die Runde, »dann sind wir uns doch einig, dass sich erstens höchst unwahrscheinlich jemand selbst so umbringt, und dass zweitens Vorsatz geherrscht hat. Okay, die Szenerie mit dem Motorrad könnte noch ein spontaner Einfall gewesen sein, aber eine Hahnenfeder hat man nicht einfach so in der Hosentasche. Und im Garten wäre mir keine Spur eines Hühnerstalls aufgefallen. Wir sollten also von vorsätzlichem Mord ausgehen.«

Katz versuchte, sein Lächeln nicht allzu groß ausfallen zu lassen, aber er war so froh, endlich wieder ein paar zusammenhängende, logische Sätze herausgebracht zu haben. Wagner und Dani nickten ihm auch zu, nur Schmitz hatte so einen seltsamen Blick …

»Un wenn ihr misch nit treck usschwade loot, dann weed isch ene Mord em Affeck bejon. Künne mer dat Dingen endlisch opbocke? Ming Zick mem Moped is ald jet lang vorbei, wat es, soll isch die dicke Maschin vielleisch allein stemme?«

Katz sah Wagner an, der zuckte mit den Schultern.

Schmitz schnaufte. »Okay! Auf Deutsch! Helft mir endlich das Ding aufbocken, sonst haben wir gleich noch drei Tote!«

Wagner und Dani kicherten, leisteten ihm aber sofort Assistenz.

Katz wedelte zustimmend mit der Hand und sah sich um. Die Garage wirkte mit ihrem Fliesenboden wie ein Operationssaal. An der Wand gegenüber der Einfahrt standen zwei Metallkästen. Er öffnete den linken. Schraubenzieher in allen Größen, Akku-Schrauber, Zangen und sämtliches anderes Kleinwerkzeug, das man für Mechanikerarbeiten benötigte. Im Schrank daneben waren die großen Teile wie Wagenheber und Hochdruckreiniger verstaut. In den Ecken der Garage befanden sich keinerlei Spinnweben, alles war picobello sauber. Die linke Seite wies eine Fensterfront zum Garten auf, also Tageslicht, und an der Decke hingen extrem starke LED-Lampen. Diesen Fuhrpark hatte jemand sehr geliebt.

Katz drückte sich in die vom engeren Tatort am weitesten entfernte Ecke. Auch hier war es warm, es lag also nicht nur an den Polizeischeinwerfern, dass sie alle ins Schwitzen geraten waren. Ein Blick zur Glasfront, die nach Westen wies, verriet ihm, dass die Fenster allesamt gekippt waren. Hatte das für die extreme Aufwärmung gereicht?

Katz sah sich nach Rössler um. Dani stand bei ihm, nickte gerade und kam auf Katz zu. »Im Haus fehlt nichts, zumindest nichts Offensichtliches, also kein aus dem Ruder gelaufener normaler Raubmord. Die Handys des Opfers lagen im Vorzimmer. Müssen erst aufgesperrt werden, dann bekommen wir die Anruflisten. Laut seiner Frau gibt es noch einen Laptop, der aber, so seine Frau, ziemlich sicher in seinem Büro ist. Außerhalb der Firma hat er alles vom iPhone aus gemacht.«

»Und wer hat ihn gefunden?«

»Auch seine Frau, besagte Arianne. Eigentlich Marjana Koller.«

»Eine Krowodin?«

Dani blitzte ihn an.

»Was ist? Wenn sogar der Resetarits* selber von sich als Krowod redet?«

Sie blitzte weiter.

»Okay, 'tschuldige, war nicht despektierlich gemeint. Also Burgenlandkroatin?«

Sie zog die Stirn kraus. »Das hat der Rössler sie auch gleich gefragt. Als ob das wichtig wäre.«

»Weiß man nicht.«

Dani schnaubte. »Also *ich* denke, wir sollten sie fragen, warum sie ihren Mann nicht eher gefunden hat. So groß und unübersichtlich ist das Haus ja auch wieder nicht.«

»Und ob die Garagentore offenstanden oder geschlossen waren.«

Dani musterte ihn, wischte sich erneut die mittlerweile nassen Stirnfransen aus dem Gesicht. »Es hat heute bis zu achtundzwanzig Grad gehabt.«

»Bis zu. Eben.«

Sie sah sich um. »Aber kein Radiator weit und breit.«

»Alles sehr rätselhaft.«

»Und definitiv spannender als ein Schülerabend.«

»Du bist ungerecht.«

---

* Lukas Resetarits: sehr bekannter Kabarettist aus dem burgenländisch-kroatischen Stinatz (Burgenland: östlichstes Bundesland Österreichs); Marjana ist ein typischer Frauenname aus der Gegend; Krowoden ist eine altertümliche, mittlerweile diffamierende Bezeichnung für Kroaten im Allgemeinen.

»Nein, nur ehrlich.« Sie grinste ihn an, flüsterte: »Und dankbar«, zückte ihr Smartphone und zeigte Katz eine SMS von Laura. *Du bist wunderbar*, stand da. Dann zwei Smileys und schließlich *Küsschen*. Sie zwinkerte ihm zu. »Du Kuppler.«

1/4

Deine Tochter wird ohne dich Pizza essen müssen.

PAUSE.

Du hast ja kein Geheimnis daraus gemacht. Hast noch zu ihr zum Fenster hinaufgerufen.

PAUSE.

Du bist vor dem Haus gestanden?

Ja, wo sonst?

Du bist vor dem Haus gestanden? Du bist echt vor dem Haus gestanden? Du Freak du! Du jämmerlicher Freak! Du lauerst mir die ganze Zeit auf? Haben sie dir ins Gehirn geschissen? Ich zeig dich an, du widerlicher Drecksack. Ich geh zur Polizei und sag denen, dass du weggesperrt gehörst. Weggesperrt! Du bist ja gemeingefährlich, vollkommen gaga!

Beruhig dich doch, Esma. Ich tu dir doch nichts.

Nichts? Das nennst du nichts? Wo warst du noch überall? Ha?! Wo? Bist du unterm Bett gelegen, wenn wir's getrieben haben? Du Wichser?

Das würde ich nie tun. Das ist indiskret.

Indiskret. Ha! Plötzlich.

Du siehst das wirklich völlig falsch. Ich war die ganze Zeit so etwas wie … dein Schutzengel. Ich hab nur darauf geachtet, dass dir nichts passiert. Nichts mehr so Böses wie damals.

PAUSE.

Ein Schutzengel sperrt seinen Schützling nicht ein. Jetzt ist Schluss mit lustig. Gib mir mein Handy und meinen Schlüssel. Sofort.

Nein.

Doch.

Nein. Wir müssen zuerst noch einiges besprechen.

Mit dir bespreche ich gar nichts. Ich rede nämlich nicht mehr mit dir. Und das war mein letztes Wort. Disconnected.

Wir müssen aber. Du und ich. Einen Plan entwickeln. Die Zeit drängt, jetzt, wo der Startschuss gefallen ist.

PAUSE.

Ach Esma, es wird schwieriger, als ich gedacht habe. Du bist so verhärtet. Wir werden wohl die ganze Nacht brauchen, um deinen Panzer zu durchbrechen. Aber vielleicht hilft es ja, wenn ich dir endlich erzähle, was ich getan habe. Dann weißt du, dass wir aus einem Holz geschnitzt sind.

PAUSE.

Esma!

PAUSE.

Komm schon, Esma. Dein Schmollen nützt nichts. Ich lasse dich nicht gehen, solange wir nicht alles besprochen haben.

PAUSE.

Jetzt sei nicht so.

FUCK OFF!!!

Bitte dreh dich um. Ich muss dir in die Augen schauen, wenn ich dir erzähle, was ich getan habe. Ich muss unsere Verbindung spüren, unser Einssein.

Es interessiert mich so was von null, was du getan hast! Und außerdem geht mir dein Speech auf die Nerven. Du redest doch sonst auch nicht so geschwollen daher. Was hast du eingeworfen? Koks? Ja, Koks. Schnatter, schnatter, schnatter, bla, bla.

Jede Situation benötigt die ihr gebührende Sprache. Und heute geht es um Grundsätzliches, da ist verstümmelter Ausdruck nicht angebracht.

Grundsätzliches. Ha! Jeden Tag müssen Tausende, aber was, Millionen Männer kapieren, dass die Frau, die sie abschleppen wollen, nichts von ihnen wissen will.

Davon rede ich nicht.

Wovon dann? Von der Weltrevolution?

Naja, zumindest von einem möglichen Beginn derselben.

Ha, ha, ha. Verstehe. Du hast die Wall Street in die Luft gesprengt. Aber wieso hab ich davon nichts gehört, hä? – Es nervt, es nervt, es nervt. Und ich muss jetzt wirklich gehen.

Fast.

Was fast? Du hast bloß den Chef vom IWF gekillt. Ist in Ordnung, lieber Börek. Wunderbar hast du das gemacht. Und jetzt lass mich bitte nach Hause.

Den Kopf abzuschlagen, hilft nichts, solange die Glieder leben und einen neuen gebären.

PAUSE.

Deine Worte.

Okay. Du bist ein Irrer. Solchen Leuten muss man ihren Willen lassen. Bitte. Ich hör zu, wenn du unbedingt darauf bestehst. Also? Was hast du getan?

Ich habe heute ein Glied abgetrennt.

TAG 1 / MAYER

Mayer ertappte sich dabei, wie sie Marjana Koller anstrahlte, und das nur, weil sie dieselben wunderschönen blauen Augen wie Laura hatte. *Und aus!* Jetzt war Arbeit angesagt. Die ihr bald Tür und Tor öffnen würde. *Küsschen* am Ende der SMS. Mayer spürte, wie sie grinste. Sie wandte sich ab und beschloss, eingehend die Einrichtung des Wohnzimmers zu studieren, um ein Gefühl für die Kollers zu bekommen. Dazu tief durchatmen und an den armen erhängten Mann denken, das musste helfen.

Es war ein Raum, so groß wie zwei Drittel von Alex' Wohnung. Die Wände nach Norden und Osten bestanden komplett aus Glas, davor zog sich um die Ecke eine vielleicht eineinhalb Meter breite Veranda, deren Überdachung auf Holzsäulen ruhte. Es erinnerte sie an die Veranden von traditionellen japanischen Häusern.

In ihrem Rücken murmelte Katz die üblichen Einleitungsfloskeln von wegen Bedauern und keine Umstände machen wollen, aber dennoch und blabla. Marjana Koller antwortete in erstaunlich geordneten Sätzen. Nun gut, sie hatte auch schon über zwei Stunden Zeit gehabt, sich wieder zu fassen. Dennoch. Naja, man würde sehen.

Mayer trat zur Scheibe und erkannte aufgrund der eingeschalteten Außenbeleuchtung, deren Effekte sie schon beim Erklimmen des Hügels bewundert hatte, dass die Holzveranda sich links zu dieser riesigen Terrasse ver-

breiterte, die sie beim Heraufgehen gesehen hatte. Sie musste zum nebenanliegenden Raum gehören.

»Kaffee, ja bitte.«

Ja bitte, dringend!

Trippelnde Schritte, das typische Klack-Klack von Absätzen. Schon beim Hereinkommen, nach ihrem ersten Screening von Koller, hatte sich Mayer gewundert, dass es tatsächlich Frauen gab, die daheim Stilettos trugen. Noch dazu auf einem Schiffboden. Doch es passte zum Gesamteindruck der Witwe, die um die vierzig und sehr stylish war – hochgeschlossenes schwarzes Kleid, das knapp über den Knien endete, ein beinahe ausgemergelter Körper, sehnige Waden, schwarz gefärbte Haare, deren halblange Stirnfransen als Bogen ins Gesicht geföhnt waren, die langen schwarz gefärbten Locken mit kleinen Clips zu einer lockeren Hochsteckfrisur geformt, ein Schatten von Rasur bei den Koteletten, wodurch die Frisur auf Dreißigerjahre getrimmt wirkte, und knallrote breite Lippen. Lackpumps.

Mayer drehte sich um und sah, dass auch Katz den Raum musterte, exakt den riesigen Flatscreen, der die Rückwand beherrschte, samt dazugehörigem HiFi-Spielzeug. In der Ecke befand sich die Tür, durch die gerade Marjana Koller zurückkam, ein kleines Tablett aus schwarzem Lack mit Milchkännchen und Zuckerdose aus hauchdünnem weißen Porzellan balancierend.

Abrupt blieb sie stehen und betrachtete die Gegenstände einen nach dem anderen. »Ich hätte das alles auf einmal hereinbringen können.« Sprach's, drehte sich um und trug das Tablett wieder hinaus.

Okay, doch eine Spur von Verwirrung.

Mayer sah Katz an, er rollte mit den Augen und deutete dann mit denselben auf ein Bild neben der Tür. Es zeigte ein junges Pärchen, das Mayer erst nach ein paar Sekunden als die Kollers identifizieren konnte. Denn Marjana Koller trug einen einfachen dunkelbraunen Rossschwanz, und Markus Koller statt der gegelten, kurzen blonden Borsten, die die Leiche aufwies, eine Art Popperfrisur mit Mittelscheitel. Sie standen vor dem schiefen Turm von Pisa und hielten sich eng umschlungen. Aus den beiden Fotos darüber lachte je ein mittelalterliches Pärchen, denen eine gewisse Familienähnlichkeit nicht abzusprechen war. Anscheinend die Eltern. Und darunter war auf einem Bild der extrem junge Markus Koller an einem E-Piano zu sehen, umgeben von ebenso jungen Musikern an Gitarre, Bass und Schlagzeug, auf dem anderen lachte ihr die blutjunge Marjana Koller in einem silbern schillernden Schwimmanzug mit dazu passender Haube und knallrot geschminkten Lippen entgegen, die Arme gleich einer Balletttänzerin erhoben und kurz vor dem Kippen ins Becken, wo ident gekleidete Mädchen ein Bein aus dem Wasser streckten.

Mayer riss sich von dem bezaubernden Anblick los und setzte die Inspektion des Raums fort. Die vierte Wand rechts neben der Tür war aus ähnlichem Holz wie der Boden gefertigt und in drei Schiebelemente gegliedert. Das Zentrum des Raums beherrschte eine dunkelrote Couchlandschaft, die in der Mitte eine Lehne aufwies, wodurch man auf ihr mit Blick nach draußen und mit Blick zum Fernseher sitzen konnte. Das musste eine Einzelanfertigung sein, denn Mayer hatte so etwas noch nie gesehen. Auf beiden Seiten stand ein Tisch, Glasplatte auf Ziegelstützen. Japanische Tuschemalereien an den Wänden. Das Land der Morgenröte war wohl vor dem Flamenco und nach dem Synchronschwimmen das Hobby der Hausfrau gewesen.

Die kam nun mit einem etwas größeren Tablett zurück, auf dem sich neben Milch und Zucker auch zwei Espressotassen und ein Martiniglas befanden. Mit Olive auf Zahnstocher. Kurz überlegte Mayer, ob sie die Dame des Hauses um eine Handvoll der nervenberuhigenden Gehilfen bitten sollte, kam sich aber sofort sehr blöd vor. Kaum jemand konnte etwas mit ihrem Tick, Zahnstocher bei stressigen Situationen zu zerbröseln, anfangen. Und einen herablassenden, mitleidigen Blick brauchte sie jetzt gar nicht.

Katz nahm den Kaffee stehend entgegen und trank ihn auch so. Ebenso wie Koller ihren Martini.

Mayer setzte sich. »Darf ich?«

Koller verschluckte sich fast und hastete zur Sitzgruppe. »Natürlich. Entschuldigen Sie bitte meine Unhöflichkeit. Ich bin nur …« Sie verharrte, sah ins Leere, schüttelte den Kopf und tat einen tiefen Schluck. »Ich … es war so furchtbar, ihn da baumeln zu sehen. Als wäre da ein Splattermovie projiziert. Verstehen Sie?!« Sie kreischte beinahe und sah Mayer hilfesuchend an. »So nackt und das … alles so entwürdigend … Verstehen Sie?«

»Ich verstehe. Aber was ich nicht verstehe … also wir haben bislang herausgefunden, dass Ihr Mann da nicht ein paar Minuten …« *Shit, shit, shit!* Wie sagte man es möglichst schonend, dass der Typ wahrscheinlich Stunden seinem Tod entgegengesehen hatte?

Katz setzte sich zu ihnen. »Was meine Kollegin meint: Verschiedene Indizien, auf die wir momentan nicht eingehen können, deuten darauf hin, dass Ihr Mann sich längere Zeit in der Garage aufgehalten hat. Wahrscheinlich Stunden. Und wir fragen uns natürlich, warum er Ihnen nicht schon früher abgegangen ist?«

I love you, Baby! Der alte Haudegen hatte es wirklich drauf. Sie hatte noch einiges zu lernen.

Koller nickte und rollte den langen Stiel des Martiniglases zwischen ihren Handflächen. »Klar, das muss Ihnen eigenartig vorkommen. Die Erklärung ist ganz einfach: Ich war nicht da.«

»Und wann sind Sie heute außer Haus gegangen?«, fragte Katz ganz sanft.

»Gestern. Ich bin gestern außer Haus gegangen.« Sie sah sie beide abwechselnd an. »Wir hatten gestern beim Frühstück einen riesigen Streit. Ich war dann bei einer Freundin, über Nacht. Nora Pizzoli. Sie können sie fragen. Ja, fragen Sie sie. Ich weiß, dass Streit und Mord irgendwie … aber ich war es nicht. Wirklich nicht. Fragen Sie sie! Wir waren fast die ganze Zeit zusammen, also eigentlich durchgehend bis …« Sie holte tief Luft. »Ja, bei ihr und in der Schule. Gestern und heute. Trainieren. Für den Abend.«

Und erst beim letzten Satz hatte Mayer das Gefühl, dass Marjana Koller das erste Mal so richtig traurig war. Über die nicht absolvierte Aufführung.

»Streit?«, brachte sie sich nun wieder ein.

Kein Seufzen, kein Einatmen, wie es die Menschen oft machten, wenn sie zum Ausbreiten von Intimitäten gezwungen waren, sondern nur ein kleines Nicken und das Rollen des Stiels zwischen den Händen. »Streit. Nicht der erste.«

»Und worum ging es dabei?« Nun wieder Katz.

»Wie immer darum, dass sich mein Göttergatte durch mich nicht blamiert sehen wollte.«

Mayer war erstaunt. Selten waren Angehörige von Ermordeten so offenherzig. Da musste man sonst immer bohren und bohren …

»Ja …« Koller kippte den Rest des Alkohols hinunter, verschwand nach nebenan. Durch die nun offene Schiebetür sah Mayer einen riesigen Esstisch mit zwölf Stühlen rundherum und eine Bar an der gegenüberliegenden Wand. Dort schenkte sich die Dame des Hauses nach. Sie machte zwei Schritte zu ihnen zurück, kehrte um und nahm die ganze Martiniflasche mit. *Extra dry* stand auf dem Etikett. Sie ließ sich in die Couch plumpsen, wobei sie es erstaunlicherweise schaffte, die Beine damenhaft beisammenzuhalten. Eine Sekunde später war das nächste Glas leer.

Sie füllte es und sah sie erneut abwechselnd an. »Ja, denn mein Mann betrachtet mich als Schmuckstück.« Sie lachte auf. »Da gibt es sogar einen Film, der so heißt. Mit Catherine Deneuve. Seitdem ich über den gestolpert bin, habe ich ihn mir mindestens zwanzig Mal angeschaut. Voll idiotisch.« Sie kicherte, als würde sie einer witzigen Erinnerung nachhorchen. Dann wieder ernst: »Und Schmuckstücke haben dem Träger nur zur Ehre zu gereichen. Verstehen Sie?«

»Äh … ja«, hörte sich Mayer stammeln. Sie räusperte sich. »Aber wenn ich Sie so anschaue, habe ich nicht das Gefühl, dass sich Ihr Mann Ihretwegen schämen musste.« Perfekt! Langsam beherrschte sie den von Katz so vehement eingeforderten Small Talk im netten Ton. *Wiege sie in Sicherheit!*

»Danke für das Kompliment. Und doch meinte er,

es zu müssen. Weil ich Flamenco tanze.« Sie kniff die Augen zusammen und schüttelte heftig den Kopf. »Nein, nicht wegen des Flamencos, sondern weil ich bei einer Schulaufführung mitmache. Also noch nicht der absolute Star bin.«

»Und deswegen war er nicht stolz auf Sie?« Katz kniff die Lippen zusammen, als wäre ihm der Satz rausgerutscht, und würde er sich nun seinerseits dafür schämen.

Er hatte auch etwas zu sehr den beruflichen Ton vernachlässigt und beinahe schon privat gefragt, aber Mayer konnte ihn verstehen, das Ganze klang doch etwas lächerlich.

Koller lachte auf. »Oh, stolz war Markus schon. Zum Beispiel auf meine Kleidergröße vierunddreißig, weil ich damit jeden Designer beim Opernball* tragen kann. Und auf meine schlanken Beine, weil an ihnen jeder Schuh wirklich gut zur Geltung kommt.«

Wie wahr, wie wahr.

»Und natürlich auf meinen intelligenten Small Talk, weil ihm das bei seinen Geschäften geholfen hat.«

»Welchen Geschäften?«, warf Katz dazwischen.

»Erdölexploration.« Sie sagte es nebenbei, fast verächtlich, dabei war so ein Job beileibe nicht alltäglich. Dann, wieder munterer: »Und natürlich, nicht zu vergessen, mein Kunstgeschichtestudium, denn das gab uns den notwendigen Hauch von Bohemiens. Oder zumindest von kunstsinnigen Menschen, was einem den für die gute, pardon, bessere Gesellschaft notwendigen Touch verleiht.« Kipp. Die Olive saß erneut am Trockenen.

Katz, ganz Gentleman, schenkte nach.

---

* Opernball: Höhepunkt der Wiener Ballsaison, ist für die Dichte an High Society bekannt.

»Ich danke Ihnen.« Sie lächelte ihn mit einem von unten nach oben gerichteten Blick an, als wolle sie ihn ins Bett lotsen.

»Gerne doch. Jederzeit zu Diensten.« Die Ahnung von Gurren schwang bei Katz' Antwort mit.

Mayer fand es allerdings gar nicht so gut, dass sich die Dame da vor ihnen niedersoff. Wenn sie den Martini weiter in der Geschwindigkeit vernichtete, war sie in ein paar Minuten nicht mehr ansprechbar. Und auf die Flirtversuche der Koller musste Katz ihrer Meinung nach auch nicht einsteigen, die Dame redete ohnehin wie ein Wasserfall, die brauchte man nicht einlullen. Aber wer wusste schon, was der Alte wieder einmal vorhatte.

Koller kräuselte die Lippen. »Ein verständnisvoller Polizist, wie schön.« Sie roch an der Flüssigkeit, als hielte sie eine Rose in der Hand. »Und keine Sorge, ich vertrage einiges. Ich habe in letzter Zeit viel geübt.«

Na, wenigstens was.

Katz zuckte mit den Augenbrauen und nickte. »Verstehe.«

»Ja, ich sag's Ihnen ganz ehrlich …« Schluck. Dieses Mal dezenter. »Ich wollte die Scheidung, aber so etwas gehört organisiert, Markus hat fantastische Anwälte an der Hand.« Schluck. »Und außerdem …«

Plötzlich traten ihre Augen hervor, ihr Körper krampfte. Mayer sah sich nach einem Behältnis um, um notfalls die Speibe* auffangen zu können. Die dunkelrote Vase mit dem knorrigen Ast und der Ringelblume auf dem Tisch müsste gehen. Ikebana?

* Speibe: Erbrochenes

Marjana Koller atmete tief durch, stellte doch tatsächlich das Glas ab und rieb sich die Schläfen. »So brutal aufgehängt.« Kopfschütteln. »Er war ein Arsch, ja, das war er wirklich.« Blick zu ihnen beiden. »Aber deswegen aufhängen und …?« Sie sank in sich zusammen. Ein Häufchen Elend.

Okay, die Gefahr war gebannt. Mayer aktivierte ihr Tablet. Sie war froh, dass sie es für Notfälle immer mitschleppte, egal, wie privat sie unterwegs war, denn es zauberte immer sofort den nötigen offiziellen Touch in ein Gespräch, und dieses hier musste endlich etwas an Fahrt aufnehmen. »Okay, wer außer Ihnen hat ihn denn noch gehasst?«

Sie zuckte mit den Schultern. »Niemand. Markus ist ja … war von der Sorte Mann, die alle nur cool finden. Fesch, sportlich, witzig … charmant, wenn er wollte.« Der Ansatz eines Lächelns, in dessen Gegensatz die leicht zusammengekniffenen Augen standen. »*Sehr* charmant.« Ihr Blick schweifte zum Fenster, obwohl sie dahinter ja nichts außer beleuchtete Baumwipfel erkennen konnte. »Die Männer wollten seine Freunde sein, die Frauen seine Geliebten. Er hatte beides.«

»Und das hat Sie nicht gestört?« Katz, der jetzt wieder mehr nach Polizist klang.

Nachlässiges Kopfschütteln. »In letzter Zeit nicht mehr.« Sie lachte auf und wandte sich ihnen wieder zu. »Sie müssen sich denken: was für ein abgefeimtes Luder. Kalt wie eine Hundeschnauze.« Tiefer Schluck. »Ja, aber ich war nicht immer so. Das war schon eine Liebesheirat. Und ein bisschen Versorgung, das gebe ich zu. Ich meine, ich komm aus einem kleinen Kaff im Burgenland, meine Eltern haben kaum Geld …«

Wirklich megaspannend! Aber da musste sich jemand wohl gerade mit Reden den Schrecken vertreiben, der anscheinend gemeinsam mit Wut auf den Toten ihre derzeit vorherrschende Gefühle waren – Reaktion Nummer drei im Gefühlskatalog von Angehörigen Ermordeter. Eins war mehr oder weniger hysterisches Heulen, zwei Paralyse und Unansprechbarkeit. Mayer konnte persönlich am besten mit Drei. Stinkwut verriet auch mehr und brachte normalerweise die Ermittlungen schneller voran.

»… und ich bin nicht so gescheit, dass ich mein Studium in Rekordzeit gemacht und dadurch Anspruch auf ein Stipendium gehabt hätte. Ich hab gearbeitet, klar, aber es war immer hinten und vorn zu wenig. Und Markus hat nur gemeint, ich müsse mir keine Sorgen machen. Er war Chemiker bei der Versuchsanstalt auf der TU* und hat nicht mörder, aber grad genug verdient, dass es für uns beide gereicht hat. Und für eine kleine Wohnung in der Stadt drin**. Wer schlägt schon so ein Angebot aus, noch dazu, wenn der Mann toll und lieb ist?« Sie seufzte und starrte wieder in die Dunkelheit außerhalb des Hauses. »Ich hab mir einfach gedacht, Wahnsinn, ich hab echt das Glück, meinen Märchenprinzen getroffen zu haben.«

Katz schenkte ihr erneut nach. »Niemand klagt Sie an.«

---

* TU: Technische Universität

** In der Stadt drin: Manche WienerInnen unterscheiden bei den Wohnbezirken zwischen City (=Innenstadt oder 1. Wr. Gemeindebezirk), der Stadt (die Bezirke rund um den Ersten und innerhalb des Gürtels inklusive 2. Wr. GB), der Cottage (die Nobelbezirke im Westen am Hand des Wienerwaldes), Transdanubien (alles drüber der Donau im Norden) und dem Rest, der dann namentlich genannt wird, weil die Bezeichnungen viel über die Gegend aussagen.

»Oh doch, ich habe die Zwischentöne gehört. Sie sind immer da.«

Mayer rekapitulierte – in ihrem Gespräch bislang nicht. Diese Erkenntnis musste wohl auf einer anderen Erfahrung basieren. Wahrscheinlich auf neidischem Getuschel von Freundinnen in all den Jahren.

»Und was ist dann passiert?«, fragte Katz nun wieder unendlich sanft.

He! Wir sind nicht ihre Therapeuten! Okay, okay, smalltalken. Sie beschloss, ein paar Stichworte der Suada aufzuschreiben, um sich zu entspannen.

Ein Zahnstocher wäre jetzt schön.

Marjana Koller rührte mit der Olive den Martini um und sah sich dabei äußerst intensiv zu. »Er wurde bei dieser Firma angestellt. E&D-Services. Amis. Folglich viel Geld. Dieses Haus. Viele Reisen. Viele neue Kontakte. Plötzlich waren wir wer. Also er.« Sie lachte auf. »Ich bin ja das Schmuckstück.«

»Und diese Firma hat mit Erdöl zu tun?«, brachte sich nun Mayer wieder ein.

Sie wiegte den Kopf. »Man könnte sagen, sie macht Erdöl. Markus ist ein Spezialist, der herausfindet, wie viel eine Lagerstätte wahrscheinlich hergeben wird. Welche Schwierigkeiten beim Drilling auftauchen könnten und so weiter. Heikelige Angelegenheit, bei der es um enorme Summen geht. Und er treibt sich immer in Gegenden herum, bei denen ich nie wusste, ob er wieder heil nach Hause kommt. So Zentralasien und so.«

»Und könnte da jemand …?«, hakte Mayer nach.

»Vielleicht. In den Gegenden gibt's ja einige total zwielichtige Typen. Diktatoren. Und die glauben oft, dass sie alles kaufen können …« Ihre freie Hand stellte sich auf. »Nein, nicht, dass Sie glauben, Markus hätte von denen Geld genommen. Das macht niemand in der Firma. Lässt du dich einmal korrumpieren, wirst du immer erpresst. Aber Geschenke hat er nie ablehnen können. Wir haben ein ganzes Lager voll mit dem Gerümpel. Wobei einiges davon hat sicher …« Sie sinnierte ihr Glas an.

Was, Beste, was? Deine Augen glitzern ja plötzlich richtig. Rechnest du aus, wie viel du dafür bekommst, wenn du es verschepperst? Mayer konnte sich nicht helfen: Trotz aller gegenteiligen Beteuerungen hielt sie die Frau für ziemlich berechnend.

»Und vielleicht ist der Markus ja da jemandem auf die Füße gelatscht?« Nun sinnierte sie die Ringelblume in der weinroten Vase an.

Vielleicht versuchte sie auch, mit dem konzentrierten Schauen ihr Sprachzentrum in den Griff zu bekommen, denn die Ausdrucksweise hatte inzwischen definitiv etwas an Geschliffenheit eingebüßt.

Koller streichelte die Blütenblätter. »Wir haben in der letzten Zeit über all das nicht mehr geredet.« Und das erste Mal kullerte eine Träne über ihre Wange.

Mayer notierte Stichworte und markierte den Firmennamen. Die Erdölbranche war sicher nicht total sauber. Vielleicht handelte es sich bei dem Ganzen um eine Mafiageschichte und Folter, um irgendwelche brisanten Details aus Markus Koller herauszubekommen.

»Und warum sind Sie eigentlich so knapp vor der Aufführung nach Hause gekommen?«, fragte Katz.

Marjana sah ihn an wie ein Wesen von einem anderen Stern. »Ich … Mein Oberteil ist mir am Nachmittag zerrissen. War schon alt. Hat aber farblich besser gepasst.

Ja, und da habe ich mir mein neues holen wollen.« Sie nickte ein paar Mal.

»Und wie haben Sie die Leiche entdeckt?«, hakte Katz nach.

»Weil ich in die Garage gegangen bin.«

»Gegangen, nicht gefahren?«

»Nein, gegangen.« Sie lachte auf. »Verstehe. Nein, ich bin mit dem Taxi unterwegs gewesen. Die Parkscheine für die ganze Zeit in der Stadt hätten mehr gekostet als die zwei Fahrten.«

»Ah ja.« Katz lächelte wie ein gütiger Vater. »Und was wollten sie dann in der Garage?«

»Na, mein Oberteil holen, das war noch im Wagen. Vom letzten Training. Ich hab's damals vergessen, weil wir gleich ... also weil Markus gleich ... wegen des Abends. Er war so ... hässlich zu mir.« Ihre Nasenflügel blähten sich, wodurch sie von einer Sekunde auf die andere furchtbar böse, beinahe gefährlich wirkte. Ansatzlos fragte sie: »Und wie war der Abend?« Keinerlei Emotion.

»Die erste Nummer war toll.«

»Ja, Irana ist ziemlich gut.« Noch immer keine Emotion. Roboter.

Schweigen. Und Mayer hatte plötzlich das Gefühl, dass es wichtig war, die Dame nicht zu stören.

Und nach gefühlten hundert Stunden sagte Koller: »Aber nicht so gut wie Esma.« Noch immer Roboter, aber jetzt einer, der elektrisch aufgeladen war.

»Wer ist Esma?«, fragte Katz.

»Die neue Liebe von Markus.« Roboter. »*Die* Flamenca.«

»Aha?«, konnte Mayer nicht anders.

»Hör auf damit. Du wirst nie so gut sein wie sie.« Es klang nach einem Zitat. Dann Schweigen. Bis Marjana Koller von einer Sekunde auf die andere in würgendes Schluchzen ausbrach.

1/5

Ich habe heute ein Glied abgetrennt.

PAUSE.

Du meinst das jetzt aber nicht so, wie ich glaube, dass du es meinst?

Doch.

Mach dich nicht lächerlich, Börek. Du hast niemanden getötet. So etwas machst du nicht. Das ist nur in deiner Fantasie. Genauso wie die Idee, dass du mich beschützen musst. Du brauchst Hilfe. Aber die bekommen wir nur, wenn wir hier rausgehen und zu einem Arzt marschieren.

PAUSE.

Was grinst du so blöd?

Ich hab den Gockl aufgehängt.

Quatsch.

Nein. Nachdem du heute Früh weg bist von ihm, habe ich ihn aufgehängt.

Heute Früh.

Ja, es war so genial von dir, ihn in Sicherheit zu wiegen, als du in die Höhle des Löwen gegangen bist … einfach genial. Da habe ich gewusst, das ist das Startzeichen. Da bin ich rein … und ja.

PAUSE.

Du bist echt krank, Börek. Für so was gibt's Hilfe. Ich hab gehört, dass Wahnvorstellungen heilbar sind. Und auch deine Fixierung auf mich … du machst ein paar Therapiestunden und bist dann wieder völlig okay. Findest eine supersüße Freundin und alle sind happy. – Was ist das?

Das siehst du doch.

PAUSE.

Das warst nicht ... das ... du hast das nicht wirklich gemacht. Das ist irgendso ein Digitrick. Das ist nicht Markus.

Warte. Gleich sieht man's besser. Da. Seine Augen. Die sind eindeutig tot. Gebrochen wie bei einem geschlachteten Tier. Das ist kein Trick. Ist das nicht wunderbar? Der erste Schritt ist wirklich ... Esma? Esma!!

GREIF MICH NICHT AN!!!!!!!

Esma. Esma! Du hyperventilierst. Da nimm das Sackerl. Du musst in das Sackerl atmen. – Nicht! Ich mein's doch nur gut mit dir. Da, nimm es. Das hilft wirklich. Du darfst mir jetzt nicht in Ohnmacht fallen. – Brav.

PAUSE.

Geht's wieder?

PAUSE.

Zumindest hast du wieder Farbe im Gesicht. Ma, echt, wenn ich gewusst hätte, dass dir das so einfährt, hätte ich irgendwas zur Beruhigung mitgenommen. Aber ich hab mir gedacht, du als Revolutionärin, du bist da härter im Nehmen. Aber ihr Frauen, ihr seid einfach sensibel. Deswegen ziehen ja auch wir Männer in die Schlacht und machen die Drecksarbeit. Ihr seid die Hirne, wir die Werkzeuge. – Komm, lach ein bissel. – Was ist?

Nein. Ich glaube es einfach nicht. Neinneinneinnein!!!! Das ist irgendein Trick. Und ich habe keine Ahnung, was du damit bezwecken willst, wenn du behauptest, dass du Markus umgebracht hast. Ich hab keine Ahnung!

Nein, kein Fake. Hier, schau noch einmal. Das kann man nicht nachmachen. Okay, vielleicht in Hollywood, aber ich könnte es nicht. Ich hab von solchen … Manipulationen keine Ahnung.

PAUSE.

Dein Grinsen. Du auf dem Video. Wieso willst du dich auf so eine … perverse Art wichtigmachen?

Das verstehst du ganz falsch. Ich mach mich nicht wichtig. Ich hab mir gedacht, es ist notwendig, damit man den Ernst der Lage versteht. Wie man auch an dir sieht. Das haben die Al Qaïda und der IS wirklich gut erkannt. Nur wenn man sich selbst mit dem Opfer filmt, wirkt das Ganze echt.

Wirken. Eben. Wie hast du den Trick so hinbekommen?

Nein, verdammt, es ist echt! So vor ungefähr zwei, drei Stunden habe ich die Aufnahme gemacht. Ich bin extra noch einmal zurück, weil mir zuerst … was dazwischengekommen ist. Ja, so was um vier, halb fünf war das. Siehst du? Da? Das Licht kommt direkt durch die Fenster, also von Südwesten.

PAUSE.

Nein. Ich glaub's trotzdem nicht. Du bist … einfach nicht der Typ, der jemanden nackt aufhängt. Das bist du nicht.

Wieso?

Du bist … du warst immer …

Ein Loser. Ja, für euch. Für dich. WEIL DU MICH NIE WIRKLICH ANGESCHAUT HAST!!! Du hast keine Ahnung von mir! Ich bin nicht so ein Niemand, wie du immer glaubst. Ich bin der, den du für die Revolution immer gesucht hast. Deine Axt.

PAUSE.

Wieso sagst du nichts? Komm …

GEH WEG!!!!! Mir ist … schlecht.

Ich weiß. Beim ersten Mal ist es schlimm. Als ich es getan habe, war mir auch schlecht. Aber dann ist es vorbeigegangen. Das Wichtige ist die Revolution. Hier müssen wir uns einen Panzer zulegen, Esma, verstehst du? Hier! Nicht voreinander. Gegenüber den Opfern. Sie haben ja auch kein Mitleid gekannt, also müssen wir unseres ebenfalls unterdrücken. Schau dir die Bilder noch ein, zwei Mal an, das härtet ab.

Du hast … ihm … eine Feder in den Arsch gesteckt!

TAG 1 / KATZ

Ein Geist aus der Flasche. Genau so sah er aus, der Rauchkringel, der in den Nachthimmel stieg und dabei vom Licht aus der Garage beleuchtet wurde. Surreal war das Wort, das Katz dazu einfiel. Wie das ganze Gespräch eben. Das Klischee der vernachlässigten reichen Ehefrau. Derart in Reinkultur hatte er es noch selten erlebt, obwohl er im Lauf seiner jahrzehntelangen Arbeit schon oft in diesen Kreisen ermittelt hatte.

Dani hing noch immer an ihrem Smartphone. »Doch, das ist notwendig, Frau Stockhammer. Wir sind bald bei Ihnen. – Wir sind auch müde und … – Ist mir schon klar, dass Sie feiern wollen. Obwohl ich mich frage, wie das geht, wenn der Mann einer Schülerin von Ihnen … – Okay, nicht feiern, sondern … Ja, tun Sie das, wenn Sie glauben.« Sie unterbrach die Verbindung und ließ das Telefon in ihre Handtasche plumpsen.

»Stress?«

Sie riss einen trockenen Grashalm aus einem schilfähnlichen Busch im Vorgarten. »Zickt, weil natürlich die Kollegen von der Streife ein bissel Aufsehen erregt haben, wie sie gesagt hat. Wird sich schon wieder einkriegen.«

»Deine Laura wird sicher dafür sorgen.«

Sie grinste. Dann streckte sie den Nacken. »Und Kevin habe ich auch einmal die ganzen Eckdaten geschickt.

Wenn wir morgen ins Büro kommen, haben wir sicher bereits was, mit dem wir einmal anfangen können.«

»Ja, er ist ein Flotter.«

»Hm, bin froh, dass er endlich fix dabei ist.«

»Jetzt fehlt nur noch dein Oppitz.« Seit Katz den ehemaligen Partner von Dani mit seinem Geheimarchiv und der bissigen Spürnase kennengelernt hatte, wollte er ihn im Team haben. Aber …

»Forget it. Ich sag nur: Susi und die Zwillinge. Er will einfach nicht so eine kaputte Familie wie viele andere haben.«

»Ich weiß. Aber das muss ja nicht sein.«

Dani sah ihn mit zur Seite gelegtem Kopf an. »Naja, er sieht dich an und …«

»Blödsinn. Er weiß wahrscheinlich nicht einmal, dass ich verheiratet gewesen bin. Außerdem war die Scheidung, wie ich noch ein ganz ein kleiner …«

Sie grinste. Und er wusste, dass er ihr wieder einmal hineingefallen war. Sie hatte ihm in langen Plaudernächten schon mehrmals versichert, und das glaubhaft, dass sie ihn nicht für einen kaputten Typen hielt. War er auch nicht. Er hatte ein soziales Leben. Nur eben noch keine Frau gefunden, die wirklich zu ihm passte. Oder besser gesagt, ebendiese Frau noch nicht davon überzeugen können, dass dem so war.

»Na, vielleicht wird ihm ohne mich im West ja einmal so fad, dass du ihn weichklopfen kannst.« Dani seufzte, kniff die Augen zusammen und zerbröselte den Grashalm.

»Okay. Und? Was meinst du, meine liebste Kollegin?« Er deutete mit dem Kinn zum Haus.

»Hm. Da war die Kacke voll am Dampfen.« Nächster Grashalm, gleiche Prozedur. »Aber checken wir einmal ihr Alibi. Obwohl …« Sie ließ den Pflanzenstaub aus der Hand rieseln.

»Du nicht glaubst, dass sie es war.«

Sie wiegte den Kopf.

»Oder zumindest nicht allein«, antwortete er an ihrer statt. »So eine zierliche Person schafft es einfach nicht, so einen großen Mann auf ein Motorrad zu hieven.«

Dani brummte. »Richtig. Aber sie kann einen Helfer gehabt haben, der für sie die Drecksarbeit erledigt hat. Vielleicht aus Liebe?« Sie sah ihn an.

»Werden wir herausfinden, ob es da einen zu allem bereiten Ritter gibt. Wäre für uns zu hoffen, denn diese Liebeskranken machen immer ganz offensichtliche Fehler.«

»Oder sie hat ihren Mann aufs Motorrad gezwungen. Mit einer Pistole oder so.«

»Dann werden Schmitz und seine Leute sie finden.«

»Kaum.«

Katz musste lachen. »Geh nicht immer davon aus, dass Normalsterbliche so denken wie wir. Nur ganz wenige werfen die Dinger nach Gebrauch wirklich weg. Und dann auch noch nicht im nächstgelegenen Mistkübel.«

Wagner trat zu ihnen und legte die Hand auf Katz' Schulter. »Also, ich hab der Madame jetzt eine ganz dicke Bertha verpasst. Jetzt schläft sie.«

»Dank dir, Ernstl.«

»Passt schon. Bis zum Eintreffen vom Notarzt hätt sie einen Hyper kriegt. Ich hab mir inzwischen angewöhnt, dass ich immer ein paar gute Drogen einstecken hab.« Er lachte schallend. »Darf ich nur net laut sagen, sonst bin ich gleich der beste Freund von allen.«

Katz ahmte über seinem Mund das Zuziehen eines Reißverschlusses nach – und ärgerte sich im nächsten Moment, dass er die Geste von diesem Taxler übernommen hatte. Prompt kicherte Dani in sich hinein.

»Na, das will ich hoffen.« Wagner streckte sich und sah in die Nachtschwärze. »Seid's mir nicht bös, ich brauch jetzt ein paar Stunden Schlaf. Aber gleich morgen Früh«, er betrachtete seine Golduhr, »also bald heute, schau ich mir unseren Eistänzer genauer an. Ab sechs werd ich dransitzen. Wir hören uns!« Mit einem nach hinten winkenden Arm verschwand er zwischen den Einsatzfahrzeugen.

Dani riss einen weiteren Grashalm ab. »Und wir? Sausen zum Theater und prüfen das Alibi?«

»'tschuldigung, Chef.« Ein Streifenbeamter trat zu ihnen.

»Ja?«

»Da ist wer, der eine Aussage machen will.« Der Kollege deutete auf eine kleine zierliche Frau, die irgendwo zwischen vierzig und sechzig war und vor der Absperrung stand. Katz winkte sie her und trat die Zigarette aus.

Er fand es immer wieder faszinierend, wie es manche Menschen schafften, ihr Äußeres derart neutral zu halten, dass Alter ein unbestimmter Begriff wurde. Gut, die Frau hatte graue Haare, doch die bekamen manche auch schon mit dreißig. Aber sie hatte keine Falten, was jedoch ebenso manchmal bei Sechzigjährigen der Fall war. Und bis auf den grauen Bleistiftrock, der eben kein schottischer und somit für einen ersten Hinweis halbwegs geschlechtseindeutig war, gab es keinerlei Anzeichen, um was es sich bei diesem Wesen handelte. Keine geschwungene Hüften-Taillen-Kombination, kein

Busen unter dem schwarzen Rundausschnittpullover, das Gesicht, im besten Fall als markant zu bezeichnen, ohne Make-up.

»Entschuldigen Sie, Herr Inspektor …?«

»Chefinspektor Katz. Meine Kollegin Gruppeninspektorin Mayer. Und mit wem haben wir das Vergnügen, gnädige Frau?«

Dani warf ihm einen Seitenblick zu. Er musste ein Grinsen unterdrücken. Seine liebste Kollegin konnte mit der für sie altertümlichen Anrede so gar nichts anfangen, jedes Mal riss es sie.

Aber dafür die Zeugin. Ihr Mund gab zwei Reihen perfekt gepflegter und ebenmäßiger Zähne frei, das erste wirklich Attraktive an diesem Wesen. »Ingrid Leibenfrost. Vielen Dank, dass Sie sich für mich Zeit nehmen.«

»Aber nicht doch, nicht doch. Wenn jemand einen Hinweis hat, sind wir immer ganz Ohr. Ich kann Ihnen nur leider keinen Stuhl anbieten, unsere Leute haben gerade das ganze Haus in Beschlag genommen. Aber wie wär's mit diesem Mäuerchen?« Er zeigte auf die Einfriedung des Vorgartens.

»Sehr nett, danke, doch ich schaffe es schon noch, ein paar Minuten zu stehen.« Sie lächelte erneut, wobei ihre grauen Augen blitzen und von kleinen Fältchen umrahmt wurden.

Katz war zum zweiten Mal fasziniert. Als hätte man bei dieser Dame einen Schalter umgelegt und ihr damit Leben eingehaucht. Nun wirkte sie wie eine charmante reifere Dame. Den Kurzhaarschnitt wollte man plötzlich als flott bezeichnen, die Hakennase als charakteristisch und die dürre Gestalt als diszipliniert schlank.

Inzwischen hatte sich Dani gesetzt und ihr Tablet

angeworfen. »Gut, Frau Leibenfrost. Danke, dass Sie sich melden. Was wollen Sie uns sagen? Sind Sie eine Nachbarin?«

Das Chamäleon umfasst das goldene Medaillon, das auf seiner knabenhaften Brust lag. »Nicht direkt. Also eigentlich schon ...« Räuspern. »Bitte entschuldigen Sie, ich habe nicht so oft mit der Polizei zu tun. Stottern ist sonst nicht meine Art.«

Das konnte sich Katz gut vorstellen. Er hielt Ingrid Leibenfrost mehr für den Typ des sanften, doch bestimmten Befehlstons.

Die Frau deutete in die Dunkelheit Richtung Wienerwald. »Ich bin bei Doktor Urban Hausdame.«

»Aha.« Dani tippte.

Leibenfrost sah ihr leicht verunsichert zu und straffte sich. »Ja, seit siebzehn Jahren. Und zu meinen Aufgaben gehört unter anderem, die Hunde des Herrn Doktor drei Mal am Tag Gassi zu führen. Solange er in der Ordination ist.«

Etwas klingelte bei Katz. »Der Urban, der die High Society verschönt?« Der wohnte also auch in dieser himmlischen Sphäre? Man konnte sich ausrechnen, was ihm die Korrekturen an diversen Erschlaffungen einbrachten.

Leibenfrost umfasste das Medaillon fester. »Ja, der plastische Chirurg.«

Puh, ganz scharfer Unterton, also keine Schmähs über platzende Busen. »Das meinte ich natürlich. Hunde Mehrzahl? Welche schönen Exemplare hat er denn?« Und Dani durfte jetzt auf keinen Fall dazwischenfunken, eine Versöhnung mit der Dame war grundlegend, sonst blockierte der Ärger ihr Gedächtnis.

Prompt lächelte die Frau wieder. »Zwei Richbacks, Pollux und Nestor« – diese Namen erlebten seit einiger Zeit einen unglaublichen Ausverkauf, Katz schwor sich, im höchst unwahrscheinlichen Fall der Anschaffung eines Hundes ebendiese nie zu verwenden – »und ein Foxterrier, Charlie. Den hat der Herr Doktor von seiner Nichte übernommen, als sie an einer Allergie erkrankt ist. Das arme Mädchen. Sie und Charlie waren ein Herz und eine Seele. Sie kommt ihn immer wieder besuchen. Das ist dann eine Freude, das sollten Sie sehen.«

Das konnte er sich gut vorstellen, aber es interessierte ihn nicht. Die Gute kam nun, sogar für seinen Geschmack und vor allem für ihren Status als einfache Zeugin, zu sehr ins Plaudern. Er hätte sie nicht dazu einladen dürfen. Nicht so sehr.

Katz lächelte und holte Luft – da kam ihm Dani zuvor. »Und heute sind Sie auch spazieren gegangen, wie immer, nehme ich an. Und dabei haben Sie etwas beobachtet.«

Kein Fragezeichen im Ton, sondern nur *Tu weiter, Alte!* Sie schickte zwar ein Lächeln hinterher, aber selbst ein Blinder mit Krückstock konnte auf zweihundert Meter erkennen, dass sie eigentlich die Zähne gefletscht hatte.

»Oh, entschuldigen Sie bitte, wenn ich mich verplaudert haben sollte, aber ich bin aufgeregt, da passiert mir das manchmal.« Leibenfrost ging zwei Schritte auf Dani zu. »Ja, es war Gassi Nummer zwei, meine größere Runde, die mich hier vorbei führt. Die kleine erste Runde ist um halb sechs Uhr Früh, da erleichtern sich die Racker nur vor dem Haus. Aber um halb acht gehen wir nachsehen, was es in der Nachbarschaft so Neues gibt. Sie wissen ja, wenn Hunde schnuppern, lesen sie Zeitung.« Leibenfrost strahlte Dani an.

Katz musste sich abwenden. Er war hin und her gerissen zwischen einem Lachkrampf angesichts dieser Schwafelattacke, die sich über Dani ergoss, und einem für ihn ungewohnten Wutanfall angesichts der Quasselei. Beides sollte man nicht herzeigen.

»Weiß ich. Und?« Danis Antwort klang gar nicht so bös, wie er es erwartet hatte, sondern nur absolut bestimmt.

Und diesen Ton schien Leibenfrost annehmen zu können, denn sie setzte eifrig fort: »Da stand ein Kastenwagen vor der Einfahrt. Ich habe mir noch gedacht, das wird den Herrn Koller aber nicht sehr freuen, denn wie soll er denn mit seinem eigenen Auto die Garage verlassen? Aber dann ist hinter dem Kastenwagen ein Mann aufgetaucht und zur Haustür gegangen.«

»Aha?« Dani klang jetzt sehr interessiert, jegliche Schärfe war weg.

»Ja, er hat geklingelt. Mit einem Päckchen in der Hand.« Sie wandte sich kurz zu Katz um und nickte ihm zu. Dann erneut zu Dani: »Herr Koller hat ihm geöffnet, der Mann hat ihm das Päckchen entgegengehalten, sie haben kurz geredet, dann hat Herr Koller den Mann eingelassen.«

»Aha. Und?«

Ingrid Leibenfrost setzte sich neben seine Kollegin auf das Steinmäuerchen. »Nichts und. Als ich so zweieinhalb, drei Stunden später wieder hier vorbeigekommen bin, also um zehn, halb elf herum …«

»Das war ja schon eine richtige Wanderung«, merkte Dani an.

»Ich war noch bei einer Bekannten auf einen Kaffee. Auf jeden Fall war der Kastenwagen nicht mehr da.«

Dani tippte und legte dann den Kopf zur Seite, schloss kurz die Augen.

Katz wusste, was ihr spanisch vorkam, und stellte an ihrer statt die Frage: »Gut, Frau Leibenfrost, aber warum erzählen Sie uns das? Ich meine, das klingt nach einer alltäglichen Szene. Lieferant bringt Bestellung. Wieso glauben Sie, dass das für uns wichtig ist?«

Die Leute wussten leider nie, was von ihren Beobachtungen nun tatsächlich entscheidend war, meist hatten sie nur ein Bauchgefühl, dass etwas nicht gestimmt hatte, und man musste sie sanft zu den Details führen.

Die Dame trommelte nun mit Zeige- und Mittelfinger auf das Medaillon und lächelte Katz an. »Was hat jeder Lieferwagen?«

Was wurde das jetzt? Quizduell? »Also eigentlich stellen wir hier …«

»Die Fragen. Ich weiß. Aber bitte, gönnen Sie mir doch die Freude, etwas, nun, theatralischer und ausführlicher zu sein. In meinem Leben«, sie seufzte, blieb aber tapfer bei ihrem Lächeln, »gibt es nicht so sehr viel Abwechslung.«

Zu seiner Überraschung stieg Dani auf das Spiel ein. »Einen Firmenschriftzug?«

»Richtig.« Die Dame strahlte sie an.

»Und welchen?«

»Gar keinen.« Und zu Katz: »Ja, es war ein nackter beigefarbener Kastenwagen. Fragen Sie mich bitte nicht nach dem Kennzeichen. Obwohl ich mich jedes Mal bei Krimis darüber ärgere, wenn Zeugen sich die Nummer nicht sofort einprägen, habe ich es, zu meiner Schande, selbst verabsäumt. Nun, ich war ja auch noch etwas verschlafen.« Sie zog wie ein Schulmädchen den Kopf ein.

Das wurde langsam zu einer Spur.

»Okay. Marke vielleicht?« Wieder Dani.

»Ein VW.«

»Schkomme!«, drang es aus der Garage, und Schmitz wuselte an ihnen vorbei ins Haus, gefolgt von Kollegen. Die AB08 vermittelte den Eindruck eines emsigen Ameisenhaufens. Nein, unnatürlich hektischer Maden. Die weißen Overalls waren wirklich selten unkleidsam. Das war ihm schon lange nicht mehr derart aufgefallen. Er musste einmal von sich ein Foto in Schutzkleidung machen lassen, damit er wusste, wie dämlich er ausschaute.

Dani riss sich als Erste von ihnen dreien vom Anblick los. »Und ist Ihnen vielleicht sonst noch etwas aufgefallen? Wie hat der Mann ausgesehen? Groß? Klein? Dick? Dünn? Dunkel? Hell?«

Nun umfasste Leibenfrost mit beiden Händen das Medaillon. »Hm. Er war groß und sehr durchtrainiert, also Sie wissen schon, was ich meine, diese Art von Mann, die die halbe Zeit ihres Lebens mit Hanteln verbringt.« Schweigen.

Katz hockte sich vor sie hin. Er wechselte einen Blick mit Dani, die genauso gespannt wie er selber zu sein schien.

»Er war Europäer. Ja.« Sie sah ihn an. »Ich meine damit, er hatte helle Gesichtshaut, war also ein eurasischer Typ. Kein Schwarzer, kein Araber und auch kein Südamerikaner. Zentralasiate schließe ich ebenfalls aus. Die gehen ja mehr ins Mongolische. Aber Russe oder Ukrainer wäre sehr wohl möglich. In diesem Bereich also irgendwo.«

»Sie konnten ihn so genau erkennen?«

»Wenn Sie meinen, ob ich ein Phantombild erstellen könnte – nein. Nicht wegen meiner mangelnden zeichnerischen Künste, das erledigen ja sowieso Ihre Kollegen«, sie lächelte erneut, »nein, sondern weil ich nur sein Profil gesehen habe.« Wieder das Kopfsenken. »Apropos: Die Nase war durchschnittlich, kein Erkennungsmerkmal. Aber er hatte einen Ansatz zum Doppelkinn. Es wird ihm nicht gefallen, das zu hören, doch der junge Mann sollte sich diese Partie regelmäßig massieren und eincremen, bevor sie wie bei einem Puter herunterhängt.«

»Ich bin fasziniert, gnädige Frau. All das haben Sie beobachtet bei einem, wie Sie sagen, verschlafenen Spaziergang um halb acht in der Früh?«

»Nun«, sie umfasste mit der rechten ihre linke Hand, »Gesichter sind mein Metier. Also menschliche Staturen an sich. Ich war früher die Assistentin von Herrn Doktor Urban. Doch als ich ein gewisses Alter erreicht hatte, empfanden wir beide es für besser, den Platz einer jungen Dame zu geben, die mehr den Sehnsüchten und Projektionen einer gewissen Prozentzahl der Klientel des Herrn Doktors entspricht.«

Es ging kaum geschraubter, zu sagen, dass sie zu alt für den Job geworden war, und sich operationswilligen Dämchen, die die Lebensgrundlage für den Herrn Doktor bildeten, durch sie an ihre Zukunft gemahnt sahen. Noch dazu, wo sie keine klassische Schönheit war.

Dani hörte auf zu tippen. »Und die Haarfarbe?«

»Wenn ich von der Gesichtsfarbe ausgehe, dann blond. Doch das ist natürlich nicht gesichert. Kann auch ein Roter oder ein eher weißlicher Dunkelhaariger gewesen sein. Sehen konnte ich die Haare nicht, denn er trug eine Haube. So wie sie Jugendliche oft tragen. So ein nach hinten herunter hängendes Ding.« Die Verachtung für diesen wohl für sie modischen Fauxpas troff aus ihrer Stimme. »Haube und der Rest der Kleidung schwarz. Stoffhosen, so eine Art Drillich, keine Jeans, Lederjacke. Übrigens eine von diesen unvorteilhaften Modellen, die auf der Taille sitzen. Männer haben in diesen Jacken, wenn sie nicht wirklich sehr, sehr schlank gebaut sind, gleich einen sehr breiten – Hüftbereich. Hatte dieser Mann übrigens nicht.«

Sie hatte Arsch sagen wollen, definitiv. Mein Gott, war diese Frau diszipliniert in ihrer Ausdrucksweise. Vorhin ja auch diese Marjana Koller. Hing das mit der Wohngegend zusammen?

Katz stemmte sich wieder in die Höhe. »Ich wünschte, wir hätten immer solche Zeugen wie Sie.«

Leibenfrost neigte den Kopf, ganz Lady.

»Ist Ihnen sonst noch etwas aufgefallen? Wie haben die beiden miteinander gesprochen? Heftig? Neutral? Vertraut?«

»Also das ist jetzt eine schwierige Frage, denn bei meiner Antwort schwingt auf jeden Fall meine persönliche Interpretation mit, die absolut nicht den Tatsachen entsprechen muss.«

Langsam, aber entschieden, ging ihm die Dame mit ihrer Akkuratesse auf die Nerven. »Wir werden das schon auseinanderklauben.«

»Da vertraue ich ganz und gar auf Sie.« Wieder dieses Lächeln. Sie hatte sich die Assistentin – Rezeptionistin? – noch nicht abgewöhnt. »Nun, Herr Koller schien mir erstaunt. Aber er kannte den Mann. Ja, er hob bei der Begrüßung auffordernd das Kinn in seine Richtung. Genau. Hm, wie hat er das Päckchen angesehen?«

Schweigen, Kopf senken. »Er ist einen Schritt zurückgetreten und hat es beäugt. Dann hat er die Tür aufgeschwungen und den Mann eingelassen.«

Katz wandte sich ab, bevor er zu schreien anfing, was bei einer freiwilligen Zeugin nicht gut wäre. Und genau das war es, was ihn zum Schreien brachte: freiwillig und Zeugin, plus der Wust an Informationen. Er fühlte sich verarscht, denn solche Details merkte sich kein normaler Mensch. Doch schon, aber er erinnerte sich höchstens in Trance daran. Vor allem, wenn ihn die Sache nichts angegangen war.

»Und das Packerl?«, fragte Dani. »Wie groß? Welches Papier?«

»Braunes Packpapier. Größe vielleicht«, sie streckte Mittelfinger und Daumen und hielt die Hände zueinander, betrachtete das so entstandene offene Viereck, »ja, vielleicht fünfzehn mal fünfzehn Zentimeter und fünf dick.« Auch die letzte Aussage unterstrich sie mit entsprechender Geste.

Das passte doch wie die Faust aufs Aug! Katz spürte, wie sich zusätzlich zur Wut gegen seinen Willen alles in ihm anspannte. Der Jagdinstinkt.

»Und es schien schwer zu sein, denn die Finger des jungen Mannes – ich schätze ihn übrigens auf knapp dreißig – also die Finger, die wanderten immer so herum. Sehr unruhig.«

Oder es war eiskalt gewesen, das Packerl. Aber das wäre doch Wahnwitz! Hatte der Mörder sein Mordinstrument als Lieferung getarnt? Wie hinterfotzig!

Nein, nein, nein und nochmals nein, das alles passte zu gut. Die freiwillige Zeugin, die alle Details abrufen konnte, dazu eine liebe mittelalterliche Dame war …

Doch warum sollte das Ganze ein Theater sein? Hm, weil es ein riesiges Komplott war. Wahrscheinlich gab es diesen Hünen gar nicht, und die Dame half der Koller nur aus irgendeiner Frauensolidarität heraus, denn eigentlich hatte sie auf den blauen Volvo des rothaarigen Geliebten der Witwe aufgepasst, während Bonny & Clyde den bösen Ehemann um die Ecke gebracht hatten.

Und er brauchte einen Schwall kalten Wassers ins Gesicht. Das bissel Flamenco hatte wohl seine Trash- und Kitschseite bloßgelegt, die er sich sonst nur bei Ausflügen mit Alex reuefrei auszuleben erlaubte.

Katz wandte sich ab und rieb sich die Nasenwurzel. Das half. Die Sicht wurde wieder klarer, er kehrte in die reale Welt zurück.

Dani war gerade dabei, die persönlichen Daten von Ingrid Leibenfrost zu wiederholen, da unterbrach sie die Dame: »Jetzt, wo ich mir wieder alles vor Augen geführt habe … das Kennzeichen …«

Nein, das war jetzt zu viel.

»Es war nicht aus Wien, es war aus Mistelbach*. MI stand vorne. Aber dann? Ich weiß es nicht. Etwas Rundes, kommt mir vor. Vielleicht ein Achter? Oder ein Dreier?« Sie rieb die Lippen aneinander. »Könnte aber auch ein Sechser gewesen sein.« Leibenfrost strahlte Katz an. »Aber so viele beige Kastenwagen der Marke VW wird es in Mistelbach ja nicht geben.«

»Ist immerhin ein ganzer Bezirk«, hörte Katz sich knurren. Die Alte brachte ihn mit ihrer Klugscheißerei jeden Moment zum Explodieren. Und das ist nicht gut, korrigierte er sich. Denn wenn das Ganze kein abgekar-

---

* Mistelbach: Kleinstadt und Verwaltungsbezirk in Niederösterreich, nördlich von Wien.

tetes Spiel war, handelte es sich um eine der besten Zeuginnen der letzten Jahre.

Helge Schmitz trat aus dem Haus. »Karl, mer han da wat.«

Zwischen Zeigefinger und Daumen ließ er ein Sackerl hin- und herbaumeln. Darin befand sich eine Pistole.

Dani sah Katz an, er sie.

1/6

Du hast … ihm … eine Feder in den Arsch gesteckt!

Wart! Hier! Das Sackerl! Kotz da rein!

PAUSE.

Geht's wieder?

PAUSE.

Tut mir leid. Ich versprech dir, ich werd dich bei den nächsten nicht mehr mit den unangenehmen Details quälen.

Wieso … eine Feder?

Ja ich weiß, das ist ein bissel viel. Aber in dem Moment fand ich das so passend. Zu seiner Persönlichkeit. Aber du hast recht, nur nackt wäre besser gewesen. Es kommt nicht mehr vor. In Zukunft nur mehr reduziert auf ihr Menschsein. Versprochen.

PAUSE.

Du hast einen Menschen umgebracht, Börek.

Ja, endlich.

Endlich.

Ja, endlich. Wir haben lange genug davon geredet, dass man Zeichen setzen muss. Und wenn es sein muss, mit Gewalt, weil man sonst nicht gehört wird. Ich habe es getan. Und jetzt müssen wir unseren Bekennerbrief ausformulieren. Denn morgen irgendwann, nach dem Schülerabend heute im Akzent, wird die Marjana ins Haus zurückkehren, und dann kommt die Polizei. Und mit ihr die Presse. Spätestens dann sollten wir ein perfektes Schreiben haben.

Sollten wir.

Du klingst so stumpf, so müde. Ist alles ein bissel viel gerade, ich weiß. Damit hast du nicht gerechnet. Dass endlich einmal jemand unsere Pläne umsetzt. Und jetzt haben wir die volle Hektik. Aber ich dachte, ich tu's jetzt einfach, bevor wir uns zu lange damit aufhalten, die perfekte Umsetzung auszudiskutieren. Die Gelegenheit war einfach zu gut. Hauptsache, unsere Pläne werden endlich Wirklichkeit.

Unsere Pläne.

Entschuldige, Esma, aber du hörst dich wie ein Papagei an.

Und du wie ein Hund, der das Stöckchen gebracht hat und jetzt gestreichelt werden will. Ich hasse Hunde.

Was hast du am Schluss gesagt? Ich hab's nicht verstanden.

Ich hasse Hunde.

Ah ja.

PAUSE.

Ich hatte gedacht, du freust dich etwas mehr.

Etwas mehr.

Hör auf, alles zu wiederholen, was ich sage.

Hör du auf, so einen Schwachsinn zu reden. Stell dich der Polizei.

PAUSE.

Gut, ich sehe … nein, ich sehe nichts. Ich verstehe nichts.

Du bist ein Mörder. Was ist da so schwer zu verstehen? Ein Wichser, der es nicht vertragen hat, dass ein anderer seine Angebetete gefickt hat.

Nein, das darfst du nicht sagen, Esma, nicht du. Ich bin ein Revolutionär. Und ich setze deine, unsere Revolution um.

Du widerst mich an. Deine Scheinheiligkeit widert mich an. Gib's doch wenigstens zu.

PAUSE.

Gut, ich sehe, wir müssen etwas gegen deine Kleingeistigkeit unternehmen.

Meine. Kleingeistigkeit.

Ja, Kleingeistigkeit. Oder man könnte auch Bigotterie sagen. *Deine* Scheinheiligkeit nämlich. Wasser predigen und Wein trinken. Oder in unserem Fall wohl eher umgekehrt. Egal. Aber ich verstehe dich auch, liebe Esma. Ich hab auch kurz gezögert. Wir sind alle ängstlich. Menschen haben immer Angst davor gehabt, große Ideen in die Tat umzusetzen. Was glaubst du denn, wie sich die Raumfahrer gefühlt haben, als sie in die Kapsel gestiegen sind? Und erst recht dann, als sie auf dem Mond AUS der Kapsel gestiegen sind? Also ich – ich hätte Herzrasen gehabt.

Das kannst du doch nicht mit einem Mord vergleichen.

Mit einer Revolution, die Opfer fordert, meine Liebe. Aber ich schlage vor, du denkst jetzt einmal in Ruhe darüber nach. Ich muss jetzt ins Akzent. Ich denke, ich komm so in vier, fünf Stunden wieder.

TAG 1 / MAYER

Mayer verspürte, wohl genauso wie der Alte, noch immer nicht die geringste Lust, mehr als das Notwendigste zu besprechen. Also wuzelte sie sich wie er schweigend aus dem Streifenwagen – so wie sie beide kommentarlos die Glock begutachtet, die komatös schlafende Koller betrachtet und die Fahrt zurück zum Theater absolviert hatten.

Eine Halbautomatik in der Schmutzwäsche zu verstecken, das war so was von Vorabendprogrammniveau. So blöd … Nein, Marjana Koller hielt sie allemal für intelligenter. Da wollte sie vielleicht jemand hereinlegen. Trotzdem, sicher war gar nichts. Und dann diese plappernde Zeugin mit all den Details. Zu viele Fakten prasselten da auf sie ein, als ob sie jemand schwer verwirren wollte.

Katz hielt sie am Arm zurück. »Das Ganze ist …«

Sie nickte. »Zu aufgesetzt.«

»Okay, dann sind wir einer Meinung. Es drängt sich auf, dass da wer was möglichst plump vertuschen will. Die Frage ist nur, zu welchem Zweck. Vielleicht ein Profi, der uns in die private Richtung lenken will. Trotzdem dürfen wir nicht außer Acht lassen, dass es vielleicht doch einmal, ein einziges Mal, die einfache Variante sein könnte. Ehefrau und Liebhaber killen störenden Ehemann, weil Scheidung zu viel vom Vermögen abzweigen würde.«

»Oder ein eifersüchtiger Lover von dieser Esma, der von sich ablenken will.«

Katz nickte. »Wäre beides ja nicht das erste Mal in der Geschichte des Verbrechens. Und die Inszenierung dient nur zur Ablenkung.«

»Okay, also dann Zeit-Weg-Diagramme und Esma.«

»Exakt. Einstweilen. Bis wir den Laptop haben. Und die Details der Zeugenaussagen holen wir uns dann bei den Einvernahmen im Präsidium.«

Der Streifenbeamte, der geduldig bei ihnen gewartet hatte, erklärte ihnen, dass sie nur ins Foyer gehen müssten, dort sei alles vorbereitet, und alle seien versammelt.

Waren sie. An den Stehtischen, an der Bar des Buffets, an Kaffeehaustischen, an den Wänden, mitten im Raum. Die Gruppe präsentierte sich wie ein Gesellschaftstableau aus dem neunzehnten Jahrhundert, ein Eindruck, der sicherlich aufgrund der Kleidung verstärkt wurde, denn die ungefähr zwanzig Damen und die beiden Gitarristen trugen alle noch das Bühnenoutfit, also lange schwingende Kleider in sämtlichen Regenbogenfarben, teilweise mit Schleppe, und Stoffhosen mit locker geschnittenen Hemden. Nur zwei Männer in schwarzen Jeans und T-Shirts, wohl die Haustechniker, eine dickliche Dame mit geblümtem Kleid – Dani konnte sich an sie als die Herrin über das Buffet erinnern – und der Verkäufer vom Souvenirstand in blauen Jeans und weißem T-Shirt stachen heraus.

So wie natürlich Laura in ihrem unglaublich raffiniert geschnittenen gelben Sommerkleid – *shit, shit, shit* – und neben ihr Alex in seinen hellroten Hosen und seinem dunkelroten Hemd, der sich mit dem neuen

Fächer zuwedelte und kein Zeichen des Erkennens gab. Genauso wie Laura.

Mayer sah zu Katz. Der schien seinen Freund auch gerade entdeckt und dessen Distanz erkannt zu haben. Er nickte kaum merklich. *Was jetzt?* Wieder einmal eine ungenehmigte Undercover-Session? Das ging doch niemals gut. Zu viele Leute wussten Bescheid, denn es musste zumindest auch Nora, Lauras Schwester, eingeweiht sein. Und wer weiß, wem diese noch davon erzählt hatte, dass da heute Bullen in der Vorstellung waren. Aber egal, wenn sie es lustig fanden.

Eine Brünette in einem fliederfarbenen Kleid mit einer langen Schleppe voller Rüschen schwebte auf sie zu. »Endlich sind Sie da. Ist ja schon Zeit geworden. Wir wollen da wirklich nicht übernachten.«

Mayer zuckte zusammen. Diese Stimme, die eine krasse Ähnlichkeit mit einer singenden Säge hatte, hätte sie unter Tausenden erkannt. Irana respektive Irene Stockhammer. Es war wirklich ein Segen für die Menschheit, dass diese Frau den Tanz zu ihrem Hobby gemacht hatte.

»Wir auch nicht, gnädige Frau.«

Alter! Die ist nicht gnädig! Die wirklich als Allerletztes.

»Darf ich mich vorstellen? Ich …«

»Ich weiß, wer Sie sind, Herr Katz.« *Na, eben. Von wegen undercover.* »Der Kollege in Uniform war so nett, uns Ihre Ankunft mitzuteilen.«

Es klang gar nicht nach nett.

Mit einem aus dem Nichts kommenden Schwung schupfte sie ihre Schleppe nach hinten. »Also? Was ist so dringend, dass Sie Künstler, die nach einem Auftritt schwer erschöpft sind, in einem zugigen Theaterfoyer festhalten? Können Sie uns nicht morgen befragen? Außerdem hat niemand von …«

»Höhöhö!«, mischte sich nun die geblümte Buffetfrau ein. »Da is es net zugig. Und i hab Ihnen gsagt, dass ma im Büro warten kennan. Aber des war der Madame ja z' minder.«

Sie wurde seitens Stockhammers mit einer erhobenen Augenbraue bedacht.

»Und Sie sind?«, fragte Katz die Säge.

»A Wichtigtuerin«, kam es von der Geblümten, bevor Mayer aufklärend eingreifen konnte.

Die Stockhammer atmete tief ein und aus. »Irene Stockhammer. Ich leite die Schule, die heute hier ihre Aufführung hatte.«

Katz nahm ihre Hand und deutete einen Handkuss an. »Wenn Ihr Künstlername Irana ist und Sie tatsächlich jenes Zauberwesen sind, das mir heute Abend die ersten Minuten dieses wundervollen, leider zu kurzen Tanzvergnügens beschert hat, dann muss ich Ihnen jetzt meine Hochachtung aussprechen. Meine tiefste Hochachtung und meine Bewunderung.«

Na super, spätestens jetzt war jede Tarnung der Möchtegern-Spione perdu. Aber Mayer sah sich nicht in der Lage zu überlegen, ob das überhaupt wichtig war, denn die Veränderung, die in Irene Stockhammer vorging, nahm ihre komplette Aufmerksamkeit in Anspruch. Die nämlich wurde von einem fliederfarbenen Stecken mit Ballast rund um die Beine zu einer zierlichen, unglaublich weiblichen, zugleich stolzen und erotischen Flamenco-Puppe.

»Sie waren in der Vorstellung?« Gurr, gurr.

Katz senkte das Haupt. »Eine wundervolle, leider viel zu kurze Erfahrung.« Gurr, gurr.

Mayer sah, wie Alex hinter dem Fächer verschwand. Sie beneidete ihn. Sie konnte ihr aufsteigendes Grinsen nirgends verstecken.

Aber Katz' Schleimerei half wieder einmal. Sogar die Strähnen, die sich aus dem Knoten von Stockhammers Haar gelöst hatten, wirkten nun weniger struppig.

»Wenn Sie möchten«, Stockhammer sah mit einem Lächeln auf Katz' Hand, die noch immer die ihre umfasst hielt, »dann reserviere ich Ihnen für meinen Soloabend eine Karte.«

Katz verneigte sich nochmals über ihrer Hand, die er dann losließ. »Darauf komme ich sehr, sehr gerne zurück, gnädige Frau. Aber leider erst, wenn es meine Arbeit zulässt. Diese meine Arbeit, die mich hier zu Ihnen geführt hat.« Tiefer Blick.

»Natürlich.« Kokettes Lächeln. Ein Schritt zur Seite – als ob sie dem Bezwinger das Terrain überließ. Stress ade.

Wie machte der Alte das nur? Nein, es war schon klar, *wie* er es machte. Die Frage war nur, wie schaffte er das immer wieder? Kam er sich nicht blöd dabei vor?

Zahnstocher.

Unbedingt und jetzt sofort.

Und da waren sie. Auf der Theke des Buffets. Während Katz der Meute erklärte, dass es sich um Mord handelte, sie schnell agieren müssten, daher diese Versammlung notwendig sei und sie der Polizei nun mit einer minutiösen Auflistung der Tätigkeit seit dem gestrigen Morgen helfen müssten, und während einer der Kollegen von der Streife Blätter austeilte, schob sich Mayer so unauffällig wie möglich quer durch den Raum zur Futterstelle. Als sie das erste Holzteil aus der Plastikumhüllung schälte, war ihr leichter. Sie knickte es. Nun war sie wieder sie selbst.

Und als Erstes fragte sie sich, warum sich niemand fragte, wozu die Alibis von allen Anwesenden notwendig waren, wenn es doch um Mord am Mann einer der Schülerinnen ging? Hatte Katz' Süßholzgeraspel alle weiblichen Wesen in diesem Raum eingelullt? Hoffentlich. Denn nur, wenn sie ein unbeeinflusstes Zeit-Weg-Diagramm erstellen konnten, hatten sie halbwegs eine Chance, etwaige Lügen seitens Marjana Koller und Nora Pizzoli oder vielleicht auch von jemand anderem auszusortieren. Denn diese Frau hatte diese Szene geliebt, und wer wusste schon, welche Verflechtungen hier herrschten? Der liebeskranke Helfer war noch lange nicht vom Tisch. Obwohl sie die Glock gefunden hatten. Vielleicht war die arme reiche Witwe ja von sich selber geschockt und deswegen dämlich gewesen.

»Wieso wollen Sie eigentlich von uns allen Alibis? Es geht doch nur um Marjanas Mann. Den ich gar nicht kenne.« Ein lachsfarbenes Kleid mit fünf Zentimeter großen schwarzen Punkten.

Man sollte gefährliche Gedanken nie denken. Denn wenn man sie dachte, waren sie in der Welt, und dann dachte sie auch jemand anderer. Da gab es so eine Theorie.

Katz tänzelte zu der Gepunkteten. »Ich verstehe, dass Sie das verwirrt. Aber vielleicht haben Sie Beobachtungen gemacht, ohne zu wissen, dass es Beobachtungen sind?« Breiter Smile hintennach.

Heute konnte er es echt wieder.

»Und die für uns extrem wichtig sind?« Noch breiterer Smile.

Brav neigte die Gepunktete wie ein Schwan den Hals und schrieb.

»Net fragen. Tuan. Dann kumma ham in di Hapfn«, kommentierte die Geblümte. »Glaub ma des, i kenn mi mit die Bulln aus.*«

Eine junge Frau, die unweit von Laura saß und in einem nachtblauen Kleid mit Schleppe schillerte, stand auf. »Wir können das abkürzen. Ich bin Nora Pizzoli. Und Mari, also Marjana Koller, war die ganze Zeit bei mir. Seit gestern Morgen.«

Lauras Schwester sah ganz anders aus. Blond und grobknochig, nur der Puppenmund war der gleiche.

Katz tänzelte auch in ihre Richtung. »Das haben wir gar nicht gefragt, liebe Frau Pizzoli. Dazu kommen wir später. Jetzt geht es nur um eine Bestandsaufnahme. Wenn Sie bitte weiter Ihr Merkblatt ausfüllen würden?«

Sie schluckte, setzte sich und schrieb weiter.

Als Erstes stand der Souvenir-Hüne auf. Er sah sich um und beschloss dann offensichtlich, dass es wohl das Beste war, dem Wichtigsten im Raum das Merkblatt zu geben. Er hielt es Katz entgegen. »Ich … ich … kann nicht viel … sagen. Ich bin nur … also ich verkauf da die Fächer und die CDs und die DVDs und die Kastagnetten und die … Ja.« Pause. »Marjana ist lieb.« Blick nach oben, obwohl er größer als Katz war, wie ein Hund, der getätschelt werden wollte.

Und wieder einmal bestätigte sich das Klischee von wegen Muskeln und körperlicher Attraktivität und kleinem Arsch einerseits und Intelligenz andererseits. *Mayer, net so!* Aber wenn es doch wahr war.

---

* Nicht fragen. Tun. Dann kommen wir heim ins Bett. Glaub mir das, ich kenne mich mit Kriminalbeamten aus.

Mayer nahm dem Cornetto, der durch seine Stammelei bei Alex, wie sie mit einem geschwinden Seitenblick feststellte, Leiden in Form von geschlossenen Augen ausgelöst hatte, weil dieser mit unintelligenten Männern so absolut nichts anfangen konnte, das Blatt aus der Hand.

»Darf ich jetzt heim?« Gefragt wie ein Baby. Ein Baby vor einem Weinanfall.

Katz nickte hoheitsvoll. »Nur einen Moment noch.«

Die Nasenflügel des Cornettos blähten sich, sein Mund zuckte. Diese Wehleidigkeit passte so überhaupt nicht zur Statur. Naja, es gab ja nicht umsonst den Ausdruck *Riesenbaby*. Und das hier war eines. Alex hatte manchmal einen wirklich eigenartigen Geschmack. Katz nickte dem Typen nun aufmunternd zu. Der senkte daraufhin den Kopf und setzte sich wieder. Endlich.

Die zwei Techniker schleuderten ihnen beinahe die Blätter entgegen. Der fülligere von den beiden meinte: »Aber wir haben da echt nix damit zum tuan.« Pure Aggression.

»Wer weiß, wer weiß«, grinste ihnen Katz entgegen. »Bitte würden Sie sich noch einmal kurz setzen?«

Der dünnere zeigte ihnen beim Umdrehen den gestreckten Mittelfinger. Und er rieb sich die Nase. Gleich ein paar Mal hintereinander. Er wirkte auch fahrig. Ob da nicht jemand ein bisschen mit Schnee gespielt hatte?

Ein paar von den Frauen waren ebenfalls fertig und brachten ihnen die Merkblätter. Aber sie kehrten sofort zu ihren Plätzen zurück. Hatten gelernt.

Mayer schob sich ganz nah zu ihrem Chef. »Jetzt?«

»Okay.«

Sie ging in die Mitte des Raumes. »Okay. Und jetzt noch eine Frage: Wer von Ihnen ist Esma?«

Schlagartige Stille. Damit hatte Mayer nicht gerechnet.

Stockhammer räusperte sich. »Eine Tänzerin. Sie macht viele Soloprogramme. Und manchmal so Clubabende.«

»Clubabende?«, fragte Katz.

Wiederum Schweigen.

»Ja, sie tritt in einem Club auf«, ließ sich nun Nora Pizzoli vernehmen. »Der gehört ihr und …«

»Einem Mann, der Gitarre spielt«, mischte sich nun Stockhammer ein.

Diese Esma war ein Knackpunkt. Darauf hatte Mayer nicht gehofft. Aber umso besser! »Und sie ist offensichtlich nicht hier?«

Allgemeines Kopfschütteln.

»Aber sie tanzt Flamenco.«

Schweigen.

»Oder doch nicht?«

Nun die Stockhammer. »Schon.«

»Was heißt das? Ist sie so schlecht, dass man nicht über sie redet?«

»Nein, eher im Gegenteil.«

Oh! Es redet. Das Gitarrist Nummer Eins. »Was heißt das?«

Stockhammer warf dem Musiker einen vernichtenden Blick zu und schwang ihren Schlepp auf die andere Seite. »Naja, sie hat eine etwas eigene Art, Flamenco zu interpretieren.«

Mayer sah sich um. Und da waren nicht alle einer Meinung mit der großen Chefin, dass es bloß *eine eigene Art* war. Rot glühende Wangen, wippende Oberschenkel. Was machte diese Esma bloß?

Ein Streifenpolizist trat zu Katz. Und Mayer hörte: »Noch ein Fünfundsiebziger. Und eine der hier Versammelten ist die Betroffene. Anita Jelinek.«

1/7

Mit einer Revolution, die Opfer fordert, meine Liebe. Aber ich schlage vor, du denkst jetzt einmal in Ruhe darüber nach. Ich muss jetzt ins Akzent. Ich denke, ich komm so in vier, fünf Stunden wieder.

Börek! Börek? Bleib da! Was soll das? Du kannst mich doch nicht einfach …

Doch. Ich kann. Wie so vieles. Nütz die Zeit, liebe Esma, um dir in Ruhe alles durch den Kopf gehen zu lassen.

Börek!

SIEBEN STUNDEN SPÄTER.

Hallo, mein Liebes! Es tut mir so leid, wirklich so leid! Aber du kannst dir nicht vorstellen, was passiert ist. Das muss ich dir gleich erzählen. Doch vorher … schau, ich hab dir eine Auberginen-Pizza mitgebracht, die hast du doch so gern. Oder nicht? Und da hab ich auch Besteck, ich weiß ja, dass du nicht gern mit den Fingern isst und …

HALT DIE KLAPPE!!!!

Genau das habe ich befürchtet. Hunger macht dich immer nervös und launisch. Schau, sie dampft noch, ich habe sie am Schwarzenbergplatz bei diesem neuen Standl …

Steck dir deine Pizza in den Arsch, du Psycho. Ich will hier raus! Jetzt! Sofort!

Esma, bitte.

Du lässt mich hier die halbe Nacht sitzen, du Irrer. Ich kann niemanden verständigen. Ich weiß nicht, ob du wieder kommst und mich hinauslässt. Das ist Freiheitsberaubung, verstehst du mich, du Arsch? Du bist nicht nur ein Mörder, du bist auch ein Kidnapper. Dich sollte man selber aufhängen. Das alles ist … Aaaaaahhhhh!

PAUSE.

Tut mir leid, aber bei so einem Hysterieanfall hilft einfach nur eine Ohrfeige.

Du hast mich geschlagen. Du hast mich einfach geschlagen. Dafür hast du dir die Muckis aufgeblasen, damit du eine Frau schlagen kannst?! Was bist du doch für ein jämmerlicher Loser.

Ich entschuldige mich noch einmal, liebe Esma. Dir wehzutun, ist das Letzte, was ich möchte. Aber du hast mich dazu gezwungen. Ich kann doch nicht riskieren, dass du einen Nervenzusammenbruch bekommst. Übermorgen ist wieder Esma's Night. Da musst du fit sein. Denn da müssen wir auch die anderen dazu bringen, aktiv zu werden.

Wie? Was?

Was wie was? Na, ich kann doch die ganze Arbeit nicht allein machen. Wir müssen gemeinsam aufstehen, ausschwärmen und die kranken Glieder abschlagen. Je mehr es am Anfang sind, je gewaltiger unser Widerstand gegen Gleichgültigkeit, Respektlosigkeit und gesellschaftliche Kälte ist, desto eher werden auch die brandigen Glieder ihre Selbstheilungskräfte aktivieren, und umso weniger Opfer haben wir zu beklagen. Deine Worte.

Das habe ich nie gesagt.

Doch.

Nein. Niemals.

Doch. Du hast gesagt, unsere Revolution muss wie eine Welle sein, wie ein Tsunami, der reinigend das Kaputte mit sich nimmt und gesäubertes Land zurücklässt.

Ich habe gesagt, dass wir nur durch die Kraft der Masse Veränderungen herbeiführen können.

Sage ich ja.

Das ist etwas ganz anderes. Ich habe von Gedankenrevolution gesprochen, von Vorbildwirkung, von zivilem Ungehorsam. Ja, und auch von Aktionismus gegen Symbole der kapitalistischen Macht, aber nicht …

Andere Worte, selber Inhalt.

Nein, ganz und gar nicht. Ich habe gesagt, wenn bloß jeder von uns zehn andere Menschen davon überzeugt, dass wir selbst für unser Leben verantwortlich sind, dass wir das Volk sind, eine solidarische Gemeinschaft, dass wir die die Wirtschaft, die letzte Instanz sind und nicht einzelne Strippenzieher, und wenn dann jeder von diesen zehn wiederum zehn … ach vergiss es.

Nein, mach weiter, bitte mach weiter. Das ist meine Esma, das bist du.

Ich bin NICHT deine Esma! Wann kapierst du das endlich?!

Jetzt sei bitte nicht so kleinkariert. So auf einzelne Wörter fixiert. Ja, jetzt bist du noch nicht meine Esma, aber bald schon werden wir nicht nur ein Team im Geiste sein.

Wir werden nie ein Team sein, auch nicht im Geiste. Mir geht es darum, die Welt ein bisschen besser zu machen, ich will sie nicht ausrotten.

Jetzt übertreibst du aber. Nur, weil wir ein paar Exempel statuieren wollen, rotten wir die Welt nicht aus. Das ginge bei siebeneinhalb Milliarden mit Aufhängen auch ein bisschen schwer.

Deine Jokes waren schon einmal besser. Sag, verstehst du nicht? Man darf Menschen nicht so einfach töten!

Ich liebe es, wenn du so leidenschaftlich bist.

PAUSE.

Okay, Börek. Ich … das ist alles ein bissel viel … Fuck, ich war nicht … also … darauf vorbereitet. Es ist mir … bisher … also, das Bewusstsein der Menschen …

Ja, da leistest du tolle Arbeit.

Danke, lieber Börek. Okay … äh … gib mir deine Hand.

TAG 1 / KATZ

Die zweite nackte Leiche innerhalb von sechs Stunden. Walter Jelinek lag bäuchlings auf dem schwarz-weiß karierten Linoleum der Küche. Sein Kopf war ein einziges blutiges Puzzle. Katz sehnte sich nach einer Zigarette, nach ihrer beruhigenden und zugleich aufputschenden Wirkung. Sein Bio-Rhythmus war einfach nicht auf Arbeit eingestellt. An einem freien Tag.

»Nackt, und eine Ehefrau, die Flamenco tanzt«, sinnierte Dani.

Katz brummte Zustimmung. »Aber der Rest ist komplett anders. Der da ist einfach zermatschkert* worden. Da war nix mit Folter und Warten.«

Dani nickte und rieb sich die Augen. Seine liebste Kollegin wirkte ebenfalls sehr müde, außerdem ein wenig frustriert. Und er verstand sie. Eigentlich sollte sie jetzt, mitten in der Nacht, ein paar von den Kamasutra-Stellungen ausprobieren, aber stattdessen standen sie vor einer weiteren Leiche.

Schmitz trat zu ihnen. »Dat wird jetzt echt Stress. Und warum schon wieder nackig?«

»Net sinnieren. Analysieren«, warf Dani ein. Katz hörte sich beinahe selber sprechen.

---

* Zermatschkert: zu Brei gemacht

Schmitz brummte. »Aber jetzt muss Schluss sein, mir jehen langsam die Leute aus.«

Katz klopfte ihm auf die Schulter. »Helge, ich hab's net bestellt, die Leich. Mir reichert der Kikeriki auch.«

Er umrundete das Opfer. Irgendwas kam ihm komisch vor. Ja natürlich …

Schmitz patschte die Hände zusammen. »Auf jeden Fall haben wir hier nicht den Tatort. Zu wenig Blut am Boden.«

Genau das hatte Katz irritiert.

»Aber wieso sollte jemand eine Leiche ausgerechnet in der Küche ablejen?« Schmitz sah sich um, beugte sich ganz nah zur Front eines Hängekastens. »Also, wenn isch nit schon vor lauter Müdigkeit Sehstörungen habe … der Schatten da …«

Katz beäugte die Stelle. Mit viel gutem Willen konnte man da die Ahnung von einer Ahnung erkennen.

»Ja, der Schatten könnte der Wischrest von Spritzspuren sein«, gab sich Schmitz brummend selbst recht. »Aber wenn er alles abjewischt hat, warum hat er dann nit auch die Leiche woanders hinjeschafft und jehofft, dat wir in der Küche nicht nachschauen?«

»Vielleicht war sie ihm zu schwer?«, meinte Dani.

Schmitz zuckte mit den Schultern und sagte zur Leiche: »Wenn misch nischt alles täuscht, hast du auf etwas draufjelejen.«

»Wir werden die Ehefrau fragen.« Dani nickte Katz zu.

»Ja, weil der Sohn ist ja nicht ansprechbar. Bitte was hat der eingeworfen, dass er so im Delirium ist?«

Katz dachte mit Schaudern an die kalte Hand des Jungen, der offensichtlich nach dem Fund der Leiche und dem Anruf bei der Polizei beschlossen hatte, die Eingangstür nur anzulehnen und den Rest nicht mehr mitbekommen zu wollen.

»Vielleicht weiß es seine Mutter.« Sie machte eine Kopfbewegung zur Tür hin.

Doch durch die kam gerade Rössler mit Wagner im Schlepptau herein. »Ihr seid uns echt schon abgegangen, haben wir beide bei der Fahrt hierher festgestellt.« Kein Lächeln.

»Und dass ma die Verhüterli gleich anlassen hätten können«, meinte der Gerichtsmediziner mit festem Blick auf die Leiche. »Naja, Schlaf wird sowieso überschätzt. Für was hat die Menschheit Aufputschmittel erfunden?«

Puh, die Luft im Raum war dick geworden. Nun nickte Katz Dani zu, sie folgte ihm ins Stiegenhaus, wo auf der letzten Stufe zur Etage der Wohnung Anita Jelinek kauerte. Sie stierte ins Leere. Zeigte auch keinerlei Reaktion, als Katz und Dani unter Ächzen aus der Schutzkleidung hüpften. Bei warmem Wetter sollte man diese Dinger nur über die Unterwäsche anziehen.

Dani schlüpfte an ihr vorbei und ging zwei Stufen unter ihr in die Hocke. Sah sie an.

Jelinek fokussierte auf sie. »Ich hab ihm gsagt, dass der neue Job ka guter is. Hab i eahm gsagt.«

»Aha.«

»Ja, hab i. Barzahlungen«, sie spie das Wort förmlich aus, »und Anrufe mit keiner Nummer, ha, da waß do glei der größte Volldillo, dass des a linke Partie is, oder net? Hab ja sogar i an mobilen Bankomat.«

Zweites Mal an diesem Tag Glück gehabt, wieder nicht die Heul-, sondern die Wutfraktion – wobei … die Häufung kam Katz einen Hauch komisch vor.

»Welcher Job?«, fragte Dani nach.

Jelinek lachte auf und schlug sich mit den Handballen auf die Stirn. »So a Trottel, so a Trottel oba a.«

Das Ganglicht ging aus.

»Na super, des a no«, kommentierte die frisch gebackene Witwe.

Katz hätte allerdings nichts dagegen, wenn es dunkel bliebe, denn das Zinshaus* aus dem neunzehnten Jahrhundert hatte schon bessere Zeiten erlebt. Die Stiegen waren abgetreten, der Verputz bröckelte, die Aufzugtür hatte Dellen, nur das Stiegengeländer aus schwarzem Metall glänzte wie ein Bösendorfer Flügel. Klare Sache, eine bemühte Hausmeisterin in einem Spekulationsobjekt in Simmering**.

Er drückte den roten Knopf. Das Elend wurde wieder sichtbar.

Anita Jelinek warf den Kopf nach hinten und riss die Augen auf, klimperte mit den Wimpern. Anscheinend wollte sie den Tränenlauf verhindern. »Nananana, des hätt der Mario net sehen dürfen. Des hätt er net sehn dürfen.«

»Wollen Sie vielleicht zu Ihrem Sohn und …?« Dani ganz sanft.

Kopfschütteln. »Hätt keinen Sinn. I weiß net, was er eingworfen hat, aber i weiß, wie er ausschaut, wenn er die nächsten zehn Stund mehr unter die Toten als unter die Lebendigen is.«

»Ist er drogenabhängig?«, fragte Katz.

---

* Zins: Miete

** Simmering: 11. Wr. Gemeindebezirk, ehemals eine der Hochburgen der Arbeiterschaft, jetzt mit großem Zuzug von Immigranten; manche stadtnahen Ecken werden langsam, aber sicher boboisiert.

Auflachen. »A net mehr als andere Jugendliche. Nein, der Mario is die meiste Zeit a braver Bua. Lernt bei die Pompfineberer* glei vurn. Aber wenn er fortgeht, besorgt er sich's halt. Wie die anderen auch. Und er is erwachsen, was soll i machen? Außeschmeißn? Des is do a ka Lösung.« Sie ließ den Kopf in die Hände fallen.

Er zwinkerte Dani zu. Ein paar Anstandssekunden sollten sie jetzt verstreichen lassen.

Rössler kam aus der Wohnung und wurschtelte sich aus dem Schutzanzug. »Die Morgenbesprechung würd ich gern ausfallen lassen. Wäre zu zeitig wegen meines Gerichtstermins. Aber ihr seid eh noch …« Sein Blick huschte zur Witwe.

Er zwängte sich an ihr vorbei, ließ etwas von »Erreichbar sein« hören und winkte über die Schulter zurück.

Mit Rösslers Auftauchen waren Katz' Gedanken wieder in die Wohnung zurückgekehrt. Das wenige Blut. Das hätte er schon wieder fast vergessen. »Frau Jelinek, sagen Sie, liegt normalerweise ein Teppich oder so in der Küche?«

»Ja, a großer Fleckerlteppich«, nuschelte Jelinek zwischen ihren Fingern hervor.

Dani nickte und tippte. Die Information fand somit ihren Weg zur AB08, ohne dass irgendwer auch nur einen echten Schritt tun musste. Bald würden sie neben einer Leiche stehen und per Handy miteinander diskutieren, damit die anderen Gruppenmitglieder den kompletten Sachverhalt über Konferenzschaltung mitbekamen.

---

* Pompfineberer: (auch Pompfüneberer) Bestatter; der Sitz der ehemals städtischen Bestattung liegt ebenfalls in Simmering.

Dani setzte sich auf die Stufe. »Also gut, welchen Job hatte Ihr Mann genau?«

»Irgendwas irgendwohin bringan. Allaweu* irgendwas irgendwohin bringan.«

»Ihr Mann hat als Bote gearbeitet?«

Nicken.

»Für wen?«

Jelinek sah sie an. »Haben S' Schmalz in di Ohrn? Ka Numma, nie. I hätt eh nachgschaut, weu ma des alles echt net koscher war, aber da war ja nix zum Sehn. Und drüber gredt hat er net, hat si wichtig gmacht, mit Verschwiegenheitsklausel und so. Hat auf James Bond gmacht, der Vollwappler. Des hat er jetzt davon.«

»Und was hat er da so transportiert?«

»Waß i des? Bin i sei Sekretärin?« Ihr Blick zuckte zur Eingangstür. »Gwesen?«

Katz wurde es zu bunt. Er ging drei Stufen die Treppen hinunter und stützte ein Bein vor Jelinek auf. »Blödsinn. Sie müssen was mitbekommen haben. Sie haben mit dem Mann zusammengelebt.«

Sie schnaubte ein Lachen. »Sie san no nie verheiratet gwesen, oder?«

»Doch.«

»Aber net lang. Weu sonst wissatn S', dass ma mit der Zeit perfekt wird beim Versteckspieln.« Sie zog einen Mundwinkel hoch. »Bei seinen Gpsusis** is eahm des zwar net imma glungen«, ein schweres Seufzen, »aber bei der Hackn***, die er da aufgrissn hat, schon. Leider. Weu sonst zagat i dem Arsch, wo Gott wohnt. Anfach den Walter

* Allaweu: immerzu
** Gpsusi : Liebschaft
*** Hackn: Arbeit; V: hackln

hamdrahn*, des geht net.« Sie sah Katz an. »Des geht do net, oder?«

»Nein, das geht nicht«, pflichtete er ihr bei. »Wann haben Sie denn Ihren Mann das letzte Mal gesehen oder gehört?«

»Na heut in der Früh, wie i trainieren gangen bin. Hab 's Handy odraht ghabt. Aber es war eh klar, dass ma uns heut am Abend sehn. Im Theater.«

Das Ort-Zeit-Diagramm gab ihnen sicher einen Hinweis, ob das stimmen konnte. Jedoch zwei Frauen, die am selben Tag ihren Mann umbrachten? Eher unwahrscheinlich. Außer sie hatten sich abgesprochen, so wie die Selbstmörder im Internet. Und eine gab der anderen ein Alibi. Vielleicht tauchte ja auch noch eine dritte nackte Leiche auf, die Erniedrigung im Tode ... nein, er war echt nicht ganz am Damm. Fantastereien.

»Und hat es Sie nicht gewundert, dass er nicht aufgetaucht ist?«, fragte Dani nach.

»Scho. Oba wer denkt denn glei«, Jelinek sog durch die Nase tief Luft ein, »dass so was passiert is?« Mit einer energischen Bewegung, die wohl genauso wie das Einatmen die sich endlich ihren Weg bahnenden Tränen verscheuchen sollte, wischte sie sich die fuchsroten Stirnfransen aus dem Gesicht, die bislang exakt auf Augenbrauenhöhe geföhnt gewesen waren, passend zum bei Flamenco-Damen wohl üblichen Knoten im Nacken. Ein geklebtes Cut wurde sichtbar.

»Was haben Sie da?«, fragte Katz.

»Was? Wo?« Runde Augen, in die sich Verstehen schlich. Die Hand fuhr zu den Fransen, wohl um sie

* Hamdrahn: umbringen

wieder über die Stirn zu frisieren, blieb aber in der Luft hängen. »Na, a Cut, des sehn S' doch.« Nun verschränkte sie die Arme.

»Und woher haben Sie das?«

Jelinek setzte zu sprechen an, schloss den Mund. Schließlich sagte sie: »Wenn i Ihna jetzt sag, dass Sie des an Schas angeht, sagen Sie mir, dass Sie alles angeht bei an Mord. Wie im Fernsehn. Also bring mas glei hinter uns, weu es wird Ihna sowieso wer anderer a steckn.«

Dumm war sie nicht, diese Anita Jelinek.

Sie klemmte die Hände zwischen den Oberschenkeln ein. »Also, der Walter und i haben manchmal a paar Meinungsverschiedenheiten ghabt. Nix Tragisches. Aber mir san halt alle zwa Häferln.* A bissel impulsiv, könnt ma sagn.«

Dani lehnte sich ans Geländer. »Und um was ging es da so?«

»Naja, um di Marie, um was sunst? I hab gsagt, er soll beim Preferanzen** net imma so vü verliern, sich amoi an gscheitn Job suchn, net so was Komisches wie di Botngschicht, und a net so was Halbseidenes wie sunst alleweil ... wobei jetzt warat's ma fast lieber, er hätt an Bruch oder so gmacht, hat er ja no vor Kurzem davon gfaselt... weu da geht's schlimmstenfalls in Bau ...« Sie atmete tief ein und sehr lange aus. »Ja, und er hat gsagt, dass i halt mehr hackln soll, wenn i mitn Haushaltsgeld net auskumm ...« Ansatzlos legte sich ein Strahlen über ihr Gesicht. »I kann ma's nämlich einteiln, weu i bin selbstständig. Als Masseurin. Fußreflexzonen. Da bin i ziemlich guat.«

---

* Häferl: schnell wütend werdender Mensch, Choleriker
** Preferanzen: das Spiel Preference

»Fußreflexzonenmassage?« Katz konnte die Skepsis in seiner Stimme nicht verbergen.

»Ja, den Blick kenn i. Wie wüll des a Vorstadtpflanzn machen, wenn s' net amal des Wort buchstabieren kann, gell? A andere Massage, ja des schon, aber so was?« Sie beugte sich zu Katz. »Des andere hab i nie gmacht, i bin anständig. Aber wenn S' as genau wissen wolln – i war Pedikür, und da haben wir des glernt, weu des jetzt zum Standard ghört. Und da hab i gmerkt, dass i des super kann. Ja so ist des, Herr Kieberer.«

Touché. Katz nahm sich in derselben Sekunde vor, wieder einmal etwas genauer auf seine Vorurteile zu schauen.

»Ja, und Sie haben einfach nicht mehr Aufträge bekommen, oder wie?«, rettete Dani die Situation.

»Na, na, i könnt rund um di Uhr hackln. Aber i wü net. Des Gfrastsackl* soll si gfälligst net aushaltn lassn von mir. Und vom Mario. Der zahlt scho mehr dazu als sein Vater. Wir haben a a Leben. I hab a a Leben. I wüll a an Spaß haben. Ins Kino gehen, Flamenco tanzn …« Ihr Mund begann zu zittern und ihr Körper zu wippen. »Na, jetzt kann i des ja alles.«

»Das heißt, Ihr Mann hatte etwas dagegen, dass Sie Flamenco tanzen gegangen sind?«, sprach Dani auch seine Überlegungen aus.

»Geh woher. Des war ja nur die Gschicht mitn Geld. Na, na, der Flamenco hat eahm scho taugt. Er war immer bei meine Aufführungen dabei, ganz stolz war er, auch wenn ma open stage gmacht haben, net nur bei der Schulaufführung. Und a in den Club von der Esma samma

---

* Gfrastsackl: Miststück

gemeinsam gangan.« Sie lächelte breit. »Und amal alle drei Monat san ma zum Don Pedro, des is a Spanier im Neunten* drin, und haben dort was gessn, des hamma uns gleistet, und haben dann mit di anderen mitgmacht.«

»Bei was mitgemacht?« Wiederum Dani.

»Na, des is in Spanien so üblich, dass ma si manchmal nachm Essen zsammsetzt und Musik macht und singt dazu und a tanzt. A bissel nur, aber jeder is dran und kriegt dann an Applaus. Juerga nennt ma des.« Jetzt strahlte sie wieder wie vorhin bei der Erwähnung ihres Berufes.

Eigentlich wirkte Anita Jelinek wie ein fast rundherum glückliche Frau, zwar geschlagen mit und von einem etwas lebensuntüchtigen Ehemann, was aber ein Problem war, das man aus ihrer Sicht leicht in den Griff bekam.

Katz lehnte sich an die Wand und starrte ins Schwarz des Gangfensters. Die beiden Fälle wurden bis auf die Nacktheit der Leichen immer unähnlicher. Und doch! Beide Witwen tanzten Flamenco. Das konnte kein Zufall sein.

Er wandte sich zu Jelinek. »Sagen Sie, kannten Markus Koller und Ihr Mann einander?«

»Klar.«

»Klar?« Alarmglocken schrillten in seinem Schädel.

»Na von den Sessions bei der Esma. Zu de Schulaufführungen ist der Koller ja net gangan, der Arsch, aber zur Esma schon.« Sie lachte trocken auf. »War in di verbrunzt** wi a junga Hirsch.«

---

* Das Lokal »Don Pedro« gibt es nicht, der Name ist eine Hommage an ein ehemaliges Lokal im siebten Bezirk.

** Verbrunzt: verliebt mit dem Touch von hündisch ergeben, vor allem auf erotischer Ebene

»Hat er mit ihr ein Verhältnis gehabt?«

»Geh wo denn! Di Esma hätt si von dem do net amal die Füß massieren lassn.«

»Aber seine Frau scheint das zu glauben.«

»Die Marjana? Geh, Blödsinn. Di waß do a, wie di Esma is.«

»Und wie ist die?« Langsam wurde Katz auf diese Frau echt gespannt.

Jelinek stöhnte auf. »Ma echt, was hat des jetzt mit dem Walter zum tuan?«

Das war die Frage – die eigentlich keine war. Aber zur Sicherheit fragte Katz dennoch: »Und Ihr Mann? Der hat doch gern einmal außerhalb gegessen, wie Sie vorhin angedeutet haben. Hatte er vielleicht mit dieser Esma ein …?«

»Ha!« Jelinek schnappte die Handtasche, die hinter ihr auf dem Treppenabsatz stand, und kramte eine Packung Manitu heraus.

Nicht parfümierte naturbelassene Zigaretten statt der weitverbreiteten Marlboro. Die Gemeindebaulady wurde immer interessanter. Er gab ihr Feuer und zündete sich selbst eine von seinen eigenen an.

Sie sinnierte wieder ins Leere, Wasser stieg ihr in die Augen. »Nein, hat er net ghabt. Fast tät i's ihm jetzt gönnen. Hätt er no was Schönes ghabt vor seinem Tod.«

Das nannte man wohl wahre Liebe, denn gleichgültig gegenüber ihrem toten Mann wirkte der Rotschopf beileibe nicht.

»Aber die war net … also er war net ihr … Niveau.« Sie schnippte die Asche an Dani vorbei auf die Stiege.

Die Tür gegenüber der Tatortwohnung ging auf. Eine Vierzigjährige mit Löwenkopf in einem ultrakurzen knallgrünen Minikleid schaute heraus. »Wie oft hab i dir scho gsagt, Jelinek, dass d' net am Gang tschicken* sollst? Ha?! Dämpf sufurt den Sargnagel aus! I wü da net an Passivkrebs krepieren, hast mi?!«

Mit einem Mal stand Anita Jelinek, Katz hatte die Bewegung des Aufstehens nicht mitbekommen. Sie stellte sich Nase an Nase zum Löwenkopf. »Halt di Pappn, du blede Funzn. Den Walter ham s' hamdraht. Und da tschick i so vü i wü. Hast mi?**«, äffte sie die Nachbarin nach.

»Hab i scho mitkriegt. Und wundert mi eh net, dass er gmocht wordn is***«, keifte die zurück. »Bei seine halbseidenen Gschaftln, di er imma ghabt hat.«

»Was waßt denn du scho? Du kräulst aus dein Fernseher ja nur auße, wennst scheißen gehen muasst.****«

»I waß gnua. I hab guate Ohren und guate Augn.«

»Waast wos, Panigl, mach di da net vua di Bulln wichtig, weu sunst landest schnöller im Häfn, ois wiast Hallo sagn kannst, weu dann kontrolliern die amoi dei Ganzkörperbehinderung. Bei dir is nämlich gar nix behindert außa dei Hirn. Hast mi?*****«

Katz legte die Hand sacht auf Jelineks Arm und drückte sie leicht von der Nachbarin weg. »Wenn ich die Damen kurz bei Ihrer Plauderei unterbrechen dürfte?«

---

* Tschicken: rauchen; S: der Tschick

** Halt den Mund, du blöde Kuh. Den Walter haben sie umgebracht, und da rauch ich so viel ich will. Hast du mich verstanden?

*** Gmocht: umgebracht

**** Was weißt du denn schon? Du verlässt den Fernseher ja nur, wenn du auf die Toilette musst.

***** Weißt du was, Panigl? Mach dich da nicht vor der Polizei wichtig, denn sonst landest du schneller im Gefängnis, als du Hallo sagen kannst, weil die dann einmal deine Ganzkörperbehinderung kontrollieren. Bei dir ist nämlich überhaupt nichts behindert außer deinem Hirn. Hast du mich verstanden?

Die Witwe sah ihn an, drehte ab und nahm einen tiefen Zug von ihrer Zigarette.

Katz ließ die seine hinter seinem Rücken verschwinden. »Was, Frau Pa…?«

»Panigl. Jacqueline Panigl, Herr Inspektor.« Sie lächelte ihn an, als wolle sie gleich mit ihm auf der Couch bei Telenovelas kuscheln. Trotz Zigarette.

»Frau Panigl, haben Sie etwas gesehen oder gehört, was für unsere Ermittlungen hilfreich sein könnte?«

»Ja, an Schas«, keifte es hinter seinem Rücken.

Panigl schickte Küsschen in Richtung Jelinek und lächelte ihn dann wieder an. »Ja, an Mann.«

Dani stand plötzlich an seiner Seite, mit dem aktivierten Tablet im Anschlag. »Wann?«

»Na gestern am Abend.«

»Aha?« Trotz ihrer Verkürzung stand die volle Frage im Gang: Und wieso ist das jetzt wichtig?

Katz war immer wieder erstaunt, in wie vielen Farben Dani *Aha* aussprechen konnte.

Auch bei Panigl war die Frage fehlerfrei angekommen, denn sie plapperte los: »Ja, ich hab grad gelüftet, und da hab ich den Jelinek unten im Hof stehen sehn. Mit an Mann im Anzug. Zehne herum war's, es hat grad der Nachtfilm angfangan. Und i denk man no, was hat der Walter mit an Anzugheini zum tuan? Nämlich net ana von die halbseidenen Anzüg, Sie wissen scho, die so glänzen, die von an Bugl oder so*, na so ein richtiger Anzug. Hat ma gsehn, dass der bis vor Kurzem no in der Tuchlauben** in der Auslag ghängt is.«

Anita Jelinek drängte sich zwischen Dani und Katz.

---

* Bugl: auch Buck(e)l geschrieben; Leibwächter in der kriminellen Szene
** Tuchlauben : Nobeleinkaufsstraße in der City

»Beschreib ihn, Panigl. Beschreib ihn ganz genau.« Und zu Katz: »Des is wahrscheinlich sei geheimnisvoller Auftraggeber. Weu wir haben solche Leut net als Freund. Und die Noblen, die san imma die Gfährlichsten.«

»Nun, Frau Panigl?«, gab Katz den Ball wieder an die Nachbarin zurück.

Sie zupfte an einer Locke ihrer Löwenmähne, sichtlich geschmeichelt von der Aufmerksamkeit. »Also, der war vielleicht zehn Zentimeter größer als da Walter, a guate Figur hat er ghabt, wissts eh, ka Haring*, aber a ka Aufblasener**.«

»Haarfarbe?«, fragte Dani.

»Eher hell. So kurze Stoppeln mit Gel.«

Das Bild, das in seinem Hirn aufflashte, wollte Katz nicht sehen. Denn es zeigte einen nackten baumelnden Mann mit Hahnenfeder im Arsch. Und das konnte doch nicht sein. Aber Dani sah ihn an … Nein, sie durften sich nicht gleich festlegen.

Also fragte er: »Haben Sie vielleicht noch irgendwelche Details an diesem Herrn erkennen können? Kurze Haare sind ja momentan leider sehr modern. Und Anzüge an sich sind ja auch nicht so prägnant.«

Panigl sagte nichts, sondern lächelte ihn viel mehr ganz breit an. »Und Sie san echt a Kieberer? Weu Sie reden nämlich so schön. Wirklich schön. Des bin i gar net gwohnt.«

Dani senkte den Kopf ganz tief. Ihre Schultern zuckten einmal. Wenn sie jetzt lachte, würde er sie zum Innendienst verdonnern.

---

* Haring: dünner Mensch
** Aufblasener: im Fitnessstudio Übertrainierter

»Tu da net baggern, Panigl«, mischte sich Jelinek ein. »Was is? Hast no was gsehn?«

Die Nachbarin ignorierte sie nicht einmal, sondern schenkte Katz einen großen Augenaufschlag – und dann endlich die Gnade einer Antwort. »Ja, sein Wagn. Is vurn an der Straßn gstandn. A Jaguar. Fallt auf in unserer Gegend. Dunkelgrün. Hat ma ganz genau gsehn unter der Latern.«

1/8

Danke, lieber Börek. Okay … äh … gib mir deine Hand.

Gern, mein Liebes.

Gut. So ist es gut. Du bist doch ein Lieber. Ein Guter. Das weiß ich.

Wieso sagst du das jetzt?

Komm, lass uns den ganzen Wahnsinn beenden. Ich bin dir auch nicht böse, dass du mich eingesperrt hast. Alles gut. Es ist alles gut.

PAUSE.

Du redest mit mir wie mit einem kranken dummen Kind. Das ist nicht gut, Esma, das ist gar nicht gut.

Aber das tu ich doch …

Doch, tust du.

Nein, du bist ein ganz toller, lieber …

Lieb. Schon wieder. Nur weil ich dir nicht wie andere auf den Kopf geschissen habe?

Was hast du gegen lieb?

Lieb kommt gleich nach nett. Unbedarft, uninteressant, uncool mit einem Hauch sympathisch.

Das war doch nur … das habe ich nur gesagt, um die alle hier aufzurütteln.

Das heißt, du meinst also auch nicht das, was du sagst?

Nein, schon. Nur manchmal muss man eben etwas … übertreiben.

Was jetzt?

Ach vergiss es.

PAUSE.

Du nimmst mich nicht ernst, du Schlampe. Das ist es.

Nein, Börek. Ich nehm dich …

Hör auf zu lügen. Das passt nicht zu dir. Sag doch, dass du nichts anderes willst, als heim zu Eva. Eine Spießbürgerpizza mit deiner Spießbürgertochter essen, gemeinsam mit deiner Spießbürgerfreundin. Das ganze Gerede von Revolution ist doch nur Geschwafel von dir …

Nein, Börek, das meine ich alles ernst. Glaub mir, ich …

Halt die Klappe, du Nutte. Jetzt verstehe ich. Mein erstes Gefühl war doch richtig. Dein Fight mit dem Gockl war nur Show. Die Nacht heute mit ihm war kein Signal. Du wolltest nur endlich mit ihm im Ehebett liegen. Wie seine Ehefrau.

Nein, das ist doch …

Ehefrau spielen. Du willst nichts anderes als ein kleines spießbürgerliches Leben, du … Nichts. – Aaaah!

Aaaah!

DU hast mich als Erste geschlagen. Ich hab dir gesagt, dass ich das nicht will. Ich hab es dir gesagt.

PAUSE.

Also gut. Du hältst mich für eine Heuchlerin. Und egal, was ich sage, du glaubst mir nicht.

Das stimmt so nicht.

Nein? Gut, Börek, wie kriegen wir das Ganze wieder in den Griff? Sollen wir da herumsitzen, bis wir vergammeln?

Es liegt an dir. An deiner Mitarbeit.

PAUSE.

Okay, okay, okay. – Du hast gesagt, es ist etwas passiert?

Es interessiert dich doch nicht wirklich.

Doch.

PAUSE.

Ehrlich.

Na gut. Stell dir vor. Marjana ist vor der Show überraschend heim. Sie haben die Leiche schon heute Abend gefunden. Und die andere auch. Puh, das muss ganz knapp gewesen sein, nachdem ich noch einmal dort war. Stell dir vor …

Stopp. Welche andere? Was meinst du damit?

Na, du glaubst doch nicht, dass ich unsere Sache nur halb beginne.

TAG 1 / MAYER

Mayer legte die Beine auf die Couch und den Kopf auf die Lehne des Fauteuils. »Also ich rekapituliere …«

Alex rauschte ins Wohnzimmer herein, in den Armen ein Bettzeug, dessen Überzug die im ganzen Haushalt vorherrschende klein geblümte Musterung aufwies, und ließ es auf Mayers Füße fallen. Dann streckte er den Zeigefinger in Katz' Richtung, der neben Mayers Beinen saß. »Und du schläfst heute da bei uns. Keine Widerrede.«

Der Alte ließ die Hand an eine imaginäre Mütze schnalzen.

Alex nickte und schenkte ihnen beiden Tee nach. »Jeder zwei Tassen. Der ist eine Spezialmischung, damit ihr gut schlaft. Bei Alkohol seid ihr morgen nur völlig gerädert, mes amis.«

»Heute.« Katz schob die Tasse weg. »Und deinen Tee kenn ich. Der bringt einen Elefanten ins Koma. Das letzte Mal war ich zwei Tage im Delirium. Nein danke. Ich will jetzt einen Rotwein. Der entspannt auch und macht lustig.«

Alex schob die Tasse zurück. »Whiskey sauer macht vielleicht lustig, Rotwein nur sentimental und geil. Beides kannst du nicht gebrauchen, mon cher.«

»Na, dann?« Katz grinste seinen Freund an. »Du willst, dass ich morgen am Abend mit dir zu deinem Auftritt gehe. Mit Tee – no chance.«

»Der ist erst morgen in einer Woche, du Chaot.« Er seufzte. »Du bist echt ein Kleinkind, Karl Maria Katz. Na gut. Aber Whiskey vertragst du nicht, da müssen wir uns dann wieder alle alten Stones-Platten anhören. Kompromiss – Martini mit einer Scheibe Zitrone. Der Zucker ist gut für die Nerven.«

Mayer sah Katz an, er sie. Sie lachten. Alex stemmte die Hände in die Taille und zog die Stirn kraus.

»Der Meinung war eine der trauernden Witwen heute auch«, fühlte sich Mayer bemüßigt zu erklären.

»Welche?« Alex kramte aus der Biedermeierkredenz drei Martinigläser und die passende Flasche heraus.

Gott sei Dank ist sie voll. Mayer rügte sich für diesen Gedanken. Sie durfte da jetzt nicht einen draufmachen, auch wenn sie noch so sehr Lust dazu hatte. In fünf Stunden mussten sie im Büro in der Berggasse sein, das hatte sie Kevin versprochen. Denn der gute Draganović hatte sie noch in der Nacht auf ihre SMS hin zurückgerufen und saß jetzt sicher schon an den Hintergrundrecherchen.

»Die erste. Die, die die Aufführung zum Platzen gebracht hat«, rief Katz Alex nach, der in die Küche verschwunden war.

»Hat sie nicht«, kam es laut und deutlich durch die Durchreiche. »Es war formidabel. Ihr habt echt was versäumt.« Und schon tänzelte Alex mit einem Teller voll Zitronenscheiben zurück. Er bestückte die Gläser mit je einem Stück und goss den Martini ein. »Ich hatte echt keine Ahnung, wie … geil Flamenco ist.« Ein unübliches Wort aus seinem Mund. »Also wenn ich nicht schwul wäre, ich wäre heute den ganzen Abend mit einem Ständer dort gesessen.«

»Öha, Herr Ritter, was muss ich da vernehmen?«, feixte Katz.

»Haben denn überhaupt keine Männer getanzt?«, fragte Mayer.

Alex ließ sich auf dem zweiten Fauteuil nieder. »Leider nein. In ganz Wien gibt es vielleicht fünf Männer, die tanzen. Hat mir nachher Nora erklärt, die Schwester von deiner Laura.« Er grinste sie an. Seufzte. »Also vielleicht gibt es den einen oder anderen Spanier, der es leidlich kann. Aber die tun da nichts in der Richtung. Also hier bei uns. Wenn Spanier auftreten, dann sind es eingeflogene. Komisch, oder? Nora hat es mir nicht erklären können. Sie hat gemeint, ich soll mit Irana drüber reden. Aber zu der Chefin hatte ich nicht so einen Draht. Und sie war auch schwer eingekrampft, nachdem das mit dem Mord herausgekommen ist.«

»Ah ja?«

»Ja, ich weiß auch nicht, wie ich es genau beschreiben soll, Dani, aber sie war quasi nicht mehr ansprechbar. Also schon, bezüglich Organisatorischem. Aber sonst?« Er nahm sinnierend einen Schluck.

»Glaubst du, dass sie etwas damit zu tun hat?« Sie fragte es nur ordnungshalber, vorstellen konnte sie es sich nicht. Die Frau war so – unfleischlich. Wenn sie nicht tanzte. Doch dann war alles anders. Also vielleicht doch? Ein erster Eindruck vermittelte einem nie die ganzen Abgründe eines Menschen. Nun ja, sie würden auch sie durchleuchten, wie alle anderen auch.

Alex zuckte mit den Schultern. »Ich blick da noch nicht durch. Die Frauen waren auf der Bühne allesamt so ganz anders als danach.« Er setzte sich auf und beugte sich vor. »Wisst ihr, ich hab schon viel Tanz gesehen. Und einige von den Tänzern in den verschiedensten Sparten kennengelernt. Und bislang habe ich geglaubt, dass nur wir Travestieleute so einen argen Unterschied zwischen Bühne und Leben haben.« Er lehnte sich wieder zurück. »Aber gleichzeitig waren sie auch wieder ident mit dem, was sie dort oben getrieben haben. Die stolze Haltung … ja, die war doch irgendwie immer da. Bei den meisten zumindest. Wahrscheinlich liegt es daran, wie sehr man das Ganze schon verinnerlicht hat.«

Sie schwiegen eine Runde. Und schenkten sich eine zweite vom Martini nach.

Alex kramte aus der Holzkiste mit dem Cannabisblatt einen Joint heraus und zündete sich ihn an. »Aber ich bin schon still. Ihr wolltet ja noch etwas besprechen.« Er erhob erneut den Zeigefinger. »Doch nur kurz, mes enfants*, ihr müsst morgen ausgeschlafen sein.«

Nun hob Mayer gleichzeitig mit Katz die Hand zur imaginären Mütze.

Sie schwiegen.

»Du wolltest vorhin zusammenfassen …«, brummelte Katz.

»Müssen wir dann mit Kevin sowieso«, brummelte Mayer zurück. Sie hatte momentan so gar keine Lust, an nackte Männerleichen zu denken.

Wiederum Schweigen.

»Also ich finde es ja total schade«, unterbrach es Alex, »dass das Ganze, also die Flamencoszene, jetzt durch diese beiden ungustiösen Geschichten so einen Hautgout bekommen hat. Ich finde sie nämlich extrem spannend. Vor allem das mit dieser Esma interessiert mich.«

---

* meine Kinder

Katz wurstelte sich aus den Tiefen der Couch heraus und zündete sich ebenfalls einen Joint an. Mayer sah das Ding an. *Nein, du bist brav. Du verträgst das nicht so gut wie die zwei alten Haudegen.* Oder die Freundinnen ihrer Ex. Die hatten auch allesamt ein Naheverhältnis zu Gras gepflegt. Wie viele in ihrem Alter. Das fiel ihr erst jetzt so richtig auf, als sie darüber nachdachte.

Es roch ja auch gut, und Katz mit seinem zurückgelegten Kopf sah so entspannt aus – sie schloss die Augen, um wenigstens mit einem Sinnesorgan die Gefahr besser verdrängen zu können.

Sie hörte, wie sich der Alte wieder in die Polsterung zurückfallen ließ, und sagte: »Ja, diese Esma. Hast du da was gehört?«

»Ich hab natürlich Nora ausgelosert*, nachdem ihr weg wart. Weil es war schon komisch, wie die auf eure Frage reagiert haben.«

»Apropos komisch, 'tschuldige, dass ich dich unterbrech«, mischte sich Mayer ein. »Aber wieso hast du so getan, als würdest du uns nicht kennen? Undercover-Ambitionen? Das wäre doch sinnlos. Wissen doch zu viele, dass wir in der Vorstellung waren.«

Er lachte. »Natürlich, ma petite, aber gefühlsmäßig«, er betonte das Wort, »waren Laura und ich auf ihrer Seite. Durch Nora. Wir waren bei ihnen in der Garderobe, wir haben quasi dazugehört. Ich wollte sie nicht verschrecken. Verscheuchen. Menschen haben es gern, wenn man ihnen zuhört, und für Offenheit braucht es nur ganz wenige vertrauensbildende Maßnahmen. Und

* Auslosern: aushorchen

ich weiß doch, wie dringend ihr Hintergrundinformationen braucht.«

Mayer musste lachen. »Du bist echt zu lang mit dem Karl befreundet. Du wärst schon ein ebenso guter Kieberer wie er.«

»Na, Frau Mayer«, knurrte es aus der Couch, »passen Sie auf, was Sie sagen.«

»Okay, fast. Also, was hast du über Esma gehört?«

Alex nahm einen tiefen Zug von seinem Joint. »Esma hat schon vor zwanzig Jahren als Teenager begonnen, Flamenco zu tanzen. Damals gab es genau eine Lehrerin, eine gewisse Gigi, die aber nicht mehr unterrichtet, nur mehr am Rande in der Szene ist, wie man mir bedauernd mitgeteilt hat. Denn man kann einen Overkill kriegen, hat Nora gemeint. Die ewig depressiven Lieder und so. Und so etwas hatte angeblich diese Gigi. Kann ich mir zwar nicht vorstellen …

»Esma.«

»Oui, oui, ma chère. Also, kurz hat Esma dann selber Unterricht gegeben, obwohl sie noch wahnsinnig jung war, erst einundzwanzig oder zweiundzwanzig, ist aber halt ein Wahnsinnstalent. Und nachdem sie mehrere Male in Andalusien war.«

»Was hat das damit zu tun?«

»Na, meine liebe Dani, weil man logischerweise Flamenco nur in Andalusien wirklich gut lernen kann. Vor allem in Sevilla.«

»Okay. Mag sein. Und was war dann?«

»Dann ist sie irgendwann von der Bildfläche verschwunden. So gute zehn Jahre, soweit ich das verstanden habe.«

»Und jetzt wieder aufgetaucht.«

»Richtig.« Er reichte ihr den Joint. »Vor ungefähr einem Jahr.«

Sie nahm das Ding. Ein Zug konnte ja nicht schaden. Auf das Maß kam es an, immer auf das Maß. – Und es tat gut. Wobei Mayer klar war, dass es um den Akt des Rauchens an sich ging, noch nicht um die Wirkung des Mittels, die ja noch gar nicht eintreten hatte können. Einfach sich erlauben loszulassen, das war es. Ja, sie behirnte es. Sie wusste um ihre Schwäche, um die von vielen Bullen, um die von noch viel mehr Menschen, die unter Druck standen. Und wer warf den ersten Stein?

Sie nahm noch einen Zug und gab das Gerät an Alex zurück. »Und was war dann?«

Alex legte die Beine auf den Tisch. »Es muss wie im Märchen gewesen sein. Sie tauchte bei den ersten Flamenco-Veranstaltungen auf, und alle sagten Ah, wie in dem Lied vom Girl von Ipanema. Eine voll erblühte, wunderschöne, geile Frau in den sexiesten Jahren. Ja, sie ist gerade so Mitte dreißig. Die schönsten Jahre jeder Frau. Das wirst du auch noch merken, ma belle, in Kürze.«

Wenn sie bis dahin nicht vertrocknet war vor lauter Arbeit. »Ja und?«

Schnarchen. Mayer sah zur Couch gegenüber. Und da lag der Alte, ein Bein am Boden, und schlief tief und fest. Der glimmende Joint in seiner Hand. Sie nahm ihm das Ding weg, stellte sein Martiniglas neben ihres. Schüttete dessen Inhalt in das ihre um.

Alex zog und zupfte währenddessen an ihm, bis Katz halbwegs sicher auf der schmalen Liegestatt drapiert war, und breitete die Decke über ihn. Abschließend schob er ihm den Kopfpolster unter.

Er setzte sich zurück in seinen Fauteuil. »Ja also alle waren ganz angetan. Und als die das erste Mal bei einer Open Stage getanzt hat, waren alle verliebt. Förmlich verbrunzt.« Schon wieder dieses mittlerweile eher ungebräuchliche Wort. »Und dann hat sie den Club eröffnet.«

Scheiß drauf! Mayer nahm einen Zug von Katz' Joint. »Was ist das für ein Club?«

»Underground.«

»Danke. Sehr informativ.«

»Mehr weiß ich noch nicht. Nora hat so blöd gekichert, wie sie davon gesprochen hat. Und gleich darauf hat sie gewirkt wie eine, die persönlich bei der Staatsvertragsunterzeichnung war. Naja, jedenfalls kann man da nur rein, wenn man einen Bürgen am Patschhanderl hat, oder wenn man schon bekannt ist. So wie einst unter der Prohibition. Sie hat nur gemeint, da wird halt getanzt und gesungen und Gitarre gespielt.«

»Ist das nicht immer so bei Flamenco?«

»Schon. Denke ich auch. Aber anscheinend ist da was anders. Sie wollte nicht raus mit der Sprache.«

Er schwieg und rauchte. Nahm einen Schluck. Sehr provokativ genießend. Da war was im Busch.

»Na los, Alex, sag schon.«

Er hob die Hände. »Nichts.«

»Glaub ich nicht. Du hast irgendwas gecheckt.«

Er legte die Hand aufs Herz. »Nein! Wirklich nicht.« Offensichtlich sprühte ihr Misstrauen aus den Augen, denn er nickte ergeben. »Also nichts Weltbewegendes. Aber ich hab den zwei Schwestern, nachdem ihr zur zweiten Leiche abgerauscht seid, in einem Lokal dort in der Nähe ein paar Caipirinha spendiert. Und da hat die Nora irgendwann gesagt, dass ich zur Fiesta kommen soll, eben so eine Art Open Stage. Wo jeder auftreten kann, der Flamenco liebt und vielleicht auch noch nicht total professionell bühnenreif ist.«

»Schon wieder eine Schulaufführung?«

Alex kippte den Rest des Martinis hinunter. »Nein, überhaupt nicht. Es ist nicht so streng, hat sie gesagt. Eher wie ein Fest. Es kann auch jeder hinkommen, der will.«

»Das ist auch bei einer Schulaufführung so. Aber egal. Was hat das mit dieser Esma zu tun?«

Er grinste. »Naja, manchmal kommt sie auch dorthin. Eigentlich immer dann, wenn wieder einmal so ein Clubabend von ihr ansteht. Davor lässt sie sich wie eine Königin blicken. Tja, und bei dieser Fiesta kann Nora mich Esma dann vorstellen. Als genau der tolle, coole, extravagante, erotische und superspannende Typ, der ich bin.« Noch breiteres Grinsen. »Und wenn ich ihr sympathisch bin, bekomme ich eine Einladung. Ganz geheimnisvoll per Massen-SMS.«

»Aha. Und wann ist die nächste Fiesta?«

»Morgen.« Er sah auf die Wanduhr in der Gestalt einer Langspielplatte. »Also heute. Deshalb brauche ich jetzt meinen Schönheitsschlaf.«

1/9

Na, du glaubst doch nicht, dass ich unsere Sache nur halb beginne.

PAUSE.

Wer noch?

Sein Diener. Wie es sich gehört.

Jelinek?

Jelinek.

PAUSE.

Warum sagst du nichts?

PAUSE.

Wie?

PAUSE.

Wie? Wie! Wie! Ist doch völlig egal. Wie ich es getan habe.

Wie?

Nein, Esma, da wird dir nur wieder schlecht. Ich möchte nicht, dass du dich noch einmal übergibst. Das ist nicht gut für dich.

PAUSE.

Schau, er ist tot. Das ist doch das Entscheidende. Eine Ratte weniger auf der Erde.

Ich check das nicht. Ich check das einfach nicht. Fuck, fuck, fuck. Bin ich jetzt echt mit einem Mörder in ein und demselben Raum? Mit einem MASSENMÖRDER?!!

Falscher Begriff. Erstens bin ich bislang höchstens ein Doppelmörder …

Sag, hörst du dir eigentlich zu?! Neinneinneinneinnein, ich glaub es nicht. Du hast einfach nicht den Mumm, jemanden umzubringen. Frauen schlagen, ja, das passt zu einem Wurm, aber töten? Nein. Niemals. Ich weiß nicht, welche Show du da abziehst, aber sie ist widerlich.

… UUUUUUND zweitens bin ich im bereinigten Sinn ja gar keiner, wie wir schon festgestellt haben. War Che Guevara ein Mörder? Waren die Erstürmer der Bastille welche?

Das ist doch nicht dasselbe!

Oder gehen wir noch weiter. War Princip* ein Mörder? Nicht vielmehr ein Held, der sich selbst geopfert hat, um das Zeichen zum Umsturz zu geben? Genauso wie Uljanow? Mohnhaupt? Lucheni?

Du siehst dich selber als Held?

PAUSE.

Nein. Das wäre anmaßend.

Ah ja.

Ich bin bloß das Werkzeug für eine gute Sache.

Jetzt bist DU ein Heuchler.

Nein.

Doch. Nehmen wir einmal an, der Blödsinn, den du verzapfst, stimmt. Rein theoretisch. Dann glaubst du doch, dass du großartig bist. Besser als alle anderen, weil du etwas getan hast.

Das stimmt ja auch.

---

* Täter – Opfer: Gavrilo Princip – Thronfolger Franz Ferdinand von Österreich und seine Frau Sophie; Alexander Uljanow – Zar Alexander III. (Versuch); Brigitte Mohnhaupt – zweite Generation der RAF (maßgebliche Planerin des Deutschen Herbstes); Luigi Lucheni – Kaiserin Elisabeth von Österreich.

Siehst du. Du bist ein eitler Wichser.

Nein, das stimmt nicht. Das darfst du nicht sagen. Ich bin kein Wichser. Ich stehe nur hinter dem, was ich getan habe.

Wichser. Wichser.

Sei ruhig.

Wichser, Wichser, Wichser, Wichser. Du kotzt mich so an. UND JETZT LASS MICH SOFORT RAUS!!! Wichser! Wichser! WICHSER!!!

Halt dein dreckiges Maul, du Hure!

Wichser. Wichser. Wichser. Wichser. Au! Du tust mir weh. Hör auf, da drückt was in meinem Rü… aaah. Lass mich …

Wirst du still sein? Wirst du still sein? Sei still. Sei endlich still!

PAUSE.

Esma? – Komm, Esma, spiel nicht blöd herum. – Esma!!!

TAG 2 / KATZ

Katz sah Kevin Draganović an und fühlte sich alt. Es war nicht nur der objektive Unterschied an Jahresringen, der sie trennte, sondern vor allem und überhaupt die persönliche Disposition. Kevin konnte wahrscheinlich auch noch in seinem Alter eine Nacht durchmachen und sah am Morgen danach wie aus dem Ei gepellt aus. Das Einzige, was sein wirklich attraktives Äußeres beeinträchtigte, war seine Entenschnabelfrisur. Katz beschloss, dem Youngster irgendwann zu sagen, dass diese Tolle zwar noch immer modern sein mochte, aber aus einem Mann einen billigen Trottel machte.

Katz sah Dani an und war ihr unendlich dankbar. Sie hatte ihn von der Couch heruntergetreten, ungeachtet seiner Proteste und unschönen Worte, die er ihr an den Kopf geworfen hatte, als sie den Vorhang geöffnet hatte. Ein doppelstarker Espresso, von Alex gereicht, und eine eiskalte Dusche, von ihm sich selbst verordnet, hatten ihn zurück ins Leben gebracht.

Der Alkohol war es nicht gewesen, das eine Glas Martini, auch nicht der Joint, den er, so meinte er sich zu erinnern, gar nicht einmal bis zur Hälfte geraucht hatte. Es war einfach die Kürze der Nacht schuld an allem. Zunehmend vertrug er diese Schichtarbeit nicht. Ja, Schichtarbeit. Alle redeten in diesem Zusammenhang immer nur von Fließbandarbeitern oder Ärzten oder Portieren, aber auch Polizisten hatten damit zu kämpfen, denn Leichen nahmen keine Rücksicht auf einen gesunden Schlafrhythmus. Diese rücksichtslosen Gfraster.

Dani beugte sich vor, legte den Kopf in die Hände und massierte sich die Schläfen. »Okay, Kevin. Was hast du?«

Der seit einem Monat frischgebackene Kriminalbeamte sah sie abwechselnd an. »Soll ich euch nicht lieber zuerst Wasser für Samarin* holen?« Wie er es schon oft getan hatte, was Katz zu seinem Leidwesen feststellte.

Dani blitzte ihn an. »Schätzchen, wenn das unser Ruf bei dir ist, dann zieh dich warm an, denn dann zeig ich dir, wo Gott wohnt. Wir sind einfach nur müde, no Jetlag vom Alk. Zwei Leichen innerhalb von acht Stunden, also zwei Tatorte, zweimal Ersteinvernahmen, und das Ganze ab neun Uhr abends bis irgendwann in der Früh. Any questions anymore?«

Draganović fiel in sich zusammen. Wenn seine Heldin ihn rügte, wurde er zum Wurm.

Katz hätte zwar nichts gegen ein Samarin, denn sein Vorrat an pushendem Aspirin C in der untersten Schublade war zur Neige gegangen, aber er fügte sich Danis Arbeitseifer. »Gut, dann lass uns anfangen. Also wir haben da die Leiche von Markus Koller …«

»Hab ich gecheckt«, rief Draganović.

Mein Gott, war Arbeitseifer am frühen Vormittag anstrengend. »Ich weiß. Ich mein, super. Wir kommen gleich dazu. Zuallererst müssen wir klären, ob seine Frau die Gelegenheit für einen Mord hatte, indem wir die Ort-Zeit-Diagramme auswerten und …«

»Hab ich schon.«

---

* Samarin: vergleichbar mit Alka Selzer

Der gute Junge ging ihm heute allmählich ernsthaft auf die Nerven. »Fein. Besprechen wir gleich. Wir sind noch am Zusammenfassen.«

»'tschuldigung.«

Katz konnte seinen Seufzer nicht mehr zurückhalten. »Gut. Und bei diesem Fall haben wir einen mysteriösen Lieferwagen …«

»Hab ich …« Draganović verstummte.

Katz nickte ihm zu. »Und dann das zweite Opfer. Wurde am Vortag mit einem Mann in teurem Anzug gesehen, was Licht in das Mysterium seines Jobs bringen könnte. Anmerkung: Die Beschreibung passt, vor allem durch den dunkelgrünen Jaguar, auffällig zu Opfer Nummer eins, was wir aber nicht als gegeben annehmen wollen. Zum Zeitrahmen des Tatherganges konnte die Zeugin Panigl keine Angaben machen. Sie hat nichts gehört und gesehen.«

»Wie auch die anderen Nachbarn nicht«, ergänzte Kevin nach einem Blick auf seinen Laptop kaum hörbar.

»Was mich wundert«, warf Dani ein. »Dieser Jelinek ist brutal erschlagen worden. Dass da kein Schrei, kein einziger Laut hörbar war?«

»Wenn die Panigl wirklich ständig fernschaut, wie die Jelinek gemeint hat …«, gab Katz zu bedenken.

Kevin räusperte sich.

Katz rempelte sich geistig an, um aus seinem Missmut herauszukommen. Engagierte Kollegen waren Gold wert! Und außerdem musste man dann an einem Tag wie diesem selber weniger tun. »Ja, Kevin?«

Der junge Kollege wischte auf seinem Laptop herum. »Erster Zwischenbericht von Doktor Wagner. Walter Jelinek war nach dem ersten präzisen Schlag auf die

Schläfe sofort tot. Entweder hatte der Täter Glück oder gewusst, wo man hinschlagen muss. Die anderen Hiebe mit dem stumpfen Gegenstand waren quasi nur Draufgabe. Der Wunde nach zu schließen war der Gegenstand viereckig. Es ist auch eine Art Rhombenmuster erkennbar.«

»Fleischhammer?«

»Höchstwahrscheinlich«, er scrollte. »Aber, meint Doktor Wagner, es könnte auch ein Zimmermannshammer sein.« Er sah sie an. »Da werden die Rillen gebraucht, damit man nicht vom Nagel abrutscht. Aber Wagner ist noch am Recherchieren. Auf jeden Fall wurde die Tatwaffe nicht in der Wohnung gefunden. Und der Fleischhammer aus der Schublade in der Küche fehlt.«

»Okay«, präzisierte Dani, »Wagner macht eine Fleißaufgabe. Wenn es also ziemlich sicher dieser Fleischhammer aus der Küche war, dann schaut es nach Gelegenheitsmord aus.«

»Oder jemand wollte es nach Beziehungstat ausschauen lassen«, merkte Katz an. »Es hat ja anscheinend, laut Jelineks eigener Aussage, jeder von den stürmischen Auseinandersetzungen der beiden gewusst. Oder es war sogar eine. Todeszeitpunkt?«

»Zu Mittag, früher Nachmittag. Und da war Anita Jelinek …« Kevin wischte. »Da war sie mit fünf anderen Frauen im Tanzstudio.«

»Hm.« Wie Jack in the Box hüpfte Katz der Gedanke an ein abgekartetes Spiel an. Die eine Frau könnte jeweils für die andere den ungeliebten Ehemann um die Ecke gebracht haben. »Wir müssen auf jeden Fall ganz genau abklären, wer genau wann mit wem zusammen war. Ob's da vielleicht eine Lücke gibt, die kreuzweise passt.«

»Kreuzweise?« Kevin runzelte die Stirn.

»Du meinst«, lachte Dani Katz an, »dass da irgendwer sich die Highsmith* zum Vorbild genommen hat?«

»Nicht komplett auszuschließen.«

»Natürlich nicht. Auch ein psychopathischer Alien nicht.«

Manchmal war die Göre ganz schön frech. Allerdings hatte sie im Prinzip recht. Es war schon eher unwahrscheinlich, dass sich die beiden Frauen ... jedoch nicht auszuschließen.

»Aber auf jeden Fall«, fuhr Dani fort, »ist die Tatzeit so kurz nach der anderen auffällig. Hm.«

»Und das Übertöten«, gab Katz zu bedenken. Er hievte sich in die Senkrechte und ging zum Fenster. Betrachtete eine Taube, die am Sims herumspazierte. »Der eine Typ zu Tode gefoltert, der andere unnötig zermerschert**.«

Sie schwiegen.

Dani schüttelte sich ansatzlos. Sie stand auf, ging zu seinem Schreibtisch und kramte in der rechten oberen Schublade. Das Ergebnis ihrer Suche war eine kleine Packung *Pocket Coffee*. Die hatte er völlig vergessen gehabt. Sie warf ihm zwei Bonbons quer durch den Raum zu, überlegte und schickte ein drittes hintennach. Von den restlichen zwei wickelte sie eines aus.

Die beste aller Kolleginnen. Er schälte sich selbst ein Stück aus dem Papier und steckte es in den Mund. Die Schokolade platzte, und herber Kaffee ergoss sich in seinen Rachen. Natürlich war es nur Einbildung, denn so

---

* Bezug genommen wird auf den Roman »Zwei Fremde im Zug« von Patricia Highsmith, in dem zwei Männer ein Verbrechen dieser Art beschließen.

** Zermerschert: zu Brei verarbeitet

schnell ging außer Heroin und Konsorten nichts ins Blut, aber er fühlte sich trotzdem schlagartig erfrischt. Sofort stopfte er das zweite Stück nach.

»Ansprechbar?«, war Kevins schlichter Kommentar.

Dani und er nickten synchron.

»Okay. Was wir vielleicht noch wissen sollten beim Zusammenfassen, bevor wir ins Detail gehen – null Fingerabdrücke auf der Waffe. Der Rest von der Spusi kommt erst jetzt im Lauf des Vormittags. Die Glock ist auf Markus Koller zugelassen. Hat sogar einen Waffenpass.«

»Und gefunden haben wir sie …«

»In der Schmutzwäsche, was für seine Frau ein Mysterium ist, wie sie heute Früh vor dem nächsten Beruhigungsmittel ausgesagt hat«, vollendete Kevin Katz' Überlegungen. »Denn normalerweise ist die Pistole in einer versperrbaren Lade im Rollwagen unter Kollers Schreibtisch verstaut, zu der niemand außer ihm den Schlüssel hat. Sie weiß angeblich nicht einmal, wo er den aufbewahrt.«

»Angeblich«, bemerkte Katz, bevor er sich das dritte Stück Schokolade in den Mund stopfte. Der Geschmack explodierte erneut auf seiner Zunge, doch selbiger Vorgang der scharfen Gedanken ließ auf sich warten. »Ich versteh das nicht. Wenn sie damit hantiert hat, stellt sich die Frage, warum sie so blöd ist, das Ding in der Schmutzwäsche zu verstecken. Ich halte sie für intelligenter.«

»Weil sie die Prints hat abwischen müssen. Und Waffe ohne Prints im Safe ist noch dämlicher. Denn dann fokussiert sich alles ganz schnell auf sie«, murmelte Dani.

»Richtig. Aber warum hat sie sie dann nicht ein Stückerl weiter oben im Wald entsorgt? Zeit genug hätte sie gehabt.«

Seine beiden Kollegen nickten.

»Und wenn es nicht Marjana Koller war – wieso hat der Fremde von der Waffe gewusst? Wie hat er Koller dazu gebracht, sie herauszuholen?«, fuhr Katz fort, seine Gedanken laut auszusprechen. So kamen sie irgendwie geordneter daher.

»Also vielleicht doch ein Bekannter«, merkte Kevin an.

»Aber dann ein Freund. Irgendwem bindest du nicht auf die Nase, wo deine Waffe ist.«

»Oder Koller hat sie selber herausgeholt, weil ihm sein Besuch seltsam vorgekommen ist.« Dani knabberte an ihrer Oberlippe. »Und dann hat ihn der andere überwältigt, die Waffe für den Mord benützt und sie dann … einfach nur nicht herumliegen lassen. Wir wissen doch, dass Täter nicht immer logisch handeln.«

»Es hat auf jeden Fall niemand damit geschossen«, präzisierte Kevin. »Sie ist schon sehr lange nicht mehr abgefeuert worden.«

»Das würde bedeuten«, kam Katz auf Danis Einwand zurück, »dass der Täter ursprünglich was anderes vorgehabt hat beziehungsweise ein Gelegenheitsmörder ist …«

»Weil ein Profi sich sein Werkzeug selber mitnimmt und vor allem für alle Eventualitäten gerüstet ist«, ergänzte ein weiteres Mal Dani.

Katz' Bauch grummelte, sein ganzer Körper tat es. »Nein, das ist alles irgendwie … Schwachsinn.« Sein Hirn fühlte sich wie Pudding an. »Vergesst nicht die Feder.«

»Also da gibt es auch was Neues«, brachte Kevin ein, mit Blick von unten zu Katz, als wäre der ein bissiger Hund.

Der Arme hatte Angst. Vielleicht war er doch das eine

oder andere Mal zu ruppig zu ihm gewesen. Katz suchte sein nettestes Lächeln heraus und nickte ihm zu.

»Ja, die Feder könnte von Markus Koller selbst stammen.«

»Was?«, lachte Dani auf.

Kevins Ohren wurden knallrot. »Ja also nicht direkt vom ihm natürlich. Er hat auf seinem Schreibtisch ein Glas mit mehreren Federn. Hahn, Fasan, Pfau. Sind verstaubt. Und Marjana Koller hat ausgesagt, dass die von früher stammen, als das Opfer noch einen Standcomputer mit externer Tastatur gehabt hat. Er hat die Federn zum Putzen der Zwischenräume verwendet.«

»Keine blöde Idee.«

»Was aber bedeutet«, sinnierte Dani, »dass sich der Täter ausgekannt haben muss. Denn der Arbeitsraum ist, soweit ich mich erinnern kann, der letzte Raum hinter dem Schlafzimmer, also weit weg vom Schuss. Da kommt man nicht zufällig hinein.«

»Den Schlafzimmern. Es sind zwei«, korrigierte Kevin. »Steht zumindest im Bericht von Schmitz.«

»Wie auch immer. Jedenfalls ist das alles äußerst komisch.« Katz rieb sich die Glatze, massierte sie, doch kein Erleuchtungsfunke wollte entstehen.

Sie schwiegen eine weitere Runde.

Dani warf die Verpackung der Bonbons in den Mistkübel bei der Tür, stellte sich mitten ins Zimmer und lief energisch am Stand. Die Knie zog sie beinahe bis zum Kinn. Als sie spürte, dass Kevin und Katz sie anglotzten, meinte sie: »Kreislauf. Sauerstoff. Denkfähigkeit.« Sie spurtete noch einmal durch, dann ruderte sie mit den Armen, und schließlich ließ sie sich ein paar Mal in den Ausfallschritt fallen.

Sie atmete tief durch und setzte sich. »Wir müssen erstens herausfinden, ob der Anzugtyp vorgestern wirklich Markus Koller war oder ob das nicht nur unserer Fantasie entspringt. Weil wir es gern so hätten.«

»Warum sollten wir das haben wollen?« Katz hörte, dass er etwas ungnädig klang, doch diese Sache mit der Waffe, die machte ihn so – Sauerstoff täte vielleicht … Er öffnete das Fenster weit. Ein warmer Luftschwall traf ihn. Wiederum ein prächtiger Maitag. Das schöne Wetter war ihm bei der Fahrt ins Büro gar nicht aufgefallen.

»Weil wir dann aufgrund von Kollers Beruf eine erste Spur hätten, in Richtung Mafia denken könnten.«

Er drehte sich zu ihr um und lächelte sie an. »Keine Sorge, Dani, wir schalten nicht zu schnell auf Tunnelblick. Selbst wenn der Anzugmann der Koller war und sie wirklich beruflich miteinander zu tun hatten. Denn immerhin haben sie beide auf der anderen Seite des Zauns gegrast. Sie könnten also eine idente Geliebte gehabt haben, deren Mann jetzt auf Jago* macht.«

Dani lächelte zurück. »Passt.«

Jedes Mal äußerste sie dieselbe Sorge. Langsam sollte sie ihn doch schon kennen. Er vermutete ja stark, dass ihr so eine frühzeitige Fixierung einmal am Beginn ihrer Zeit als Ermittlerin passiert war, doch bei dem Thema wich sie immer aus.

Katz setzte sich wieder an seinen Schreibtisch und zündete sich eine Zigarette an. »Okay, nachdem das geklärt ist, lassen wir einmal die Waffe Waffe sowie die Feder Feder sein und kehren wir zu unserem nackten

---

* Jago: Figur aus Shakespeares »Othello«; Synonym für Eifersucht

Pärchen zurück. Denn dass die beiden Morde miteinander zu tun haben, da sind wir uns doch alle einig, oder?«

Die beiden nickten.

»Gut. Und da würde ich vorschlagen, dass wir uns einmal diese Esma anschauen, von der beide Herren ja so begeistert waren, auch wenn die Jelinek hundert Mal beteuert, dass die geheimnisvolle Schöne ihren Alten nicht einmal mit der Kneifzange angerührt hätte. Es wäre nicht das erste Mal, dass eine Ehefrau nicht alles weiß, auch eine Spionin wie unsere Masseurin nicht.« Er nickte Kevin zu.

Der seufzte und zupfte an seinem Entenschwanz. »Könnten wir nicht, zwecks guter Stimmung am Morgen, mit was anderem anfangen?«

Dani lachte auf. »Echt jetzt? Das wär das erste Mal, du Superhacker.«

Kevin machte einen viereckigen Mund und meinte: »Nobody is perfect.«

»Was nicht ist, kann ja noch werden, Draganović. Und wieso konntest du unsere Esma mit deinen Computerzauberkräften nicht knacken?«

Der Kleine wischte am Laptop herum. »Bei dieser Frau habe ich nur das Offensichtliche herausgefunden. Geboren als Esma Hürriyet Baykurt«, er sah auf, »also unter dem Namen, den ihr mir gegeben habt. Plus keine Heirat im Register.« Er scrollte wieder. »Und zwar geboren am siebzehnten November neunzehnhunderteinundachtzig.«

»Das heißt, sie wird heuer fünfunddreißig«, rechnete Dani nach. »Passt zu dem, was Nora Alex erzählt hat. Hm. Ist die Frage, ob sie erste oder zweite Generation ist.«

»Wieso?«, fragte Kevin.

»Na, weil Frauen aus türkischen Familien zu neunzig Prozent sehr jung heiraten.« Sie hob die Hände. »Und sagt mir jetzt nicht, Burschen, dass ich da Vorurteile hätte. Ich hab im West wahnsinnig viel mit der türkischen Community zu tun gehabt. Und das ist einfach so. Glaubt es mir. Nur ganz, ganz wenige können sich in dem Punkt dem Druck der Familie entziehen, egal, wie selbstständig sie sonst ihr Leben checken. Und eher war es noch die zweite Generation, also die Kinder von den Gastarbeitern, die so in den Siebzigern geboren worden sind. Sie fällt genau dazwischen. Könnte aber trotzdem auch schon dritte Generation sein. Da haben manche echt den Absprung geschafft, wenn ihre Eltern auch schon integriert waren.«

»Assimiliert«, warf Katz ein.

Sie starrte ihn an, wackelte dann mit dem Kopf. »Okay, assimiliert. Wie auch immer. Also wenn das, was Tradition ist, für sie hohl wird, weil sie andere Lebensgestaltungsformen kennengelernt haben, und sie sich vom Althergebrachten lösen.«

»Ist schon in Ordnung, Dani. Aber können wir jetzt den Integrationsexkurs wieder beenden?«

Sie sprang auf und drehte eine Runde im Büro. »Ich hab das ja nicht angesprochen, weil mir fad ist, sondern weil ich verstehen will, was diese Esma für eine Frau ist. Eine unverheiratete fünfunddreißigjährige Türkischstämmige ist einfach selten. Um nicht seltsam zu sagen.«

»Wir behalten's im Kopf. Und Kevin? Was sonst?«

»Okay, okay, ich merk schon, dass ich euch damit nerve«, eiferte Dani weiter. »Aber echt, wie kommt eine Frau in unserem Land dazu, wo ewig für die Emanzipation gekämpft worden ist, nur wegen der Ehre oder wegen eines Geschäfts irgendeinen Vollidioten zu heiraten?«

Was war bloß plötzlich mit seiner Lieblingskollegin los? Katz beugte sich über den Schreibtisch und versuchte, Danis Blick quer durch den Raum einzufangen. »Ist in Ordnung, das finden wir auch nicht gut.«

Sie schaute zwischen Kevin und ihm hin und her, atmete zwei Mal tief durch und nickte.

»Abgesehen davon, dass das in unseren Landen früher auch einmal üblich war, und in gewissen Kreisen noch immer Geschäftsehen geschlossen werden.« Schon während des Sprechens wollte er den Satz ungesagt machen, weil er wusste, dass …

»Und? Das ist noch lange keine Entschuldigung.«

»Ich weiß.« Seine Augen juckten. Er lehnte sich zurück und rieb sie. »Aber zu viel Emotion ist in unserem Job nicht gut.« Er sah sie an. »Die vernebelt den Blick.«

Ihre Nasenflügel blähten sich, aber sie setzte sich wieder hin.

»Und prinzipiell hast du natürlich recht, wir werden diesen Umstand der Nichtheirat im Auge behalten, das habe ich ja schon gesagt.« Sie nickte. »Also, Kevin?«

Der schrak auf. Was war dem nun wieder durch den Kopf gegangen? Berührte ihn die Frauengeschichte etwa auch? Nun, er als christlicher Kroate müsste doch eigentlich … aber da gab es auch diese Machokultur … nein, eigentlich hielt er Kevin für einen lieben, vernünftigen jungen Mann.

»Ja also, sie hat Matura gemacht im Realgymnasium am Schuhmeierplatz, ganz in der Nähe wohnen auch die Eltern, nämlich in der Brüßlgasse. Adresse ist auf euren

Handys. Einmal war sie bei uns Kundin, mit dreiundzwanzig …«

»Öha?«, wurde Katz munter.

»Ja, wegen Marihuanabesitzes. Bagatelle, also wahrscheinlich nur Eigengebrauch.«

»Sympathisches Mädchen.«

Dani lachte auf und zwinkerte ihm zu.

»Ansonsten ein paar Artikel in der Bezirkszeitung über sie, wenn sie irgendwo aufgetreten ist. Nicht auf sie zugeschnitten, sondern da ging es meistens um die Flamenco-Aufführung an sich, wo sie dann erwähnt worden ist. Anscheinend gab es da nur eine Company, und zwar von einer gewissen Gigi Muralla.«

»Eine Gigi hat Nora gegenüber Alex auch erwähnt. Die dürfte ihre Lehrerin gewesen sein«, warf Dani ein.

»Komischer Name«, sprach Katz seinen Gedanken aus. »Muralla klingt spanisch. Aber Gigi? Doch eher französisch.«

»Vielleicht ein Pseudonym. Die geben sich doch alle irgendwie komische Namen. Ariana statt Marjana, Irana statt Irene …«

»Hm. Egal. Ist ja auch momentan nicht wichtig. Und sonst, Kevin?«

»Habe ich dann für ein paar Jahre gar nichts gefunden. Zehn ungefähr. Und jetzt« – er lehnte sich zurück und verschränkte die Hände hinter dem Kopf – »jetzt wird es echt spannend. Sie ist bei den Eltern gemeldet, die nicht wissen, wo sie wirklich wohnt, hab schon mit ihnen telefoniert. Sie ist nur einmal aufgetaucht, um das zu regeln, und seitdem lässt sie sich nicht mehr blicken.«

Dani zog die Nase kraus. »Das kann ich mir irgendwie nicht ganz vorstellen.«

»Ich auch nicht«, gab ihr Kevin recht. »Hab nachgehakt. Muttern meint, sie ruft ab und zu an. Dann fragen sie sich gegenseitig, wie's geht, und aus. Mehr war aus ihr nicht herauszubringen. Sie will überhaupt nur mit uns reden, wenn ihr Mann dabei ist.«

»Superfein«, entschlüpfte es Katz. »Und sonst?«

»Das ist es ja. Nicht nur keine Adresse, sondern auch keine Sozialversicherung, kein registriertes Handy, kein Internetanschluss auf ihren Namen. Ich hab auch die Liste von Geschäftslokalen durchlaufen lassen, wegen der Notiz, dass sie so ein Clubbing macht, aber sie scheint nirgends als Mieterin auf. Ich hab auch nicht gewusst, nach welcher Art Geschäftslokal ich genau suchen muss.«

Dani zuckte so wie Katz mit den Schultern.

»Okay, ich kann mich dann ja noch einmal spielen«, seufzte Kevin. »Auf jeden Fall taucht ihr Name im Internet aktuell immer nur im Zusammenhang mit ihrem Tanz auf. Einen gibt's, der mag sie anscheinend überhaupt nicht, ein Jorge Castellanos …«

»Aha?«

»Ja, so ein Lehrer. Aber der sitzt in Sevilla. Dürfte sie einmal in Wien gesehen haben und präsentiert sie seitdem als Beispiel, wie man Flamenco nicht machen darf. Aber die anderen Stimmen sind alle super positiv. Zum Beispiel der Blog von dieser Nora Pizzoli. Sie beschreibt da einen Auftritt von Esma Baykurt bei einer sogenannten Fiesta. Muss urgeil gewesen sein. That's it.«

Katz dämpfte seine Zigarette aus. »Wir haben es also mit einer Art U-Boot zu tun. Warum?«

»Tja«, Dani drehte sich einmal mit dem Sessel im Kreis, »diese gute Frage können wir ihr vielleicht heute am Abend stellen. Da ist so eine Fiesta. Und Alex hat sich mit Nora angefreundet, die ihn Esma vorstellen will, die manchmal dort auftaucht. Das hat er mir auch gestern erzählt.«

»Und? Was habe ich noch alles verschlafen?«

»Eine nette Orgie.« Sie sprach vollkommen trocken. »Alex ein paar Toyboys, ich ein paar Girls. Nette Sache.«

Kevins Kopf wirbelte in ihre Richtung.

»Ja, was? Wir Kieberer brauchen Entspannung. Machst du das nie?«

Er schnappte wie ein Fisch auf dem Trockenen nach Luft.

»Echt nicht? Na, dann werden wir das nächste Mal ein paar Bi-Leute dazu nehmen und dich einladen. Wirst sehen, danach bist du völlig gechilled.«

Jetzt blieb sein Mund offen stehen.

Und Katz konnte nicht mehr an sich halten, er brach in Gelächter aus. Der Bub war trotz seiner gut Mitte Zwanzig so süß naiv. Zwischen den Krümmungsanfällen bemerkte er, wie Kevin nun ihn anstarrte. Langsam hoben sich auch seine Mundwinkel. Sein Blick huschte zu Dani und saugte sich dann wieder am Monitor seines Laptops fest.

»'tschuldige, Kevin.« Dani klang wie eine Mutter.

Er machte eine unbestimmte Bewegung mit dem Kopf und wurde schon wieder rot.

»Auf jeden Fall passt das, was du herausgefunden hast, zu dem, was Nora Alex erzählt hat«, fuhr sie fort. »Da war auch was von ungefähr zehn Jahren no signal. Also ich würde vorschlagen, wir befragen einmal die Eltern. Und wir befragen Nora und diese Irene Stockhammer nach dem Gitarristen, der mit Esma spielt. Der müsste doch auch was wissen.«

»Die gestrenge Chefin hat doch gemeint, der Club gehört Esma und diesem Typen. Vielleicht ist nur er als Mieter eingetragen. Den brauchen wir also auf jeden Fall.« Katz ging zur Pinnwand, wo bereits die Fotos von Koller und Jelinek affichiert waren. »Aber nun zurück zu unseren beiden Kunden. Kevin?« fragte er über die Schulter.

»Eine Kleinigkeit hätte ich da noch.«

»Ja?«

»Ich habe noch einen Krankenhausaufenthalt von Esma gefunden.«

Ein wunderbar neutraler Ausdruck für Kevins illegales Patientenaktendurchwühlen. Und er hatte es verdammt nebenbei ausgesprochen. »Los, sag schon.«

Er zuckte mit den Augenbrauen. »Geburt einer Tochter mit vierundzwanzig.«

»Echt?« Dani beugte sich ihm entgegen.

»Dir glaube ich noch einmal was, von wegen nichts gefunden, du wolltest uns nur eine möglichst spannende Show abliefern«, grummelte Katz. »Und? Wo ist diese Tochter jetzt? Die muss doch wo gemeldet sein. Keine Heirat, also muss die Kleine Baykurt heißen. Davon gibt's im passenden Alter auch wieder nicht so viele. Dann wissen wir auch, wo Esma steckt.«

»Die erste Meldeadresse damals war Esmas Elternhaus …«

»Na bitte, die Mutter weiß doch was! Hast du sie gefragt?«

»Nein, Chef.« Kevin zwirbelte seinen Entenschnabel. »Nachdem sie vorher so ablehnend war, hab ich mir gedacht, das macht besser ihr zwei. So im direkten Gespräch.«

»Ja, wahrscheinlich hast du …«

»Außerdem ist das nicht alles. Das Kind wurde nämlich nach kurzer Zeit adoptiert. Und so was Heikles muss man doch eher persönlich … oder meint ihr nicht?«

»Halleluja, das wird ja immer besser. Von wem?«

»Sorry, Chef, aber da brauch ich ein bissel länger. Diese Daten sind wahnsinnig sensibel. Da komm ich nicht so schnell dran. Und die Bearbeiter reden sich aufeinander aus.«

»Auf jeden Fall wird mir jetzt klarer, warum sie so lange untergetaucht war«, warf Dani ein. »Irgendeine Beziehung, die in die Hosen gegangen ist, Überforderung mit dem Kind, Schuldgefühle …«

Ja, das volle Drama. Aufgehender Stern am Tanzhimmel, einmal nicht aufgepasst, zack, bumm. »Ja, ist wirklich alles sehr aufwühlend, aber wir dürfen uns da nicht verzetteln. Die Eltern werden dann schon noch einiges zu erzählen haben. Und die Behörden kapitulieren auch irgendwann. Bis dahin – was gibt's zu unseren zwei Kunden, Kevin?«

»Walter Jelinek, Jahrgang neunzehneinundsiebzig, Kindheit, Pflichtschulabschluss, Lehrausbildung zum KFZ-Mechaniker und Heirat, alles in Simmering. Er ist bei uns registriert …

»Der auch?«

»Ja, aber der hat schon eine kleine Speiskartn*. Alkohol am Steuer, zwei kleine Brüche, einmal Hehlerei, ein paar Körperverletzungen …«

»Na klar, seine Frau«, ätzte Dani.

---

* Speiskartn: Auflistung aller Straftaten und Verfahren gegen eine Person im System.

»Nein, da steht nichts von einer Frau. Dürften immer Wirtshausschlägereien und so etwas gewesen sein …«

»Das gute Weibchen, das schweigt.«

»Net scho wieda, Dani.« Katz hob die Augenbrauen. Sie kniff den Mund zusammen, hielt denselben aber auch.

»Ja und dann noch, vor einer Woche, überhöhte Geschwindigkeit. Hat er zwar schon öfters gehabt, aber dieses Mal war's echt arg. Im Ortsgebiet von Angern an der March Richtung Wien hundertzehn.«

»Angern an der March? Was hat er denn dort gemacht?«, sprach Dani Katz' Frage aus.

Und er beantwortete sie gleich für sich selbst. »Na, wenn er wirklich für den Koller gearbeitet hat, dann hat er dort die Erdölfelder von der OMV kontrolliert*. Oder hat einen Sprengsatz angebracht, damit die OMV auf ein Angebot vom Koller eingehen muss.«

»Lustig. Echt. Wenn die OMV in der Gschicht irgendeine Relevanz hat, dann nur, weil vielleicht dem Koller seine Firma für sie neue Felder in Kasachstan oder wo auch immer ausspioniert hat.«

»Eh, liebe Dani. Das Scherzerl hat sich halt so angeboten.« Er wusste einfach nicht, wie sie heute drauf war. Einmal machte sie selber staubtrockene Schmähs, im nächsten Moment ging sie in Saft. Vielleicht hatte das Verliebtsein mit Aussicht ihre Hormone durcheinandergebracht. Sie mussten so schnell wie möglich den Fall lösen, damit sie mit Laura ins Bett konnte und er wieder seine entspannte, coole Lieblingskollegin zurückbekam.

---

* Erdöl in Österreich: Im Weinviertel nordöstlich von Wien wird tatsächlich seitens des österreichischen Mineralölkonzerns OMV gefördert, wenn auch nur in geringen Mengen; Angern an der March liegt am Rande dieses Gebiets und an der Grenze zur Slowakei.

Er lächelte ihr zu. »Na, wir werden schon draufkommen. Und weiter, Kevin?«

»Das war's zu Jelinek. Außer, dass er arbeitslos gemeldet ist, diesen geheimnisvollen Job also schwarz erledigt hat. Der Markus Koller ist Jahrgang sechsundsiebzig, aufgewachsen in Döbling, maturiert ebenfalls dort, die Details sind in der Datei, die ich euch geschickt habe. Dann Studium, und zwar gleich doppelt. Erstens Klavier am Konservatorium …«

»Das Foto mit der Band!«, unterbrach ihn Dani mit Blick auf Katz.

Katz nickte ihr und dann Kevin zu.

»Ja, aber nicht fertig. Zweitens Chemie, Mindestzeit«, fuhr der fort. »Sofort danach Job bei der Versuchsanstalt, Heirat mit Marjana Koschits, eigentlich alles genauso, wie ihr mir geschrieben habt. Vor neun Jahren der Wechsel zu dieser Erdölfirma.«

»E&D«, warf Dani ein. »Was weißt du über die?«

»Exploration and Drilling Services, Sitz in New York. Büros in Shanghai, Buenos Aires, bis vor Kurzem in Abu Dhabi und in Wien.« Leichte Verwunderung erklang in seiner Stimme.

»Megacitys, arabische Halbinsel und Wien.« Katz lehnte sich wieder ans Fensterbrett. »The Old Lady ist doch immer wieder als Mauschelplatz gut. Das war schon immer so, und es wird auch so bleiben. Das liegt an unserem Naturell, mein lieber Draganović. Wir Wiener sind verschwiegen und charmant und können vergessen, dass zwei und zwei vier ist.«

»Äh – ja. Der Chef, ein gewisser Clark Knightley, ist einfach ein Geschäftsmann. Hab nichts Ehrenrühriges über ihn gefunden. Also beim ersten Durchsichten.«

»Gibt's eine Mitarbeiterliste?«, wollte Dani wissen.

»Nein. Die Adresse vom Wiener Büro ist auch auf eurem Handy. Marc-Aurel-Straße.«

»Wie praktisch! Die Nobelfutterhäuser für die Geschäftsessen in Gehweite, und gleich über den Schwedenplatz und die Lände am Flughafen.« Katz registrierte, dass er knurrte. Aber irgendwie gingen ihm solche Firmen auf die Eier.

»Naja«, warf Dani ein. »Wenn ich so eine internationale Firma hätte, würde ich mich auch dort irgendwo einquartieren. Das ist ja an sich noch nichts Verdächtiges. Auf jeden Fall Punkt zwei auf unserer Tagesliste.«

Katz wusste, dass sie recht hatte, und dennoch … mussten sie noch einiges mehr besprechen. Schluss. »Ja dann, Punkt drei, der Lieferwagen.«

Kevin schenkte sich Wasser ein. »Heiß heute.« Er trank. Und trank. Sah sie an. Trank.

»Draganović.« Katz legte so viel Drohung wie möglich in seine Stimme.

Der Junge grinste. »Ich hab zwar die Kollegen von Mistelbach gebeten, dass sie alle Besitzer, das sind fünfzehn, kontrollieren, aber es gibt einen interessanten Punkt.«

»Ja?«

»Der Wagen von einem Truthahnzüchter ist vor vier Tagen gestohlen worden.« Er schwenkte das Glas.

»Und?«, fragte Dani. »Er ist Flamenco-Tänzer? Oder der persönliche Fleischlieferant von Koller?«

Kevin sank in sich zusammen. »Nein, nichts davon. Und die Kollegen checken gerade seine Alibis für die Tatzeiten, aber sie meinen, dass er nicht der Gesuchte ist. Er hat hundertzwanzig Kilo. Nicht trainiert.«

»Also ist er unverdächtig und hat keinerlei Verbindung zu Koller, durch die jemand auf die Idee hatte kommen können, ausgerechnet seinen Lieferwagen zu …« Sie unterbrach sich, und fragte dann. »Sag, und der hat kein Logo auf seinem Auto?«

»Nein. Wegen der Tierschützer, haben die Kollegen gesagt.« Er beugte sich zu ihr. »Und das ist es ja. Elf von den fünfzehn haben Logos drauf. Okay, das kann man übermalen, aber«, er ruderte mit den Händen, »die restlichen vier ohne sind die von einem Jäger, so einem Radlfreak, der privat Mountainbikes zusammenschraubt, einer Hundetrainerin und eben der vom Züchter.«

»Und wo hat man den Wagen gestohlen?«, brachte Katz sich ein.

»Auf dem Hof.«

»Hm. Das war gezielt. Ein ehemaliger Mitarbeiter vielleicht? Okay, Kevin, auch wenn das ganz dünn ist – lass dir eine Liste von all jenen geben, die jemals mit dem Hendlhof …«

»Pute.«

»Auch recht. Zu tun gehabt haben. Aber ich versteh nicht, warum … Ich mein, er hat offensichtlich noch das Originalkennzeichen drauf gehabt, wenn es sich wirklich um unseren Lieferwagen handelt. Fährt der vier Tage seelenruhig mit einem gestohlenen Auto herum?«

Dani drehte sich mitsamt dem Stuhl zu ihm. »Erstens ist die Straßenüberwachung alles andere als lückenlos, und zweitens kann er – Tätaratä – das Kennzeichen übermalt haben. Viel einfacher, als ein falsches draufzumontieren. Erinnerst du dich, dass diese Zeugin gemeint hat, irgendwas Rundes war am Anfang? Diese blöden Ziffern sind doch so gebogen, dass du ganz leicht mit einem schwarzen Plakatstift aus einem Dreier einen Achter machen kannst. – Sag, Kevin, wie ist das Kennzeichen von der Putenkarre?«

»Einundsechzig, achtundneunzig D.«

Sie funkelte Katz an. »Sechs. Die Dame hat doch gemeint, dass es auch ein Sechser gewesen sein könnte. Umgemalt auf einen Achter. Oder so.«

Katz stieß sich ab und wanderte zurück auf seinen Platz, er fühlte sich plötzlich energiegeladen. Die Pocket Coffees dürften nun endlich tatsächlich ins Blut gegangen sein. »Okay, da bleibst du dran, Kevin. Jetzt die Ort-Zeit-Diagramme.«

»Da hab ich bis jetzt nur die von Marjana Koller und Anita Jelinek gecheckt. Ist ein bissel eine Puzzlearbeit.« Er zog den zusammengepressten Mund breit.

»Braucht dir nicht peinlich sein. Und die beiden sind lückenlos, nehme ich an.«

»Richtig. Also bis auf ein, zwei Pipipausen. Aber nichts so lange, dass sich diverse Fahrten und Tathergänge ausgehen würden.«

»Alles klar. Aber bitte, wie gesagt, arbeite das genau aus. Von jedem mit jedem. Und wir werden dir Nachschub bringen, von jedem, der mit diesem Klüngel zu tun hat.«

Kevin stöhnte auf.

»Ja, wir machen das dieses Mal so richtig professionell wie die Amis im Film. Die totale Überwachung.« Der Junge riss die Augen auf. »Nein, nein. Aber im Ernst – beide Frauen könnten es aus Hass selbst getan haben …«

»Du denkst jetzt echt an die Highsmith?« Dani riss die Augen auf. »Ich hab das für einen Joke gehalten.«

»Wir behalten alles im Fokus. Beide haben Freundinnen, die für sie lügen würden, da bin ich mir ganz sicher. Und die denken vielleicht an das Alibi ihres Schützlings, aber nicht daran, dass sie auch selbst gesehen worden sind. Und wenn sich da eine Lücke auftut, dann haben wir sie. Wenn sie es waren.« Er streckte sich und schnallte sich den Holster um. »Also dann, Dani, wir zwei nehmen uns jetzt einmal die Schwester deiner Traumfrau zur Brust und dann die Eltern von dieser Esma.«

»Sekunderl!«, rief Kevin. »Da hat inzwischen jemand«, er sah Katz an, »Sie zu erreichen versucht.«

»*Du*, Kevin. Jetzt, wo du vollwertig bist, sind wir per Du. Wie oft habe ich dir das schon gesagt? Und schau mich nicht so strafend an, ich dreh manchmal mein Telefon ab, sonst kann man ja überhaupt nicht denken. Also?«

»Diese Jacqueline Panigl. Hat noch einen Hinweis. Da hast … du die Nummer.« Er drehte den Laptop in seine Richtung.

Katz aktivierte sein Handy.

1/10

Esma? – Komm, Esma, spiel nicht blöd herum. – Esma!!!

Au, du … tust … mir schon wieder … weh.

Oh, Gott sei Dank. Ich bin ja so froh. Ich hab schon geglaubt …

Fuck off, son of a bitch.

PAUSE.

Mach das nie wieder.

Was? Ich kann dich nennen, wie ich will. Du machst doch sowieso, was DU willst.

Dich tot stellen. Damit macht man keine Scherze.

He, du hast mich gerade gewürgt und …

DU hast mir KEINE WAHL gelassen!!!

Ha! ICH hab DIR keine Wahl gelassen?

Ja. Du hast dich ungehörig benommen.

PAUSE.

Ich habe mich ungehörig benommen? Ha. Das wird ja immer besser! Jetzt pass einmal auf, du Kretin … aaaah!

Schon wieder. Du zwingst mich ständig, Dinge zu tun, die ich nicht will. Du bist ein böses Mädchen.

PAUSE.

Ich höre?

Was?

Was tun böse Mädchen, wenn sie böse Dinge getan haben?

PAUSE.

Entschuldigung.

Gut. Und jetzt passt du einmal auf. Wir sitzen hier nicht zum Spaß. Du hast die Revolution vorbereitet. Ich hab sie gestartet. Und jetzt müssen wir besprechen, wie wir weiter vorgehen. Du und ich. Wer die nächsten Symbole sind, die wir stürzen. Wer durch meine Tat Mut bekommen hat, ebenfalls Zeichen zu setzen. Wir müssen Listen erstellen und die Aktionen planen. Und wir haben jetzt wirklich keine Zeit mehr für deine … Empfindlichkeiten.

Empfindlichkeiten.

Ja, ich hab sie so satt. Sie machen mich müde und traurig. Wenn ich nicht wüsste, dass du mehr am Kasten hast, könnte ich glauben, du bist bloß so eine Durchschnittstusse wie alle anderen.

Durchschnittstusse.

Nicht schon wieder dieses Nachplappern. Ich habe zwar damit gerechnet, dass du etwas … aufgeregt und durcheinander sein wirst, aber das, was du jetzt abziehst, ist deiner wirklich nicht würdig. Und ich muss ehrlich gestehen, dass du mich auch etwas verwirrst. Deshalb frage ich dich jetzt ganz konkret, liebe Esma: Glaubst du an das, was du gesagt hast? In all den Nächten?

PAUSE.

Was ist? Das war eine klare Frage, auf die man klar antworten kann.

Ja.

Ja?

Ja.

Gut. Dann lass uns jetzt beginnen, ernsthaft zu arbeiten.

Ist gut, Chris.

Wunderbar.

PAUSE.

Bist du dir sicher, Esma?

Ja. Lass uns arbeiten.

Mein Gott, ich bin so froh. So froh!

Schön.

Echt. Das war jetzt schon eine schwere Geburt. Ich bin total erschöpft.

Tut mir leid.

Ist schon okay. – Komm, hier, deine Pizza. Jetzt ist sie kalt. Tut mir leid.

Das macht mir nichts. Danke, Börek.

Gerne. Also, ich wüsste schon das nächste Symbol.

TAG 2 / MAYER

Mayer klammerte sich an den Haltegriff über der Seitenscheibe, dennoch verlor sie die Popohaftung am Sitz. »Wenn er wirklich ein Trankler* ist, dann rennt er uns schon nicht davon. Die Panigl hat doch gesagt, dass er dort ab elf sitzt. Bis zum Mittagessen um zwei.«

»Sei froh, mein Schätzchen, dass ich wieder so energiegeladen bin.«

»Aber bis wir nach dem Unfall aus dem Koma erwachen, ist er vielleicht schon an Leberzirrhose gestorben«, zitierte sie ihn.

Der Alte lachte und bremste sich ein. »Okay, okay, aber manchmal habe ich das Gefühl, wir dürfen viel zu selten mit dem Blaulicht fahren. Ich liebe es.«

»Dann buch einen Kurs in Teesdorf.**«

Er lachte noch heftiger, stoppte den Wagen und parkte sich in einem Schwung, ohne jegliche Unsicherheit, ein. Grinste. »Brauche ich den?«

»Nein, Meister. Ich hoff nur, das Risiko ist es wert. Ich kann mir nicht vorstellen, dass seine Frau von diesem angeblichen besten Freund nichts weiß.«

»Weiß sie sicher«, Katz schnallte sich ab, »aber wir haben sie nicht danach gefragt. Ist doch egal. Hauptsa-

---

* Trankler: gewohnheitsmäßiger Trinker/Alkoholiker, auch Bsuff genannt
** Teesdorf: Ort südlich von Wien, wo ein Autofahrerclub Fahrtechnikkurse abhält

che, wir haben endlich einmal jemanden, der vielleicht eine Ahnung hat.«

Ja, hoffentlich. Momentan war ja noch alles extrem mysteriös. Mayer stieg aus. Sie hatten Glück gehabt und direkt vor dem angegebenen Wirtshaus in der Nachbarschaft von Jelineks Wohnung einen Parkplatz gefunden. Es war eine jener Lokalitäten, die für viele Menschen der Umgebung das zweite Wohnzimmer darstellte. Der altertümliche Schriftzug am Namensschild zeugte von einer mindestens sechzigjährigen Vergangenheit, doch die Fenster mit Butzenscheiben im unteren Drittel und die Tür aus Vollholz waren frisch in dunklem Grün gestrichen. Hinter den Scheiben lechzten Stiefmutterzungen nach Licht. Die Schiefertafel neben dem Eingang pries als Tagesmenü gebratene Leberwurst mit Gröstl* oder gebackene Champignons an, dazu Rindsuppe mit Frittaten**. Man dachte also schon an Vegetarier, empfand aber eine Rindsuppe nicht wirklich als fleischlich. Mayer konnte es recht sein, für Kevin wäre dieses Lokal aber wahrscheinlich nichts.

Und es war eine Raucherbude, wie Dani nach dem Eintreten sofort hustend feststellte. Sie persönlich konnte auf den Qualm zwar verzichten, aber sie fragte sich oft, warum man Menschen wie diese hier mit dem dräuenden Nichtrauchergesetz quälen musste. In solche Örtlichkeiten gingen nur Leute, die einander und das Lokal kannten, die wussten, was auf sie zukam. Die das wollten, weil vielleicht die Frau daheim Nichtrau-

---

* Gröstl: in dünne Scheiben geschnittene, mit Zwiebeln und viel Fett, manchmal auch mit Speck, kross angebratene Erdäpfel (Kartoffeln)

** Frittaten: Suppeneinlage – in sehr schmale Streifen geschnittene extrem dünne Pfannkuchenart

cherin war oder die Kinder spielten. Und für alle anderen gab es mittlerweile genügend Nichtraucherlokale. Sollte jeder doch, wie er wollte. Und tödlich war das Leben sowieso. In ihrem Freundeskreis eckte sie mit solchen Aussagen zwar immer wieder an, obwohl oder trotzdem etliche selber pafften, und nicht nur Nikotin, aber sie stand dazu. Vielleicht hatte ihre Großmutter Schuld, die immer gesagt hatte *Chacun à son gout**, obwohl sie nicht einmal Französisch gekonnt hatte. Leben und leben lassen.

Ein Rempler katapultierte sie aus ihrem Kopf in die Wirtsstube zurück. Katz ging voran zu einem kleinen Tisch im Schankbereich. Anscheinend hatte er erfolgreich nach Bernhard Fellner gefragt, dem laut Jacqueline Panigl besten Freund von Walter Jelinek. Türsteher bei einem Erotikclub in der Innenstadt – sehr zum Leidwesen von Anita Jelinek, wie Panigl Katz sofort mitgeteilt hatte. Denn der Freund verschaffte dem Freund gelegentlich günstige Privattermine bei den Damen.

An diesem Tisch, der im Gegensatz zu den anderen nicht für Mittag gedeckt war, saß ein Mann von ungefähr vierzig Jahren mit dünnem zur Seite gescheiteltem Haar, einem noch magereren, kaum als solcher erkennbaren Schnurrbart in grauem Einreiher, der um seine wohltrainierten Oberarme spannte. Der Anzug war zwar abgetragen, aber klar einst von guter Qualität gewesen. Er wirkte wie ein ehemaliger Bürohengst, dem keine Jobalternative als jene des Schmalspursecuritytypen geblieben war, für die er, als gewissenhafter Mitar-

* Chacun à son gout: Jeder nach seinem Geschmack.

beiter, den Rest seiner Zeit im Fitnessstudio verbrachte. Na wenigstens war er nicht auf der Straße gelandet.

Katz stellte sie beide vor und erklärte ihr Anliegen.

Fellner starrte sie an.

In Mayer hallte der Gedanke an Hanteln nach. Unwillkürlich musterte sie das Kinn des Mannes. Es war nicht gemeißelt scharfkantig, aber ihrer Meinung nach weit von einem Doppelkinn entfernt … wobei sich auch die Frage stellte, was genau die Zeugin Leibenfrost als *Ansatz eines Doppelkinns* bezeichnete. Müßige Überlegung. So ein Hinweis war auch viel zu vage, stichhaltige Beweise waren das Einzige, was zählte.

Fellner starrte sie noch immer an. Mayer wollte ihn schon anstupsen, da atmete er tief ein. Seine Nasenflügel blähten sich, seine Augen wurden wässrig.

Schließlich hauchte er: »Da Wäul*.« Er sog intensiv an seiner Zigarette, wobei seine Hand zitterte, wischte sich die nun hinabkullernden Tränen ab und bot ihnen beiden mit weit ausholender Armbewegung Platz an. Dann winkte er dem Wirt. »Schorschi, zwa Viertln no. Vom guatn Veltliner.«

Mayer sprang zu dem Angesprochenen. »Schenken Sie uns bitte zwei Viertel stilles Mineral ein, mit einem Hauch von Apfelsaft, damit die Farbe passt. Wir sind im Dienst. Und ich will nicht diskutieren.«

Der Mann zog grinsend den Mund zu einem Schnoferl** und nickte.

Als sie sich setzte, hörte sie gerade Fellner sagen: »Woher ma uns kennan?« Er wies zur Theke. »Na von da.« Seufzen. »So a leiwander Typ, da Wäul. Und grad

---

* Wäul: in Ostösterreich gebräuchliche Koseform von Walter.

** Schnoferl: Schnute

jetzt! Wer tuat denn so was?« Er schüttelte den Kopf, sah sie anklagend an und leerte sein Glas zur Hälfte.

Da nahm wohl jemand den Schock als Anlass, ohne schlechtes Gewissen die Tagesration Wein aufs Doppelte zu erhöhen. Anscheinend dienstfrei.

»Wie is es denn passiert?«

»Was meinst mit gerade jetzt … Bernie?«, ignorierte Katz seine Frage.

Und mit dem Spitznamen schien er richtig gelegen zu sein, denn der Weinbeißer wiegte nur den Kopf, was wohl Nachdenken bedeutete.

Der Wirt platzierte mit den Worten »Zwei Gspritzte für die Herrschaften« die eingefärbten, tatsächlich wie Weißwein wirkenden Vierteln vor ihnen. Katz nahm sein Glas und hielt es Fellner entgegen. »Auf den Walter!«

»Auf den Walter«, echote der und trank die zweite Hälfte aus. Sofort orderte er Nachschub.

Katz stellte das Glas ab, ohne zu trinken, und beugte sich vor: »Also? Was meinst mit gerade jetzt?«

»Na, wo er finalmant so an guatn Job ghabt hat«, brach es aus dem Zeugen heraus.

Finalmant. Da konnte wohl einer nicht so ganz exakt mit Fremdwörtern umgehen.

Der Alte bot dem Zeugen eine Zigarette an, die der mit Kopfnicken annahm.

»Kloar, Bernie, des wissma scho. Dass des a guata Job war.«

Sie hatte den Chef selten noch so tiefes Wienerisch sprechen hören. Er war einfach allen Lebenslagen gewachsen.

»Oba wir wissen net, was für a Job des war«, fuhr er fort. »Oba des waßt ja sicha du. Und mir missn des wissen, weu sonst find ma sein Mörder net. Und des wüllst du ja a, oder net?*«

»Freuli, freuli.**« Fellner beugte sich über den Tisch. Mayer roch seinen Alkoholatem. »Er war ein Bote.« Mit dieser in Hochdeutsch formulierten und daher wohl wichtigen Mitteilung ließ er sich wieder auf seinen Sessel zurückfallen. Begleitet von einem angedeuteten Diener nahm er vom Wirt sein neues Glas mit Weißwein entgegen.

Katz stieß ein weiteres Mal mit ihm an. »Für was und für wen?«

Langes Ansinnieren des Glases. »Für den Gschniegltn aus Döbling. Der hat da was mit International zum tun.«

Katz trank nun auch aus seinem Glas und verzog das Gesicht. Er bedachte Dani mit einem Seitenblick. Sie hob die Augenbraue. Na echt, wollte er sich da wirklich ein Viertel hineinstellen? Zu Mittag und während der Dienstzeit? Nein, er hatte sicher nur, so wie sie, auf das Wort *Döbling* reagiert.

Der Alte beugte sich wieder zu Fellner. »Was meinst mit International? Weißt du die Branche?«

Der Angesprochene lockte ihn mit winkendem Zeigefinger noch näher zu sich. »Erdöl.«

Strike! Vielleicht, oder besser ziemlich sicher, hatten sie nun die Bestätigung, dass Jelinek mit Koller zusammengearbeitet hatte. Denn wie viele Jobs gab es für *Geschniegelte* aus Döbling bei Erdölfirmen? Und wo beide Typen auch mit Flamenco zu tun gehabt, sich also auch über einen anderen Weg gekannt hatten.

---

* Aber wir wissen nicht, welcher Job das war. Aber das weißt sicherlich du. Und wir müssen das wissen, weil sonst finden wir seinen Mörder nicht. Und das willst du doch auch, oder nicht?

** Freuli: freilich

Katz zündete sich nun selbst eine Zigarette an. »Und weißt du auch, wie der heißt, mit dem er da zum tun ghabt hat?«

Wiederholtes Nicken. Wieder eine Spur zu ausführlich. Fellner hatte wohl schon den Frühstückskaffee mit Wein ersetzt.

Endlich sagte er: »Klar! Mit dem Koller Max. Is a guata Darter.« Sein Blick schweifte zur entsprechenden Scheibe links hinter ihm. Er nickte erneut ein paar Mal und zog die Stirn kraus. Es wirkte, als hätte er gegen Koller verloren.

Der Chef produzierte einen Rauchkringel. »War.« Er sah Fellner an. »Der ist nämlich auch tot.«

Fellner bewegte seinen Kopf weiter auf und ab, bis er nach geschätzten zwanzig Sekunden denselben hoch- und die Augen aufriss. »Net was d' sagst.« Er mümmelte mit dem Mund. »A gmocht?«

Katz nickte.

Fellner betrachtete den Inhalt seines Glases. »Also … naaaaa … di zwa …« Er sah sie an. »Wor fast scho a Freind, da Koller. Fast.*« Er nickte und versuchte neuerlich, geheime Botschaften des Weines zu interpretieren. Dann lehnte er sich mit geradem Rücken zu ihnen. »Da war was. Das muss ich euch sagn. Da war irgendein Typ, dem wollten s' an Schmattes** gebn, damit der was rausfindet oder rausgibt, was sie dringend braucht habn. Und des hat irgendwas mit da drüben zum tun ghobt …«

Er deutete hinter sich. Und Mayer aktivierte ihren Orientierungssinn. Fellner musste irgendein Land jenseits des einstigen Eisernen Vorhangs meinen.

---

* Also nein, die zwei. War fast schon ein Freund, der Koller. Fast.

** Schmattes: Trinkgeld

» … weil i hab gsehn, wie der Wäul si so a Lexikon auf sei Handy gladn hat. Übersetzung. Also Diktonar. Irgendwas Behmakelndes*. Aber der Typ hat des net checkt.«

Die überhöhte Geschwindigkeit in Angern? Doch warum war das so virulent? Dass dieser Typ irgendwas nicht organisieren hatte können? Mayer nahm auch einen Schluck. Und sie musste Katz recht geben, der wohl doch vorhin mit seinem Schnoferl das Gesöff gemeint hatte. Dieses mit Apfelsaft ansatzweise gesüßte Mineral war widerlich.

»Und warum war das so wichtig?«, fragte nun der Chef folgerichtig.

Fellner hob das Kinn, ja den ganzen Kopf. *Urwichtig* war der Untertitel dieser Bewegung. »Weil da irgenda Termindruck war. Und sunst ollas im Oarsch war.«

»Aber warum sollten die beiden deswegen umgebracht werden?«, brachte sie sich nun endlich einmal ein.

Fellner ließ die Schultern fallen. »Waß i net. I hab euch ja nur gsagt, was i waß.«

Okay, einer, der sich gern reden hörte. Den man lassen musste.

Sie schwiegen eine Runde.

Der Weinbeißer sinnierte stur weiter. Und Mayer sehnte sich nach einem Zahnstocher. Ihre eigene Packung daheim war leer gewesen, weil Alex die kümmerlichen Reste für die Rindsroulade gestern Mittag verwendet hatte. Und die Reserve im Büro war ebenfalls aufgebraucht. Doch die entsprechenden Behältnisse hier im Wirtshaus standen nur auf den anderen Tischen, und

* Behmakelndes: Böhmisches; bei manchen Österreichern das Synonym für Tschechisch oder Slowakisch

extra dafür aufzustehen, das wäre ein bisschen … Sie schnappte sich einen Bierdeckel und knickte ihn. Besser. Weiteres Sinnieren und Warten gegenüber. Noch ein Knick bei ihr. Bald hatte sie Brösel in der Hand. Sie zwang ihren Körper in eine entspannte Haltung und ihren Blick hoch.

Inzwischen hatte sich das Lokal gut gefüllt. In regelmäßigen Abständen schwebte eine stämmige Kellnerin mit Tabletts voller Suppen und Leberwürsten vorbei. Erst einmal hatte Mayer Champignons erkennen können.

»Sag, Bernie, weißt du, wie sich die beiden kennengelernt haben?«

Na durch den Flamenco, lieber Chef. – Aber immerhin. Endlich!

»Na durch den Flamenco, Herr Chefinspektor.«

»Richtig, die Frauen von den beiden tanzen ja.« Pure naive Überraschung bei Katz.

Okay, jetzt kam die Dummstell-Masche, damit das Gegenüber zu plaudern anfing.

In Fellners Augen blitzte es prompt. »Ja, die Anita kann des scho recht gut. Ich hab einmal bei so an Abend zugschaut, wo jeder auf die Bühne derf, der will. War schon ganz leiwand, aber auf die Dauer halt i des net aus, des Geklopfe. Da krieg i Kopfweh. Wenn s' des auslasserten …« Sein Blick kehrte sich nach innen, dann schnalzte er mit der Zunge. »Da war damals ane, also ich sag euch, da sagst nur mehr Banschur. Geile Schna…« Seitenblick zu Mayer. »Eine sehr erotische Frau. Aber die haben des ja a im Blut, die Türkinnen, die machen ja a Bauchtanz.«

Esma. Der Bsuff hatte die legendäre Phantomfrau schon gesehen, und sie als Polizisten wussten nicht einmal, wie sie die Dame erreichen konnten.

Fellner beugte sich ein weiteres Mal zu Katz. »Der Wäul, der wollt sie ja«, er schlug zwei Mal die Faust in die Handfläche und zwinkerte, »hat ihr sogar Blumen kauft, hat des ganze Brimborium durchzogn, aber sie hat eahm net drüberlassen. Doch der Wäul hat net aufgebn, hat gsagt, irgendwann hat er sie so weit.« Sein Blick sog sich an einem Wasserfleck auf dem Holztisch fest, die Unterlippe begann zu zittern. »Ich hätt eahm des ja so gönnt. Bevor … er hat otretn miassn*. Des tuat ma so lad! Echt!« Er sah sie abwechselnd an. »Das tut mir wirklich leid!«

»Ja, das glaube ich Ihnen schon. Manche sterben einfach zu früh«, pflichtete ihm Katz bei, ganz das Abbild der schönsten Männersolidarisierung. »Wir haben von dieser Esma schon gehört. Weil die Frau vom Koller glaubt, dass der mit ihr was ghabt hat.«

Fellners Kopf fuhr hoch. »Geh, Blödsinn!«

Die gleiche Reaktion wie bei Anita Jelinek.

»Nanana, der Koller niemals«, fuhr er fort, wobei er auflachte. »Der hat sie gehasst.«

»Gehasst?«, fragte Mayer. Das war neu.

»Ja, gehasst.« Er kicherte. »Wenn ich mit dem Max im Team gedartet hab, dann hab ich nur ihren Namen erwähnen müssn, und schon hat er dauernd ins Bull troffn.«

»Echt? Und wissen Sie auch, warum? Weil sie ihn ebenfalls hat abblitzen lassen?« Das war zumindest in neunundneunzig Prozent der Fälle der Grund für eine Kehrtwende von Begehren zu Hass.

Fellner sah durch Mayer hindurch und strich mit dem Zeigefinger den Rand seines Glases entlang. »Des viel-

* Otretn miassn: abtreten müssen, also sterben

leicht a. Aber des weiß i net wirklich.« Jetzt schnippte er den Zeigefinger gegen den Stiel, das Glas machte auf der glatten Oberfläche kleine Rutscher. Das schien den Mann zu amüsieren, denn ein kleines Lächeln umspielte seinen Mund. Alkoholismus machte aus Menschen schon wirklich peinliche Gestalten.

»Nanana, da war was anderes«, fuhr er nach der üblichen Generalpause fort. »Er hat sie amal Anarchistin gschimpft.« Blick zu ihr. »Anarchistin.« Dicke Verwunderung lag in der Betonung des Worts.

Und sie war knapp davor, ihm zu gratulieren, diesen Begriff richtig ausgesprochen zu haben. Knick, knick. Der Bierdeckel bestand nun aus sechs Teilen.

»Ich weiß net genau, warum er sie so gnannt hat, aber es muss was mit Liedern zum tun haben. Er ist ja, gemeinsam mitn Wäul, ständig zu derer ihre Abende grennt. Und jedes Mal nachher war er fuchsteufelswild. I hab ihn gfragt, warum er dann da hin latscht, wenn's ihm so am Arsch geht, sagt er: Man muss den Feind beobachten.« Fellner runzelte die Stirn. »Den Feind beobachten. Als warat ma im Krieg. Und irgendwann«, er machte eine theatralische Pause, »hat's ma greicht, und da hab i zu eahm gsagt: Und? Wann startest den Angriff, Koller? Den Feind kann man net ewig beobachten, den muass ma a irgendwann amoi afoch zerstörn. Sunst überrennt er di. Angriff und Arrivederci.« Er ließ die Handkante vor der Gurgel vorbeisausen – die Hand in der Luft schweben. Schneller Blick zu ihnen beiden.

Ja, Bernie, das hat sehr authentisch geklungen!

Fellner wischte sich die Haare aus der Stirn. »Da hab i ziemlich viel tankt ghabt, an dem Abend. So was mein i net so ernst.« Seine Augen irrlichterten noch immer zwischen Mayer und Katz hin und her.

»Aber natürlich mant der des ernst, gell, Fellner?«, ließ die Kellnerin verlauten, die gerade eben den Aschenbecher auf ihrem Tisch austauschte.

Der Angesprochene fuhr hoch. »Pass auf, was d' sagst.«

Die Kellnerin lachte auf. »Geh, scheiß da nix, Grüni« – dieser Nickname kam wohl von Fellners Weinvorliebe – »bist eh voll im Trend.« Und zu ihnen gewandt: »Schimpft imma auf die Großkopferten, auf die Gstopftn, dass di was von ihrem Reichtum abgebn solln, aber der Koller erklärt eahm dann, was Sache is. Eahm und den andern Seicherln* da.« Sie nickte in den Raum.

»Jetzt reicht's!«, brauste Fellner erneut auf.

»Geh putz di, Grüni. Irgendwer muass dir ja sagn, dass Saufen ka Tagesprogramm net is.«

»I hab a Arbeit.«

»Ja, aber welchane? Da kann man si ja nur mehr an der Flaschn festhaltn.« Damit schwebte sie zum nächsten Tisch.

Mayer spürte, wie Lachen in ihr aufstieg. Eine Kellnerin, vielleicht auch Wirtin, die aus resolutem Gutmenschentum ihr eigenes Geschäft torpedierte. Das war so abstrus, dass es in eine Vorabendserie passte.

»'tschuldigen S' die Jenny. Die hört si a gern reden«, meinte Fellner.

»Passt schon, Bernie.« Katz, ganz jovial mit einem breiten Grinser. »Und hat der Koller irgendwie reagiert auf die Aufforderung?«

---

* Seicherl: Duckmäuser, wehleidiger Mensch

Grüni tat so, als brächte er seinen Schnurrbart in Form, denn die paar Haare benötigten keinesfalls übertriebene Aufmerksamkeit, und er schnaufte, was wohl ein Lachen sein sollte. »Dass er des mit der feinen Klingn machen wird, der Herr Sir aus Döbling. Hat mi hingstellt, als warat i a Vollwappler. Hat überhaupt net verstandn, dass i eahm verarscht hab. Hat mir gleich an Vortrag ghaltn über intelligente Kriegsführung, aber da kann er mir nix derzähln …« Er nahm einen Schluck Wein. »Naja, manchmal war der Max schon a eitler Pimpf, so a richtiger Gockl. Ein Paravü. Hat sich do echt eingebildet, dass er in einem halben Jahr«, die Rufzeichen prasselten nur so auf den Tisch, »so gut Gitarr lernt, dass er ihr mit Liedern Kontra geben kann. Das war sei intelligente Kriegsführung. So a Schmafu*.« Sein Mund war nun ein schmaler Strich. »Hochgstochn und eitel.« Er sinnierte erneut.

»Naja, er kann immerhin Klavier spielen«, bemerkte Katz.

»Ja, vielleicht ans, des von allane spült. Der hat ja net amal im Takt paschen** kennan.« Er hob den Kopf. Seine Augen waren wässrig. Er seufzte. »Naja, hat sich jetzt erledigt. Schad um ihn. Toto grosso war er schon a … gstandana Kerl.«

---

* Schmafu: Unsinn

** Paschen: klatschen

1/11

Gerne. Also ich wüsste schon das nächste Symbol.

Bitte entschuldige, dass ich dich noch einmal unterbreche, aber ich habe Durst. Meine Wasserflasche ist leer.

Natürlich, bitte entschuldige. Das habe ich vorher ganz vergessen. Wo hab ich nur meinen Rucksack … Hier. Mineralwasser und der Multivitaminsaft, den du so gerne hast.

Danke. Das ist echt lieb … also wirklich cool, dass du daran gedacht hast.

Gerne doch.

PAUSE.

Weißt du, lieb und nett sind an sich keine schlechten Begriffe, Esma. Aber ich weiß, wogegen du kämpfen wolltest. Gegen diese Oberflächlichkeit. Die alles nur liked, ohne nachzudenken. Du hattest schon recht, die Leute mit der Nase darauf zu stoßen.

Du verstehst mich wirklich … lieber Börek.

Sage ich doch. Gut, dass du das endlich siehst. Ich möchte dich nur eines bitten …

Ja?

Ich mag Börek nicht. Ich habe einen Namen. Bitte nenn mich bei meinem Namen.

Ich werde es versuchen, aber du bist schon ewig Börek für mich.

Dinge ändern sich, Esma. Bin ich noch so dünn wie damals? Hm?

Nein, du schaust gut aus. Wirklich. Ich hab mich immer gefragt, warum du nicht schon längst eine Freundin hast.

Das weißt du ganz genau. Ich liebe dich, Esma.

PAUSE.

Ich hab dich auch gern.

Nur gern?

Lass mir bitte Zeit. Die Situation ist so neu für mich. Du warst immer nur ein guter Freund.

Verstehe ich, verstehe ich.

Wirklich. Lass mir bitte Zeit. Ich muss das alles für mich neu ordnen.

Ist in Ordnung. Und mit deiner Angst vor Nähe … ist mir schon klar. Aber jetzt verbindet uns ja etwas ganz Großes. Das rückt uns ganz nah zusammen.

Du hast recht. Du hast so recht.

PAUSE.

Freut mich, dass es dir schmeckt.

Du hast mir ja auch meine Lieblingspizza mitgebracht.

Mein Gott, ist es schön, wenn du wieder lächelst.

PAUSE.

War das wirklich alles notwendig, Esma? Ich … ich habe dich geschlagen! Das ist so furchtbar, so entsetzlich, das ist …

Ist schon gut … mein Lieber. Keine Tränen, komm. Ist schon gut. Ich war ein bisschen hysterisch, weil mich das alles im ersten Moment so überfordert hat. Du hast völlig richtig gehandelt. Hysterisch sein bringt gar nichts.

PAUSE.

Irgendwie habe ich gerade das Gefühl, du verarschst mich.

Nein, Bör… also Chris. Ich bin jetzt endlich voll und ganz da!

Du sagst das alles nur, damit ich dir nicht mehr wehtue!

Nein, Chris, nein! Ich hab's kapiert, wirklich. Und ich … bin so froh, derartig froh, dass du endlich etwas getan hast.

Nein, du …

Doch! Du hast völlig recht. Du kennst mich besser als ich mich selber. Ich hatte einfach nur Angst. Die ganze Zeit. Vor meiner eigenen Courage. Vor dem alles entscheidenden Schritt. Aber du, du hast gespürt, dass ich es eigentlich wollte.

Das klingt alles so …

Du hast mit allem recht gehabt. Auch mit meiner Angst vor Nähe. Warum, glaubst du denn, konnte ich dich nie anders sehen denn als guten Freund? Weil du mir so nahe bist, dass ich noch mehr Nähe nicht vertragen hätte. Nein, falsches Wort, weil ich Angst davor hatte.

Und jetzt hast du keine Angst mehr?

Nein.

PAUSE.

Esma. Ich … wieso hast du …?

Dich geküsst? Weil ich jetzt keine Angst mehr habe, Chris.

Esma.

PAUSE.

Ich kann es nicht glauben. Du bist so … ich kann gar nicht aufhören, dich zu küssen.

Glaub es. Komm, leg dich her zu mir. Lass uns ein bissel schlafen. Ausruhen. Dann sind wir frisch. Können viel besser planen.

TAG 2 / KATZ

Katz zog eine Glasscheibe zwischen sich und die genagelten-Schuhe-Blauhemden. Sollte doch Dani deren Worthülsen aufzeichnen, hinterfragen und mit neuen Worthülsen bestätigt bekommen. Sie konnte mit solchen Geschäftstypen besser als er. Worüber er unendlich froh war, denn jahrelang hatte es ihm regelmäßig Magenschmerzen verursacht, die immer gleichen Sätze vorgesetzt zu bekommen, natürlich immer abgesegnet durch einen Blickwechsel mit dem natürlich immer anwesenden Hausanwalt.

Wir bedauern sehr. Einer unserer besten Mitarbeiter. Können uns nicht vorstellen, wer so etwas getan haben könnte. Unsere Kunden wahlweise Geschäftspartner wahlweise Auftraggeber sind korrekte wahlweise seriöse wahlweise integre Personen. Uns so etwas zu unterstellen, verbitten wir uns. Für das Privatleben unserer Mitarbeiter können wir natürlich nicht die Hand ins Feuer legen, man kennt Menschen ja nie wirklich zur Gänze. Blablabla.

Aber Nora Pizzoli hatte erst um zwei am Nachmittag für sie Zeit. Sie war Lehrerin, und Dani und er waren sich einig gewesen, dass ein ungestörter Unterricht dringender war als die Einvernahme von Marjana Kollers bester Freundin. Und die Eltern von Esma Baykurt konnten sie erst sprechen, wenn die Taxischicht des

Vaters am späten Nachmittag zu Ende war. Und so hatten sie uniformierte Kollegen in die Marc-Aurel-Straße bestellt.

»Weißt du«, hatte Dani während ihrer Fahrt von Simmering in die Innenstadt gemeint, »ich bin mir seit Langem das erste Mal so richtig unsicher, was ich spüren soll.«

»Ich weiß genau, was du meinst«, hatte er geantwortet.

Auflachen. »He, echt. Wie der Fellner das mit der Bestechung erzählt hat, war ich mir komplett sicher, das ist es.«

»Aber wie er dann von Kollers Hass auf Esma geredet hat …«

»Genau. Ein Lover von ihr, der sie verteidigt, gerächt oder sonst was hat. Nur passt das wiederum nicht zu Jelinek.«

»Und die Feder passt nicht zur Mafia. Denen ist wurscht, ob jemand ein Gockel ist, wie er es so treffend formuliert hat.«

»Also muss der Mörder Koller gut gekannt haben.«

»Und bei Jelinek keine Feder.«

»Nach allem, was wir bislang gehört haben, war er ja auch kein Gockel.«

Vom Schwarzenbergplatz bis zum Burgtheater hatten sie geschwiegen.

Dann Dani: »Und was wäre, wenn der Jelinek den Mord am Koller beobachtet hat und deswegen sterben hat müssen?«

»Das wäre dann vor Ort passiert.«

»Nicht unbedingt. Er ist Hals über Kopf nach Hause, der Täter ist ihm gefolgt und hat dort zugeschlagen. Mit dem Fleischhammer.«

»Den er erst heraussuchen musste. Aber egal, eine Möglichkeit. Dafür muss der aber mit dem Aufbau des Tableaus schon fertig gewesen sein. Sonst hätte er ihm ja nicht folgen können. Warum war er dann nicht schon weg?«

»Weil er gerade erst fertig geworden ist? Oder er dem Koller beim Sterben zusehen wollte?«

»Spricht wiederum für wen anderen als die Mafia. Wobei – ein Auftragskiller hätte sich wahrscheinlich auch vergewissert, dass sein Zielobjekt tot ist. Beziehungsweise ist er vielleicht beim Foltern gestört worden.«

»Hm. Und die Feder ist nur Ablenkung?«

»Auch möglich.«

Kurzes Schweigen bis zum Ringturm.

Dann er selbst: »Es kann natürlich auch sein, dass der Täter den Jelinek erkannt hat und wusste, wo der wohnt.«

»Aber wieso hat der in seiner Panik dann nicht gleich die Polizei gerufen?«

»Hm, vielleicht hat er den Täter ja auch erkannt und wollte ihn erpressen. Der gute *Wäul* hat ja offensichtlich immer Geld gebraucht. Und wenn ihm nun vor seinen Augen seine Milchkuh weggemeuchelt wird, muss er sofort umschalten.«

»Das wäre schon abgefeimt.«

»Ja, mir ist auch die Theorie lieber, dass der Auftragskiller ihm sofort gefolgt ist, weil er wusste, dass er rechtzeitig zum Abschmelzen des Eises und damit Kontrollieren der Erfüllung seines Auftrages zurück sein würde.«

»Das Sinnieren bringt nichts. Wir brauchen Fakten, Fakten, Fakten«, hatte Dani beim Einparken die Diskussion zu einem Ende gebracht.

Und jetzt saßen sie in der Marc-Aurel-Straße vor eisern um Contenance bemühten genagelte-Schuhe-Blauhemden und ließen sich erklären, dass Erdölexploration der sauberste und redlichste Job der Welt war, bei dem niemand jemals ins Visier eines missgünstigen Menschen geraten konnte.

Gut an der Sache war nur, dass sie trotz der Verzögerung durch den Papierkram die Herren mit der Todesmitteilung respektive der Durchsuchung so richtig überrascht hatten. Die superkleine Meldung in den diversen Gazetten – der gute Rössler hatte sich beim Herunterspielen des Döblinger Falls echt selbst übertroffen – hatten die Herren anscheinend nicht mit ihrem Mitarbeiter in Verbindung gebracht. Marjana Koller hatte wohl anderes im Sinn, als die Firma ihres Mannes zu benachrichtigen, und zu guter Letzt hatte offensichtlich keiner von den Ölprinzen aus dem Fenster gesehen und die zwei Polizeiautos vor dem Eingang entdeckt.

Und bislang hatte keiner von ihnen es gewagt, durch SMS oder ein Telefonat in Codesprache jemandem den Auftrag zu geben, etwaiges Belastungsmaterial aus dem Büro von Koller verschwinden zu lassen, was auch schwierig gewesen wäre, da er die Kollegen sofort vor Kollers Bürotür postiert hatte. Sie benötigten endlich den Laptop, der einiges über Kollers Kontakte … die Anruflisten. Mist. Bei der Morgenbesprechung hatten sie die völlig außer Acht gelassen. Schichtarbeit, ja, ja. Allerdings hätte Kevin … oder hatte er ebenfalls vergessen? Egal, eines nach dem anderen.

Katz stand auf. »Meine Herren, während Sie Gruppeninspektorin Mayer noch die restlichen Fragen beantworten, werde ich inzwischen mit den Kollegen Herrn

Kollers Sachen einpacken.« Er hielt den entsprechenden Wisch in die Höhe.

»Aber …«, stotterte sich das genagelte-Schuhe-Blauhemd mit zartgelber Krawatte in einen Protest, »das geht nicht. Da sind firmensensible … Sie dürfen das nicht.«

Katz ruckte seinen Kopf zum Anwalt und sah ihn mit erhobener Augenbraue an. Immer dasselbe Theater! Seine eigene Rolle, deren Gesten er mittlerweile aus dem Effeff beherrschte, langweilte ihn zu Tode.

Der Anwalt war wenigstens eine Wohltat, denn er meinte nur: »Doch, er darf. Die Paragrafen erspare ich dir jetzt, Simon.«

Katz lächelte Dani zu. Das Grün ihrer Augen hatte den Ton von Moos, was bedeutete, dass sie wütend war. Logisch, sie langweilte sich höchstwahrscheinlich genauso wie er, aber er durfte flüchten. Das war das Vorrecht des Älteren. Er grinste in sich hinein. Und bei solchen Sachen jenes des aus Erfahrung Gewitzteren.

Das Büro von Markus Koller wirkte total unbewohnt, so zusammengeräumt war es. Ein Metallregal in der Ecke hinter der Eingangstür voller Ordner in den Farben Rot, Grün und Weiß. Katz nahm einen roten Ordner in die Hand. Auf dem Titelblatt stand eine sechsstellige Zahl und das Wort *Boryslaw*. Darunter der Vermerk *Zurückgestellt*, ein Datum, eine Unterschrift und ein Stempel. Wohl ein Projekt, das nichts brachte. *Boryslaw.* Irgendwo klingelte es da in Katz' Hirn. Ein Zeitungsfoto tauchte vor seinem geistigen Auge auf, nein, es war ein alter Stich, in einer Zeitung abgebildet. Monströse Bohrtürme. Richtig, jetzt wusste er es wieder. Boryslaw war eine Stadt in der heutigen Ukraine. Und einst, als die Gegend drumherum noch Galizien hieß und zur Monarchie gehörte, hatte man dort unfassbar viel Öl gefördert. Es hatte als osteuropäisches Texas gegolten.

Katz klappte den Ordner zu. Mein Gott, wie verzweifelt musste die Erdölindustrie sein, wenn sie schon mittlerweile so unbedeutende Felder explorieren ließ. Nachdem er auch Blicke in grüne und weiße Ordner geworfen hatte, war ihm klar, dass es sich um die in Arbeit befindlichen, eben die abgelehnten und die für gut befundenen Projekte handelte. Er deutete den Kollegen, sie einzupacken, und widmete sich dem Schreibtisch, ein schnörkelloses Ding aus glänzendem schwarzem Plastik. Die hausinterne Telefonanlage, in einem Silberrahmen dasselbe Bild von ihm und seiner Frau wie neben der Eingangstür im Wohnzimmer der Villa, eine samtig schimmernde Schale aus Vollholz mit Schreibwerkzeug von Caran d'Ache, etwas verstaubt, und die Jumboausgabe eines Laptops, natürlich Mac.

Er deutete, auch all das einzupacken.

Unter dem Schreibtisch befanden sich zwei Rollwagen in Schwarz. Die oberste Schublade des linken enthielt Müsliriegel, Kaugummi, eine Flasche Mundwasser plus Zahnbürste und Zahnpasta, einen Rubik-Würfel, was Katz am meisten überraschte, und eine Packung Kondome. Die oberste Lade des rechten präsentierte ihm ein Kabelgewirr, Sticks und ein externes CD-Laufwerk. Die Lade darunter enthielt ein Tablet. Die restlichen Schubladen waren leer.

Nachdem die uniformierten Kollegen auch das eingepackt hatten, sah das Büro im Wesentlichen nicht anders aus als vorher, nur das Fehlen der bunten Ordner machte es vielleicht noch ein wenig kälter und daher trister. Aber das war nichts Außergewöhnliches. Seitdem die meiste

Arbeit per Mail erledigt wurde, bekamen viele Büros so ein unpersönliches Antlitz. Denn es war ja egal, wo man tippselte, deshalb tat man es auch überall. An sich war das für die Betroffenen schön, in der Sonne bei einer Melange zu sitzen und so, doch für Ermittler war es schwieriger geworden. Er konnte aus diesem Raum nicht mehr herauslesen, wer Markus Koller gewesen war. Das gaben jetzt viel mehr seine Dateien preis. Die schleunigst zu Kevin beziehungsweise zu den Kollegen von der AB08 geschafft werden mussten. Zum Abschluss befingerte er noch sämtliche Seiten- und Rückenteile sowie Unterseiten des Regals und des Schreibtisches. Nichts. Vorbildlich. Langweilig.

Als er das Büro verließ, prallte er gegen Dani mit drei der fünf genagelte-Schuhe-Blauhemden im Schlepptau.

Jener mit der zartblauen Krawatte zog ihn zur Seite. »Ich kann mir nicht vorstellen, dass Max irgendetwas getan hat, was einen Mord nach sich zieht. Wir haben unsere Verhaltenscodices.«

»Vielleicht hat er die etwas freier interpretiert. Meine Kollegin hat Ihnen ja vorhin erzählt, dass er einen geheimnisvollen Boten engagiert hat.«

»Aber nicht, weil er bei unseren Geschäften irgendetwas … Illegales getan hätte. Er hat gewusst, genauso wie wir, dass unsere Kunden in der Regel sehr«, seine Augen wanderten zum Plafond, »nun ja, sehr vorsichtig sind.«

»Die spionieren Ihnen nach. Kontrollieren Sie.«

Katz bekam ein superneutrales Lächeln als Antwort.

1/12

Glaub es. Komm, leg dich her zu mir. Lass uns ein bissel schlafen. Ausruhen. Dann sind wir frisch. Können viel besser planen.

PAUSE.

PAUSE.

Esma?

Ja?

Ich bin so wahnsinnig glücklich.

Ich auch. Schlaf jetzt ein bisschen.

PAUSE.

PAUSE.

PAUSE.

Aaaah!

Scheiße! Ich hab's gewusst. Ich hab's gewusst! Das war alles nur Lüge, das war …

Nein! Hör auf! Was hast du? Ich hab doch nichts …

Du wolltest mir den Schlüssel klauen. Du wolltest einfach abhauen und …

Chris! Chris! Hör auf! Du Blödmann, ich wollte nur … dir noch ein bisschen näher sein.

Lügnerin!

PAUSE.

Nein, wirklich! Ich … äh … ich wollte, dass wir … Ja! Ich habe solche Sehnsucht danach. Und du hast ja nichts getan. Keine Anzeichen, dass du mit mir … Und da hab ich mir gedacht, du bist ein bissel schüchtern, und ich mach es nicht direkt, sondern einmal über deine Hosentasche …

Hör auf!!!

Hier! Schau her!

Esma! Zieh dich wieder an. Zieh dich sofort wieder an.

Nein. Du kannst nicht einen halben Schritt über die Klippe gehen. Du willst mit mir eins werden. Okay, dann lass es uns tun!

Esma … ich … ich …

Was?

Ich … kann das nicht.

Wieso? Du hast gesagt, du liebst mich.

PAUSE.

Ich liebe dich wahnsinnig.

Und ich … wo ist also dann das Problem?

Ich …

Schüttle nicht den Kopf, wehr dich nicht. Hier. Leg die Hand daher.

PAUSE.

Nein, nein, nein, nein, nein! Du machst das nur, damit ich …

PAUSE.

Was? Entspannt bist? Das könnte gut sein. Ich brauch dich nämlich entspannt, wenn wir das weitermachen wollen, was du heute begonnen hast. Und du hast den voll stressigen Tag gehabt.

PAUSE.

Esma. Lass.

Wieso? Rührt sich was? Das ist doch schön. Sonst müsst ich glauben, dass du mich angeschwindelt hast.

Ich … Scheiße, Esma. Ich hab … noch … nie … also …

PAUSE.

Du hast noch nie mit einer Frau geschlafen? Das macht doch nichts. Komm, lass einmal schauen, was unser Freund … He! Wieso stößt du mich weg?

Doch. Hab ich. Mit einigen. Aber ich bin jetzt müde. Erschöpft. Und ich will dich genießen. Wenn unsere Mission … dann … ist das unser krönender Höhepunkt.

PAUSE.

Verstehe.

Jetzt bist du sauer.

Nein, Chris. Du hast recht. Wie immer. Es ist besser, wir bündeln unsere Energien.

Ja.

Ja. Wir haben noch viel vor.

PAUSE.

Esma?

Ja?

Nichts. Schlaf gut.

TAG 2 / MAYER

Der Geruch der Pizzen setzte sich gegen die blumenduftgeschwängerte Maienluft, die durch das offene Fenster hereinströmte, durch. Mayers Magen knurrte. Interessanterweise erst nun, nachdem sie das Essen so richtig roch. Außerdem war im kleinen Büro des LKA Ruhe eingekehrt, ihr Körper entspannt und dadurch auf Futter eingestellt. Die ersten Bissen waren mechanisch gewesen und hatten keinerlei Gefühle ausgelöst. Das durfte nicht zur Regel werden.

Kevin sah von seiner Margarita auf und lächelte sie an. Dann schnippelte er weiter an dem Fladen. Er war noch immer damit beschäftigt, feinsäuberlich den dicken Rand ab und die restliche Scheibe in acht akkurate Stücke zu schneiden. Der Alte hingegen hatte seine Diavolo geviertelt und den ersten Teil zusammengerollt, den er nun andächtig in sich hineinstopfte.

Und sie selbst? Mayer betrachtete den Sauhaufen auf ihrem Karton, der einst eine Quattro Stagione gewesen war. Ein Stückchen Rand plus Teile des Innenlebens fehlten bereits. Die Champignons hatte sie zur Seite geschoben, weil sie sie so gern mochte und am liebsten am Schluss aß, der Schinken war zerfleddert und auf das gesamte Gebiet verteilt, die Kleinteile der beiden Pfefferoni ebenso.

Wenn sie davon ausging, dass die Art, eine Pizza zu essen, etwas über den Menschen aussagte, schnitt sie für ihr Gefühl nicht gut ab. Kevin war ordentlich, das konnte man als positive Eigenschaft sehen. Katz packte zu und stellte das Wichtige in den Vordergrund. Sie selbst … nun ja. Im besten Fall ging sie als Genussmensch durch, als der sie sich aber eigentlich nicht sah.

»Das Alibi von Heribert Strasser …«

»Von wem?« Katz zwischen zwei Bissen.

»Dem Putenmann. Der hat den ganzen Tag geschlachtet. Fünf Zeugen. Die Liste von den Mitarbeitern haben wir«, murmelte Kevin weiter. »Aber bis jetzt kein identer Name.«

»Bis jetzt?«, murmelte Katz zurück.

»Na, ich hab sie mit den Namen der Ort-Zeit-Diagramme verglichen. Und mit den uns sonst bislang bekannten Zeugen oder Angehörigen. Da ist kein Treffer.« Er nahm einen Schluck aus seiner Cola-Dose. »Aber vielleicht taucht ja noch wer auf.«

Katz betrachtete die zweite Rolle in seiner Hand. »Aber es muss wer sein, der mit dem Putenmann was zu tun hat. Denn welcher Mörder kommt auf die irre Idee, auf gut Glück ins Weinviertel zu fahren und sich irgendeinen Kastenwagen auf einem Gutshof zu krallen, wenn er das in Wien viel leichter kann?« Er biss ab und sagte mampfend: »Vorausgesetzt natürlich, dass …« Der Rest wurde vom Teig-Pfefferoni-Salami-Gemisch verschluckt.

Mayer fühlte sich bemüßigt, ihm zu Hilfe zu eilen. »Dass unser Mörder aus Wien ist und nicht aus dem Weinviertel.«

Er schluckte hinunter und meinte. »Richtig. Aber selbst wenn er aus dem Weinviertel ist, haben wir dasselbe Problem. Wir suchen die Verbindung zu Koller und Jelinek, bevor wir an den ominösen Zufall glauben.«

»Schmitz hat sich gemeldet«, fuhr Kevin fort. »Nach ein paar Berechnungen ist er zu neunzig Prozent sicher, dass sich das Abschmelzen des Eisklumpens zwischen der Beobachtung der Zeugin und dem Auffinden der Leiche ausgegangen ist. Das entsprechende Experiment läuft noch. Er gibt uns dann Bescheid.«

Katz verharrte in der Abbeißbewegung. »Einfach so durch die Hitze, die gestern geherrscht hat?«

Kevin schüttelte den Kopf. »Der Reihe nach. Zuerst der Druck durch die Füße des Erhängten. Dann, nimmt Schmitz an, ist der Block unter den Füßen weggerutscht. Exitus. Was auch Wagner bestätigt, der den Todeszeitpunkt auf Vormittag, längstens späten Vormittag eingegrenzt hat.«

»Okay, das haben wir ja gestern schon vermutet, aber …«

»Aber«, unterbrach ihn Kevin und zwinkerte. »Danach ist der Eisblock deswegen so schnell geschmolzen, weil die Garage eine Fußbodenheizung hat.«

»Wie bitte?«, entfuhr es Mayer.

»Eine Fußbodenheizung.« Er grinste. »Zwar nur auf niedriger Temperatur eingeschaltet, aber eingeschaltet.«

Katz lachte. »Damit das arme Auterl nicht steif wird in den Gelenken. Okay, andere Sphäre. Nicht unser Energiekostenproblem.«

»Naja«, gab Mayer zu bedenken.

»Nein, Dani, bitte nicht jetzt von wegen Energieverschwendung und Weltlage der Ressourcen. Der Besuch bei diesen Erdölheinis vorhin hat mir für heute gereicht zu dem Thema.«

»Da ist aber noch was«, brachte Kevin sich wieder ein. »Schmitz versucht ja, die Szenerie nachzustellen …«

»Versucht?«, fragte Katz.

»Ja, und eines ist ihm sofort klar geworden: Das mit dem Eisblock funktioniert als Folter nur halbwegs, falls überhaupt, wenn das Bike aufgebockt ist, weil …«

»Sonst das Ding nach einer Sekunde unter dem Eisblock sprich unter den Füßen zur Seite wegrutscht!« Mayer konnte nicht fassen, wie einfältig sie gewesen waren.

Katz wischte sich bedächtig den Mund ab. »Okay, es stellt sich also die Frage, hat der Täter das Motorrad gehalten, um den psychischen Druck zu erhöhen? Wenn Koller hingegen allein kurz auf dem schwankenden Ding stehen musste – ging es gar nicht um Folter, sondern ist es bloß eine bizarre Hinrichtungsart? Oder hat unser Täter nach dem Exitus das Motorrad umgelegt? Wenn ja, warum?«

Sie schwiegen.

»Ich hasse diesen Fall.« Nachdem Mayer es ausgesprochen hatte, war ihr leichter.

»Liebe ihn, sonst fangen wir falsch zu denken an«, sagte Katz.

Sie kauten eine Runde.

»Auf jeden Fall brauchen wir dringend die Verbindungsdaten von den beiden Handys. Und von dem von Jelinek. Wo sind die eigentlich?«, sprach Mayer aus, was sie sich seit gut einer Stunde dachte.

»Müssten bald bei uns eintrudeln«, erklärte Kevin. »Ich hab schon nachgefragt, als ihr weggefahren seids, aber zwei Tatorte in einer Nacht sind für Schmitz und sein Einsatzteam ein bissel viel, und ich …« Er senkte den Blick. »Ich hab Spock gefragt, ob er mir, also uns, vielleicht … obwohl er ja nicht der aktuellen Gruppe …«

»Passt schon, Kevin. Das ist in Ordnung so. Wir

machen hier Teamarbeit«, beruhigte ihn Katz. »Einsame Wölfe scheitern im Normalfall. Und Herbie ist genau der Richtige dafür.«

Ja, da konnte Mayer Katz nur beipflichten. Herbert Forstinger von der AB08 war ein Tüftler und Technikfreak. Wenn sie in diesem Bereich zu jemandem außer Kevin Vertrauen hatte, dann zu Mister Spock, wie ihn die ganze Berggasse liebevoll nannte.

Der Neo-Kriminalbeamte, der sich erst so süß daran gewöhnen musste, dass er nun bis zu einem gewissen Grad selbst Entscheidungen treffen durfte, lächelte sie beide an. »Okay, passt.«

»Passt«, sicherte ihm Mayer nochmals zu. »Wenn wir dann die Zeitpunkte haben, an denen Koller und Jelinek miteinander telefoniert haben und das dann mit den Akten und Kollers Terminkalender vergleichen, sehen wir vielleicht klarer, was die so Geheimnisvolles miteinander getrieben haben.«

»Isst du deinen Rand nicht?« Katz deutete auf den Haufen auf Kevins Teller.

Kevin verneinte, und der Chef nahm sich die zwei Halbmonde. »Immer, wenn ich wenig schlaf, hab ich einen wahnsinnigen Hunger.« Er stopfte sich die Hälfte des ersten Bogens in den Mund. »Das ist, weil mein Körper so wahnsinnig viel Energie braucht, um mich wachzuhalten. Und dann das Denken dazu … weiß man ja, dass man da viel Kalorien verbraucht.«

»Chef?« Katz sah Mayer mit halb offenem Mund und davor schwebender, zweiter Hälfte an. »Iss einfach. Wenn du irgendwann nicht mehr von deinem Sessel aufstehen kannst, übernimmst einfach du die Internetrecherche, und Kevin fliegt mit mir aus.«

Katz legte den angebissenen Bogen ab und zog in ihre Richtung die Nase kraus.

»Okay, aber bis dahin«, Kevin wischte sich den Mund ab und setzte sich zurecht, »liefere ich einmal weiter. Zweite Mitteilung von Schmitz. Der Tatort war, wie vermutet, tatsächlich die Küche, wo wir ihn gefunden haben. Erstens hat er mikroskopische Spritzspuren gefunden, die nicht abgewischt worden sind, und zweitens haben wir vier Gassen weiter in der Kolonia* vor einem Gemeindebau den zusammengerollten blutgetränkten Fleckerlteppich gefunden. Das war pures Glück, weil dort herrscht gerade ein Streit, weil irgendwer immer Sperrmüll reinhaut und ein selbst ernannter Wächter ständig den Inhalt kontrolliert und fotografiert.«

»Ja, vier Gassen weiter hätten wir nicht gesucht«, pflichtete Katz bei.

»Und«, Kevin machte eine dramatische Pause, »in dem Teppich war erstens der gesäuberte Fleischhammer eingepackt, wozu auch passt, dass in der Abwasch am Tatort Spuren von Jelineks Blut gefunden worden sind, und zweitens war im Teppich auch das Gewand von Jelinek. Voller Blut.«

»Damit erübrigt sich meine Frage«, meinte Katz. »Denn warum sollte er nicht das nackte Opfer auf dem Teppich liegen lassen. Dessen Abtransport hat eigentlich nur zur Vertuschung gedient.«

Und das Tatmuster war noch einmal abgeändert. Was Mayer auch sagte.

»Ja, es schaut so aus, als sollte es nur so aussehen, dass er nackt umgebracht worden ist«, pflichtete Kevin ihr bei.

* Kolonia: Wienerische Bezeichnung für die großen Mülleimer

»Womit wir bei deiner Theorie wären, liebe Dani. Jelinek hat den Mörder von Koller gesehen. Wird immer wahrscheinlicher.«

»Ja, wird wahrscheinlicher. Ist aber auch noch nicht gegessen«, relativierte sie.

»Richtig.« Katz biss, voll in Gedanken, wieder in den Rest von Kevins Pizza. »Aber einen Anfang brauchen wir. Also konzentrieren wir uns einmal auf Koller.« Er seufzte. »Und wir sind nicht weiter als heute Morgen. Kann mit dem Job und einem Auftragskiller zu tun haben oder mit dieser Esma.«

»Sie ist jetzt unsere Verdächtige?« Kevin sprang mit ihrem Foto in der Hand auf und eilte zur Pinnwand. Er sah sie beide erwartungsvoll an.

Katz drehte sich mit seinem Sessel. »Hm. Platzier sie einmal ganz oben. Über allem drüber. Sie hat mit beiden Opfern zu tun. Und natürlich kann sie es selbst gewesen sein, aber da fehlt uns jegliches Motiv. Und daneben gibst du ein Fragezeichen für unseren Profi. Das vielleicht einfach auch nur für diesen geheimnisvollen Lieferanten von Informationen steht.«

Kevin tat wie geheißen. Er hatte Baykurts Kopf von einem Tanzfoto herauskopiert. Ihnen blickten große braune Augen unter markanten Augenbrauen in einem herzförmigen Gesicht entgegen. Und obwohl die Aufnahme ein typischer Amateurschnappschuss war, hatte Esmas Blick etwas Zwingendes, ja Magisches. Langsam bekam Mayer ein Gefühl für die Faszination dieser Frau.

Zu dritt betrachteten sie die noch leere Wand. Sehr leere Wand. Nun gut, es war ja erst Mittag am ersten Ermittlungstag. Dennoch.

Kevin trabte zu seinem Platz zurück und checkte

seinen Laptop. »Yeah. Spock. Er hat die Handys vom Koller und vom Jelinek durch.« Er scrollte. »Haupthandy von Koller anscheinend nur Berufliches, seine Frau kommt da kein einziges Mal vor … hm, wahnsinnig viel Ausland. Amerika, Tschetschenien und so was noch. Spock geht das jetzt durch, schreibt er. Kollers Privathandy und das vom Jelinek … hm … Prepaids, wie wir ja schon wissen …« Er nahm einen Schluck von seinem Cola und schüttelte den Kopf. »Prepaid. Bei Jelinek wundert mich das nicht, nachdem er es ja schon zu Galerienehren* gebracht hat. Aber warum auch das Privathandy von Koller? Und es war das private von ihm«, er fuhrwerkte am Laptop, »weil, wenn ich mir die Anrufliste so anschau, dann überwiegt da die Nummer seiner Frau.«

Katz streckte sich. »Wie hat der Oberboss von E&D so schön angedeutet? Die Geschäftspartner kontrollieren gern. Wahrscheinlich wollte Koller im Fall einer Telefonüberwachung den Typen nicht mehr als notwendig in die Hand geben.«

»Aber dass er verheiratet ist, wussten die doch sicher sofort«, wandte Kevin ein.

Genau Mayers Überlegung. »Und die anderen Nummern?«

»Bis jetzt kann ich nur die von Jelinek zuordnen. Ich werd mich gleich dahinterklemmen. Aber stopp … da ist noch eine, die er öfters angerufen hat. Teilweise lange Gespräche. Moment …« Er scrollte und wischte.

Mayers Blick fiel auf die große Uhr, die über der Eingangstür hing. Schon halb zwei. Sie machte Katz darauf

* Galerie: die gesamte Auflistung von Kriminellen bei der Polizei, von (Bilder)Galerie

aufmerksam. Der nickte und schob die Pizzareste mit einer harschen Handbewegung in der Mitte des Kartons zusammen, den er dann in der Hälfte knickte und zum Papierkorb brachte. Mayer tat es ihm gleich. Die Schwester von Laura und ihres Zeichen Freundin von Marjana Koller stand am Programm.

»Shit!«, entfuhr es Kevin. »Echt, voll arg. Sind jetzt nur mehr Prepaidhandys angesagt, oder was? Die Nummer ist auch nicht verzeichnet.«

»Dann ruf sie an«, meinte Katz.

Kevin tat, wie geheißen. Er holte kurz Luft, aber anscheinend war die Stimme, die er hörte, nur vom Band, denn er schwieg weiter. Und dann wurden seine Augen kugelrund. Er betrachtete das Display andächtig und beendete die Verbindung. »Ratet.«

»Esma«, warf Katz nachlässig in den Raum, während er sich sein Sakko anzog.

»Woher weißt du das?«

»Was?«

»Dass das die Nummer von Esma Baykurt ist?«

Mayer fühlte, wie sie schlagartig angespannt war.

Wie wohl auch Katz, der mitten in der Bewegung verharrte. »Ist sie? Echt? Nein, jetzt nicht wirklich. Ich hab das nur so …«

Kevin nickte.

Markus Koller hatte also auffallend oft mit Esma Baykurt telefoniert. Mayer versuchte, diese neue Information irgendwie einzuordnen. »Was? Wie? Hat er ihr Schimpfwörter draufgebellt?«

Kevin zuckte mit den Schultern. »Jedenfalls sagt das Band, dass sie gerade nicht erreichbar ist, sich aber über eine Nachricht freuen würde.«

»Na dann tun wir ihr doch den Gefallen. Lieber Draganović, übermittle ihr bitte freundlich eine Einladung, mit uns Kontakt aufzunehmen.«

Mayer verstand nicht, warum Katz so gelassen zur Tagesordnung übergehen konnte, daher setzte sie hinzu: »Und zwar dringend.«

»Wieso haut dich diese Meldung so aus den Schuhen, liebe Dani? Die wird ihm wegen der Clubabende Bescheid gegeben haben.« Katz öffnete die Tür.

»Hat sie nicht«, widersprach sie ihrem Chef. »Die Verständigung bekommt man immer per Massen-SMS. Sagt Nora. Ohne Ausnahme. Und erst recht als einer, der sie angeblich gehasst hat.«

Katz sah sie ein paar Sekunden an. Dann fuhr er sich mit der Hand über die Glatze und tänzelte auf den Flur.

Mayer packte Handtasche und Jeansjacke, zwinkerte Kevin zu. Bestens. Der Spürhund hatte Fährte aufgenommen. Und sie mit ihm.

2/13

Nichts. Schlaf gut.

Du auch.

FÜNF STUNDEN SPÄTER.

He! Guten Morgen! Bist du schon lange wach?

Ja.

Was ist?

Nichts.

Komm, Esma, ich seh dir doch an, dass etwas nicht stimmt. – Bereust du das … also … von heute …

Nein, nein.

Du wirkst aber traurig. Tut es dir leid, dass unser Feind …

Nein … nein.

Du hast Mitleid mit ihm.

Das auch. Aber das ist es nicht.

Na komm, sag schon.

Nein.

Warum nicht?

Du würdest mich nicht mehr mögen.

Das geht gar nicht, Esma.

Oh doch, Chris. Ach …

PAUSE.

Wenn wir uns halten, ist alles gut. Spürst du das auch, Esma?

Ja.

Also? Was ist?

Ich weiß nicht, wie ich es dir sagen soll. Es ist so … peinlich.

Zwischen uns kann gar nichts peinlich sein.

PAUSE.

Es ist … also Markus hat …

Ja?

Ja also, er hat mir was versprochen.

Was?

Er wollte mir eine Skulptur schenken. Eine sehr teure.

Okay … Aber ich versteh nicht ganz.

Ich wollte sie dann verkaufen. Und dann hätte ich mir das Studio hier gekauft. Ich wäre unabhängig geworden. Ich hätte mir keine Sorgen mehr machen müssen. Und das ist jetzt …

Nicht mehr wichtig, Esma. Wir haben die Revolution gestartet. Danach ist sowieso alles anders. Du brauchst dir keine Gedanken über die Zukunft machen.

PAUSE.

Stimmt. Das ist mir schon klar. Aber wir brauchen auch für die Revolution Geld.

Ich habe Geld. Die anderen haben Geld. Wir kommen schon durch.

PAUSE.

Glaubst du nicht, dass es nicht auch dem Feind gebühren würde, etwas beizutragen? Marjana macht bei der Revolution sicher nicht mit. Sie ist eine Mitläuferin. Sie darf deswegen auch nicht getötet werden, denn sie ist blind. Nicht schuldig. Aber sie erbt sein ganzes Geld. Das ist doch ungerecht, Chris.

PAUSE.

Da hast du recht.

Siehst du?

Und was denkst du? Was sollen wir machen?

PAUSE.

Ich hab jetzt lange darüber nachgedacht, ob es in Ordnung ist. Aber das ist es. Es handelt sich um die Umverteilung, die wir schon lange fordern.

Du willst die Skulptur.

Ja. Es wäre nur gerecht. Für die Revolution.

Okay. Und wo ist sie?

In einem Lager am Margaretengürtel. Und der Schlüssel dazu, also so eine Schlüsselkarte, ist in der Kommode im Vorzimmer im Haus.

Vergiss es.

Wieso?

Weil da die Polizei ist. Und ich riskier nicht die Revolution für eine Skulptur, die wir nicht brauchen.

Aber da ist noch mehr.

TAG 2 / KATZ

Katz wünschte sich, dass sein bester Freund mit ihnen wäre. Nora Pizzoli war nämlich nicht nur Lehrerin, sondern auch und vor allem, wie sie ihnen erklärte, Schneiderin. Sie unterrichtete Werken in drei Schulen und schlug sich so während der Flauten durch, die manchmal ein exklusives Handwerk mit sich brachte. Denn es handelte sich nicht um eine Änderungsschneiderei, sondern um eine solche, die per Maß aus jeder Frau die perfekte Diva machte. Von außen hatte das Geschäft, hinter dessen Verkaufsraum und Werkstatt Nora auch wohnte, gar nicht einmal so beeindruckend ausgesehen – eine fast karg zu nennende Auslage mit Stoffballen in Regenbogenfarben und einer Calla neben einer einfachen Glastür in einer sehr ruhigen Seitengasse nahe Schönbrunn*. Über der Tür ein ebenso schlichter wie eleganter *Pizzoli*-Schriftzug in Messing.

Aber drinnen … Alex würde ausflippen. Denn Nora hatte sich, wie sie mit zunehmend roten Wangen erklärte, auf Business- und Abendgarderobe spezialisiert. Nicht nur die unzähligen Stoffballen aus den edelsten Materialien verdeutlichten das – und Katz kannte sich aufgrund der ständig wechselnden Bühnenoutfits von Alex mittlerweile bestens aus –, sondern auch die drei angeklei-

* Schloss Schönbrunn; wir befinden uns also im 13. Wr. Gemeindebezirk, im Großen und Ganzen als eher nobel einzustufen

deten Puppen. Denn die eine trug eine Art Chanelkostüm in Dunkelblau, die zweite ein Kleines Schwarzes mit atemberaubendem Rückenausschnitt und die dritte einen schulterfreien Traum in Eierschale mit aufwendiger Stickerei im selben Farbton und dem Ansatz einer Schleppe, die sich bauschte. Da waren wohl Rüschen oder dergleichen unter dem Stoff montiert. Sie erinnerte Katz an den gestrigen Abend.

Nora trat zu ihm. »Ja, manchmal flutscht mir der Flamenco ein bissel durch.«

»Sie nähen auch die Kleider für die Szene?«, fragte Dani, die an der Schwelle zur Werkstatt stand und ihren Blick schweifen ließ.

Nora ging zu ihr. »Nein, das könnte ich gar nicht.«

Sie betrachtete andächtig gemeinsam mit Dani das, was sich auch immer in der Werkstatt ihren Blicken darbot. Katz stellte sich zu ihnen. Und spätestens jetzt wäre Alex knapp vor einem Hyper. Denn da hingen sie, die Rüschen und Schleppen, die langen Röcke und Mieder und Blusen. »Aber das schaut so aus, als hätten Sie genug Aufträge.«

Nora ging zu einem zitronengelben Rock mit einem Meer aus Wellen und Falten. »Nein, das sind nur Reparaturarbeiten. So eine Bata …«

»Eine was?« Dani trat zu ihr und strich über die Volants.

»Eine Bata de cola. Das ist diese Schleppe mit den Rüschen. Also im Prinzip. Und die ist unglaublich aufwendig zu nähen. Naja, nicht nur das, auch gefinkelt. Die Bahnen werden alle aus Kreisen geschnitten. Die Falten werden nur handgezogen, abgesehen davon, dass der Stoff speziell aufbereitet ist, damit er so steif ist.«

Sie hob Dani den Rock entgegen. Die strich darüber und nickte. Nora legte ihr die Schleppe auf den Arm. Und die schien, obwohl der Rock noch am Haken hing, sehr schwer zu sein, denn Danis Arme gaben ganz kurz unter ihrem Gewicht nach. »Na bumm. Und das müssen die Tänzerinnen ...«

Nora lachte. »Nicht nur mitschleifen, sondern gekonnt werfen.«

»Das ist ja Leistungssport.«

»Schon. Flamenco geht unglaublich rein. Haben Sie das schon einmal ausprobiert?«

Dani schüttelte den Kopf.

»Na vielleicht bleibt Ihnen ja einmal Zeit dazu.«

Katz nahm das zitronengelbe Ding nun seinerseits in den Arm. Es *war* schwer. Und wunderbar gearbeitet, soweit er das aufgrund seiner Beobachtungen von Alex' Nähereien beurteilen konnte. »Ist die Community nicht groß genug, weil Sie nicht davon leben können?«

»Das auch.« Nora ging zum Zuschneidetisch in der Mitte des Raums, ein Ding von zweieinhalb mal eineinhalb Metern, und setzte sich darauf. »Aber so eine Bata braucht ewig, ich würd währenddessen verhungern. Nein, ich reparier die Dinger nur. Und ab und zu näh ich spezielle normale Kleider. Also solche ohne Bata. Für einen Auftritt oder so, wenn es eine Art Kostüm wird.«

Dani setzte sich neben sie. »Und warum nicht mehr von den normalen Dingern?«

Nora grinste breit. »Importiert sind sie billiger. Wie alles. Wenn das eine Gitana in Andalusien näht, sind das andere Kosten, als wenn ich das mache. Ich bin teurer, das da ist teurer«, sie machte einen weiten Bogen mit dem Arm über Werkstatt und Verkaufsraum, »und der

Transport ist finanziell ein Witz.« Ihre Stirn legte sich in Falten, sie wirkte plötzlich sehr nachdenklich. »Kostenwahrheit. Das wäre es.« Sie hatte mehr zu sich als zu ihnen gesprochen.

Katz war sich nicht sicher, ob die Kleine da nur von ihren eigenen Problemen gesprochen oder vielleicht doch gerade eine Wirtschaftsdiskussion gestartet hatte. »Was meinen Sie damit genau?«

Nora schien aus einer fernen Welt aufzutauchen. »He, das wissen Sie doch. Ich kann mit Sklaven in Bangladesch nicht mithalten.«

»Und die Schiffe zahlen keine Spritsteuern«, ergänzte er.

»Richtig. Falsches System. An dem sich ein paar Wichtigtuer blöd verdienen. Die lagern aus, und wir gehen kaputt.«

Katz wechselte einen Blick mit Dani. Sie schien genauso überrascht wie er selbst zu sein, bei dieser Einvernahme nicht einer aufgeregten Freundin, sondern einer verbitterten Geschäftsfrau gegenüberzustehen.

»Das gehört geändert. Endlich geändert.« Nora blitzte zuerst Katz, dann Dani an. »Wir sind doch nichts anderes als Schafe, die sich dauernd einreden lassen, dass es nur so geht und nicht anders. Der Wirtschaft muss es gut gehen, damit es uns allen gut geht. Ha! Nur dass die Wirtschaft vergisst, von ihrem Gutgehen was abzugeben. Es hat sich nichts geändert, nichts, in all den Jahrhunderten. Nein, stimmt nicht, die ausgebeuteten Kolonien sind andere geworden.« Die helle Haut der Blondine hatte jetzt eine mehr als gesunde Farbe.

Einer verbitterten Linken, korrigierte sich Katz. Das war für eine mittelständische Geschäftsfrau untypisch. Die meisten von dieser Klientel waren doch in der Wolle schwarz gefärbt. Oder jetzt pink, wenn sie dieser neuesten Ausgabe von Wirtschaftsliberalen* anhingen.

Dani senkte den Blick, betrachtete anscheinend ihre schlenkernden Beine. »Und wenn Sie so gegen die Ausbeuter und für die Unterdrückten sind, warum reden Sie dann von einer *Gitana*?«

Oh Gott, jetzt das noch. Eine Zigeuner-Roma-Sinti-Definiererei. Doch im Grunde freute Katz Danis Einwurf, überhaupt die ganze Diskussion. In letzter Zeit hatte sich in ihm aufgrund diverser Begegnungen bei Fällen der Verdacht erhärtet, dass die Youngsters allesamt unpolitisch geworden waren. Dem war anscheinend nicht so. Das tat gut, echt gut.

Nora übernahm Danis Beineschlenkern und gesenkten Blick. »Weil die Kalé sich selber so nennen. Sie sind stolz, Gitanos zu sein. Also die von Andalusien oder meinetwegen ganz Spanien.«

»Kalé?« Der Ausdruck war ihm noch nicht untergekommen.

»Eine Untergruppe der Roma.« Ansatzlos sprang Nora vom Tisch. »Wollen Sie Kaffee? Wasser? Apfelsaft? Ich hab da einen guten aus der Steiermark. Ganz naturbelassen.«

Dani und er orderten das gesamte Angebot. Nora verschwand in der Tür zum nächsten Raum, der wohl schon zu ihrer Wohnung gehörte. Das Aufwärmblubbern einer Kaffeemaschine wurde hörbar.

Während sie warteten, taten sie beide das gleiche: Sie

* Die nennen sich in Österreich Neos und haben die Parteifarbe Pink. Schwarz ist die Farbe der ÖVP, der österr. CDU.

strichen durch den Raum und mit den Händen über die Stoffballen. Schneidern war ein so sinnliches Handwerk. Und eine seltsame Mischung zwischen Bodenständigkeit respektive Ehrlichkeit und Tarnen und Täuschen. Ja, war es nicht der Ausgangspunkt des ganzen Selbstdarstellungswahnsinns, der sie umgab? Und damit des ökonomischen Elends? Das Mehr als das Notwendige war doch immer schon zuallererst durch noch wertvollere Kleidung präsentiert worden, neben Haus und Pferd. Nun ja, heutige Machthaber hatten es da schwerer, bei Anzügen war schnell einmal das Ende der Fahnenstange erreicht, zu viel Schmuck wirkte nur peinlich, und lohnende Fußballclubs gab es nicht ohne Ende zu kaufen. Sie waren förmlich gezwungen, sich die siebente Yacht zuzulegen. Oder das dritte Land mit ihrem Geld zu beherrschen. Wenn sie beweisen wollten, dass sie einen größeren Schwanz als die anderen hatten.

Nora kam mit einem IKEA-Tablett voller Getränke und Keksen zurück – auch nicht stilrein, der Besitz eines Gegenstandes von diesem ebenfalls nicht koscheren Weltkonzern bei solch aufrührerischen Gedanken. Katz rieb sich die Schläfen. Und aus. Sie waren hier wegen eines Mordfalles, nicht, um eine Antikapitalismusgruppe zu gründen.

Katz nahm sich ein rundes Ding mit Schokoladenglasur und merkte beim ersten Bissen nicht nur, dass der Butterkeks sensationell schmeckte, sondern auch, dass er noch immer hungrig war. Als hätte es da nie eine Pizza gegeben. Er stellte sich mit dem Rücken zur Versuchung, denn es war schon ein bissel peinlich, wenn ein Ermittler wie ein Scheunendrescher eine ganze Schale voller … Scheiß drauf. »'tschuldigung. Aber die sind so gut.« Er nahm sich noch drei.

»Habe ich selber gemacht.« Nora lächelte wie eine Hausfrau aus den Fünfzigern. Diese junge Dame hatte viele Gesichter.

»Gut«, meinte Dani, während sie bedächtig ihren Espresso umrührte.

Und der Subtext war trotz der Kürze des Satzes wieder einmal völlig klar, denn Nora antwortete, während sie sich wieder auf den Tisch neben Dani setzte: »Ja, wie ich schon gestern gesagt habe, Mari war seit vorgestern die ganze Zeit mit mir zusammen.«

Das würden sie mithilfe des Diagramms noch irgendwann endgültig klären. »Glauben wir Ihnen. Uns geht es mittlerweile um etwas anderes. Sie kennen doch Esma Baykurt?«

Nicken.

»Ihre Freundin Marjana hat gemeint, sie sei die neue Liebe von Markus Koller gewesen.«

Nicken.

»Aha?«

Nora sah Dani an. »Ja. War sie.«

»Im übertragenen oder im tatsächlichen Sinn?«

»Zweiteres. Aber warum fragen Sie? Haben Sie Marjana nicht geglaubt?«

Katz rollte einen Kniesessel zu sich und ließ sich nieder. »Wir konnten bei ihr nicht mehr nachfragen. Der Nervenzusammenbruch. Und alle anderen, die wir bislang einvernommen haben, haben gemeint, dass Markus Koller sich das nur gewünscht hätte.«

»Und er soll sie gehasst haben«, ergänzte Dani.

»Das stimmt auch. Also das mit dem Hassen.«

»Aha?«

Nora nahm sich selber einen Keks und knabberte die Schokolade herunter. »Ja. Sie haben zwar miteinander gevögelt, aber Esma hat ihn nie für voll genommen. Chichi-Klumpert* beeindruckt sie nicht. Und außerdem war er einer von denen.«

»Von wem?« Katz hatte zwar einen Verdacht, aber er wollte es hören.

»Na von den Machthabern. Den Habenden von Macht. Den Ausbeutern.« Ihre Wangen röteten sich erneut.

»Und die mag Esma nicht?«

»Sie bekämpft sie.«

»Die Anarchistin«, murmelte Dani, die den abgeschleckten Espressolöffel wie einen Propeller zwischen Mittelfinger und Daumen rotieren ließ. Sie mussten endlich in irgendeinen Supermarkt einfallen, um ihr Zahnstocher zu besorgen.

Katz nahm sich noch einen Keks. Hm, die beiden hatten ein Verhältnis gehabt. Esma war anscheinend eine leidenschaftliche politische Frau. Liebe. Hass. Vor einer Stunde noch war ihm die Idee, dass die geheimnisvolle Schöne hinter den Morden stecken könnte, absurd erschienen. Jetzt bekam sie mehr als nur den Touch von Möglichkeit.

»Trotzdem. Eine Frau und ein Hammer«, murmelte Dani weiter. Und sprach damit seinen Gedanken aus.

»Hammer?«, fragte Nora nach.

»Nichts«, fuhr Katz dazwischen. »Wir müssen mit dieser Esma reden.«

»Viel Glück«, konterte sie.

---

* Klumpert: wertloses Zeug

»Aber Sie wissen doch, wie wir Sie erreichen können? Denn auf offiziellem Weg ist sie nicht auffindbar.«

Sie stopfte den Rest des Kekses in den Mund und wischte sich die Brösel von der Hose. »Na beim nächsten Clubabend. Der gefühlsmäßig demnächst wieder sein müsste. Sie macht ihn so alle drei bis vier Wochen. Und sie ist«, sie grinste, »wie ich in der Nacht schon Ihrem Freund gesagt habe, vielleicht heute Abend bei der Fiesta.«

Katz juckte es am ganzen Kopf. Er rieb und rieb. »Ja, aber Sie bekommen doch eine SMS von ihr, wenn sie zum Clubabend …« Was irrelevant war, denn die Nummer hatten sie ja schon. »Ich meine, man bekommt doch was mit, wenn man mit einem Menschen so viel Zeit verbringt. Wo er wohnt, zum Beispiel. Oder was er arbeitet. Diese Esma muss doch von irgendwas leben.«

Nora beugte sich zu ihm hinunter. »Ich verbringe nicht viel Zeit mit ihr. Ich gehe alle paar Wochen zu ihrem Clubabend und das war's.«

»Aber Sie kennen ihre politische Einstellung.«

»Das ist nicht schwer. Sie singt ja darüber.«

»Sie singt?«, fragte nun Dani. »Ist das nicht ungewöhnlich? Das tun doch sonst nur Männer, oder?«

Auch ohne hellen, also zum Quietschen neigenden Sopran war es schon schlimm genug. Katz versuchte, die Erinnerungsfetzen an die YouTube-Videos zu unterdrücken.

»An sich ja, also zumindest in Spanien. Aber bei uns singen mehr die Frauen. Samira zum Beispiel. Die ist ziemlich gut. Naja, der Flamenco ist hier überhaupt mehr in weiblicher Hand.« Ein Seufzer. Und er verriet, dass Nora im Gegensatz zu ihrer Schwester mehr auf Y-Chromosom-Träger stand. Die Arme, sie schneiderte für Frauen, sie tanzte mit Frauen, da blieb nur wenig Restzeit, um schnuckelige Bettgefährten kennenzulernen.

»Was heißt, sie singt darüber?« Katz quälte sich in die Senkrechte. Diese Kniesessel konnten nicht gesund sein, ihm tat nach ein paar Minuten schon alles weh. »Versteht denn das überhaupt jemand? Also jemand, der nicht spanischer Muttersprachler ist.«

Nora lächelte. Es war ein Du-hast-ja-sowas-von-keine-Ahnung-Lächeln.

»Was«, knurrte er sie an.

»Sie singt Wienerisch.«

»Verstehe.« Und er wollte schon zu der Hassliebe zwischen den beiden zurückkehren, doch da kam ihm Dani mit einem lang gezogenen »Aha?« mit interessiertem Unterton in die Quere. Er hatte also nicht verstanden. Was auch immer.

»Ja!« Nora hüpfte vom Tisch. Sie breitete die Arme wie zu einer Predigt aus. »Ist das nicht supergeil? Es hat zwar schon jemand einmal probiert, vor Jahren, aber sie, sie zieht das durch.«

»Der Ambros* singt auch Tom Waits auf wienerisch. Also was ist da so Besonderes …«

»Ja schon, aber Herr Katz …« Sie leuchtete ihn an. »Wie soll ich das erklären? Zum einen ist es fast ein Tabubruch, weil Flamenco immer, und zwar immer original gemacht wird. Tradition, Tradition, Tradition. Da sind übrigens die Kalé federführend, weil …. Was weiß ich? Es ist, bei dieser verworrenen Geschichte ihres Volks, vielleicht das Einzige, das eine Identität stiftet. Sie tun ja mitt-

* Wolfgang Ambros: Urgestein des Austro-Pop.

lerweile so, als hätten sie den Flamenco erfunden, was sie aber nicht haben, weil der war einfach eine Sache von den sozial Benachteiligten. Verstehen Sie? Die Stimme von unten gegen die da oben!« Ihre Wangen hatten die Farbe von Paradeisern, ihr ganzer Körper war angespannt.

»Und zum anderen?«, fragte Dani nach.

Zu Katz' Leidwesen. Ausnahmsweise war einmal er nicht an Small Talk interessiert.

Danis Frage hatte jedenfalls aus Noras Revolutionspose die Luft herausgelassen, ihre Schultern sackten ab. »Oder er macht auf künstlerisch. Verbindung mit anderen Genres, Jazz, Ballett. Auf jeden Fall kommt er selten so echt bockig und rotzig rüber, was er aber bei Esma tut.« Wieder Blick zu Katz. »Und außerdem übersetzt sie nicht einfach. Sie macht alles neu. Sie … Sie müssen sie einfach bei so einem Abend erleben.« Glitzern in den Augen. »Bei so einer Nacht. Esma's Night. Es geht immer bis sieben, acht in der Früh.«

»Ein Happening also.«

Sie streckte ihm die Handflächen entgegen. »Ich verstehe nicht, warum Sie sich darüber lustig machen müssen. Wenn Sie doch noch gar nicht wissen, worum es sich dabei handelt.«

Touché. Nur weil er schon verdammt viel gesehen und gehört hatte, durfte er die Begeisterung von anderen nicht in Grund und Boden stampfen. Katz nahm das Glas mit dem Apfelsaft und trank. Als er aufblickte, verfing sich sein Blick in dem von Dani. Ihre Stirn war leicht gerunzelt. Er zuckte – hoffentlich kaum merklich – mit den Augenbrauen. Die Botschaft kam an.

Sie nickte ebenso kaum merklich und wandte sich Nora zu. »Mich würde das alles wirklich sehr interessieren, noch mehr, aber vielleicht haben wir ja heute Abend bei der Fiesta Gelegenheit …«

»Aber Sie kommen nicht offiziell, oder? Das würde die ganze gute Stimmung ruinieren.«

Das ist uns scheißegal, wenn's drauf ankommt, wollte Katz am liebsten schnauzen, aber er nahm sicherheitshalber noch einen Schluck vom wirklich exzellenten Apfelsaft.

»Wir kommen nicht privat, aber wir machen auch kein Tamtam«, lächelte Dani in einer Art, dass man ihr die Kronjuwelen von England anvertraut hätte.

Wow, sie konnte ja echt charmant sein, wenn sie wollte. Und wenn es nicht darauf ankam.

Noras angespannte Haltung verpuffte. Sie setzte sich wieder neben Dani.

»Okay, Frau Pizzoli …«

»Wenn wir eh bald Schwägerinnen werden«, unterbrach sie Nora grinsend, »könnten wir eigentlich auch per Du sein.«

Und jetzt kam Katz in den seltenen Genuss, seine Lieblingskollegin komplett erröten zu sehen.

Das bemerkte auch Nora. »Sorry.« Sie senkte den Blick. »Ist mir nur grad eingefallen. Sorry. Wirklich. Ist mir so rausgerutscht. Das gehört nicht hierher. Wirklich nicht.«

»Passt schon. Also wie gesagt, Frau Pizzoli, wir müssen dringend mit Esma Baykurt reden. Weiß vielleicht der Gitarrist, mit dem sie auftreten soll, Genaueres? Ihm gehört ja der Club zur Hälfte, oder nicht? Wie heißt er?«

»Jan. Warten Sie«, sie hüpfte erneut vom Tisch, die Frau war wie ein Gummiball, »ich geb Ihnen seine Telefonnummer.« Sie verschwand im Wohnbereich und kam kurz darauf mit einem Smartphone zurück. Wischte darauf herum. »Da ist er.« Sie hielt Dani das Display hin.

»Haben Sie keinen Nachnamen?«

»Nein. Irgendwas mit Dvor. Dvorschak. Oder Dvorak. Hab's vergessen. Ist ja nicht so wichtig.« Sie spürte wohl Katz' Blick auf sich. »Also für mich. Aber jetzt haben Sie ja seine Nummer.« Hüpf zurück auf den Tisch. »Und ja, ihm gehört gemeinsam mit Esma das Lokal. Wobei gehören. Sie haben es gemietet. Ist so eine Kellertschumse* im Fünften. Große Neugasse, die Hausnummer weiß ich nicht. Aber wenn man von der Margareten reingeht, dann vielleicht nach hundert Metern auf der linken Seite.«

Katz sah Dani an, sie ihn. Das war unweit von Alex' Domizil in der Krongasse und somit von jenem, wo auch Dani wohnte. Dass ihm das bei diversen Nachhauseschlendereien noch nicht aufgefallen war, wunderte ihn. Er kannte in der näheren Umgebung der Krongasse sämtliche Spelunken und auch Lokale, eben alles, wo man noch ein Fluchtachterl** ergattern könnte, in- und auswendig. Die Stätte der Revolution musste bestens getarnt sein. Wie es sich eben für eine Revoluzzerhöhle gehörte.

---

* Tschumse: einfacheres Lokal

** Fluchtachterl: das letzte Achtel vor dem nach Hause gehen, kann zur Not mehrmals wiederholt werden

2/14

Aber da ist noch mehr.

Verdammt, Esma, ich versteh dich nicht. Was ist so wichtig an dem Ding?

PAUSE.

Börek?

Ja?

Ich werde jetzt langsam wütend.

Ich auch, wenn du mich noch einmal …

Unter. Brich. Mich. Nicht.

PAUSE.

Entschuldige, Esma.

Denn ICH bin die Leiterin der ganzen Chose. Yes?

Ja.

Das hast du selbst gesagt. Ich geb zu, ich war ein bisschen zu sehr im Kopf und zu wenig tatkräftig, aber da hast du mich ja rausgeholt. Wie es sich gehört für einen guten Mitstreiter.

Ich bin so wahnsinnig froh, dass du es so …

Kschsch.

Entschuldige.

Du hast dir die alte Esma gewünscht, und da ist sie wieder. Ich habe es zuerst lieb versucht, Sweetie, aber das dringt bei dir offensichtlich nicht durch.

Oh doch, ich dachte nur …

ICH habe gedacht, wir haben eine neue Ebene, doch heute Nacht hast du mir gezeigt, dass du die gar nicht willst.

Oh doch, es ist nur …

WIR bleiben Waffenbrüder. Fürs Erste. Und wir ziehen jetzt geordnet durch, was du so unüberlegt begonnen hast.

Ich war nicht unüberlegt! Nein, das war ich nicht!

Börek, du hast zwei Menschen einfach so umgebracht, ohne Vorbereitung von unserer Seite. Noch dazu mit einer Feder im Hintern. Die denken doch jetzt in die völlig falsche Richtung. Und wir haben noch nicht einmal Bekennerbriefe vorbereitet. Sie nicht formuliert, sie nicht auf nicht nachverfolgbarem Weg geschrieben, sie nicht auf nicht nachverfolgbarem Weg abgeschickt. Ja, wir haben nicht einmal eine Liste von den Leuten, die wir beschicken wollen.

Ich weiß, ich weiß. Es ist so furchtbar. Es tut mir so …

Das war ganz schlecht für die Bewegung.

PAUSE.

Natürlich hast du es gut gemeint, das sehe ich schon. Keine Sorge. Hör auf zu weinen. Ich bin dir auch nicht wirklich böse, aber wir müssen jetzt das Beste daraus machen.

Ist gut, Esma.

Und das Beste ist, dass wir die beiden jetzt einmal als Symbol vergessen.

Aber wieso? Die sind doch …

Sag, du hast mir jetzt doch die ganze Zeit gezeigt, dass du nicht so dumm bist, wie du dich sonst immer stellst. Also fang jetzt nicht wieder damit an.

Nein.

Gut. Aber ich erklär's dir trotzdem. Bis wir alles organisiert haben, sind die beiden schon unter der Erde. Und zwar hoffentlich so, dass niemand unsere Spur aufgenommen hat.

Nein, ich war …

Glaube ich dir schon. Hoffe ich zumindest. Fuck. Aber sie sind nicht mehr zu gebrauchen. Wenn da erst in ein paar Tagen, und so lange brauchen wir für den ganzen Scheiß, also wenn da erst in ein paar Tagen Bekennerbriefe eintrudeln, dann nehmen die das doch nicht ernst. Die glauben, die stammen von irgendwelchen Trittbrettfahrern. Irren, die darüber in der Zeitung gelesen haben.

Verstehe.

Okay. Also müssen wir das Beste aus der Situation machen.

Okay.

Und das wäre, Börek?

Ich weiß es nicht.

Doch. Du weißt es.

Ja.

Wir holen von den beiden, was zu holen ist. Damit sie der Sache wenigstens so nützen. Jelinek war ein kleiner Gauner. Uninteressant. Aber … Koller hat Wertgegenstände. Und die holen wir uns.

Und die Polizei? Die haben mich gestern in der Nacht gesehen.

Ja, ein paar von denen. Aber nicht alle. Fahr in die Villa. Vielleicht sind sie überhaupt schon weg. Und wenn nicht, besorg dir im Bauhaus so einen weißen Overall und misch dich drunter. Lass dir irgendwas einfallen … Chris.

TAG 2 / MAYER

Der Tanz der roten und schwarzen Flecken auf den Lidern war unterlegt vom Knirschen des Kieses und dem leisen Brummen von Autos. Ab und zu setzte ein Auflachen oder ein entrüsteter Ausruf einen Akzent, doch generell signalisierten Auge und Ohr an Mayer, dass alles ruhig, entspannt und friedlich war. Die Wärme der Sonne tat ihr Übriges zum Gefühl der Wohligkeit.

Frühsommertag.

Ab dem Muttertag sollten die Menschen eigentlich nicht mehr arbeiten gehen müssen. Im Winter, wenn es ständig dunkel war, konnte man doch bestens alles abdienen, um dann von Mai bis Oktober das Dolce Vita zu genießen.

Nur blöderweise brachte einem dann niemand das georderte Mineral. Mayer öffnete die Augen und sah sich im Gastgarten des Bergwirts um. Die Kellnerin schien bereits den heimlichen Wunschtraum aller Menschen zu leben, denn sie war nirgends zu entdecken.

»Sie wird gleich kommen«, brummelte Katz. Seine Beine waren lang ausgestreckt, die Hände über dem Bauch gefaltet und die Augen geschlossen.

Mayer beneidete ihn um seine Ruhe. Sie selbst starb vor Durst, was bei fünfundzwanzig Grad im Schatten und nach einer echten Bergwanderung die Maxingstraße entlang bis zum Wirten hier herauf auch kein Wunder war.

Eine Biene summte sich vor ihre Nase, tänzelte weiter zum Tischtuch, erkannte wohl, dass die riesige Erhebung inmitten des Weiß bloß ein gezogener Faden und kein Kuchenbrösel war, und flog dann in direkter Linie zur dunkelroten Blüte des Oleanders, der neben Katz stand. An dieser delektierte sie sich.

Mayer bekam einen trockenen Mund. Sie rieb sich die Lippen. »Ich wette fünf Euro, dass dieser Dvorský vor der Kellnerin kommt.«

»Ich nehm dein Geld gerne.«

Natürlich hatte der Alte recht. Sie würden bereits bei ihrer zweiten Bestellung sitzen, wenn Jan Dvorský zu ihnen stieß. Unmittelbar nach ihrem Besuch bei Nora Pizzoli hatte Mayer ihn angerufen und überraschenderweise auch sofort erreicht. Es hatte sich herausgestellt, dass er Cutter beim ORF war, ein glücklicher Umstand, der es ihnen ersparte, wieder einmal im dichten Verkehr quer durch Wien zu gondeln. Denn er hatte gerade einen Schnitt, wie er es genannt hatte, und zwar im Zentrum des Staatssenders, das sich unweit von Pizzolis Schneiderei respektive von Schönbrunn am Küniglberg befand, weshalb sie nun beim Bergwirt auf ihn warteten, damit er ihnen etwas über Koller, Jelinek und Esma erzählte. Er hatte sich von den Morden, über die er von der Community schon erfahren hatte, sehr betroffen und ihnen gegenüber äußerst entgegenkommend gezeigt. Und bis zu seinem Eintreffen hatte ihn sicher auch schon Kevin gescannt. Alles im Laufen, alles bestens. Bis auf das fehlende Mineral. Meditation war angesagt. Mayer entpackte einen der Zahnstocher vom Tisch und steckte ihn in den Mund. Sie schloss die Augen.

»'tschuldigen Sie, tut mir sehr leid, dass Sie ein bissl warten mussten.« Die Kellnerin stellte die Getränke ab und schenkte ein. »Aber wir haben drin im Restaurant gerade zwei Busse. Ungarn.« Sie hatte die Nationalität so ausgesprochen, als wäre der Begriff selbst schon Erklärung genug.

Während Mayer sich des Zahnstochers im Aschenbecher entledigte und das Wasser in sich hineinschüttete, fragte Katz: »Ungarn? Und? Sind die so schwierig?«

Die Kellnerin, eine Mittvierzigerin mit rotblond gefärbtem Kurzhaarschnitt, kräuselte die Lippen und presste sie dann zu einem Lächeln. »Nein, eh nicht. Ganz normale Gäste. Die Ungarn.«

»Bloß, dass sie Nationalisten sind.« Ein Enddreißiger mit grau meliertem Wuschelkopf, lang gezogenem Gesicht und braunen Knopfaugen hatte sich hinter die Rotblonde gestellt. Er lächelte sie an, als sie sich mit einer heftigen Bewegung umdrehte. »Und ich darf das sagen, Frau Babsi.«

»Herr Dvorský!« Zirp, zirp. »Wie immer?«

Er nickte, sie verschwand – mit einem etwas ausladenderen Hüftschwung als zuvor, wie es Mayer schien.

»Mein Redakteur hat Migräne bekommen. Die bekommt er immer in der Hälfte vom Schnitt. So einer von der alten Garde, und noch dazu ein verhinderter Künstler, der jedes Mal auf den Oscar hinarbeitet und daran verzweifelt, dass er nicht Soderbergh* ist. Aber ich mag ihn trotzdem. Er ist mir lieber als die anderen, denen ich einen Achsensprung hineinschneiden kann, ohne dass es ihnen auffällt.«

---

* Steven Soderbergh: US-amerikanischer Filmregisseur

Seine eckigen Augenbrauen bekamen durch das nachgesetzte Lächeln, das sich über das ganze Gesicht zog, einen runden Schwung. Und jetzt wusste Mayer auch, an wen er sie erinnerte. Donald Sutherland*. Nur dunkler. Aber mindestens genauso eindrucksvoll. Und auch er hatte, wie dieser Freund von Jelinek, *den Ansatz eines Doppelkinns*. Genauso wie ihr Chef, wenn sie ihn ganz genau betrachtete. So viel zu einer markanten Personenbeschreibung.

Katz deutete ihm, Platz zu nehmen, was Dvorský auch tat, und fragte: »Und warum dürfen Sie die Ungarn beschimpfen?«

»Weil ich Slowake bin.«

Mayer fühlte sich nicht nur vom Mineral schlagartig erfrischt. Auch wenn die Nationalität natürlich nur Zufall war. Doch der Begriff allein reichte.

»Wir haben jahrhundertlang nichts anderes getan, als uns gegen die Ungarn zu wehren«, fuhr er fort. »Am besten war's noch unter den Habsburgern.« Er grinste. Es wirkte wie ein Verbrüderungsangebot. »Und wie sie jetzt drauf sind, weiß man ja.« Er sah zum Haus hinüber. »Unserer lieben Babsi dürfen Sie die Keppelei nicht übel nehmen. Sie ist sauer auf die Ungarn, seit einmal eine Gruppe bewusst Gulasch bestellt und es dann schlecht gemacht hat, weil es nicht original sei.«

»Gott sei Dank, würde ich sagen, haben wir Wiener es verbessert«**, meinte Katz, begleitet von einer wedelnden Handbewegung, die ihm den Anstrich eines leicht gelangweilten Gourmets verlieh.

---

* Donald Sutherland: kanadischer Schauspieler

** Ungeachtet der Tatsache, dass der Fleischeintopf in Ungarn Pörkölt heißt – die Wiener/österreichische Variante verwendet u. a. wesentlich mehr Zwiebel.

»Sagen Sie das der Frau Babsi«, deutete Dvorský auf die Kellnerin, die gerade ein großes Himbeer-Soda vor ihm abstellte, »dann bekommen Sie ein halbes Jahr Ihre Getränke gratis.«

»Ich hab's gehört und gespeichert«, lächelte sie zurück und verschwand in den Tiefen des Gastgartens.

»Man hört bei Ihnen aber überhaupt keinen Akzent«, beendete Mayer die kulinarische Diskussion.

Dvorský neigte den Kopf. »Dafür kann ich nichts. Ich bin in Österreich aufgewachsen.«

»Aha?«

»Meine Eltern sind im achtundsechziger Jahr* herüber. Ich bin zweisprachig. Und ich fühle mich auch doppelt, also zwiegespalten, oder wie Sie das immer nennen wollen. Nach der Öffnung habe ich das Glück gehabt, sofort unser Familienhaus mieten zu können. Mit ein paar Tricks.« Er senkte den Blick. »Aber seit der EU ist das alles sowieso kein Problem mehr. Und jetzt lebe ich da und dort. Gute eineinhalb Stunden Fahrt, je nach Verkehr, aber zwei Welten.« Er rubbelte sich die Locken und starrte ins Nichts, als wäre ihm gerade das Elend der Welt klar geworden.

Mayer sah aus dem Augenwinkel, dass Katz auf seinem Smartphone herumfuhrwerkte – ein höchst ungewöhnlicher Anblick. Sie aktivierte ihrerseits ihr Tablet, um sich und die Fragen an Dvorský zu sortieren.

»Und Ihr Familienidyll steht in Malacky«, ließ der Alte beinahe wie nebenbei fallen.

»Ja! Woher wissen Sie …?«

---

* 1968: Niederschlagung des Prager Frühlings in der damaligen Tschechoslowakei, worauf sehr viele Tschechen und Slowaken nach Österreich flohen.

Das fragte sich Mayer auch. Also in Bezug auf die Stadt. Den prinzipiellen Gedankengang des Alten konnte sie nachvollziehen, hatte sie doch selbst … es aber im Gegensatz zum Chef abgetan. Egal. Sie gab bei den Protokollen der Einvernahmen und in den Zusammenfassungen als Suche *Slowakei* ein.

Katz murmelte »Eigenartig«, warum auch immer, steckte das Telefon weg und setzte sich aufrecht vor den Cutter und Gitarristen hin, mit auf den aufgestützten Händen ruhenden Kopf. »Malacky ist der nächstgrößere Ort nach der Grenze. Und Walter Jelinek ist vor einer Woche in Angern an der March auf dem Weg nach Wien mit hundertzehn geblitzt worden. Es war natürlich nur eine Vermutung, die Sie mir aber jetzt ja bestätigt haben.«

»Walter Jelinek.«

Mayer war erstaunt, wie neutral man einen Namen aussprechen konnte, wenn man die Person dahinter sicher kannte und auch wusste, dass das Gespräch auf sie kommen würde. Keine Frage, keine Überraschung, keine Unsicherheit, kein Abwehren, nichts. Neutral.

Na bitte, da war die gesuchte Stelle. »Ich zitiere einen Zeugen: Da war irgendein Typ, dem wollten sie einen Schmattes geben, damit der etwas rausfindet oder rausgibt, was sie dringend gebraucht haben. Und das hat irgendwas mit da drüben zum tun gehabt. Zitatende. Der Zeuge meinte mit ›da drüben‹ die Slowakei« – hundertprozentig eindeutig war das zwar nicht gewesen, aber in der Not – »und die Rede war von Walter Jelinek und Markus Koller, die Ihnen ja beide bekannt sind. Und zwar von der Flamenco-Szene, im Speziellen von diesen Clubbings von Esma Baykurt.«

»Esma's Night. So heißen die Veranstaltungen.«

Ein vollkommen unwichtiger Einwurf. Und das fand wohl Katz auch, denn er sagte: »Wie interessant. Und was wollte Jelinek bei Ihnen?«

Dvorský nahm das Halbliterglas zwischen die Hände, als wolle er sie an der glatten Oberfläche kühlen. »Woher wollen Sie wissen, dass er ausgerechnet bei mir war?«

Die schlechteste aller Antworten, guter Mann! Eine Gegenfrage bedeutete nahezu immer ein unreines Gewissen. Die beste Basis für Kieberer, bestimmend nachzuhaken.

Zu ihrem Erstaunen sagte Katz aber: »Wissen wir nicht.« *Lass ihn doch nicht von der Angel!* »Aber wir rekonstruieren gerade alles minutiös, was Walter Jelinek gemacht hat. Auch mit Amtshilfe von den slowakischen Kollegen. Und wenn wir dann jemanden finden, der Jelinek bei Ihnen gesehen hat, ist das nicht besonders günstig für Sie, wenn Sie jetzt alles abstreiten. Und vielleicht war er ja nur als alter Bekannter während einer Spritztour bei Ihnen Kaffee trinken. Und das Plauscherl ist etwas länger geworden.«

Manchmal kann ich dir echt nicht folgen, Karl, echt nicht. Naja, vielleicht war das Bieten eines Auswegs die etwas quere Form, ihr klarzumachen, dass sie den bösen Bullen zu spielen hatte.

Aber noch bevor Mayer die richtige Formulierung gefunden hatte, beugte sich Dvorský nun ebenfalls vor. »Ich sag's ehrlich, wie es ist. Ich bin Ihnen nicht gewachsen. Wenn jetzt die üblichen Spielereien von Polizisten kommen … vergessen Sie's. Ich will eh … es ist …« Er legte die Stirn auf den Glasrand. Das pure Elend.

Mayers Herz hüpfte. Doch sie wagte die Hoffnung auf ein Geständnis nicht fertig zu denken. Man sollte nichts verschreien. Sie nahm sich einen weiteren Zahnstocher und knickte ihn gleich mitsamt der Plastikumhüllung.

»Es ist mir so peinlich.«

»Sagen Sie es einfach, Jan. Danach ist es immer leichter.« Katz, sanft wie ein Ayurveda-Meister.

»Jelinek war bei mir, um Noten für Lieder abzuholen. Und die dazugehörigen Layouts. Aber ich habe sie ihm nicht gegeben«, murmelte Dvorský an seinem Glas vorbei.

»Aha?« Mit dem hatte Mayer nun überhaupt nicht gerechnet.

»Ja, Markus wollte sie für die nächste Night.« Noch immer war das Glas sein Ansprechpartner.

Mayer merkte, dass sie knickte und knickte, jetzt ohne Plastik. Katz holte seine Zigaretten heraus, war wohl genauso verwirrt wie sie.

Mit einem Ruck setzte sich Dvorský aufrecht hin und trank die Hälfte seines Glases Himbeer-Soda aus. Er wirkte erleichtert. Anscheinend hatten sie etwas überhört oder nicht richtig interpretiert.

Nach dem ersten Zug von seiner Zigarette meinte Katz: »Erklärung.«

»Darf ich?« Dvorský fingerte bereits einen Glimmstängel aus Katz' Packung und ließ sich Feuer geben. »Wie Sie wissen, bin ich ja der Gitarrist von Esma.«

Synchron nickten sie pflichtschuldigst.

»Und daher weiß ich auch, welche Lieder Esma plant. Oft komponiert sie ja nur das Grundgerüst – wobei, komponieren ist manchmal vielleicht ein bissel übertrieben. Bei Flamenco herrschen strenge Regeln und Normen. Man hält sich an Tradiertes. Aber ab und zu machen wir Varianten. Ich finde es nämlich schlimm, wenn Musik einbalsamiert wird, verstehen Sie? Und Esma auch.«

Er strahlte sie an und wollte eindeutig gelobt werden.

Mayer beschloss, ihm den Gefallen zu machen. »Find ich klasse. Cool.«

»Und ich weiß nicht, ob Sie schon wissen, dass Esma und Markus …?«

Erneut nickten sie synchron.

»Und dass Markus Esma …«

»Gehasst hat«, vervollständigte Katz seinen Satz. »Wissen wir auch. Deswegen verwundert mich ein wenig, dass Sie offensichtlich näher mit ihm zu tun hatten. Sind Sie nicht gegenüber Esma loyal?«

»Schon.« Er fiel wieder in sich zusammen und hängte seine Nase förmlich ins Glas.

Da war er, der wunde Punkt. Mayer ließ die Kleinteile des Zahnstochers auf den Tisch rieseln. »Aber?«

Dvorský nahm einen tiefen Zug von der Zigarette und krümmte sich im nächsten Moment in einem Hustenanfall. Kaum bekam er wieder Luft, trank er die zweite Hälfte seines Himbeerwassers, verschluckte sich und taumelte in den nächsten Hustenanfall. Nach dieser Einlage, die mindestens eine Minute gedauert hatte, saß er mit hochrotem Gesicht und Tränen in den Augen vor ihnen. Sie sagten nichts.

Er seufzte. »Bei der letzten Night hat sie mich wieder einmal übergangen. Alles war nur von ihr. Von ihr, von ihr, von ihr. Sie wurde umjubelt. Dabei habe ich für den Abend sogar einen Text so redigiert, dass er viel besser geworden ist. Und wir waren uns auch einig, dass ich Miturheber bin. Aber während der Show nur sie, nur sie, nur sie.« Er rieb sich die Augen. »Die ganze Nacht war eigenartig. Viel exzessiver als sonst. Vielleicht ist der Mond irgendwie komisch gestanden.«

»Und?«, fragte Katz nach.

Dvorský hob das Glas in Richtung Frau Babsi, sie nickte.

Dann sah er Katz an und zuckte mit den Schultern. »Ich hab gesoffen. Und nachdem ich das sonst nie tu, können Sie sich vorstellen, wie es mir gegangen ist. Jedenfalls hat sich der … Koller an mich herangeschmissen. Und er hat mich gefragt, ob ich nicht selber auch Texte habe.«

»Und?«

»Habe ich. Sie sind Esma nur nie gut genug. Was Quatsch ist. Sie lässt halt nur die ihren gelten.«

»Und?«, nahm nun Mayer Katz das Fragen ab. Echt, dem Typen musste man alles aus der Nase ziehen.

»Ja also der Markus ist auf die Idee gekommen, dass ich ihm die Texte gebe und er sie einstudiert und dann bei einer Night singt und so die Esma in Grund und Boden stampft. Damals, in der Nacht, ist mir die Idee super vorgekommen. Wie ich wieder nüchtern war, war mir klar, dass das voll schwachsinnig ist. Weil erstens kennt sie alle meine Texte, und zweitens … ist der Markus kein Musiker. Gewesen.«

Dieser Mann hatte eindeutig ein Informationsdefizit. Mayer konnte sich gut vorstellen, dass Markus Koller als ehemaliger Pianist auch das mit dem Flamencolied hinbekommen hätte. Einmal Musiker, immer Musiker. Und solche Leute lernten auch sicher ein neues Instrument schneller. Hm. Aber auch Fellner hatte die Musikalität des Toten angezweifelt. Mayer fragte sich, warum Koller die Zweifler eigentlich nicht mit dem Hinweis auf seinen Konservatoriumsbesuch in die Schranken gewiesen hatte.

Dvorský nahm das neue Glas von Frau Babsi entgegen. »So ein Scheiß.«

»Wie bitte?«

Dvorský lacht auf, es klang sehr gekünstelt. »Nicht Sie, Lady, alles bestens.«

Als die Kellnerin außer Hörweite war, sagte er: »Ich kann mir das einfach nicht vorstellen, dass der Markus tot ist. Das passt nicht in mein Hirn. Hat das was mit seinem Job zu tun?«

»Was denken Sie?« Katz ließ einen perfekten Rauchkringel aufsteigen.

»Ich könnte es mir vorstellen. Die Erdölbranche ist sicher nicht die entspannteste.«

»Und Jelinek?«

Der Gitarrist hob die Augenbrauen und schüttelte den Kopf. »Ich hab mit ihm bis auf diesen einen Besuch nie näher zu tun gehabt.«

Katz setzte sich mit einem Ruck auf. »Okay, ich muss Sie das jetzt fragen: Haben Sie eine Ahnung, warum Jelinek die umständliche Route mit der Fähre genommen hat und nicht über Hainburg gefahren ist?«

»Wie bitte?«

Das fragte sich Mayer auch – was dieses Abschweifen jetzt sollte. Entspannung? Das Gegenüber in Sicherheit wiegen?

»In Angern kann man nur mit einer Fähre in die Slowakei. Das müssen Sie doch wissen.«

Dvorský lachte auf. »Sie sind ja wahnsinnig genau. Beeindruckend. Und ja, ich weiß es zufällig. Er hat dort ein Ex-Haserl von ihm besucht, mit der er was in Wien gehabt hat, bevor sie aufs Land gezogen ist. Der Walter hat nämlich überall Ex-Haserln sitzen. Gehabt.« Er seufzte und schaute in die Krone der Kastanie über ihnen.

Katz nickte, lächelte und lehnte sich zurück, deutete ihr mit einer minimalistischen Handbewegung, die Einvernahme fortzusetzen.

Dieser Freak. Aber, Absicht oder nicht, Dvorský schien jetzt wirklich bestens abgelenkt, um ihn mit der nächsten Frage aus der Reserve locken zu können.

Mayer räusperte sich und lächelte den Gitarristen sanft an. »Kommen wir zu unseren Gedankenspielen zurück. Kann es etwas mit Esma Baykurt zu tun haben?«

»Wieso mit Esma?« Das war jetzt eine Spur zu aggressiv gekommen. Gut so.

»Wie ist denn Ihre Beziehung zu Esma?«

»Was hat das mit dem Tod der beiden zu tun?«

Katz beugte sich vor und blies ihm den Rauch ins Gesicht. »Nicht fragen, antworten.«

Manchmal benahm sich der Alte wie ein personifiziertes Klischee.

Aber es half, denn Dvorskýs Blick huschte pflichtschuldigst von Katz zu Mayer zurück. »Ich bin ihr Partner. Beruflicher Partner.«

Eine SMS von Kevin leuchtete auf. *Dvorský jetzt sauber. Früher ebenfalls Marihuana. Alleiniger Mieter des Lokals. Von 07 bis 08 kurz verheiratet. Lena Baum, Cellistin. Foto anbei. Keine Kinder. Wohnhaft Nähe Eltern Baykurt. Seit immer. Details in Mail.* Sie klickte die Mail an, das Foto. Eine dunkle Schönheit, die mit dem herzförmigen Gesicht die Schwester der Flamenco-Queen sein könnte.

Mayer sah auf und in zwei Augenpaare. »Sorry, Herr Dvorský, bin schon wieder ganz bei Ihnen. Frage: Wie lange kennen Sie Esma Baykurt schon?«

Er schwieg.

Er nahm einen Schluck von seinem Himbeer-Soda.

Er schwieg.

Und währenddessen schaute er die ganze Zeit ihr Tablet an. Sein Adamsapfel hüpfte auf und ab. »Seit immer, könnte man sagen.«

Gut, er war also nicht blöd. Konnte eins und eins zusammenzählen. »Ach ja?«

»Wir sind im selben Grätzel* aufgewachsen.« Nun trank er ausführlich, wieder fast das halbe Glas. Er stellte es ab und nahm die Zigarette, betrachtete das tote Ding, das aufgrund des Schutzpapiers zu glühen aufgehört hatte. »Wir, also meine Familie und ich, sind ab und zu in das Lokal von ihrem Onkel essen gegangen. Durch Esma bin ich auch zum Flamenco gekommen. Sie hat ihn damals zu tanzen begonnen und uns vorgeschwärmt. Und da …«

»Uns?«, unterbrach ihn Katz.

»Wir waren da so eine Clique. Ein paar Typen aus der Gegend, ein paar Freunde vom Konservatorium. Und …«

»Konservatorium?«, hörte sich Mayer fragen. Sie sah zu Katz, der kaum merklich nickte. Er hatte anscheinend denselben Gedanken.

»Ja, ich hab da ja schon Konzertgitarre studiert«, bestätigte Dvorský. Er blickte sie beide mit gerunzelter Stirn an.

---

* Grätzel: Kiez, Viertel

»Nur weiter, nur weiter«, meinte Katz und streckte seine Beine aus.

»Okay … Ist auf jeden Fall nicht so wichtig, die meisten sehe ich nicht mehr. Oder kaum. Auf jeden Fall war ich der Einzige von uns, der auch auf Flamenco abgefahren ist. Die anderen sind zu den Aufführungen mehr wegen der Esma.« Er lachte kurz auf. »Naja, ist ja normalerweise nicht unbedingt das, was man in dem Alter als cool bezeichnet. Die anderen waren eher auf Clubbing und Disco fixiert. Aber ich als Gitarrenspieler … Da war's nicht so abwegig. Und es war auch was anderes als der übliche Blues oder Jazz, auf den die meisten gestanden sind.«

Mayer tippte ein paar Stichworte, das kam immer gut.

Katz betrachtete die Zigarette, die er zwischen Daumen, Zeige- und Mittelfinger rollte. »Kann es sein, dass Sie auch Markus Koller schon sehr, sehr lange kannten?« Väterlicher Blick zu Dvorský hintennach, dessen Gift aber nur für Tote nicht erkennbar war.

Der Gitarrist legte den Kopf schief, runzelte die Stirn. »Warum fragen Sie so provokativ? Ja, ich kenn ihn seit dem Kons. Aber danach haben Sie mich noch nicht gefragt.«

Der Alte schnellte zum Tisch vor, stützte sich mit beiden Unterarmen auf. »Sie haben vom Kons und Ihren Freunden erzählt und nicht einmal im Ansatz beiläufig erwähnt, dass da Markus Koller dazugehört hat.«

Schulterzucken beim Gegenüber.

»Und Sie haben Koller als unmusikalisch bezeichnet.«

»Das ist er auch. Er ist eine Maschine, stur und ohne Gefühl. Und ein kleiner Diktator.« Er lehnte sich ebenfalls vor, war nun fast Nase an Nase mit Katz. »Wir hatten einmal eine Band« – vor Mayers innerem Auge materialisierte sich das Foto von Kollers Haus – »und da hat er sich aufgeführt wir ein Irrer. Befehlston, Strafen für Zuspätkommen bei den Proben, stures Runterüben. Ha! Der und Musiker! Wenn wir einmal eine Session gemacht haben, ein paar Impros, dann hat er immer dringend aufs Klo müssen. Weil da hat's ihm die Finger gebrochen. Oder besser das Metronom, das er statt einem Herz hat.« Er keuchte. »Gehabt hat.« Mit eingezogener Unterlippe lehnte er sich zurück. Ganz der angefressene kleine Bub.

Eine Biene – die von vorhin? – landete auf dem Rand seines Glases. Ein paar waghalsige Bewegungen später plumpste sie in das Himbeer-Soda. Dvorský beugte sich über das Glas und betrachtete sie, sah sich um, ging zum Nebentisch, kam mit einem gebrauchten Messer, das er sorgfältig an einer ebenfalls geschnorrten Serviette abwischte, zurück und hob die Biene aus dem Glas. Sie torkelte eine Runde auf dem Tischtuch, dann flog sie ab.

»Simma nach der Weltenrettung jetzt wieder ansprechbar?«, ätzte Katz.

»Passt irgendwie zu einem Kieberer, dass er eine Biene ersaufen lassen will.«

»Herr Dvorský«, schob sich Mayer geschwind in das Gespräch, »Sie wollen doch sicher nicht persönlich werden.« Und ein Lächeln hintennach.

»Sie werden doch auch …« – *Lächle lieb, Mayer! Lächle lieb!* – »'tschuldigung.« Er atmete durch.

Nun lächelte sie Katz an, wobei sie eine ganz andere Emotion in ihre Augen legte. Die Botschaft kam offensichtlich an, denn auch der Alte atmete durch. Seltsam, sonst war doch er der ewig Süßelnde. Egal.

Sie wandte sich wieder dem Zeugen zu. »Sie müssen verstehen, dass uns das ein bissel verwirrt. Sie haben mit zwei wichtigen Personen im Fall eine lange gemeinsame Geschichte, und Sie sind …«

»Man kennt sich halt«, wiegelte er ab.

Nein, Bester, da ist mehr! Aber jetzt und gleich würde er ihnen das nie auf die Nase binden. »Und Sie sind auf das Opfer nicht gut zu sprechen«, fuhr sie fort.

»Ja, aber nur, weil er Songs von mir spielen und Esma bloßstellen wollte, bring ich ihn noch lange nicht um.«

Dessen war sich Mayer nicht mehr so sicher. »Wer weiß. Vielleicht waren Sie auf ihn eifersüchtig, weil Sie Esma selber wollen, aber bei ihr abblitzen.«

»Blödsinn.«

»Gut. Aber wir brauchen trotzdem von Ihnen eine komplette Auflistung Ihres Tagesablaufs von gestern mit Angaben etwaiger Zeugen.«

Er verschränkte die Arme. »Das ist einfach. Ich war den ganzen Tag drüben im ORF.« Er kramte sein Smartphone heraus, suchte etwas und hielt ihr dann das Telefon unter die Nase. »Und das ist die Nummer vom Redakteur, mit dem ich gearbeitet habe.«

Mayer notierte sie und schickte sie an Kevin weiter.

Währenddessen hörte sie Katz sagen: »Okay, Sie kennen Esma Baykurt ewig, wie intensiv auch immer. Auf jeden Fall wissen Sie dann sicher zwei Dinge. Erstens: Wo hat sich Frau Baykurt in den Jahren aufgehalten, in denen sie nicht in Wien gemeldet war?«

Dvorský nahm Katz' Feuerzeug und zündete den Glimmstängel wieder an. Dann lachte er auf. »Wüsste ich wirklich auch gern. Aber die gnädige Frau schweigt sich darüber aus. Ist ja auch egal. Was geht es mich an?« Er sah Katz an. »Und zweitens?«

»Wo wohnt Frau Baykurt derzeit?«

»Auch das weiß ich nicht. Wir treffen uns immer nur bei mir oder im Lokal oder irgendwo öffentlich. Wie heute bei der Fiesta ...« Er unterbrach sich. »Das ist ...«

»Wissen wir«, knurrte der Alte.

»Ja, und da sehe ich sie angeblich. Haben wir vor einer Woche ausgemacht. Dann können wir hoffentlich endlich klären, wie die nächste Night abläuft.«

»Geh kommen S', Herr Dvorský! Das können S' mir nicht ernsthaft weismachen wollen!«

Der Mann hob die Handflächen gen Himmel. »Nein! Echt! Was kann ich denn dafür, dass sie da so komisch ist. Ich find's ja auch total eigenartig, dass sie sich so abschottet. Aber irgendwie ist ihr wichtig, dass niemand weiß, wie sie wohnt oder was sie sonst tut. Ich hab auch nichts als eine Handynummer von ihr. Wobei sie das Telefon oft stundenlang ausschaltet. Ich weiß nicht, wo sie arbeitet, wovon sie lebt. Das weiß keiner!« Er lachte auf. »Aber das gehört wahrscheinlich zu ihrer Masche. Die geheimnisvolle Tänzerin und Revoluzzerin. Kommt aus dem Nichts, verschwindet im Nichts, und dazwischen mischt sie alles auf. Ist doch ein perfektes Bild, oder? Zu Helden passt nicht so was Niedriges wie einkaufen gehen, zeitig wegen dem Job aufstehen oder Steuer zahlen. Helden leben in einer anderen Sphäre.«

Sein Mund war zu einem Lächeln verzogen, das sehr viereckig daherkam, und er schüttelte die ganze Zeit mit kleinen Bewegungen den Kopf.

Katz nahm einen Schluck von seinem Tonicwater. Und Mayer fiel auf, dass er das erste Mal trank. Die Hitze schien ihm nichts auszumachen.

Dann dämpfte er seine Zigarette aus und fragte: »Und

sonst gibt es niemanden, der das wissen könnte? Keine Idee?«

Kopfschütteln. Kurzes Zögern. Kopfschütteln.

»Wer?«

»Der Pfeifer vielleicht.«

»Und wer ist das?«

»Auch einer aus der alten Clique. Vom Grätzel, nicht vom Kons. Er hilft Esma beim Schleppen. Wenn sie Getränke fürs Lokal einkauft und so. Verkauft unsere CDs.«

Er schob Mayer neuerlich das Handy unter die Nase.

Sie notierte. Und sah plötzlich ein Merkblatt vom Vorabend vor sich. »Sagen Sie, kann es sein, dass dieser Christoph Pfeifer der ist, der auch das Merchandising für die Aufführung von Irene Stockhammer gemacht hat?«

»Kann sein. Er ist so ein Kümmerer. Immer da.«

»Und so jemand ist der Freund von Esma Baykurt?«

Dvorský lachte auf. »Sie haben schon ein ganz gutes Gefühl für Esma entwickelt. Aber wenn ich es so recht überlege, dann ist wahrscheinlich er überhaupt der Einzige mit einer Chance, sie wirklich zu kennen. Und das nur, weil sie ihn nie ernst genommen hat. Als Mann, meine ich. Ich könnte mir vorstellen, dass sie sich bei ihm nie verstellt hat. Ich glaub, sie bemerkt gar nicht, dass er den Boden leckt, über den sie gegangen ist.«

»Auch ein Verehrer«, bemerkte Katz.

»*Der* Verehrer, wenn Sie so wollen. Ein Verehrer, wie es sich gehört. Der nichts verlangt, nichts erwartet. Der nur dankbar ist, wenn er ein Lächeln auffangen darf.«

»So lange dankbar, solange er sich nicht ausgenützt fühlt«, sinnierte Katz.

»Hm. Kann sein. Aber ich glaube, Esma weiß, was sie an ihm hat. Sie kann Menschen und ihre Reaktionen schon sehr gut einschätzen.« Bitterkeit tropfte auf das Tischtuch.

Er nahm das Gerät wieder an sich. Dabei strich er so sacht über das Display, als wäre es ein vergilbtes Foto. »Ich hab den Markus nicht umgebracht. Wenn ich jemanden töten müsste, dann Esma.«

»Hat die Ehe mit Lena Baum nichts gebracht?«, nahm Mayer seinen sanften Ton auf.

Er sah sie an. »Sie sind echt schnell.« Er verneigte sich. »Nein, nur die hundertste Diagnose einer Frau, dass ich ein kaputtes Arschloch bin. Mittlerweile bin ich bei der tausendsten.«

»Sie sind also doch mehr als nur ihr Musikpartner.«

»Leider nein, das ist ja das Problem.«

2/15

Ja, ein paar von denen. Aber nicht alle. Fahr in die Villa. Vielleicht sind sie überhaupt schon weg. Und wenn nicht, besorg dir im Bauhaus so einen weißen Overall und misch dich drunter. Lass dir irgendwas einfallen … Chris.

Danke.

Für was?

Dass du mich wieder bei meinem Namen nennst.

Natürlich. Wenn du kein Weichei bist, sondern ein Kamerad, auf den man sich verlassen kann?

Kannst du.

PAUSE.

Esma, ich bin so wahnsinnig froh, dass wir das jetzt …

Alright, passt schon. Und B…itte, lieber Chris, nimm mir doch auf dem Rückweg eine Wurstsemmel mit. Pikant mit …

Gurkerl. Ich weiß.

Richtig. Das weißt du. Und noch Wasser.

FÜNF STUNDEN SPÄTER.

Hey! Schöne Frau! Hier bin ich wieder! Wie geht es … du hast ja ganz nasse Haare, Esma.

Hab geduscht. Und? Wo ist sie?

Hier.

Ich mein nicht die Wurstsemmel … aber danke. Also?

Wie du gedacht hast, mit dem weißen Overall bin ich reingekommen. Es war SO perfekt. Okay, okay, und ein bisschen Glück hatte ich auch. Ein dicker, fetter SUV hat die beiden, die die Absperrung bewacht haben, abgelenkt. Und beim Rausgehen dann habe ich ihn ausgezogen und die beiden so angestrahlt, als wäre es das Selbstverständlichste, dass ich da jetzt weggehe. Chakachaka.

Sehr schön, Chris. Das hast du gut gemacht. Und? Wo ist die Schlüsselkarte?

PAUSE.

Nicht mehr da gewesen.

Shit.

PAUSE.

Marjana.

Das habe ich mir auch gedacht. Und da habe ich …

Du strahlst ja richtig. He, fuck, was hast du gemacht? Oder bist du schon wieder voll drauf?

Chaka, voll auf der Rrrreeeevolution. Ha! Ich hab mich als Neuer ausgegeben, der im Auftrag von Chefinspektor Katz die Frau Koller etwas fragen soll.

Du bist wahnsinnig. Und wer ist das überhaupt?

Der leitet die Untersuchung. Ich weiß also, wie er ausschaut.

Du bist wahnsinnig.

Du hast gesagt, ich soll mir was einfallen lassen, meine Schöne.

Und? Was hast du ihr dann gesagt? Dass du den Schlüssel brauchst, weil der Chefinspektor nachschauen will, ob noch alles da ist? Oder hast du sie gleich eingeschüchtert? Gefoltert? Sag, bist du noch ganz dicht?

Esma!

Was?!

Mir wäre schon was eingefallen.

Wäre?

Ja, sie war nicht ansprechbar. Sie steht seit gestern Abend unter Beruhigungsmittel. War kein einziges Mal aus ihrem Zimmer heraußen.

Kein einziges Mal?

Sagt zumindest der Typ, der oben Wache geschoben hat.

PAUSE.

Shit, shit, shit. Dann hat die Polizei den Schlüssel.

PAUSE.

Das ist doch nicht so wichtig. Lass uns jetzt lieber …

Es ist wichtig!

PAUSE.

Oder es hat dieser Typ die Karte.

Welcher Typ, Esma?

Na, der Typ, der die Lieferung gebracht hat. Wegen dem ich doch abgezischt bin. Weil ich nicht wollte, dass auch nur irgendjemand mitbekommt, dass ich da bin.

PAUSE.

Den musst du doch gesehen haben, Chris.

PAUSE.

Wenn du mich die ganze Zeit beobachtet hast.

TAG 2 / KATZ

Katz betrachtete das Foto an der oberen Kante der Pinnwand. »Objektiv ist sie ihrer Mutter wie aus dem Gesicht geschnitten.«

»Das ist alles?«, unterbrach Kevin seine Gedanken.

Er sah zu dem Jungen. Der starrte auf das Display seines Laptops, genauer auf Danis Mitschrift der Einvernahme von Esma Baykurts Eltern.

»Sie hat gar nicht so … verhuscht gewirkt«, antwortete ihm Dani, die die Beine auf dem Fensterbrett abgelegt und die Arme hinter dem Kopf verschränkt hatte.

»Wer?«

»Na die Mutter«, erklärte ihm Katz und wandte sich wieder dem Foto zu. »Wie aus dem Gesicht geschnitten. Und dann doch so unterschiedlich. Also nehme ich zumindest einmal an.«

»Verhuscht. Ey, echt. Ihr habt der Tante doch nicht geglaubt, dass sie nicht weiß, wo ihre Tochter ist? Verhuscht. Das ist doch völlig unwichtig.«

»Nein, es ist wichtig«, entgegnete Dani. »Weil wenn das ein orthodoxes Elternhaus wäre, dann würde ich verstehen, warum Esma so eine geheimnisvolle Show abzieht.«

»Sie hat sogar die gleichen Augenbrauen.«

»Ja, Chef«, keppelte Kevin nun seinen Rücken an. »Aber sie hat einfach gesagt, dass sie nichts von der

Schwangerschaft gewusst hat? Von der Geburt ihres Enkels?!«

»Ja. Und wir haben ihr nach mehrmaligem Nachfragen geglaubt.« Dani, beinahe schläfrig.

»Aber das gibt's doch nicht! Wenn man zusammen wohnt, dann sieht man doch … also da gibt's Hinweise …«, stotterte Kevin.

Katz drehte sich zu ihm um. »Also erstens muss man da einen großen Zeitraum lang nichts bemerken. Kommt darauf an, wie gschamig eine Familie voreinander ist. Die Schwester von einem Schulfreund von mir hat damals erst im siebenten Monat gestehen müssen, dass sie schwanger ist. Weil sie einerseits nichts mehr gegessen und andererseits behauptet hat, es zu viel zu tun und deswegen etwas dicker geworden zu sein. In der Schule hat sie aber mitgeturnt, sogar Reck. Hat sich geschämt, die Charlotte. Naja, das war Anfang der Siebziger. Und zweitens hat Esma damals nicht mehr daheim gewohnt, sondern bei ihrer Tanzlehrerin. Hast du doch notiert, Dani, oder?«

Sie nickte. »Auch den richtigen Namen.«

»Unsere Gigi Muralla heißt nämlich Brigitte Mauer«, fuhr Katz an Kevin gewandt fort. Er deutete auf den Laptop.

»Mach ich gleich.« Er tippte. Währenddessen grummelte er: »Und die Diagramme. Und die Rufnummern. Und die Mitarbeiter vom Putenmann.«

»Das schaffst du schon alles. Und außerdem hast du doch Spock an deiner Seite.« Katz wandte sich wieder dem Foto zu.

Dani stellte sich zu ihm. »Die haben sie wirklich lieb. Und gönnen ihr alles. Sind aber von ihrer Schrägheit völlig überfordert.«

»Sehe ich auch so. Rechtschaffene Leut, die mit Exaltiertheit und Künstlertum nichts anfangen können.«

»Sich eigentlich nur wünschen, dass ihre Tochter bald einen lieben Mann findet. Und zwar nicht wegen der Ehre, sondern dass sie zur Ruhe kommt.«

»Genau. Und die nicht wissen, woher das Verrückte bei Esma kommt.«

»Nein, sie wissen 's schon. Vom Onkel, haben sie doch gesagt.«

»Dem Restaurantbesitzer?«, mischte sich Kevin in ihren Dialog.

»Nein, der Bruder der Mutter«, erklärte ihm Dani. »Hat in Las Vegas eine Zaubershow. Vorher war er Hochseilartist. Und davor Truckfahrer. Und davor Hundedressierer. Und davor ist er …«

»Okay, okay, okay. Ich check die Mauer weiter.«

»Apropos checken, Draganović, dieser Pfeifer? Der hebt nie ab. Wo finden wir den?«

»Auch in der Brüßlgasse, zwei Häuser weiter von der Familie Baykurt. Und zwar gehört ihm das ganze Zinshaus, wo er wohnt. Von den Eltern geerbt. Die sind schon gestorben, waren ziemlich alt. Ich hab ihm übrigens zusätzlich auch eine Mail geschickt.«

»Gut so. Job?«

»Habe ich auf die Schnelle nichts gefunden.«

»Hm. Vielleicht lebt er ja von den Zinseinnahmen.«

»Könnt ich mir gut vorstellen«, bekräftigte Dani. »So, wie der Dvorský den beschrieben hat, als ständig nachhechelnden Begleiter …«

»Hat er für anderes keine Zeit.«

Das Standtelefon klingelte. Katz ging zum Schreibtisch und hob ab. »Wer stört? – Ein Herr Strasser will uns sprechen? Heribert Strasser?« Er sah zu seinen Kollegen.

»Der Putenmann«, sagte Kevin leise und überartikuliert. Sein Gesicht war nun knallrot.

»Ah ja. Was will er? – Na, soll heraufkommen.« Er legte auf. »Schorschi vom Empfang hat mir versichert, dass es sich nicht um eine Beschwerde handelt, von wegen Behinderung durch die Polizeiarbeit. Dieser Strasser müsste uns dringend was erzählen.«

Kevin blies Luft aus. »Und ich hab schon gedacht … weil ich bin denen heute wirklich auf die Nerven gegangen.«

Sie setzten sich in Position und sahen zur Tür. Und warteten. Und warteten.

»Shit«, meinte Dani. »Wird nicht grad der Aufzug repariert? Und hast du nicht gesagt, Kevin, dass der Typ ein paar Kilos zu viel auf den Rippen hat?«

»Kommt auf seine Größe an, wie viele zu viel sind.«

Der Junge wurde langsam echt witzig. Katz beschloss, ihn noch mehr zu fordern, der kleine Draganović hatte Ansätze zur Pointenschleuder. Das musste man mit Sticheleien trainieren.

Vor der Tür wurde Pfeifen hörbar. Dann Husten. Da riss es jemandem das Beuschel* aus dem Leib. Ein kaum hörbares »Kann ich Ihnen helfen?«, eine gemurmelte Antwort. Dann wieder Pfeifen, das starke Ähnlichkeit mit einem lecken Blasbalg hatte. Schließlich Klopfen. Ein Uniformierter kündigte Heribert Strasser an.

Und dann betrat er das Zimmer. Sicher gute sechzig Zentimeter zu klein für sein Gewicht, und das bei stattli-

* Beuschel: Kalbslunge; ist auch Bezeichnung für eine Wr. Speise, die aus ebendieser Kalbslunge und Kalbsherz gemacht wird.

chen einsachtzig. Doch das Zuviel an Kilos verteilte sich lediglich auf den Oberkörper, sodass man sich fragte, wie die spindeldürren Beine des Mannes dem Druck standhielten. Die Haut des flächigen Gesichts changierte zwischen Weiß und Rot, was die buschigen dunklen Brauen noch mehr hervorstechen ließ. Ebenso dunkles dichtes Haar, was für seine gut fünfzig Jahre ungewöhnlich war, Seitenscheitel, dunkle Augen, die etwas von der Sanftheit eines Pferdes hatten. Zum Hineinfallen. Allerdings lenkte die blau geäderte Nase von ihnen ab. Und Katz beschloss spontan, seinen Alkoholkonsum ab nun genauestens zu kontrollieren. Sonst hatte er bei Frauen nie mehr eine Chance. Vor allem bei einer bestimmten.

»Ich werd dem Innenminister schreiben«, pfiff Strasser, »sooo weit hätt mas mit den Einsparungen bei der Polizei net treiben brauchen. A Lift is doch ein Menschenrecht, oder net?« Er zog aus seiner dunkelblauen Sommerhose ein hellblaues Stofftaschentuch und wischte sich den Nacken.

Katz sprang auf und reichte ihm die Hand. »Ganz Ihrer Meinung, Herr Strasser. Nehmen Sie doch Platz.« Damit schob er ihm den Besucherstuhl quasi unter den Hintern. Nur kein kollabierender Zeuge. Der noch dazu schwer wieder in die Höhe zu hieven wäre.

Erstaunlich behände, ohne Ächzen und Stöhnen, ließ sich der Truthahnfirmenbesitzer darauf nieder. Und am meisten faszinierte Katz, dass der Mann seine Sakkoschössel – er trug eine dunkelgraue Jacke aus gekämmter Wolle mit Doppelschlitz über einem blütenweißen Hemd – kurz in die Höhe warf, damit sie nicht verknitterten. Diese Bewegung hatte etwas von neunzehntem Jahrhundert und Großgrundbesitzer.

»Ja, ich weiß schon, dass Stiegensteigen gesund ist«, meinte Strasser. »Aber zu viel gsund ist auch nicht gsund. An irgendwas müssma ja alle sterben, oder nicht? Gsund in die Grubn hupfen, is auch unlustig.« Er überschlug die Beine und legte die Hände darauf ab. Die Finger waren manikürt.

»Wie recht Sie haben.« Und während er Dani und Kevin vorstellte, beschloss Katz, mit sich doch nicht zu streng zu sein. Irgendwie hatte der Mann das Leben auf den Punkt gebracht. Wie viele Jahre hatte er noch? Es war keine erbauliche Aussicht, diese in Kasteiung zu verbringen. Man musste ja nicht so ein Bsuff wie Strasser sein … wobei bei diesem Mann die blaue Nase beinahe Programm war, stammte er doch aus dem Weinviertel. Und die Klischeevorstellungen von Weinbauern stimmten, das hatte er bei etlichen Kurzurlauben in diversen Rebenregionen feststellen dürfen.

»Ja also, ich bin kommen, weil Sie da so nach meinen Mitarbeitern fragen. Und glauben, dass da einer von denen mit Mord zum tun hat.«

Katz sah, wie sich Kevin einkrampfte, und blaffte: »Man hat mir gesagt, dass Sie sich nicht beschweren wollen. Wenn dem nicht so ist, muss ich Sie darauf hinweisen …«

»Nananana, ich will mich net beschweren.«

»Was dann?«

Strasser fingerte wieder sein Taschentuch heraus und wischte nun über seine breite Stirn. »Ich will Ihnen was erzählen.«

Dani rückte ihr Tablet zurecht und ließ die Hände darüber schweben. »Fein. Was?«

Er atmete. Er sah zum Fenster. »Diese Gfraster.«

Katz folgte seinem Blick. Zwei Tauben marschierten auf dem Sims.

»Scheißen alles voll«, ergänzte Strasser.

»Wollen Sie ein Glas Wasser? Oder einen Kaffee?« Kevin hatte die Situation glasklar erkannt. Der Mann brauchte etwas zum Anhalten. Da musste ja jetzt ein Wahnsinnsgeständnis kommen.

Strasser lächelte den Kleinen auch dankbar wie ein geschlagener Hund an. »Wasser bitte. Einfach vom Hahn. Net kalt. Des vertrag ich nicht.«

Kevin ging zum Handwaschbecken und gab ihm das Georderte.

Strasser trank schluckweise, wie der Patient in einer Kuranstalt.

»Okay, Herr Strasser. Kommen wir zum Punkt. Ihr Kastenwagen ist höchstwahrscheinlich im Zuge eines Kapitalverbrechens verwendet worden. Sie selbst haben ein Alibi. Also was wollen Sie uns sagen? Kennen Sie den Dieb?«

Kopfschütteln.

»Warum sind Sie dann so …?« Dani machte ein Schnoferl und zog die Stirn kraus.

Er seufzte. »Junge Frau, wissen Sie über … Bedürfnisse von Männern Bescheid?«

Katz unterdrückte sein spontanes Lachen.

»Klar«, sagte Dani ganz cool.

»Nun, schauen Sie mich an.« Er tätschelte seinen Bauch. »Das war nicht nur schwere Arbeit, das sind auch die Gene. Als a Junger hab ich es gerade noch geschafft, für die Geburt von einer Tochter eine Frau an mich zu binden. Aber das war net lang. Und ein Mann hat doch seine Bedürfnisse, oder nicht?«

Dani nickte brav.

»Eben. Sie sind a gscheite junge Frau. Mit Weitblick.«

Es war erstaunlich, wie sehr ein Mensch um mittlerweile Offensichtliches herumreden konnte.

Wieder ein Schluck Wasser. Dann stellte er das Glas auf Katz' Schreibtisch ab und legte die Hände übereinander in seinen Schoß. »Ja, und ich befriedige meine Bedürfnisse seit geraumer Zeit bei einer gewissen Janine. Das ist eine sehr nette Lady, die privat ihre Dienste anbietet.«

Stille.

Katz merkte, dass auch seine Kollegen einfach warteten. Aber da kam nichts. Also fragte er: »Und?«

»Und das auch vorgestern.«

»Und?«

Strasser sah ihn an, als wäre Katz ein begriffsstutziges Kind. »Na, da hab ich den Wagen dort abgestellt. Und wie ich fertig … also wie wir fertig waren, war er weg.«

»Der Kastenwagen ist also gestohlen worden, während Sie eine Privatprostituierte besucht haben. Und wo war das?«

»Ja hier. In Wien.« Er trank das Glas aus und hielt es mit einem Lächeln Kevin hin, der es sofort nachfüllte.

»Aber wir haben keine diesbezügliche Diebstahlsanzeige im Wiener System«, merkte Dani an.

Der Herr der Truthähne seufzte, trank, seufzte. »Ja, eh net. Ich hab ja auch keine aufgegeben.«

»Aber dann in Mistelbach.« Dani runzelte die Stirn. Sie war offenbar ebenso verwirrt wie er selbst und Kevin.

»Ja das ist so«, er beugte sich zu Dani, als wolle er sich mit ihr verschwistern, »da ist die Frau Hollub, meine Sekretärin. Eine patente Person. Und wenn ich so sagen darf … ich könnte mir vorstellen, dass ich bei ihr noch Chancen habe, wenn Sie verstehen, was ich meine. Braucht noch ein bissel Überzeugungsarbeit, aber man will ja net alleine alt werden, oder?«

Brav schüttelte Dani den Kopf.

»Eben. Und man will so eine Chance ja net unbedingt mit … Kontakten zu käuflichen Damen vor den Kopf stoßen, oder?«

Nicken bei Dani.

»Eben. Aber wenn ich die Anzeige in Wien gmacht hätt, wär mein Besuch bei der Janine unweigerlich außekommen. Also hab ich gsagt, dass der Wagen vom Hof gstohln worden ist.« Er lehnte sich wieder zurück und sah nun Katz und Kevin abwechselnd an. »Weil, ob der Wagen wieder gfunden wird oder nicht, ist mir eigentlich wurscht. Er war eh schon auf der Liste zum Aussortieren. Ich kauf ma halt an neuen.«

Klang alles sehr logisch, fand Katz, nur: »Warum haben Sie das nicht schon gestern unseren Kollegen vor Ort erzählt?«

Strasser lachte. »Na Sie stellen Fragen! Da hätt i des Ganze ja gleich plakatieren können. Bei uns wird tratscht, was geht. Und außerdem war die Frau Hollub ständig in der Näh.«

»Verstehe«, sagte Dani. Doch ihre Hände blieben still.

Das bemerkte auch Kevin. Er nickte ihr zu und begann nun seinerseits, Stichworte zu notieren.

Der Mann wischte sich erneut den Nacken und wandte sich an Kevin. »Sie sind doch der … Zuständige, der meine Mitarbeiter durchleuchtet, oder? Der Herr Draganović. Des können S' jetzt einstellen.«

»Moment«, fuhr Katz dazwischen, »das entscheiden immer noch wir.«

»Natürlich.« Strasser ganz jovial. Er entwickelte die Beine und stellte das Glas ab.

»Sekunde, Herr Strasser, wir sind noch nicht fertig.«

Der Schwerenöter wandte sich ihm zu und lächelte. »Bei euch is immer alles ein bissel umständlich.«

Da redete der Richtige. Er hatte anscheinend nicht nur ein Gewichts-, sondern auch ein Selbstwahrnehmungsproblem. Aber Katz beschloss, darüber hinwegzusehen, er war nicht Strassers Therapeut. »Ein wichtiges Detail fehlt noch. Wo war Ihr Wagen abgestellt?«

»Auf der Simmeringer*.«

Gut, der Bezirk war groß. Doch wenn in einem Fall zwei Mal … »Wo genau?«

»Also eigentlich war's um di Eckn, in der Hauffgasse. Aber gleich vorn bei der Simmeringer.«

Kevin sprintete zum Stadtplan von Wien, der noch aus vordigitalen Zeiten an der Wand neben der Tür hing. Sein Finger fuhr auf der riesigen Karte herum, bis er an einer Stelle stehen blieb, nur um dann fünf Zentimeter weiter nochmals zu landen. Er sah Katz und Dani an.

»War des jetzt wichtig?«, riss Strasser sie drei aus ihren wohl identischen Gedanken.

Das konnte man so sagen, wenn das wahrscheinlich für einen Mord verwendete Auto in unmittelbarer Nähe vom Wohnort eines der Opfer gestohlen worden war.

Katz nickte. »Aber auch verwirrend.«

Dani besprach mit dem Mann noch, wann er das Protokoll unterschreiben kommen konnte, und verabschiedete ihn.

---

* Simmeringer: Hauptstraße durch den 11. Wr. Gemeindebezirk

An der Tür wandte sich Strasser um. »Da is noch was, auch wenn's Ihnen vielleicht a bissel komisch vorkommt.«

»Nur zu, Herr Strasser!« Vielleicht hatte er ja auch noch zufällig den Dieb beobachtet.

»A Bitte. Falls, also in dem unwahrscheinlichen Fall, dass ihr den Wagen findets, weil wahrscheinlich is er eh schon in Moldawien und gar net Teil von eurer Mordsgschicht, aber trotzdem, falls …«

»Ja?«

Er straffte sich. »Ich hab da am Innenspiegel so einen Glücksbringer hängen ghabt, a Büschel aus di Schwanzfedern von meinem ersten Hahn, den i obkraglt hab. Und des sind sehr schöne Federn. Also dass ihr mir vielleicht drauf schauts, dass sie die niemand einnaht*. Von eure Kollegen oder so.«

Ganz entfernt registrierte Katz, dass der Fettwanst soeben die Polizei pauschal als Diebesbande hingestellt hatte, aber das interessierte ihn nicht. Denn die Talisman-Feder nahm seine volle Aufmerksamkeit und sein Denkvermögen in Anspruch.

---

* Einnaht: stiehlt

2/16

Wenn du mich die ganze Zeit beobachtet hast.

Ein Typ? Da war ein Typ?

PAUSE.

Börek, du hast mich angelogen. Du hast uns gar nicht beobachtet.

Doch, hab ich!

Nein, denn dann hättest du diesen Typen gesehen. Mit dem beigen Lieferwagen. Du hast diese ganze Beobachterei nur erfunden. Was soll das? Wolltest du mir nur Angst einjagen? Und das mit Markus ist wahrscheinlich doch auch nur …

NEIN!!! Ich war dort! Ich hab euch gesehen. Wie ihr auf der Terrasse Sekt getrunken habt. Du hast ihn geküsst. Die ganze Zeit.

Champagner. Aber das kannst du dir jetzt auch ausgedacht haben.

Nein, ich bin in den Garten, weil ich den Lichtschein dort gesehen habe. Ihr seid da oben gestanden. Er hat dir einen Zopf geflochten und dir damit die Nase gekitzelt.

PAUSE.

Okay. Aber dann bist du heim.

Nein, ich war die ganze Zeit dort. Bis du an mir vorbei bist in der Früh, ganz knapp vorbei. Aber du hast mich nicht gesehen. Weil du mich nie siehst.

Jetzt fang nicht wieder mit dem Schwampf* an. Das haben wir doch schon geklärt.

Sorry. Und dann bin ich zu meinem Auto. Oben, auf der Straße. Und dann habe ich mir gedacht, jetzt oder nie. Und ich habe geläutet. Und ich habe ihm gesagt, dass ich … was für Marjana holen muss. Und er hat mich reingelassen. Und dann habe ich …

Was?

Das weißt du doch. Ich sag dir die Details nicht. Ich will nicht, dass dir schon wieder schlecht wird.

WO warst du im Garten?

Ich …

PAUSE.

Du wolltest mir sagen, wo du im Garten warst.

Warum ist das wichtig?

Weil ich dir nicht glaube. Irgendwas stimmt da nicht. Da sagt mir mein Bauch. Du lügst. Und ich weiß nicht, warum. Und ich weiß nicht, was gelogen ist. Also, wo warst du im Garten?

Ich war unter der Terrasse. Der großen. Ganz hinten. Im Schatten.

Nein, da warst du nicht.

Das kannst du doch gar nicht wissen.

Doch. Weil ich zurückgegangen bin. Weil ich meinen Ohrring nicht gefunden habe. Nicht im Bett. Nicht in der Dusche. Nicht in der Küche. Nicht im Wohnzimmer. Nicht AUF der Terrasse. Und da habe ich mir gedacht, vielleicht ist er ja hinuntergefallen. Und ich bin zu den

* Schwampf: unnützes Gerede, Geplappere, das oft auch noch zu pathetisch ist.

Stehern. Und ich habe, total unsinnig, aber was soll's, so ist man eben, also ich habe auch UNTER der Terrasse gesucht. Und da warst du nicht.

PAUSE.

Da war ich schon wieder oben auf der Straße.

Du lügst.

Nein, und jetzt fällt es mir auch ein. Da war ein beigefarbener Lieferwagen. Am Ende der Straße. Auf den habe ich nicht so geschaut. Entschuldige Esma, aber an den habe ich nicht gedacht.

Ah ja.

Ja.

PAUSE.

Warum siehst du mich so …? Du glaubst mir noch immer nicht.

Sei ruhig. Ich muss nachdenken.

PAUSE.

Scheiße.

Esma, was ist?

Ruhe.

PAUSE.

Ich weiß nicht, was für ein Spiel du spielst, Börek. Aber ich weiß Folgendes.

Ich spiel kein Spiel.

Halt die Klappe. Es geht um die Revolution.

Ja, Esma.

Der Typ hat in der Gegensprechanlage gesagt, dass er ein Freund von Jelinek ist.

Echt? So ein Zufall.

Und Jelinek hat mir einmal von einem Freund erzählt, der früher Security war. Den er mir vermitteln will. Falls irgendwer was gegen unsere Abende hat. Hat ihn auch einmal zu einer Fiesta mitgeschleppt. Und da hat er auch so angedeutet, dass da einmal was Krummes grennt ist. Ganz stolz war er, der Alki. Ich schwör dir, der verdient sich was nebenbei, weil Schlösser sind für den ja kein Problem. Der ist sicher ein Dieb. Und zu dem wirst du jetzt gehen.

TAG 2 / MAYER

Rössler saß mit lang ausgestreckten Beinen auf der Parkbank, neben ihm die Aktentasche, die Hände über dem Bauch gefaltet und die Augen geschlossen. Er wirkte wie ein feierabendlicher Sonnenanbeter, aber erstens war da auf dem kleinen dreieckigen Platz zwischen den hohen Gründerzeithäusern der Josefstadt keine Sonne mehr, und zweitens gab der dunkelgraue Anzug mit Weste dem Herrn Staatsanwalt noch immer etwas sehr Offizielles. Mayer fragte sich, warum Rössler sie hierher, ins Nowhere, bestellt hatte, wo man nicht einmal etwas zu trinken bekam. Bei der Hitze.

Die Frage stellte ihm auch Katz, als er sich neben ihn auf die Bank setzte.

»Hier sind keine Menschen.«

»Aha?«, entschlüpfte es Mayer.

Sie setzte sich mit Kevin gemeinsam auf die Bank gegenüber und sah direkt auf eines dieser sehr herrschaftlichen Häuser aus dem neunzehnten Jahrhundert. Die Belletage wies sogar ein schmiedeeisernes Balkönchen auf. Ein Schriftzug klärte sie auf, dass es sich um den Hauptsitz der Wiener Schlosser-Innung handelte. Und zwar quasi immer schon. War ihr noch nie aufgefallen, obwohl sie sicherlich schon Dutzende Male durch die Wickenburggasse gegangen war.

Rössler schwieg noch immer.

»Glaubst nicht, Hannes, dass die Angst vor einer Abhörattacke in unserem Fall ein bissel übertrieben ist?«, präzisierte Katz Mayers *Aha*.

Der Staatsanwalt lachte und bequemte sich, sich aufzusetzen. Sie der Reihe nach anzusehen. Offensichtlich anzukommen. »Ich hab heute einen Scheiß Prozesstag gehabt. Und jetzt muss ich noch ins Theater an der Wien. Festwochenkarten. Sie auch hier?« Er äffte eine hohe Stimme nach. »Und der siebente Sänger von links, der ist doch wirklich. Oder finden Sie nicht? Ja, vielleicht und überhaupt. Und der Fall sowieso? Hervorragend, gnädige Frau, hervorragend. Blabla, sülzsülz.«

Das war für den immer Korrekten eine verdammt respektlose Ansage gewesen.

Rössler fingerte aus seiner Aktentasche eine Packung Kaugummi heraus, bot reihum an, wobei sie alle drei ablehnten, steckte sich dann einen in den Mund und meinte kauend: »Okay, was liegt an? Wie weit sind wir? Ich bin seit Mittag nur mehr überflugsmäßig, nicht mehr richtig up to date. Dieser … wunderbare Prozess. Sorry.«

»Alles klar. Also schwierig«, meinte Katz. »Seit vorhin habe ich das Gefühl, dass wir enorm weitergekommen sind, weiß aber nicht, warum ich das Gefühl habe.«

»Ah ja.«

»Karl meint damit«, half Mayer aus, »die Aussage des Mannes, dessen Kastenwagen wahrscheinlich bei dem Mord an Koller verwendet worden ist. Das Auto wurde in der Nähe des Wohnhauses des zweiten Opfers Jelinek gestohlen. Und darin befanden sich Federn als Glücksbringer. Wahrscheinlich ist eine davon jene, die im After des Opfers gesteckt ist.«

Rössler schaute sie ein paar Sekunden lang an, als ob er wartete, dass da noch was käme. »Verstehe. Wir haben einen Gefolterten, was auf Mordabsicht schließen lässt. Und der Täter, der wahrscheinlich ziemlich kaltblütig ist, hat dann einen Anfall bekommen, weil ihm dieser Glücksbringer gerade so ins Auge gestochen ist, und hat die Leiche lustig dekoriert. Wollt ihr mir das damit sagen?«

So zusammengefasst klang es wirklich selten dämlich.

»Ich muss ehrlich sagen, da war mir der Fanatiker mit Aussage von wegen ›Mordet den Gockel‹ ein bissel lieber, weil logischer«, ergänzte Rössler. »Der Fanatiker, der vielleicht Koller schon ausspioniert und dessen eigene Feder aus dem Arbeitszimmer verwendet hat.«

»Also fällt dir auch nichts Kreatives dazu ein«, ließ sich Katz nicht aus der Ruhe bringen.

Nun sah der Staatsanwalt seinen langjährigen Kumpel intensiv an. »Okay, du meinst das alles ernst. Das Einzige, was mir dazu einfällt, und zwar schon den ganzen Tag, ist, dass das nicht zusammenpasst. Der Folterer steckt keine Feder, und der Federstecker foltert nicht. Zumindest nicht so.« Er sah zu Mayer und Kevin. »Natürlich kann so etwas theoretisch zusammenfallen, aber ihr habt doch auch genügend Erfahrung mit kranken Gehirnen. Es passt nicht.«

»Er hätte persönlicher gefoltert«, murmelte Kevin.

Der Nun-nicht-mehr-Azubi traute sich noch immer nicht, einfach laut seine Meinung zu sagen. Mayer klopfte ihm geistig aufmunternd auf die Schulter, real wäre diese Geste zu gönnerhaft gewesen.

»Richtig«, Rössler zeigte mit dem Finger auf Kevin, »persönlicher. Mit einem Messer oder sonst etwas Intimem. Bei dieser Folterung hingegen hat der Täter Distanz gewahrt. Hat weniger mit Schmerzen, als mit psychischem Druck gearbeitet. Meiner Meinung nach hat einer gewusst, was er tut. Und zwar wollte er etwas herausbringen. Kollers Job? Gibt's da nichts?«

»Spock sitzt an den Unterlagen«, erklärte Katz. »Bis jetzt nada. Die haben sich anscheinend sicherheitshalber wirklich alle korrekt verhalten.«

»Würde mich schwerstens wundern, aber soll sein.« Er wuschelte sich die Haare, brachte sie dann wieder mit zwei Handstrichen in gescheitelte Form. »Außerdem würde die Sache mit Firma und Mafia ja nicht den Jelinek erklären.«

»Doch, schon.« Und Katz erklärte ihm die Theorie von der Überraschung des Täters.

»Okay, leuchtet mir so weit ein. Und vielleicht war Jelinek als Kollers Handlanger bei denen sowieso schon bekannt.«

»Oder er war nur zufälliges Opfer, weil er nämlich wegen ganz was anderem bei Koller war.« Und nun erzählte Katz die Geschichte von Esma, Dvorský und den Noten.

Die Sätze flatterten um Mayer herum, verknüpften sich mit anderen Sätzen. Mit Bildern. Von Witwe Nummer eins, wie sie plötzlich glitzernde Augen bekommen hatte, als ihr das Schatzlager eingefallen war. Von Witwe Nummer zwei, wie die bedauert hatte, dass ihr Mann doch keinen Bruch gemacht hatte. »Marjana Koller hat etwas von Geschenken erwähnt, die diverse Kunden ihrem Mann gemacht haben. Angeblich sind die alle in einem Lager untergebracht. Und Anita Jelinek …«

Katz setzte sich aufrecht hin. »Der gute Walter hatte vor nicht allzu langer Zeit etwas von einem Einbruch angedeutet. Kann es so einfach sein?«

Mayer grinste. »Na bis auf die Feder.«

Katz wedelte mit der Hand und grinste ebenfalls.

»Es wurde laut Marjana Koller nichts gestohlen. Und unsere Leute haben auch keine Spuren gefunden, die auf das Durchwühlen oder Entfernen von Gegenständen hingedeutet hätten«, warf Kevin ein.

»Spielverderber.« Katz ließ sich wieder an die Lehne zurückfallen.

»Sagten Sie *Lager*, Frau Mayer? So etwas wie *Storage*?«

»Ich klär das.« Kevin sprang auf und zückte ein paar Schritte entfernt sein Telefon.

Mayer versuchte, das Szenario zu visualisieren. »Aber wenn wir davon ausgehen, dass Jelinek das Lager – wo auch immer – leerräumen wollte, dann müssen wir davon ausgehen, dass der vermeintliche Täter, den die Zeugin Leibenfrost gesehen hat, sein Komplize war. Aber wo war Jelinek? Im Wagen hinten drin? Sie hat nur von einem Mann gesprochen.«

Rössler schloss die Augen. »In ihrer Zeugenaussage von heute Vormittag steht, dass der Kastenwagen in der Garageneinfahrt mit der Schnauze zum Haus stand. Jetzt geht einmal die Straße entlang. Wenn man von oben, also von ihrem Haus kommt, sieht man nicht auf die Beifahrerseite. Sie müsste sich umgedreht haben, um zu sehen, ob da wer sitzt.« Er sah Mayer an. »Das müssen wir mit ihr klären.«

»Okay, okay, okay.« Mayer hielt es nicht mehr auf der Bank. Sie drehte eine kleine Platzrunde. »Ich weiß, ich hab das mit dem Diebstahl eingebracht. Da passt auch noch irgendwie das Foltern dazu. Irgendwie. Es muss auf jeden Fall die Idee vom anderen gewesen sein, weil ausgehend von dem, was wir bis jetzt über Jelinek gehört haben, passt diese Art von Gewalt nicht zu ihm. Er schlägt aus Jähzorn zu …«

»Hört, hört! Dass du ihn noch einmal verteidigst!«, grinste Katz sie an.

»Jedem *sein* Verbrechen«, konterte sie. »Egal. Also die beiden finden nicht, was sie suchen, stolpern aus irgendeinem Grund über Koller … ach shit, das ist alles so vage … egal, sehen also ihre Chance, das Versteck aus ihm herauszuholen. Es … ja was? Geht es schief? Sagt Koller nichts? Und sie schneiden ihn aus Frust nicht ab, als er plumpst? Oder sind sie so hartgesotten, dass sie ihn trotzdem umbringen?«

»Oder es kommt zum Streit«, sagte Katz. »Jelinek will damit nichts zu tun haben, will nur weg von dieser Grauslichkeit, haut ab. Der andere macht sein Ding fertig, sei's mit oder ohne Erfolg, folgt dann Jelinek, um ihn zur Vernunft zu bringen, der ist aber hysterisch. Krach, bumm. Oder er folgt ihm sofort, dann selbiges Szenario, und verschätzt sich außerdem bei der Dauer, die so ein Eisblock zum Schmelzen braucht.«

»Hm.« Mayer setzte sich wieder.

Sie sinnierten zu dritt eine Runde.

Kevin sagte laut vernehmbar: »Ich danke Ihnen, dass Sie sich gleich darum kümmern. Sie helfen uns wirklich sehr.«

Er hatte sich schon einiges von Katz' Speech abgehört.

Der Youngster kam zu ihnen zurück. »Es ist ein Lager in einem Storage. Sie fährt jetzt hin und kontrolliert es. Gibt uns dann sofort Bescheid. Aber es schaut gut aus.«

»Aha?«

Und Katz hob auffordernd die Handflächen.

Kevin grinste. »Kollers Schlüsselkarte von diesem Lager ist weg. Und wir haben sie auch nicht mitgenommen. Wenn so etwas auf der Liste gestanden wäre, hätte ich es mir gemerkt.«

Mayer wusste nicht, was sie sagen sollte. Sie merkte, dass sie auch keinerlei sonstige Reaktion gezeigt hatte. Sollte das alles wirklich so einfach sein?

Auch Katz und Rössler schwiegen.

Kevin ließ sich auf die Bank plumpsen. »Okay.« Doch seine ausdruckslose Mimik zeigte, dass gar nichts in Ordnung war.

»Na, die Spuren verdichten sich«, murmelte Katz. »Diese Karten zeichnen ja auch auf, wann sie …«

»Gut, bevor jetzt allgemeine Euphorie ausbricht«, unterbrach ihn Rössler, »sage ich nur Feder.«

Katz sprang auf und trat einen Kieselstein weg. »Was weiß ich? Vielleicht hat sich Jelinek immer von Koller unterdrückt gefühlt und sich so deppert gerächt. Oder so.«

»Dann haben sie sich erst bei der Teilung der Beute gestritten, der andere und Jelinek. Und der Komplize nimmt das Erstbeste, was da so herumliegt in Jelineks Wohnung«, seine Stimme triefte vor Zynismus, »einen Zimmermannshammer …«

»Einen Fleischhammer. Wir haben ihn inzwischen gefunden.« Mayer hörte den Unterton ihres Satzes nachhallen. Und genierte sich dafür. Der Herr Staatsanwalt hatte sich vorher extra für seine Uninformiertheit entschuldigt … aber wenn er auch so einen miesen Tonfall … Besprechungen am Abend waren nie gut.

»Oh« war alles, was Rössler zu der Korrektur einfiel. Es klang etwas angefressen. Er wandte sich ab, fuhr sich mit der Zunge über die Lippen und sah auf seine Armbanduhr.

Dann irrlichterten seine Augen zu Mayer, zu Kevin. »Ich wollte nur darauf hinweisen, dass wir es im Fall Jelinek vielleicht mit einer Folgetat zu tun haben.« Nun war seine Stimme etwas belegt.

»Das ist richtig.« Katz, ganz trocken, ganz professionell. »Wir haben also eine Theorie, die viel, aber ein wesentliches Detail nicht klärt.«

Rössler stand auf und schüttelte seine Beine durch. »Und diese Theorie steht und fällt mit dem Bericht von Marjana Koller. Wenn das Lager unberührt ist, wackelt das alles noch mehr.«

»Sehe ich auch so, Hannes. Ich würde sagen, warten wir ab. Falls das Lager leergeräumt ist, nehmen wir uns wieder Anita Jelinek und seinen Freund, diesen …«

»Fellner. Bernhard Fellner«, assistierte Kevin.

»Genau, und diesen Fellner zur Brust. Die beiden kennen sicher seine zwielichtigen Spezis. Oder jemanden, der wen kennt, der was weiß. Wir gehen unter diesem neuen Gesichtspunkt auch noch einmal Jelineks Anrufliste durch.«

»Guter Plan.« Rössler nahm seine Aktentasche. »Eine Frage noch: Warum taucht in euren Berichten eigentlich so oft der Name Esma Baykurt auf? Jetzt abgesehen von dieser lächerlichen Notengeschichte.«

»Sie ist eine Flamenco-Tänzerin.«

»Das ist mir schon klar, Karl. Und?«

Katz entwickelte sich, stützte die Arme auf die Beine auf und rieb sich die Schläfen. »Ein Carmen-Drama. War kurz auf dem Radar.«

Mayer brachte an seiner statt Rössler auf den Stand der Erkenntnisse und Überlegungen. Und während sie sich so reden hörte, kam ihr die Fixierung, die sie systematisch aufgebaut hatten, zunehmend abstrus vor. »Es ist einfach«, schloss sie, »man wird halt neugierig, wenn jemand ein U-Boot ist. Und es hätte ja sein können, dass es um Eifersucht geht, wie wir am Anfang gedacht haben. Aber der einzige Kandidat bislang, dieser Dvorský, hat ein Alibi, oder, Kevin?«

Der nickte. »Gecheckt.«

»Einer bleibt noch«, merkte Katz an, »der echte Verehrer.«

»Christoph Pfeifer.« Wiederum Kevin.

»Genau. Aber wir können diese Richtung natürlich völlig fallen lassen«, Katz sah Rössler an, »wenn du das für richtiger hältst.«

»Wir lassen gar nichts fallen.« Er sah erneut auf seine Uhr. »Außer das Theater aus.« Sein ganzes Gesicht zog sich zusammen. »Warum bin ich nicht Apotheker wie mein Onkel geworden? Dann wäre ich jetzt reich und hätte Feierabend.« Er straffte sich. »Meine Verpflichtungen warten. Wir sehen einander morgen um acht Uhr. Ich wünsche einen schönen Abend allerseits.« Er hob die Hand zum Gruß und ging zur Tulpengasse, die zur Zweierlinie* und somit zur U-Bahn abzweigte. So etwas Ähnliches wie »Hoffentlich schöner als meiner« war noch zu hören.

Mayer fühlte sich ausgewrungen und gehirntot.

Die anderen wohl auch.

---

* Zweierlinie: eine breite Straße, die parallel zum Ring verläuft; und die deshalb im Volksmund so genannt wird, weil dort vor Jahrzehnten die Straßenbahnlinien E_2, G_2 und H_2 gefahren sind.

Denn sie schwiegen alle drei.

Kevin fing sich als Erster. Mayer sah aus dem Augenwinkel, dass er sein Tablet aktivierte und darauf herumwischte.

Als wäre das für Katz ein Signal gewesen, fing der an, seine Füße zu kreisen und sich zu strecken. »Okay. Hat's wirklich Sinn, in dieser Esma-Geschichte weiter zu wühlen?«

»Erst«, Mayer hörte, wie ihre Stimme piepste, sie räusperte sich in den Betriebszustand, »erst, wenn das mit dem Diebstahl im Sand verläuft.«

»Und diese ganze Sache ist ja im Grund auch nichts anderes als reine Spekulation. Haben wir eigentlich irgendwas Handfestes?«

Mayer sah ihn an. »Nichts. Nur unsere Fantasien.«

»Ja, noch immer nicht.« Er sah sie an. »Ist ja noch nicht einmal vierundzwanzig Stunden her.« Das sagte er nun bereits zum zweiten Mal.

Sie nickten einander zu, und Mayer wusste, dass der Alte genauso frustriert wie sie selbst war.

»Äh …«

»Ja, Draganović?«

Kevin starrte auf das Display seines Handys. »Die KTU hat ergeben, dass die Flüssigkeit auf dem Sitz des Motorrades Urin ist.«

Mayer merkte, wie sich ihre Hand unwillkürlich an der Hose abwischte. Katz' tat dasselbe.

»Das Bike ist bereits gelegen«, fuhr Kevin fort. »Und Schmitz meint, von wegen Einnässen beim Todeskampf … das geht sich im Winkel nicht aus.«

»Was bedeutet das denn schon wieder?«, entfuhr es Mayer.

»Dass unser sehr geehrter Herr Mörder nach dem Tod von Koller das Motorrad auf den Boden gelegt und es angepinkelt hat.« Er sah zuerst sie und dann Kevin an. Schüttelte den Kopf. »Nein?«

Kevin runzelte die Stirn und versenkte sich wieder in seine Nachrichten.

Es klang wirklich abstrus. Allerdings: »Naja, manche Einbrecher kacken ja auch am Tatort.«

»Ha!«

»Ja, Draganović?«

Der hatte schon das Handy am Ohr, hielt es dann aber nochmals auf Abstand. »Christoph Pfeifer hat mir zurückgeschrieben. Ist jetzt erreichbar. Aber nur bis zum Beginn dieser Fiesta. Schreibt er. Da ist er angeblich im Einsatz. Das ist in eineinhalb Stunden. Und wenn es ginge, dass ihr euch dort in der Nähe trefft. Er ist nicht weit. Was soll ich ihm sagen?«

Katz grinste Mayer an. »Mädchen, du bist doch genauso eine Neugierdsnase wie ich, oder?«

Sie grinste zurück. »Es ist rein dienstlich. Wir sollen nichts fallen lassen. Hat der Herr Staatsanwalt gesagt.«

»Und dem müssen wir gehorchen. Betriebsausflug, Kinder!«

2/17

Und Jelinek hat mir einmal von einem Freund erzählt, der früher Security war. Den er mir vermitteln will. Falls irgendwer was gegen unsere Abende hat. Hat ihn auch einmal zu einer Fiesta mitgeschleppt. Und da hat er auch so angedeutet, dass da einmal was Krummes grennt ist. Ganz stolz war er, der Alki. Ich schwör dir, der verdient sich was nebenbei, weil Schlösser sind für den ja kein Problem. Der ist sicher ein Dieb. Und zu dem wirst du jetzt gehen.

Ich? Ich kenn den doch gar nicht. Und wieso soll ich überhaupt …?

Weil der vielleicht die Karte genommen hat, das ist wenigstens noch eine fuck minimale, aber doch eine Chance. Jelinek wird ihm davon erzählt haben.

Wieso soll Jelinek ihm davon erzählt haben?

Weil er vielleicht selber auf das Zeug scharf war.

Wieso soll er überhaupt davon gewusst haben? Der Jelinek, meine ich.

Kannst du nur blöde Fragen stellen?

Ich meine doch nur. Ich meine, der Koller wird doch nicht überall herumposaunt … ja, dir schon. Im Bett redet man viel. Aber jemandem wie dem Jelinek? Der war doch nur … sein Diener.

Natürlich jemandem wie dem Jelinek. Weil der nämlich mit ihm unter einer Decke gesteckt ist. Die wollten mich gemeinsam fertigmachen.

Was? Wieso?

Das ist jetzt nicht wichtig. Aber glaub mir, die waren Freunde. Oder zumindest so etwas Ähnliches.

Doch, das ist wichtig. Ich werde …

Jetzt nicht mehr, Chris. Du hast die Sache erledigt.

Ja, stimmt.

PAUSE.

Mir fällt nicht ein, wie der geheißen hat.

Das macht doch nichts.

Doch. Es MUSS mir einfallen. Du musst zu ihm.

PAUSE.

Esma?

Ja?

Langsam bekomme ich das Gefühl, dass es dir gar nicht um Gerechtigkeit geht, sondern dass du die Sachen einfach so willst.

Was meinst du damit?

Dass du gierig auf das Geld bist.

Für die Bewegung.

Nein, für dich.

Quatsch.

Kein Quatsch. Du nützt meinen Idealismus aus, um dich zu bereichern.

Geht's noch geschwollener?

PAUSE.

Du spielst seit … der Nacht ein Spiel mit mir.

Bullshit.

Esma! Tu das nicht. Ich werde sehr böse, wenn du mich verarschst.

PAUSE.

Ich kann dich gar nicht verarschen. Das geht nicht.

Wieso nicht? Was meinst du damit?

Naja, erstens hast du mein Handy und den Schlüssel zu dieser Tür. Ich wäre also schön blöd, wenn ich versuchen würde, dich zu verarschen. Und zweitens wissen wir beide, dass du alles über mich weißt. Mir war das Ausmaß nicht klar, aber seitdem ich mitbekommen habe, wie lange du mich schon beobachtest und verfolgst, ist mir bewusst geworden, dass du mich wirklich kennst.

Und?

Und! Ha. Wie soll so jemand dich verarschen? Das merkst du doch sofort. Also gib einen Frieden und lass mich in Ruhe über den Namen nachdenken.

PAUSE.

Ist gut, Esma.

PAUSE.

Er hat so wie der Moderator von der Quizsendung geheißen, die ich manchmal hör im Radio.

Du hörst Quizsendungen?

Also Wanzen hast du noch keine versteckt.

Was?

Nichts. Bernhard. Genau. Wie der Bruder von Brigitte. Bernhard … Bernhard … Fellner. Genau!

TAG 2 / KATZ

Dani trat aus dem Lokal in seinem Rücken und hielt ihm ein verdächtiges, bauchiges großes Stielglas entgegen. »Ist nur ein Sommerspritzer.*«

Katz nahm es und schnüffelte am Wein. »Okay, halber Dienst, halber Spritzer.«

Sie ließ sich neben ihm in einen der mit Plastikschnüren bespannten Stühle fallen. Rutschte darauf herum. »Die denken bei dem Quatsch einfach nicht an kurze Röcke. Da schaust nach einer halben Stunde aus wie abgebunden.«

»Bondage für den Alltag.« Er kicherte, sie mit ihm mit. »Aber das kann dir doch wurscht sein, Dani, du trägst ja eh immer Hosen.«

Sie zuckte mit den Augenbrauen und lächelte so geheimnisvoll, dass es Mona Lisa zur Ehre gereicht hätte. »Ja, aber andere nicht.«

Sie stießen an und tranken.

Katz fühlte Wohlsein. Fast so etwas wie Feierabendstimmung. Wenn nicht genau gegenüber ein Lokal mit Glasfront wäre, wo sich bereits jetzt, knapp über eine Stunde vor Beginn der ominösen Fiesta, in schwingende Röcken und Rüschenoberteile gekleidete Menschen beim Eingang tummelten. Was ihn daran erinnerte, dass er sein Hirn nicht völlig abschalten durfte.

---

* Sommerspritzer: Weißweinschorle mit weniger Wein als üblich.

Er sah auf die Uhr, die ihm sagte, dass die Zeit nicht stehen geblieben war, und zündete sich eine Zigarette an. Er schaute die Margaretenstraße hinauf, nahm einen Zug, er schaute die Margaretenstraße hinunter. Kein Cornetto weit und breit.

»Der hat doch gesagt, dass er in der Nähe ist. Wo bleibt der bloß?«, sprach Dani seinen Gedanken aus.

»Wird schon auftauchen. Egal. Wir gehen dann auf jeden Fall zu dieser Veranstaltung. Geben uns ein bissel Flamenco …«

Dani stöhnte auf. Aber es klang mehr theatralisch als wirklich gepeinigt.

»Und hoffen, dass diese Esma auftaucht. Ha! Vielleicht kommt sie ja mit ihm mit. Dieses Studio ist doch da ein Stückerl weiter oben, das ist *in der Nähe*.«

»Genau, das ist es! Und die Esma krallen wir uns gleich«, übernahm sie, »und dann machen wir sie betrunken und entlocken ihr alle Geheimnisse.«

»Richtig. Und dann gehen wir befriedigt und betüdelt ins Bett. Und morgen meldet sich der Komplize von Jelinek, weil ihn seine Schuld plagt. Erklärt uns die Feder, und Akte geschlossen.«

»Hervorragend. Alles easy und chilly.«

Sie stießen erneut an.

»Schade, dass Kevin nicht mit ist.« Ja, Katz spürte wirklich Bedauern. Langsam gewöhnte er sich an den Bengel.

»Ich glaub, seine Freundin hat ihn voll im Griff.«

»Weißt du da was?«

Dani schüttelte den Kopf. »Nur Gefühl. Apropos …«

»Ja?«

»Vielleicht solltest du … nix. Forget it.« Sie trank.

Er brauchte gar nicht nachzufragen, er wusste auch so, was sie meinte: Er solle den Jungen ein bisschen netter behandeln. Sonst blieb der ihm gegenüber bis in alle Zukunft so verschreckt. Sie hatte recht. Und langsam fühlte er sich auch in der Lage dazu, jetzt, wo er Kevin fix geholt hatte. Er war nicht mehr einer von den vielen Möchtegernkriminesern, die nichts am Kasten hatten, kamen und gingen, bei denen er lieber auf Abstand blieb. Gleich morgen würde er dem Jungen seine neue Seite zeigen.

Katz nahm einen Schluck und sah wieder die Margaretenstraße hinauf ... gegen die Sonne ... da war ein dreieckiger Schatten. »Der Figur nach müsste es der jetzt sein.«

Dani drehte sich um und beschattete mit der Hand die Augen. »Nur Muckis sagen noch gar nichts. Sind very usual derzeit.«

Red doch normal, wollte Katz schon anmerken. Aber er ließ die Worte nicht aus seinem Mund. Andere Zeiten, anderer Speech, wie Dani sagen würde. Auch an seiner Lieblingskollegin musste nicht alles perfekt sein. Oder vielleicht wurde er auch einfach alt und mäklerisch.

Sie drehte sich zurück und nahm einen großen Schluck. »Entspannung«, erklärte sie, die wohl seinen fragenden Blick bemerkt hatte. »Wenn der wieder so stokatst* wie gestern im Theater, brauche ich Nerven. Ein weinerliches Riesenbaby.«

»Das hat wenigstens Alex ernüchtert. Er fällt doch wegen der Muckis immer wieder auf denselben unbrauchbaren Typ herein.«

---

* Stokatsen: unbeholfen, einfältig herumreden, stottern

»Da wäre ich mir nicht so sicher.« Danis Augen wurden groß beim Anblick von etwas, das in Katz' Rücken war.

Er drehte sich um und sah ein paar Meter entfernt seinen Freund Alex – in knallroten High Heels, darüber einer in Rottönen changierenden eng anliegenden Fischerhose, wiederum darüber in einer cremefarbenen, durchsichtigen weiten Bluse mit Rüschen, die den ebenfalls cremefarbenen Push-up mehr präsentierte als verbarg, und wiederum darüber in einer schwarzbraunen Perücke, deren Mähne zu einem – zugegebenermaßen – schmeichelnden Knoten aufgesteckt war, auf dem schließlich eine rote Rose prunkte. Dazu trug er eine riesige gehäkelte und natürlich ebenfalls cremefarbene Tasche mit Griffen aus Bambus. Er war dezent geschminkt und sah – nochmals zugegebenermaßen – hinreißend aus. Eine Frau, bei der Mann sündige Gedanken bekam.

Aber das, was Katz wirklich aus der Fassung brachte, war der Blick, den Alex über ihn hinweg auf ein fernes Ziel warf. Der war pure Verführung. Katz verfolgte diesen Blick, obwohl er schon wusste, was ihn an seinem Ende erwartete. Und natürlich machte er als Punkt des Begehrens das aus, was er gar nicht wollte: Christoph Pfeifer.

»Hallöchen«, hörte er seinen Sargnagel auch prompt flöten.

Der Cornetto, der inzwischen nah genug war, dass er auch gegen die Sonne als der Souvenirverkäufer erkennbar war, blieb stehen. Seine Arme hingen herab, so wie, kam es Katz vor, seine ganze äußere Schicht. Die Finger seiner Linken hoben sich etwas. Mit viel gutem Willen konnte man das als Begrüßungsgeste definieren.

Katz hörte etwas in seinem Rücken klappen und dann – ja, auch klappen. Rasseln. Er drehte sich zu seinem Freund um.

Alex hielt sich den roten Fächer, den er gestern Abend gekauft hatte, vors Gesicht. »Ist ein wirklich gutes Ding. Ich werde in Zukunft nur noch Ihren Empfehlungen Gehör schenken, mon petit.«

Mon Hercule wäre wohl die bessere Anrede gewesen. Oder wie hieß Herkules auf Französisch? Egal.

Er sprang zu Alex. »Alter, schleich dich. Wir machen da eine Amtshandlung«, zischte er.

»Ts, ts, ts. Wer wird denn gleich so unfreundlich werden, mon amour?«

»Lass den Scheiß, Ritter.«

Alex trat so nah an ihn heran, dass er nur mehr eines seiner Augen sah. Katz entschied sich für das linke. Und dann hörte er: »Wenn du ihn störungsfrei beamtshandeln willst, dann bestell ihn in die Berggassn. Hier« – sein Arm umfasste die ganze Gasse – »gehört er auch mir.«

»Er ist nix für dich.«

»Woher willst du das wissen?«

»Er ist in die geheimnisvolle Esma verbrunzt. Amtlich.«

Alex starrte und starrte, dann löste er sich von Katz. »Trau, schau, wem.« Er lächelte. »Ich irre mich nie.«

»Dieses Mal schon.«

»Glaube ich nicht. Dann habt ihr falsche Infos. Mein Schwanz stellt sich mittlerweile nur mehr bei Schwulen auf. In den letzten fünfzehn Jahren.« Er quetschte seinen Mund zu einem Lächeln auseinander. »Die Zeit davor hat mich absolut sensibilisiert. Und das weißt du.«

Ja, das wusste Katz. Er hatte die unglücklichen Heterolieben seines Freundes genug Nächte mit durchlitten.

Und normalerweise würde er Alex auch recht geben. Aber in diesem Fall? »Wie auch immer. Verleg deine Anbaggereien auf später. Bitte. Wir haben jetzt echt noch was zu erledigen.«

»Okay«, kam es schelmisch. Er schickte in Pfeifers Richtung einen Luftkuss.

»Du gehst aber ran. Ich hab gedacht, du hast gestern in der Nacht gemerkt, dass der da intellektuell nicht ganz dein Typ ist.«

Alex spitzte den kirschroten Mund. »Ich will ihn ja nur für diese eine heiße Maiennacht. Und bevor du mir moralisch kommst – die Perser nennen das Ehe auf Zeit. Alles bestens geregelt.« Er schwebte über die Straße zum Fiesta-Lokal.

Katz ging zum Tisch zurück. Pfeifer stand wie ein Sängerknabe vor Dani, die Hände an der Hosennaht. Der von Alex erhoffte Hengst war beim besten Willen nicht in ihm erkennbar. Aber was wusste man schon. »Herr Pfeifer, wie schön, dass Sie noch so schnell Zeit für uns haben!«

»Ich … also, wenn die Polizei ruft, kommt man …« Blick zu Dani, dann zu ihm. Dackel.

Irgendwas störte Katz. Er scannte den Mann. Dunkelblaue Jeans, ebensolches Poloshirt, schwarze Ledersandalen. Kantiges Gesicht, *ohne* Ansatz von Doppelkinn – die Zeugin Leibenfrost hatte nicht nur Danis, sondern auch seinen Blick verdorben. Die gegelten, blonden kinnlangen Locken gaben ihm gemeinsam mit der konservativen Kleidung den Touch eines WU*-Studenten aus Döbling. Vor ein paar Jahren. Jetzt trug man ja wie-

* WU: Wirtschaftsuniversität

der kurz. Eigentlich war alles ganz in Ordnung. Wahrscheinlich brachten ihn wieder einmal seine Vorurteile durcheinander, von wegen, ein Grätzel-Bub aus Ottakring hatte prolomäßig auszusehen, also Seidenjogger und Turnschuhe.

»Bitte nehmen Sie doch Platz«, übernahm Dani die Konversation.

Pfeifer setzte sich wie ein Musterschüler. Beine parallel nebeneinander, Hände darauf abgelegt, gerader Rücken. Bei einem Mitte Dreißigjährigen ließ das auf Verklemmungen rückschließen.

Katz setzte sich ebenfalls. »Lieber Herr Pfeifer, ist es Ihnen recht, wenn ich gleich mit der Tür ins Haus falle?«

Ein Kopfschütteln, das in Nicken überging. Das Bild puren Durcheinanderseins. Das war so … der Mann wirkte so … ja, irgendwie welterfahren. Doch die Augen signalisierten ebenfalls Verwirrung, und die logen selten.

»Okay, Sie sind sehr stark in die Flamenco-Szene integriert. Und …«

»Äh …«, kam als Unterbrechung. Aber sonst nichts.

»Ja?«

Nicken.

»Gut. Und wir haben gehört, dass Sie Frau Baykurt nahe stehen. Esma Baykurt. Dass Sie ein Freund von ihr sind.«

Einziehen des Kopfes.

»Was heißt das?«

»Ich … also … dass ich ihr Freund bin, glaube ich nicht …« Zucken der Lippen. Und Katz war sich nicht sicher, ob das ein Lächeln darstellen sollte.

»Sie helfen ihr doch? Sie schleppen Sachen?« Pah, es war so mühsam, mit offensichtlich einfach gestrickten

Leuten ein Gespräch abzuwickeln. Hm. Vielleicht war er aber wirklich bloß total verklemmt. Dazu würde auch das übermäßige Training passen, um wenigstens diesbezüglich nicht verarscht zu werden.

»Schon.«

»Und Sie kennen sie sehr lange«, sprang ihm Dani bei.

Nicken. »Hm. Immer schon.«

Das, was Katz störte, störte ihn jetzt noch mehr. Wenn er doch wüsste, was es war.

»Und Sie sind viel mit ihr beisammen?«, fuhr sie fort.

»Ja.«

»Und Sie wissen sicher, wo sie wohnt?« Ganz die liebevolle Mutter.

»Wohnt?« Dreieckige Augenbrauen, viereckiger Mund. Also jetzt die pure Panik.

Und genau das passte nicht. Normalerweise riss kein Mensch die Panik auf, wenn er nach dem Wohnort eines anderen gefragt wurde. Außer er hatte etwas zu verbergen.

»Na, Sie bringen sie ja nach Hause. Wenn sie viel schleppen muss.« Dani hatte Kreide gefressen, die Tapfere mühte sich redlich. »Und wenn Sie sie da hinbringen, wo ist das?«

Schulterzucken.

»Sie müssen sie doch wo hinbringen!« Jetzt wurde auch sein Liebling etwas schärfer.

»Ja.«

»Gut. Und wohin?«

Pfeifer sah sie lange an. Dann sagte er: »Donaukanal.«

Der Typ verarschte sie. Katz betrachtete die Augen des Zeugen. Sie wirkten starr. Als wäre er unter Drogen oder unter Schock oder sehr konzentriert.

»Und wo dort?« Süßel, süßel von Dani.

»Bei der Kirche, bei der alten Kirche.«

Dani nahm einen Schluck von ihrem Gspritztn. »Lieber Herr Pfeifer, ich glaube nicht, dass Sie so dumm sind, wie Sie sich gerade anstellen. Sonst könnten Sie nämlich nichts verkaufen. Also reden Sie bitte Tacheles mit uns. Sonst werden wir grantig.«

Die liebe Daniela hatte es wunderbar auf den Punkt gebracht. So ein Einfaltspinsel, als welcher der Typ sich darstellte, schleppte vielleicht Kisten, aber verkaufte nicht. Und schon gar nicht verwaltete er ein ganzes Zinshaus.

Pfeifer hob die Handflächen. »Ich weiß es nicht, ich weiß es nicht. Sie steigt immer aus. Immer am Schwedenplatz. Bei der alten Kirche.«

»Ruprechtskirche?«

»Ja.«

»Das ist Quatsch«, finalisierte Dani ihren Versuch.

Katz wusste, nun musste er ran. »Wir brauchen Esma Baykurts Adresse. Und Sie wissen sie. Also reden Sie, guter Mann. Sonst sind Sie dran wegen Strafvereitelung.« Dieses Wort kam immer gut, auch wenn kaum einer wusste, was das im Konkreten hieß. »Und glauben Sie mir: Auch wenn Sie Esma hundert Mal versprochen haben, ihr Versteck nicht preiszugeben, jetzt ist der Moment, dieses Versprechen zu brechen. Denn wir sind die Polizei. Und jedes Nichtkooperieren hat Folgen für Sie. Nicht für Esma, sondern für Sie.« Sicherheitshalber deutete er noch mit dem Finger auf den Mann.

Pfeifer fuhr zurück und riss die Augen auf. »Ich weiß es nicht. Versprochen. Ich weiß es nicht. Indianerehrenwort.«

Und wie bei Uwe Barschels* *Ehrenwort* schlossen sich seine Augen bei Selbigem. Wenn man diversen Psychologen glauben schenken wollte, war dies der ultimative Beweis für sein Lügen.

Dani nickte, lehnte sich vor, lächelte, während sie das Glas in ihren Händen drehte. »Und wenn ich sage, dass Sie uns helfen, Esma zu schützen?«

»Dann würde ich … sagen … ich weiß nicht. Sie hat immer gesagt. Da. Stopp. Und dann ist sie ausgestiegen.«

Dani sah ihn lange an. Dann nickte sie ihm zu, ganz langsam, als wolle sie ihm etwas damit sagen. Es schien anzukommen, denn Christoph Pfeifer senkte den Kopf. Was er auch immer damit ausdrücken wollte.

Mit einem Ruck hob er ihn wieder, sah Katz an. »Ich muss arbeiten.« Sein Arm schnellte nach hinten, als wäre er vom Rest des Mannes unabhängig. »Da drüben.«

Katz nickte. »Gleich.«

Zurück zur Parallelhaltung. »Esma kommt auch.« Seine Augen wurden groß, bekamen Glanz. »Dann können Sie ihr sagen, dass Sie wissen müssen, wo sie wohnt.«

Damit hatte sich Katz' nächste Frage erübrigt. Alle schienen ihrem Erscheinen heute Abend entgegenzufiebern.

Also dann zu Punkt drei. »Sie kannten doch Markus Koller?«

Wieder der starre Blick. Nicken.

»Wie war seine Beziehung zu Esma Baykurt?«

---

* Uwe Barschel: CDU-Politiker von Schleswig-Holstein, der 1987 wegen einer nicht restlos aufgeklärten Verleumdungsaffäre zurücktreten musste und kurz danach in Genf, unter ebenfalls nicht geklärten Umständen, tot aufgefunden wurde. Das Video seines »Ehrenworts«, nichts mit den Verleumdungen zu tun zu haben, wird von Psychologen oft als Fallbeispiel benützt.

Starr. Schulterzucken. Kopfsenken. Aufschauen. Babyface. Grinsen. »Er …« Schnelles, mehrmaliges Nicken. »Wie alle anderen auch.« Ansatzlos legte sich seine Stirn in Falten. »Und er hat sie geschimpft. Wenn sie singt.«

»Und das hat Sie gestört.« Dani auf ganz verständnisvolle Therapeutin.

»Ja.«

»Weil Sie selbst in sie verliebt sind.«

Die Unterlippe. Sie zitterte. Katz war sich sicher, dass sie das tat, weil sie sich einziehen wollte zu einem bösen viereckigen Mund. Die Hundertstelsekunde war ein Drama epischen Ausmaßes.

Lächeln. Kopfschütteln. »Nein, Esma ist meine Freundin. Sie singt gut.«

»Vorhin haben Sie gesagt, dass sie nicht Ihre Freundin ist.«

Die Augen wanderten über den Tisch. »Bekannte. Kumpel. Sie ist … ich helfe ihr.«

»Und Walter Jelinek?«, fragte Katz.

Pfeifer sah ihn an. »Ist sein Freund. Also von Koller.« Klare, bestimmte Ansage, ohne den Hilfe-ich-kenn-mich-nicht-aus-Unterton.

»Woher wissen Sie das?«

»Sie sind zusammengesessen bei Esma's Night. Sie haben geredet.« Kurze Funkstille, während der Pfeifer seinem eigenen Satz nachgehorcht haben dürfte, der ja im Ton so gar nicht mehr nach Einfaltspinsel geklungen hatte, denn er setzte wieder dieses dämliche Babylächeln auf und machte seine Augen starr.

Dani lehnte sich zurück. »Verstehe, Herr Pfeifer, Sie haben alle lieb und wissen von nichts.«

Wieder die großen dreieckigen Augen.

»Aber wo Sie vorgestern tagsüber waren, werden Sie wissen, oder?«

Heftiges Nicken. »Ich habe alles aufgeschrieben. Ich habe eingekauft. Für Esma.«

»Zeugen?«

Schulterzucken.

Katz ließ seine Finger auf der metallenen Tischplatte tanzen. »Gut. Dann seien Sie so nett und kommen Sie morgen Früh mit den Rechnungen zu uns ins LKA. Wir müssen das überprüfen.«

Pfeifer vollzog sein enthusiastisches grinsendes Nicken eine geschlagene Sekunde zu spät. »Ich komme. Darf ich jetzt arbeiten?« Er stand bereits halb.

Katz wedelte mit der Hand, zu der Freundlichkeit, mit der Dani den Cornetto verabschiedete, war er nicht mehr fähig.

Sie nahm einen großen Schluck von ihrem Gspritztn und holte tief Luft. »Mit dem Typen stimmt doch was nicht. Ganz gewaltig nicht. Und ich meine jetzt nicht, dass er zu wenig Hirn abbekommen hat. Der ist nämlich nicht so dämlich, wie er tut.«

»Da sind wir uns einig.«

»Aber was verheimlicht er uns?« Sie sah auf die andere Straßenseite, wo Pfeifer vor dem Fiesta-Lokal eine Gruppe begrüßte, die ihn kaum beachtete. »Die Figur würde stimmen, aber da ist ausnahmsweise wirklich kein Ansatz von Doppelkinn.«

»Wir sollten uns nicht auf Leibenfrosts Aussage versteifen. Vielleicht hat sie sich das nur eingebildet. Und das Motiv wäre klassisch. Der heimliche Verehrer, der ausrastet, weil ein anderer, noch dazu in seinen Augen unwürdiger, zum Zug kommt.«

Dani nickte und kontrollierte ihr Handy. »He! Kevin hat geschrieben.« Sie sah ihn an. »Das Lager der Kollers ist ausgeräumt.«

»Scheiße. Jetzt kenn ich mich überhaupt nicht mehr aus.« Er ächzte sich in die Höhe.

»Kein Stress. Kevin macht das schon mit Schmitz und seinen Leuten. Wir stehen da nur im Weg herum.«

Katz setzte sich und trank seinen Sommerspritzer aus. Der enttäuschte Verehrer, der die Vorbereitung zu einem Diebstahl gemeinsam mit einem mittelmäßigen Kleinganoven dazu nützt, sich am großen Rivalen zu rächen? Klang nach Schundheft. Bei absoluter Verwirrung half nur, sich eine Auszeit zu gönnen und den Hilfssheriff tief drinnen ein bissel arbeiten zu lassen.

Auch Dani trank aus. »Soll ich dir was sagen?«

»Hm?«

»Am meisten hat mich gerade irritiert, dass angeblich auch dieser Pfeifer nicht weiß, wo sie wohnt. An sich wäre das ja schon seltsam, aber …«

»Du glaubst ihm nicht.«

»Nicht im Ansatz. Seine Augen haben sich geschlossen. Und nicht nur das. Aber warum verheimlicht er es? Warum darf niemand wissen, wo sie wohnt? Wir müssen ihn noch genauer durchchecken, ich werd gleich Kevin schreiben. Und wir müssen ihn morgen offiziell vorladen. Vielleicht schreckt ihn das auf.«

»*Eine* entspannte Chance haben wir noch.« Und er deutete auf das Lokal gegenüber.

2/18

Nichts. Bernhard. Genau. Wie der Bruder von Brigitte. Bernhard … Bernhard … Fellner. Genau!

Okay?

Ja, er heißt Bernhard Fellner. Ich hab das von dem Radiomoderator damals dem Jelinek gesagt. Und er hat genauso gelacht wie ich. Bernhard Fellner. Und den suchst du jetzt.

Nein.

Was nein?

Ich such den nicht. Das ist irgendein Typ. Der zufällig Koller was gebracht hat. Du fantasierst dir was zusammen!

Es ist die kleine Chance, Chris.

Die wir nicht brauchen.

Doch.

Nein.

Doch.

PAUSE.

Komm, Chris, das ist doch jetzt nicht so ein Aufwand. Du gehst zu ihm, und während du sozusagen die Finanzen der Revolution regelst, denke ich über die nächsten Schritte nach. Wir haben Stress. Echt Stress. Heute Abend ist die Fiesta. Da müssen wir uns anschauen lassen und dann die …

WIR werden uns dort nicht anschauen lassen.

Aber wieso denn nicht?

Ich trau dir nicht.

Das gibt's doch nicht! Ich hab dir das doch schon erklärt! Du hast mich in der Hand.

Hab ich nicht. Irgendwann wirst du mich überrumpeln.

Wegen Eva.

Wegen Eva? Oh, das ist lächerlich. Nein, nicht wegen Eva.

Doch.

Nein. Die Leute werden dich als leidende Heldin sehen. Vergewaltigt, einsam, verzweifelt. Dann die beste Lösung von allen: der Vertrauten das Kind zu geben. Sich immer darum zu kümmern. Sie werden dich lieben.

Aber ich will nicht, dass es bekannt wird. Dass ich eine Tochter habe.

Warum nicht? Das macht dich menschlich. Helden müssen eine menschliche Komponente haben.

PAUSE.

Weil dann jemand Anspruch erheben könnte. Und das unglaublich kompliziert wird. Und peinlich.

PAUSE.

Verstehe ich nicht.

Ich habe dich angelogen, Christoph. Ich bin nicht vergewaltigt worden.

Nicht?

Nein.

Warum hast du es dann gesagt?

Weil ich mich geschämt habe.

Warum?

Weil es Liebe war.

Dafür muss man sich nicht schämen.

Doch.

Warum?

Weil es Liebe mit ZWEI Männern war.

PAUSE.

Ich verstehe nicht.

Ich hab gleichzeitig mit Markus und Jan gefickt. Und es war geil. Und schön. Und mit Folgen.

Folge. Einzahl.

PAUSE.

So, glaubst du mir jetzt, dass du mich in der Hand hast? Okay, Markus ist tot. Aber Jan kann Ansprüche stellen. Und das will ich nicht. Also Deal. Du sagst nichts, und wir ziehen die Sache so durch, wie wir sie uns immer erträumt haben. Mit Bomben und Granaten. Du hast sie Gott sei Dank endlich begonnen, und mit meiner Hilfe bringen wir sie jetzt zu einem erfolgreichen Abschluss. Venceremos!

Du hast mich angelogen.

Ja, aber das ist lange her. Komm, Chris …

Du miese kleine Drecksau!

TAG 2 / MAYER

Alex stand an der Theke, die eine Verlängerung der Eingangstür darstellte. Nein, er steht da nicht, korrigierte sich Mayer, er hält Hof. Ein Mann in Kevins Alter mit schwarzer Brille reichte ihm gerade einen Caipirinha, im Zuge dessen er seiner Angebeteten förmlich in die Augen fiel. Alex lachte glockenhell und stützte sich auf dem Freund des Bebrillten auf, tat so, als wäre er, nein eigentlich *sie* ins Wanken geraten. Immer, wenn der Herr Ritter im Fummel ging, konnte Mayer nicht anders, als von ihm in weiblicher Form zu denken. Zu perfekt war die Verwandlung. Der Brillenmann brachte sich nah an sie heran und deutete auf drei Klappstühle aus Holz, auf denen Reservierungszettel lagen. Alex drückte auf ihre Fingerspitzen einen Kuss und dieselben auf die Wange des Verehrers. Na wenigstens eine hatte einen Sitzplatz.

Das Glück war ihr und Katz wohl nicht beschieden. Von außen hatte das Lokal mit seiner verwinkelten Glasfront viel größer ausgesehen, als es sich nun tatsächlich präsentierte – vielleicht fünfzehn Meter lang und zehn breit. Und mittendrin stand eine mächtige Säule, die anscheinend der Rest von einem ehemaligen Gewölbebogen war und eine massive Sichtbehinderung darstellte. Bis auf einen schmalen Streifen an der Längsseite nahe der Fensterfront, wo ein E-Piano stand, das diesen Platz anscheinend gemeinsam mit einem weinroten Samtvorhang als eine Art Bühne markierte, und einen schmalen Gang neben der Theke, war alles voller Klappstühle und im hinteren Bereich von kleinen Tischchen, wo überall Menschen saßen oder Zettel lagen. Und wenn sich Mayer so umsah, die Besteller an der Bar sowie die Raucher vor der Tür hochrechnete … Es würde eine höchst mühsame Stehpartie werden.

Sie beugte sich zu Katz' Ohr. »Müssen wir …« Die Frage hatte sich erledigt, als sie in sein Gesicht sah.

Der Alte strahlte, wippte mit der südamerikanischen Musik, die aus den Boxen erscholl, mit. Wobei, er konnte doch auch alleine … Nein, wenn Esma Baykurt wirklich auftauchte, musste sie zur Stelle sein. Also dann. Der Bärtige neben ihr zwängte sich mit seinem Krügel aus dem Wust an Durstigen. Kurz hinterließ er genau hinter der Zapfanlage eine Lücke. Mayer quetschte sich mit dem Rücken gegen die Theke und zog Katz zu sich. Er nickte ihr zu. Ja, hier standen sie einmal halbwegs gut und hatten sogar eine einigermaßen freie Sicht auf die Pseudo-Bühne. Wenn schon, denn schon.

Der Raum barst beinahe aufgrund des aufgeregten Geschnatters, das ringsum erscholl. Ganz rechts in der Ecke hinten machte Mayer Irene Stockhammer aus, die dieses Mal einen langen schwarzen Rock und eine taillierte schwarze Hemdbluse trug. Sehr sexy. Sie war im Gespräch mit einer zierlichen Frau in gelber Rüschenbluse und mit dazu passender Seidenblume im aufgesteckten Haar. Die beiden lächelten einander zwar an, aber die angespannten Körper erzählten von einer kleinen Meinungsverschiedenheit. Als sich Stockhammer wegdrehte, fiel ihr Blick auf Mayer und sie winkte.

Mayer winkte zurück und sondierte weiter die Lage. Zwei Gesichter kamen ihr bekannt vor, das waren wohl Schülerinnen von vorgestern. Der Gitarrist, der Esma gelobt hatte, war ebenfalls da. Und natürlich Nora Pizzoli, die an dem braunen Rock einer hageren Frau herumzupfte. Er war in ihrer Werkstatt gewesen. Unwillkürlich sah sich Mayer genauer um, doch, wie fast zu erwarten, war Laura nicht da. Logisch. Sie konnte ihrer Schwester ja nicht ständig Händchen halten. Schade war es aber trotzdem.

Auf jeden Fall hatte keine der anwesenden Frauen auch nur ansatzweise Ähnlichkeit mit Esma Baykurt. Der Star erschien wahrscheinlich erst zu fortgeschrittener Stunde.

Der Barmann betätigte eine altertümliche Handklingel. Und gleich darauf wurde es wirklich beängstigend eng. Sicher zwei Dutzend Leute quetschten sich noch an Mayer und Katz vorbei, in der nächsten Minute waren alle Sessel besetzt, womit Mayers heimlicher Hoffnungsfunken auf Sitzen endgültig erlosch. Katz drückte ihr ein Mineral in die Hand. Sie trank es in einem Zug bis auf die Hälfte aus. Die Flüssigkeit verließ sie sofort wieder in Form von Schweißtropfen, die ihr die Schläfe hinabkullerten.

Alles dampfte. Alles vibrierte.

Kein Wunder bei der Hitze, die seit Tagen herrschte. Und bei der tierischen Wärme, die das dicht gedrängte Volk produzierte.

Die Deckenbeleuchtung wurde abgedreht, und kleine Scheinwerfer in Gelb, Rot und Violett ließen den weinroten Samtvorhang leuchten und eine sehr warme, intime Stimmung entstehen, obwohl durch die Glasfront noch

Tageslicht hereinströmte. Der Sonnenuntergang war um diese Jahreszeit ja noch weit entfernt.

Die Gelbbluse nahm die Begrüßung vor und leitete ohne Schnörkel auf den ersten Act über, während Christoph Pfeifer zwei Stühle vor den Samtvorhang stellte. Er war also die Stage-Hand des heutigen Abends.

Unter stürmischem Applaus drängten sich ein Mann und ein kleines Mädchen nach vorn, beide mit Gitarre bewaffnet. *Hilfe! Holt mich hier raus!* Mayer klammerte sich an ihr Glas. Das typische Geklimper im Flamencosound erklang. Kein falscher Ton bislang. Keine Unsicherheit. Es war nicht so mitreißend wie gestern im Theater, aber auch nicht quälend.

Alex, die einen Meter vor ihnen saß, streckte den Arm in Richtung des Mädchens aus und beugte sich schäkernd zu ihrer Brillenschlange. Der rote Fächer war auf oberster Betriebsstufe, und Mayer beneidete sie darum. Ihr Blick fiel auf einen Zettel auf der Theke, der konnte ein Ersatz sein. Und noch dazu präsentierte er das Programm. Jetzt hatte sie wenigstens was zu tun. Doch allzu viel stand da leider nicht drauf, immer nur die Namen der Künstler und ein spanischer Begriff, der ihr gar nichts sagte. Der aktuelle war Baile Gitano. Okay.

Applaus und Jubel. Nächste Ansage mit den Namen und wieder einem spanischen Begriff, der die Art des Stückes bezeichnete, wie Mayer nun interpretierte. Aber anscheinend war ihr die Unsicherheit ins Gesicht geschrieben, denn ihre Stehnachbarin, eine hübsche Mitte Vierzigjährige mit langen dunkelbraunen Haaren und Rehaugen, beugte sich zu ihr. »Neuling?«

»Ja.«

»Okay. Das ist jetzt eine Malagueña.«

»Aha?«

»Ist getragen. Ursprünglich war es ein Volkstanz aus Malaga, der sich aber zum reinen Gesang entwickelt hat, weil der Cantaor – also in unserem Fall natürlich die Sängerin – völlig freie Hand bei der Rhythmusgestaltung hat. Und normalerweise wird die Malagueña nur mit Gitarre gebracht. Ist ein Experiment.«

»Ah ja. Danke.« Mayer lächelte die Frau an.

Die prostete ihr zu, sie stießen an. Wohligkeitsstufe zwei.

An dem E-Piano hatte mittlerweile eine Frau Platz genommen, auch an ihrer Seite saß eine Frau, und zwar eine mittelalterliche Japanerin. Und mit einem Mal erkannte Mayer, dass sich auffallend viele Japanerinnen in dem Lokal aufhielten. Oder zumindest Asiatinnen.

Und als hätte sie ihre Gedanken erraten, sagte das Rehauge zu ihr: »Natsuko ist eine völlige Aficionada. Sie lebt für den Flamenco, seit sie nicht mehr in der Company ist. Sie war früher Ausdruckstänzerin. Das sind übrigens viele Japanerinnen, also flamenconarrisch. Ich habe keine Ahnung, wieso. Irgendwie sind ihnen der Gesang und das Feeling nahe. Für die Lehrer ist es gut. Die verdienen sich dort eine goldene Nase.«

Das Klavierspiel verfremdete den typischen Sound, zugleich gab es ihm eine neue Tiefe. Und dann setzte die Sängerin ein. Mayer verstand nur einzelne Worte wie Sehnsucht und Geliebter, obwohl sie eigentlich ganz gut Spanisch sprach. Aber die Silben waren alle sehr eigenwillig betont. Es wirkte, als hätte die Japanerin den ärgsten andalusischen Dialekt drauf. Crazy. Und mit einem Mal meinte Mayer, in einem Orangenhain zu liegen und melancholisch den Sternenhimmel zu betrachten. Voll

Traurigkeit über die verlorenen Chancen, dennoch mit kleiner, beinah unverzagt zu nennender Hoffnung, dass sich eines Tages doch noch alles zum Guten wendete.

Dem Applaus, der dann aufbrandete, schloss sie sich mit voller Inbrunst an. Und Katz trompetete sogar ein »Bravo, bravo!!«

Und Mayer musste sich eingestehen, dass sie überhaupt nicht mehr fremdelte. Sie fühlte sich in diesem erhitzten Haufen wohl. Und die Musik glättete ihr anfangs gesträubtes Fell. Es war Leidenschaft im Raum, gepaart mit Freude und Lebenslust, gespickt mit Sentimentalität, die aber nicht aufgesetzt wirkte, sondern zu den Unabwägbarkeiten des Lebens passte.

Katz prostete ihr zu und entdeckte dabei das Rehauge. Und das ihn. Die beiden lächelten einander zu. Und Mayer sah sich nach einer Fluchtmöglichkeit um, denn sie hatte plötzlich das Gefühl, als kippten die beiden über sie hinweg zueinander.

»Karl.«

»Maria.«

»Mein zweiter Vorname.«

»Mein erster.«

Lächeln. Anstoßen, bei dem Mayer im Weg war, wodurch die beiden auf sie fokussierten. Die Spannung entlud sich in einem Gelächter.

»Toller Abend«, säuselte Katz weiter, mit tiefem Blick in die Rehaugen.

»Ja, und hier sind immer unglaublich … nette Menschen.«

Mayer überlegte, ob es peinlich war, wenn sie den beiden vorschlug, sich doch zusammenzustellen oder besser vielleicht gleich vor die Tür zu gehen, um ungestört miteinander flirten zu können. Doch die Entscheidung bekam Aufschub, weil die Gelbbluse die nächsten Künstler ansagte. Das Piano wurde von Pfeifer und einem jungen Mann in enger Tanzhose weggeschafft, zwei Gitarristen nahmen Platz, einer war der vom Vorabend, sitzend flankiert von zwei Frauen in typischem Flamencooutfit, allerdings ohne Instrument. Gleich zwei Sängerinnen?

»Jetzt kommt ein tientos por tangos. Sehr fröhlich«, erklärte Maria, und mit Augenzwinkern zu Katz, der den Gesichtsausdruck eines verliebten Schulbuben hatte, »und sehr lebenslustig.«

Die Gitarren legten los, die Damen setzten mit Geklatsche ein. Mayer versuchte, den Rhythmus beziehungsweise den Takt nachzuvollziehen. Es war ein Dreier oder ein Sechser, je nach Betonung, und das meist nicht eindeutig, weil ihm Synkopen und Verlängerungen jede Geradlinigkeit nahmen. Es erinnerte sie an südosteuropäische Folkloretänze mit ihren Sieben-oder-neun-irgendwas-Takten. Am Beginn ihrer Zeit im Kommissariat West hatte sie, weil sie die Zuwanderer verstehen wollte, einmal einen diesbezüglichen Tanzkurs besucht. Die Rhythmik fühlte sich schwer vertraut an. Okay, also Wohligkeitsstufe drei.

Und dann trat eine kleine, pummelige junge Frau auf. Ihr Bauch stach einem trotz des schwarzen Rocks ins Auge, die Oberarme, die aus einer ärmellosen weißen Bluse ragten, waren feist zu nennen. Und der Busen üppig. Ihre langen dunkelbraunen Haare waren teilweise aufgesteckt, teilweise hingen sie in Locken bis zur Taille. Die großen braunen Augen strahlten, der breite Mund zeigte ebenmäßige weiße Zähne.

Und dann legte sie los. Nein, sie tanzte nicht, sie gab sich jeder Bewegung hin. Sie *war* jede Bewegung. Noch nie hatte Mayer so elegante Armbewegungen gesehen. Die Hände schienen spielerisch Quasten aus imaginären Wolken zu zupfen. Im nächsten Moment ein Blatt zu streicheln. Das Becken war das absolute Zentrum des Körpers, immer präsent, immer in Bewegung, immer scheinbar kompromisslos. Lockend und selbstbewusst zugleich. Die Beine stampften in den Boden, kitzelten ihn mit Stakkatoschritten, waren die Entsprechung zu den Armen, obwohl die Bewegungen total gegensätzlich schienen.

Lass mich dich lieben, aber bitte zerstöre mich nicht.

Mayer schüttelte sich ab. Und dennoch. So musste Carmen sein. Lockend, umwerfend, stark, gnadenlos, spielerisch, erdig, verträumt, unabhängig, hingebungsvoll.

Sie merkte, dass sie nicht atmete, aber das war ihr egal. Sie wollte nichts von diesem Tanz versäumen. Die Kleine war überhaupt nicht ihr Typ, und doch hatte sie das Gefühl, in diesem Moment alles für sie tun zu wollen.

Lächerlich.

Egal. Es war bloß eine Aufführung. Und die Tänzerin wollte diesen Effekt. Also konnte sie ihr ruhig den Gefallen machen. *Blödes Denken. Genieß es, Mayer!* Und als hätte dieser Gedanke einen Zaun niedergewalzt, wurde ihr heiß. Sie war erotisiert. *Verdammt.*

Laura.

Sie jetzt neben ihr, nach der Nummer raus in die Stadt und im nächstbesten Hauseingang vögeln.

Der Applaus verscheuchte das Bild. Der Raum tobte. Und Mayer mit ihm. Sie würde jetzt einiges dafür geben, hier einfach privat sein zu dürfen und sich hingeben zu können. Wenn das so weiterging, war ihr bald auch egal, mit wem.

Katz hatte sein Gegenüber gefunden. Er schob Mayer zur Seite und stellte, nein, kuschelte sich neben das Rehauge namens Maria. Die beiden steckten die Köpfe zusammen, und ihre Körper bekörperten einander, noch ohne eindeutige Griffe, aber mit eindeutiger Intention.

Mayer trank ihr Mineral aus, hoffend, dass die Kühle bei ihrer allein gelassenen, total erhitzten Hülle Wirkung zeitigte.

Die Gelbbluse kam erneut ihrer Aufgabe nach. Ein einzelner Gitarrist nahm Platz. Sein Vortrag war definitiv als Cool-down gedacht, denn die Melodie plätscherte trotz allen Bemühens und der Fingerfertigkeit des Mannes nur so dahin. Mayer sah förmlich vor sich, wie die vielen sexgeschwängerten Wolken über den Köpfen der Gäste zerstäubten. Doch so hatten die Erotikmoleküle vielleicht noch mehr Macht, denn sie legten sich auf allen Menschen im Raum ab.

Beim Eingang entstand Unruhe. Eine kleine, zierliche Frau mit grauer Igelfrisur zwängte sich durch die Menge in die Tiefe des Lokals. Als sie näherkam, erkannte Mayer, dass sie höchstens fünfzig war. Und sie musste ehemals sehr, sehr attraktiv gewesen sein, mit ihrer markanten Nase und den mandelförmigen – grünen? – Augen. Die Frau schien es eilig zu haben, doch irgendwas stimmte nicht. Und im nächsten Moment war Mayer klar, was es war: Die Neue schaute bei ihrem Marsch in den Raum kein einziges Mal zur Bühne. Und sooooo schlecht war der Gitarrist auch wieder nicht. Nein, die Grauhaarige schien vielmehr jemanden zu suchen, denn ihr Blick stach förmlich auf die Anwesenden ein. Verstärkt wurde dieser Eindruck von hektischer Intensität durch eine gerunzelte Stirn, einen Strich als Mund und zusammengekniffene Augen. Und sie ignorierte völlig das Zunicken und andere pantomimisch ausgedrückte Begrüßungen. Die sehr zahlreich kamen.

Das Rehauge namens Maria löste sich aus der Intimität mit Katz. »Servus, Brigitte. Super, dass d' wieder einmal da bist. Jetzt hast grad was Tolles versäumt. Die Jekaterina war der schlichte Wahnsinn.«

Die Frau namens Brigitte gab Maria nachlässig die linke Hand, weil sie mit der rechten ein Handy umklammert hielt, und nickte ihr lächelnd zu. Reiner Automatismus, denn zeitgleich wanderten die Augen weiter durch das Lokal. »Hast du die Esma gesehen?«

Mayer war schlagartig quasi in der Berggasse. Im LKA. Und sie sah, dass auch Katz sich straffte. *Brigitte* und *Esma*. Konnte immer noch Zufall sein, dennoch.

»Nein«, sagte Maria, »die ist noch nicht da. Aber du weißt ja, die kommt manchmal später. Ihr reicht's, wenn sie die Leute bei der Zugabe sieht. Brauchst du was von ihr?«

Kopfschütteln. Weiter der irrlichternde, fast irre Blick.

Das schien auch Maria zu bemerken, denn sie betrachtete die sich weiterkämpfende kleine Frau noch ein paar Sekunden, bevor sie wieder Katz und dann Mayer anlächelte. »Ich hab Karl gerade erklärt, dass es beim Flamenco ungefähr fünfunddreißig verschiedene Tänze gibt. Aber bloß fünfzehn werden regelmäßig getanzt.« Sie wiegte den Kopf. »Ich finde ja sowieso, dass Flamenco der schwierigste Tanz überhaupt ist. Und ich weiß, von was ich rede. Ich hab alles gemacht. Ballett als Kind,

Modern, Stepp, Ausdruck, Hip-Hop, Lindy-Hop, sogar Latein und Standard habe ich getanzt.«

Katz stellte sich vor sie hin. »Liebe Maria, ich würde wahnsinnig gern weiter deinen Ausführungen lauschen, aber ausnahmsweise falle ich mit der Tür ins Haus. Ich bin Polizist. Und nicht privat hier.« Er hauchte ein Lachen. »Keine Sorge, nicht deinetwegen ... also schon, ich meine. Ich würde gern ... okay. Hier meine Nummer.« Er reichte ihr eine Visitenkarte. »Falls heute noch etwas Unvorhergesehenes passiert und wir uns aus den Augen verlieren. Was ich gar nicht möchte.«

Der letzte Teil wies starkes Vibrato auf.

Maria nahm die Karte. In ihrem Gesicht spiegelte sich der Mayer sattsam bekannte Kampf von Leuten ab, die Polizisten zuerst privat kennenlernten, sympathisch fanden, und dann mit der anscheinend uncoolen Tatsache, einem üblicherweise unbeliebten Staatsdiener gegenüberzustehen, konfrontiert wurden.

Sie sah den Alten an. Sie lächelte. »Ich auch nicht.«

Katz strahlte. Er zappelte herum und sagte schließlich: »Das ... freut mich. Echt.« Wie ein Pennäler.

»Okay«, mischte sich Mayer nun nach gerettetem Dating ein, »wissen Sie, Maria, wie die Frau eben heißt?«

»Das ist Brigitte Mauer, oder Gigi Muralla, wie sie in ihrer aktiven Zeit geheißen hat.«

Jeder noch so kleine erotische Funke in Mayers Körper verflüchtigte sich. Dienst.

2/19

Du miese kleine Drecksau!

Sag das nicht.

Du hast geheult! Da an meiner Schulter! Mein Pullover war hin. Total versaut. Wieso hast du das gemacht? He! Wieso? Wieso hast du mir den Scheiß von der Vergewaltigung erzählt? He! Wieso? Sag es mir, du verfickte Hure! Sag es mir!

Du tust mir weh!

Ist mir doch scheißegal. Du tust mir ständig weh. Wer fragt denn danach, ob ich dir wehtu?

Christoph! He! Hör auf. Ich erklär's dir ja. Komm, he, ich erklär's dir. Bitte sei nicht so böse mit mir. Ich kann's dir erklären. Du wirst mich verstehen. He! Chrissie! Mach jetzt nicht alles kaputt. Chrissie!

PAUSE.

Red.

Also … ich hab das damals einfach nicht gepackt. Ich mein, ich bin Türkin …

Daran erinnerst du dich nur, wenn es dir passt.

Hör auf, so zynisch zu sein. Ich versuche gerade … ich red da … also, ich bin keine Fickmaus. War ich nie und werde ich nie sein.

Ha!

Nein, wirklich nicht. Warum glaubst du, bin ich denn

wieder mit Markus …? Weil da noch ein bissel von diesem alten Gefühl war.

Und Jan?

Da auch. Aber ich wollte nicht zerstören, was da sonst zwischen uns … also ihm und mir … also sein Gitarrenspiel … und überhaupt. Wir sind einfach ein ziemlich geiles Duo. Also nur musikalisch. Bei der Revolution brauche ich dich.

Halt die Klappe. Du lügst, wenn du nur atmest.

Nein, das stimmt nicht. Ich sag dir ja jetzt die Wahrheit. Und damals … ich wollte nicht wahrhaben, zu was ich fähig gewesen bin. Ich hatte den Anfall, ich hatte echt den Anfall, dass ich mir was anderes eingeredet habe. Denn bei einer Vergewaltigung war ich Opfer. Bei der … anderen Geschichte war ich die …

Gefickte.

Hör auf, so ordinär zu sein. Das war ich auf jeden Fall … also ich wollte das. Und das durfte nicht sein. Eine Frau darf nicht mit zwei Männern gleichzeitig … verdammt, es ist zehn Jahre her. Ich war damals jung. Ich hab keine Ahnung gehabt, wie das Leben so läuft. Heute würde ich anders reagieren. Ganz anders.

Das glaube ich dir sogar.

PAUSE.

Bitte, Christoph, verzeih mir. Das war keine Attacke gegen dich. Nur gegen mich.

PAUSE.

Du hast mich angelogen.

Nur, weil ich MICH anlügen musste. Und welcher Umweg wäre da besser geeignet gewesen als der über meinen Kumpel? Wenn es für dich Wahrheit geworden ist, ist es das auch für mich geworden.

PAUSE.

Warum bist du dann wieder mit Markus …?

Habe ich doch schon gesagt. Ich war damals keine Hure. Ich hab das nicht einfach just for fun gemacht. Ich hab die beiden echt gern gehabt. Geliebt. Und solche Gefühle, die … naja, es war Erinnerung. Sentimentalität. Denn …

Was?

Nichts.

Sag.

Naja, seit heute weiß ich, dass das alles nichts ist im Vergleich zu dem, was uns verbindet.

Du bist so eine berechnende Kanaille.

PAUSE.

Ich weiß, ich hab's verschissen. Aber vielleicht noch nicht endgültig. Denn das, was ich gesagt habe, ist wahr, Chris. Bitte gib mir eine Chance. Lass uns das Ding durchziehen. Und dann wirst du sehen, dass ich es ernst meine. Und wenn dann alles paletti ist, dann …

Gib die Hand da weg.

Gut. Für den Augenblick. Aber ich … Du wirst sehen, es kommt dann alles in Ordnung. Weil wir zusammengehören. Und zwar wir zwei. Die anderen sind nicht wichtig.

PAUSE.

Wie sollen wir den finden?

Wen?

Na diesen Radiomoderator.

Du bist ein Schatz.

Fuck off. Das sagst du doch immer. Jetzt ziehen wir das Ding einmal durch. Und dann schauen wir weiter. Also wie legen wir es an?

TAG 2 / KATZ

Das Innere des Lokals pulsierte in warmen Farben, ein Pärchen umrundete einander mittlerweile auf der Mini-Bühne, stieß sich ab, zog sich an, tanzte und stampfte den ewig gültigen Tanz zwischen zwei Menschen zwischen Leidenschaft und Angst, Stolz und Hingabe.

Und er stand da, sich eine Zigarette anzündend, ausgeschlossen vom Leben und weit weg von Marias Mokkatassen. Katz verfluchte seinen Job.

Er sah, wie sich Dani mit Brigitte Mauer im Schlepptau durch die Menge quetschte. Mauer blieb immer wieder stehen, um jemanden der Gäste etwas zu fragen, um dem Barkeeper etwas einzuschärfen. Dani zog sie.

Ein unbezähmbarer Zwang, mit den Füßen zu trampeln, befiel Katz.

Er tat es.

Jetzt war ihm leichter. Vielleicht war auch das einer der reizvollen Aspekte am Flamenco: einmal so richtig aufzustampfen, wenn einem etwas nicht passte, die Wut rauszulassen. Könnte gut ein Grund sein, dass so viele Frauen diesem Hobby frönten. Sie durften nicht nur, sie mussten sogar bei bestimmten Bewegungen kraftvoll, ja beinahe aggressiv sein. Eine Variante zum Boxen. Aber viel komplexer. Bei diesem Tanz trafen sich Hingabe und Attacke, die beiden für das vollständige Menschsein notwendigen Extrempunkte.

Und Maria hatte ihm ihrerseits die Visitenkarte zugesteckt. Also alles paletti. Er konnte sich ganz entspannt auf die neue Zeugin einlassen.

Gleichzeitig mit dem Applaus für das Pärchen stieß Dani die Tür auf. Sie schnappte nach Luft. Ja, im Vergleich zu dem brodelnden Kessel da drinnen war der noch immer sehr warme Maiabend eine wohltuende Abkühlung. Gleich hinter ihr flutschte Brigitte Mauer aus dem Lokal. Sie schloss die Tür mit einer sehr dezidierten Bewegung und ließ die Hände noch ein paar Sekunden am Rahmen liegen.

Dann streckte sie sich durch und wandte sich ihnen beiden zu. »Ich hab nur Polizei verstanden. Um was geht es?«

Die Augen waren starr, der Hals angespannt und nach vor gereckt, gleichzeitig schien der Rest des sehnigen Körpers wegzudrängen – wie eine Sünderin, die auf den göttlichen Blitzschlag wartet, oder wie ein Karnickel vor der Schlange.

Dani klärte sie über die Morde und die Verbindung von Esma Baykurt zu den Opfern auf. Und dass sie von ihr Hinweise zu ihrem Aufenthalt erhofften.

Brigitte Mauer ließ sich auf das zehn Zentimeter hohe Plateau vor der Scheibe des Lokals plumpsen, ungeachtet dessen, dass der Absatz wie das Trottoir verdreckt war und sie eine hellgraue Leinenhose trug. Sie verbarg das Gesicht hinter den Händen und murmelte: »Ich suche Esma auch.«

Katz betrachtete seine beige Sommerhose, stellte fest, dass sie ohnehin wieder einmal in die Wäsche gehörte, und knotzte sich neben Mauer quasi auf den Boden. Er überkreuzte die Beine, stellte sie parallel, überkreuzte sie nur halb und legte die Ellenbogen auf den Knien ab. Da war einmal mehr Gelenkigkeit gewesen.

»Okay, Frau Mauer, Sie suchen sie. Warum?«

»Weil sie nicht nach Hause gekommen ist«, kam es hinter den Händen hervor.

Katz sah zu Dani, auf deren Gesicht sich ein leichtes Lächeln zeigte. Ja, anscheinend hatten sie endlich Glück.

»Nach Hause?«, fragte er so sanft wie möglich.

Mauer warf die Hände in die Luft und keifte das Nichts vor ihr an. »Ja, nach Hause, nach Hause. Ich hab's so satt, diese Geheimnistuerei. Ich hab alles so satt. Ich hätte mich nie darauf einlassen sollen.«

»Auf was?«

Ihr Blick schnellte zu ihm. »Na auf das alles.«

Ihre Augen blitzten ihn an, als wäre Katz für das gesamte Elend der Welt verantwortlich.

»Aha?«, kam es von gegenüber.

Jetzt wandte sich Mauer ruckartig zu Dani. »Aha, aha«, äffte sie mit bösem Unterton nach.

Diese Frau war ja mehr als mühsam, die musste extrem unter Druck stehen. Katz tastete nach den Zigaretten in seiner Hosentasche. Natürlich waren sie aufgrund seiner verbogenen Haltung nicht einfach so herauszufischen. Er streckte leicht das Bein, wodurch der Hosensaum in einen Batzen weißer Creme tunkte. Wunderbar. Hoffentlich war es Vanilleeis. Der Gedanke, dass das auf seiner Hose war, ekelte ihn weniger an als die Vorstellung von …

Die Frau neben ihm fing heftig zu atmen an. Schnell streckte er die Packung hin. Sie betrachtete sie lang und nahm dann einen Glimmstängel, doch Feuer lehnte sie ab. Stattdessen schlitzte sie das Papier mit dem Daumennagel auf. Millimeterweise. Und mit jedem Stückchen mehr zupfte sie Tabak heraus und ließ ihn auf das Trottoir rieseln.

Super.

Aber wenigstens beruhigte sich ihr Atem wieder.

Dani ging vor ihr in die Hocke. »Helfen Sie uns, und wir helfen Ihnen.«

Zögerndes Nicken.

»Esma wohnt also bei Ihnen?«

Nicken.

»Seit wann?«

»Seit sie zurück ist.«

»Also gut ein Jahr?«

Nicken.

»Und wieso wohnt sie bei Ihnen?«, gab nun Katz seiner Neugierde Ausdruck. »Haben Sie eine WG? Ich mein, Sie sind ja nicht verwandt.«

Brigitte Mauer legte den Rest der Zigarette, den Filter, auf die flache Hand und schnippte ihn in das Rinnsal. Sie klopfte und wischte sich die Hände ab. Sie sah zuerst Dani, dann ihn an. »Weil sie bei ihrer Tochter sein will.« Sie sagte es mit der Festigkeit von jemandem, der beschlossen hat, die Wahrheit zu sagen, obwohl ihm das ungeheuer schwerfällt.

»*Sie* haben die Kleine adoptiert?«, fragte Katz nach.

Nicken. »Sie wissen also schon davon?«

»Nur von der Geburt und der Adoption. Also nicht von Ihnen als Ersatzmutter, nicht, wo Esma all die Jahre war, nicht, warum sie sich jetzt so geheimnisvoll gebärdet.«

Mauer seufzte. »Ist ja auch alles nicht so einfach.«

Katz streckte die Beine aus, wodurch die Hose das Trottoir gründlich aufwischte. War eh schon egal. »Gut, dann fangen wir ganz von vorne an. Sie waren also einmal die Lehrerin von Esma?«

Auch Mauer streckte die Beine, klemmte die Hände zwischen die Oberschenkel. »Sie war ein Glücksfall für mich. Eine absolute Naturbegabung. Ein Ausnahmetalent. Da unterrichtet man gern.« Der Ansatz von Lächeln zeigte sich bei ihren Mundecken.

»Und dann?«

Johlen drang durch die Scheiben, fast zeitgleich Applaus. Katz drehte sich unwillkürlich um, Brigitte Mauer tat es ihm gleich. Eine zierliche dunkle Frau an die fünfzig verbeugte sich vor dem strahlenden Publikum.

»Ach so, alles klar.« Der Kommentar klang, als gäbe sie höchstpersönlich dem Publikum die Erlaubnis zu klatschen. »Das ist Samira. Sie singt recht hübsch.«

Dani trat zu ihnen. »Nora hat uns von ihr erzählt. Nora Pizzoli. Samira soll eine der beiden wirklich guten Flamencosängerinnen in Wien sein.« Das nun klang wie ein Vorwurf.

»Ja, ist sie auch. Aber halt sehr konservativ. Dabei hätte sie den richtigen Ansatz. Sie kommt aus der Banlieu«, sagte Mauer und schien zu erwarten, dass klar war, was sie damit meinte.

»Aha?«

»Na, aus Paris.« Der genervte Unterton einer Lehrerin angesichts eines begriffsstutzigen Kindes.

»Das ist mir schon klar«, gab Dani zurück, ebenfalls leicht scharf, »wo *die* Banlieu liegt.«

Mauer wandte sich ihr zu. »Entschuldigen Sie bitte. Ich vergesse immer wieder, dass der Rest der Welt von Flamenco nicht wirklich eine Ahnung hat. Also sie ist ein

Underdog, sie sollte …« Ihr Blick zuckte zum Geschehen zurück.

Auf der Bühne stand inzwischen eine vielleicht Dreißigjährige mit brünettem Haarknoten in einem lindgrünen Kleid. Als sie zu tanzen anfing, zuckten auch Mauers Füße. Ihre Hände vollzogen ganz kleine runde Bewegungen.

Eine echte Aficionada. Langsam bekam Katz das Gefühl, dass zwischen einem echten Fußballfan und einem echten Flamencofan kaum ein Unterschied herrschte. Kickte man Ersterem einen Ball vor die Füße, begann er zu dribbeln und über Highlights der letzten hundert Jahre zu philosophieren, da konnte daneben ein Krieg ausbrechen. Hörte Zweiterer die entsprechende Melodie beziehungsweise den markanten Rhythmus, versank er in stampfendes Wehklagen und vergaß sogar die verschwundene Lieblingsschülerin.

Mauer deutete mit dem Finger auf die junge Frau. »Schauen Sie! Schauen Sie ganz genau hin! Was sehen Sie?«

Katz wollte zwar lieber wissen, was mit Esma geschehen war, aber die Zeugin schien unter einem Art Fieberschub zu leiden, und Kranke durfte man nicht zu grob anfassen. Also tat er ihr den Gefallen. Und er sah eine Frau, die exakte Schritte auf den Boden trommelte, das Becken sehr einladend bewegte und die Arme wie Halme im Wind bewegte. Eine Flamencotänzerin eben. Doch – lag es an der durch die Scheiben nur gedämpft hörbaren Musik oder daran, dass er eigentlich in Gedanken woanders war – sie berührte ihn nicht. Nicht so, wie die kleine Mollige ein paar Auftritte vorher.

»Eine Puppe«, sagte Dani.

Brigitte Mauer drehte sich zu ihr um und grinste sie an. »Gut. Wirklich sehr gut. Haben Sie sich schon mit Flamenco auseinandergesetzt? Oder haben Sie bloß ein Gespür dafür?«

Seine soeben in den Zustand der Gnade geratene Lieblingskollegin zuckte mit den Schultern.

Noch immer lächelnd deutete Mauer mit dem Kinn zur Lindgrünen. »Das ist Liane. Sie wird nie gut werden. Denn sie hat den Tanz nicht verstanden. Nicht die Musik, gar nichts. Für sie ist Flamenco eine rein ästhetische Angelegenheit. Sie findet sich schön, wenn sie stolz den Busen reckt und mit den Hüften wackelt.«

Nun, damit konnte Katz umgehen. Soooo schlecht war das ja nun auch nicht.

»Und sie ist auch technisch ziemlich gut. Deshalb wird sie gern bei Gruppenaufführungen eingesetzt. Wie eine Maschine. Aber …« Und sie sah sie beide wieder an.

Abrupt stand sie auf und klopfte sich die Hose ab. »Wir sollten zumindest um die Ecke gehen. Gleich ist Pause. Und wenn alle herausströmen, kommen wir nicht mehr zum Reden.«

Sie schritt energisch zur nächsten Hausecke.

»Na komm!« Dani, ebenfalls bereits zwei Schritte entfernt. »Sie hat recht.«

Katz überlegte, wie peinlich es auf einer Skala von eins bis zehn war, eine Kollegin zu bitten, ihm beim Aufstehen zu helfen. Elfeinhalb. Verdammte Scheiße, seine Beine waren total tot. Sie knickten sicher sofort ein. Und dann, wenn die Ameisen kamen, gaben sie ihm auch keinen Halt.

Er schob mithilfe der Hand das eine Bein halb seitlich nach hinten. Das schien zu gehen, doch es bedeutete, dass er sich als Übergang hinknien musste. Dann sah er in seiner hellen Sommerhose endgültig wie ein Sandler* aus.

Dani lachte laut auf und kam zurück. Sie streckte ihm beide Hände hin. »Na komm schon, alter Mann.«

Das bedeutete Rache. Er wusste noch nicht, wo, wann und wie, aber sie würde schmerzhaft sein.

Da er aus dem Augenwinkel sah, wie Mauer bereits um die Ecke verschwand, nahm er Danis Hände und zog sich hoch. »Merci.« Das war das Schlimmste an Erniedrigungen, dass man sich auch noch demütig bedanken musste.

»Gern. Mir schlafen auch oft die Beine ein, wenn ich so knotz«, plapperte Dani. »Angeblich kann man das trainieren. Ach ja, da stehen vorher noch andere Dinge auf meiner to-do-Liste. Wie zum Beispiel den Redefluss dieser Dame zu bremsen. Die ist ja ärger als diese Leibenfrost. Und sag mir jetzt nicht wieder, man muss Vertrauen aufbauen.«

»In dem Fall vielleicht noch mehr als sonst … Mädchen.« Er wusste, dass sie diese Anrede absolut nicht verkiefeln konnte.

Dani hob die flache Hand und lachte. »Okay, ausgeglichen, aaaaaarmer Herr Chefinspektor.«

Er musste auch lachen und schlug ein.

Sie bogen um die Ecke. Mauer hatte sich an einen Hydranten gelehnt, die Arme verschränkt und nun mit der Linken, die obenauf lag, fest das Handy umklammert. Sie betrachtete ihre Füße, die in Jesusschlapfen steckten, allerdings in jenen von der noblen Sorte aus dickem schwarzem Rindsleder und ohne jegliche Schnörkel.

* Sandler: Obdachloser, Penner

Kaum hatten sie sich auf eineinhalb Meter genähert, begann sie zu sprechen, ohne sie anzusehen. »Der Erfolg ist Esma damals in den Kopf gestiegen. Alle haben sie bewundert. Sie war ein junges Mädchen. Und wie alle in dem Alter war sie empfänglich für Flirtereien und Lob. Und sie war gierig nach Leben. Gleichzeitig so unbeschwert.« Wieder dieses leise Lächeln in den Mundwinkeln. »Sie hat ja Glück mit ihren Eltern. Die haben sie wie eine Prinzessin erzogen und ihr dabei den vollen Rückhalt gegeben. Die Baykurts wollten, dass sich Esma wie eine Österreicherin fühlt, ohne dabei ihre türkischen Wurzeln zu vergessen.«

»Und?« Dani hatte sich offenbar um eine Variante ihres Ausdrucks bemüht.

»Und. Hm. In der Gegend, in der sie aufgewachsen ist, hat man sie immer wieder daran erinnert, dass sie eine Türkin ist. Eine Ausländerin. Und nicht nur da. Vor allem nicht nur da. Die ganze Stimmung damals …« Sie sah Dani an, dann Katz. »Die FPÖ* war ja damals ziemlich bedient …«

»Das war, wie sie in der Regierung war, oder?«

»Ja, gegen alles sein und nur laut schimpfen, ist dann nicht mehr gegangen.« Dani wollte offensichtlich beweisen, dass sie trotz ihres Alters mitreden konnte. Mit damals zwanzig keine Frage.

Prompt nickte Mauer ihr auch zu. »Aber die Krätze in den Hirnen von so manchen Zeitgenossen ist deswegen nicht verschwunden gewesen. Und das hat sich auch

* FPÖ: rechtspopulistische Partei, die nach großen Wahlerfolgen unter Jörg Haider 2000 in eine Regierungskoalition mit der ÖVP eintrat, dadurch aber in eine schwere Krise geriet und schließlich 2005 von Haider gespalten wurde.

gezeigt, wie damals ein gewisser Herr Pappenschlosser*«, sie spie das Wort aus, »mit Bomben und Granaten die Führung in Wien übernommen hat.« Sie betrachtete erneut ihre Füße. »Und der hat noch immer keinen Unfall gehabt**.«

»Okay, ich politisier ja gern, aber was hat das mit der Esma zu tun?«, fragte Katz.

Mauer stieß sich ab und trat zwischen Dani und Katz, sodass sie ein enges Dreieck bildeten. »Sie war halt ein dummes junges Mädchen ... und wie da die zwei Burschen aus gutem Haus aufgetaucht sind, da ist sie mit ihnen um die Häuser gezogen. Party machen.«

»Wir wissen auch vom Cannabis.« Dani in ihrem Therapeutinnenton.

Mauer lachte auf. »Ach geh, davon red ich doch nicht. Das ist doch ...« Sie zuckte mit den Schultern, als fehlten ihr die Worte für die Banalität des Suchtmittelmissbrauchs, – gebrauchs, korrigierte sich Katz.

»Nein, es war ...«, fuhr sie fort, »also sie war halt geschmeichelt. Die kleine Tochter von Zuwanderern. Der Markus aus wohlhabendem Haus, extrem fesch und wahnsinnig gscheit, der Jan der sensible, über die Maßen talentierte Künstler.«

Katz warf Dani einen Blick zu, sie ihm, mit gerunzelter Stirn. Ja, dieser Saftsack von Dvorský hatte sie volle Wäsch angelogen.

»So eine Dreiecksgeschichte halt. Lange Zeit haben sich die drei zurückgehalten, dann hat sie einmal heim-

---

* Pappenschlosser: Zahnarzt, aber auch Zahntechniker; zweiteres tatsächlich der Beruf von Heinz-Christian Strache, derzeitiger Obmann der mittlerweile sich wieder in Opposition befindlichen FPÖ.

** Jörg Haider verunglückte 2008 bei einem selbstverschuldeten Verkehrsunfall tödlich.

lich mit dem, dann mit dem anderen, dann haben alle drei voneinander gewusst. Und dann, naja …«

Katz schien, als schliche sich da eine zarte Röte auf die Wangen von Brigitte Mauer.

»Sie wollen sagen, Esma Baykurt, Jan Dvorský und Markus Koller haben einen flotten Dreier gemacht«, half er ihr.

Sie wiegte den Kopf. »Rein technisch oder theoretisch kann man das so sagen. Praktisch haben sie einander zu dritt geliebt. Wie in diesem Film … na, wie heißt der? Verdammt, jetzt fällt mir einfach nicht …«

»Okay«, unterbrach Dani sie. »Aber warum erzählen Sie uns das?«

»Weil Esma schwanger geworden ist. Und nicht wusste, von wem.«

»Vaterschaftstest?«

Seine Lieblingskollegin war manchmal so ungeheuer pragmatisch.

Mauer zuckte mit den Augenbrauen. »Ihnen, Frau Inspektorin, traue ich das sofort zu. Aber Esma ist romantisch und in dem Punkt etwas verschämt. Ich glaube nicht, dass das was mit ihrer Abstammung zu tun hat … naja, vielleicht ein bissel. Aber nicht jede Frau geht offen mit so einer heißen Nacht um. Die meisten genießen das nur heimlich und vergessen es offiziell. Ist ja unanständig. Erst recht mit solch einem Ergebnis.« Sie schüttelte den Kopf und betrachtete ein weiteres Mal ihre Füße. »Liebe ist Pfui, Waffen sind rechtens.«

Katz wollte um gar keinen Preis schon wieder in die Politik abrutschen. »Und warum haben Sie dann ihre Tochter adoptiert?«

Der Blick blieb nach unten gerichtet. »Ich konnte nach einer Operation keine Kinder mehr bekommen. Und mein Mann konnte ein bissel nachhelfen. Hatte die Position dazu. Also nachhelfen, dass Eva auch sicher zu uns kam. Und Esma war das natürlich auch nur recht. Sie hat gewusst, dass es dem Kind bei uns wunderbar gehen wird. Ich war ja die ganze Zeit schon so eine Art Ersatzmutter für sie. Oder große Schwester.«

»Wieso wollte sie das Kind nicht?«

»Haben Sie nicht zugehört?«

»Sie ist also einfach davongelaufen?«

Mauer sah ihn fest an. »Werfe der den ersten Stein, der frei von Sünde ist.«

Schweigen.

Diese Moralkeulen waren doch immer so gesprächstötend.

Brigitte Mauer aktivierte das Display ihres Handys. Sie warf nur einen kurzen Blick darauf, als wolle sie feststellen, wie spät es war oder ob sie einen Anruf versäumt hatte. Ihre Augenbrauen zogen sich zusammen, sie umklammerte das Ding wieder.

»Und?«, fragte Dani. Sie räusperte sich und setzte hinzu: »Wo ist sie hin?«

Mauer rollte den Nacken. »Spanien, Südamerika, Indien, Vorderasien, Balkan, Japan. Eben überall hin, wo es was zum Thema Tanz zu lernen gab. Auch viel im arabischen Raum.« Sie hob einen Finger zum Mund, ein Glitzern trat in ihre Augen. »Und das war für sie besonders wichtig. Denn der Flamenco hat ja auch starken maurischen Einfluss. Der Bauchtanz, dazu die eigenwillige Behandlung von Takten wie auf dem Balkan, auch Jüdisches …« Die Hände flatterten auseinander. »Verstehen Sie? Er ist eigentlich eine Mischkulanz von vielen, vielen verschiedenen Einflüssen. Und in Spanien haben sie sich zusammengefunden. Weil dort viele Zuwanderer waren, schon damals, vor ein paar Hundert Jahren. Es war die Musik und der Tanz der Underdogs. Mit den Texten haben sie ihre Situation öffentlich gemacht. Die Minenarbeiter zum Beispiel, Taranto und Minera sind von ihnen und …«

»Ja, ist alles spannender, als ein Kind großzuziehen«, konnte Katz sich nicht verkneifen.

Sie starrte ihn an. »Mein Gott, sind Sie vielleicht selbstgerecht. Esma hatte auch Schiss, diese ganze Geschichte ihren Eltern zu beichten. Die sind zwar, wie gesagt, sehr lieb und alles, aber halt doch … ein uneheliches Kind nach einer …«

»Gruppenrammelei. Und einer der Herren wäre nicht bereit gewesen, die Verantwortung zu übernehmen?«

Mauer neigte den Kopf in einem halben Zugeständnis. »Das wollte sie aus irgendeinem Grund nicht.« Sie hob die Hände. »Okay, okay, sie war vielleicht selber noch nicht reif für eine Beziehung und für ein Kind. Außerdem war doch allen mit dem Arrangement geholfen. Und Eva hat ihre Mutter nicht einmal verloren. Sie hat immer gewusst, dass sie adoptiert ist. Und Esma war bei allen wichtigen Ereignissen da, Kindergarten, Schulanfang, als sie von der Schaukel gefallen ist und sich die Hand gebrochen hat, als Mimi, unsere Katze, eingeschläfert werden musste …«

»Okay, okay, lassen wir das.« Katz fingerte eine Zigarette heraus und zündete sie sich an. Mit dem ersten Atemzug wurde er ruhiger. Keifen brachte jetzt wirklich nichts.

»Und wieso ist sie jetzt zurückgekommen?«, übernahm Dani.

»Damals«, sie betonte das Wort, »vor einem Jahr ist sie gekommen, um mit uns zu beraten, in welches Gymnasium wir Eva nach der Volksschule schicken.« Sie zuckte mit den Schultern. »Und das hat länger gedauert. Und da ist sie einmal zur Fiesta, weil sie schon ganz unrund war. Musste einfach wieder einmal tanzen. Und da, tja …« Ihre Augen wurden groß. Sie drehte sich so, dass ihr Gesicht von der Margaretenstraße aus nicht zu erkennen war.

Katz suchte den Auslöser für ihre Reaktion. Jan Dvorský ging auf der gegenüberliegenden Straßenseite in Richtung des Tanzlokals.

»Wie auf Stichwort«, flüsterte Mauer. »Sie ist ihm und Markus begegnet. Und da hat der ganze Scheiß wieder von vorne angefangen.«

»Wieder als Dreier?« Dani klang unglaublich sachlich. Gut so.

»Nein, dieses Mal durfte nur Markus in ihr Bett. Also symbolisch. Sie sind immer in die Goldene Spinne*. Der gute Jan hingegen wurde zum künstlerischen Seelenfreund degradiert. Oder erhoben. Je nachdem.«

»Aha. Und das mit ihren Clubbings hat sich irgendwie ergeben, weil …« Dani machte eine unbestimmte Bewegung mit der Hand. »Koller nicht immer Zeit für sie hatte?«

Katz konnte sich nicht beherrschen, er lachte.

Brigitte Mauer lachte mit. »Sie sind wirklich herzerfrischend trocken, Frau Inspektorin.« Sie straffte sich.

---

* Goldene Spinne: ein Stundenhotel in Wien.

»Vielleicht war das mit ein Grund, aber vor allem hat Esmas Tanz wie eine Bombe eingeschlagen. Und da hat sie Blut geleckt. Sie war ja immer schon quasi ein Star. Und jetzt hatte sie das Handwerk dazu. Und auch die geniale Idee. Sie als Türkischstämmige macht Underdog-Flamenco wie einst die Ausgegrenzten in Spanien. Sinnlich, kompromisslos, auch erotisch, sozialkritisch …«

»Was ist an der Erotik so Neues? Ich könnte mir vorstellen, dass der Tanz das immer war«, mischte sich Katz wieder ein.

Mauer machte ein paar Bewegungen mit dem Becken und den Armen, die sofort klar machten, dass sie einst eine wirklich gute Lehrerin gewesen sein musste.

»War er auch«, stoppte sie sich zu Katz' Leidwesen. »Aber irgendwann, so Ende des neunzehnten Jahrhunderts, hat die Erstarrung eingesetzt. Flamenco war plötzlich kultig, ein Verkaufsschlager. Also wurde er strengstens reglementiert. Erst recht in der Francozeit. Zu deren Ende und kurze Zeit danach war er revoluzzerisch, also zumindest im Ansatz. Ja, und dann gab's nichts mehr, wogegen man kämpfen musste. Da haben sich zwei Strömungen gebildet …«

»Die konservative und die künstlerische«, warf Dani ein. Vorzugsschülerin.

Mauer bedachte sie mit einem anerkennenden Nicken. »Und Esma gehört zu keiner. Es ist vielmehr so …« Sie riss ihr Handy vor die Augen. »Ich verstehe nicht, wo sie bleibt. Sie lässt nie eine Fiesta aus, wenn sie eine Night plant.« Sie löste sich aus dem Kreis und machte zwei Schritte zur Straßenecke. »Verdammt. Wir müssen …« Flackernder Blick zu ihnen. »Sie müssen! Jetzt gleich!

Das war noch nie der Fall, dass sie sich so lange nicht gemeldet hat!«

Dani ging zu ihr. »Okay, okay, alles okay, wir sind da. Wann hatten Sie das letzte Mal Kontakt zu ihr?«

»Vorgestern am Abend. Da ist sie«, tiefes Einatmen, »zu Markus gefahren. Der seit gestern tot ist. Verstehen Sie?!« Ihre Stimme erreichte unangenehme Höhen.

Katz war mit einem Schritt bei ihr. »Ja aber warum sagen Sie uns das erst jetzt?«

»Weil Sie die ganze Lebensgeschichte von ihr wissen wollten?«

Er beschloss, ihr den aggressiven Unterton nicht übel zu nehmen, irgendwo hatte sie ja recht. Sie waren ins Plaudern geraten. Wahrscheinlich hatte sie der Tanzabend in Chill-Modus versetzt, wie Dani es ausdrücken würde.

Dani zupfte an ihrer Unterlippe. »Sie sagten doch, die beiden sind immer in die Goldene Spinne?«

»Ja, aber dieses Mal wusste der feine Herr Koller, dass seine Frau nicht da sein würde. Er hat die Arme ja so lange nur runtergemacht, bis sie abgehaut ist. Die ganze Szene hat Bescheid gewusst. Wie degoutant.«

Sie mussten die Spurensicherer darauf aufmerksam machen, Bettzeug, Gläser, Handtücher, Dusche, Frühstückstisch. Offensichtliche Spuren einer heißen Nacht waren da nicht gewesen, und ob Marjana Koller die Nerven gehabt hatte, noch schnell alles zu putzen, bevor die Polizei kam? Wohl kaum. Ja und sie mussten checken, ob … »Wie ist sie zu ihm? Öffentlich? Taxi? Mit dem eigenen Auto? Rad? Mofa?«

»Taxi.«

Dani nickte Katz zu. »Ich geb Kevin Bescheid, dass

er die anderen informiert. Handyortung. Taxiinnung.« Sie zückte ihr Handy und stellte sich abseits.

»Gut«, bemühte sich Katz um einen ruhigen Ton, »Frau Mauer. Wir haben in der Villa von Koller keine Hinweise gefunden, dass Esma dort gewesen wäre. Auch nichts, was auf einen Kampf hindeuten würde.«

»Sie meinen, Sie haben der Presse nicht die Leiche einer kleinen Türkin verschwiegen, weil das sonst ein Skandal gewesen wäre.« Böses Grinsen hintennach.

Katz zertrat mit voller Konzentration und ausführlich den Tschick auf dem Trottoir. Das Brüllen blieb in seinem Bauch. Er sah sie an. »Das war jetzt nicht nötig.«

Sie senkte den Blick. »'tschuldigung.«

»Und keine SMS, kein Anruf, keine Mail von ihr, nichts?«

Kopfschütteln. »Ich hab alle durchtelefoniert. Ich war im Studio vorn. Nichts.«

»Hat sie das schon öfters gemacht? So einfach einmal kurz verschwinden?«

Kopfschütteln.

»Und warum haben Sie sie dann nicht schon gestern als vermisst gemeldet?«

»Es war nichts ausgemacht. Ich mein, dass sie sich meldet. Und sie hasst es, wenn man ihr nachtelefoniert. Am Abend dann, also gestern, wollte sie auf jeden Fall wieder daheim sein. Wir haben Eva versprochen, gemeinsam Pizza essen zu gehen. Aber sie ist nicht aufgetaucht. Bis jetzt nicht. Keiner hat sie gesehen, ich habe alle durchtelefoniert. Und das Studio ist zu und dunkel.«

»Und warum haben Sie dann nicht heute tagsüber schon Alarm geschlagen?«

Brigitte Mauer wandte sich ab.

»Wie war das? Ich habe Sie nicht verstanden.«

Sie drehte sich zu ihm zurück. »Esma hat erfahren, dass Markus versucht hat, ihre Lieder zu klauen, also dass …«

»Wissen wir, hat uns Jan Dvorský erzählt.«

»Verstehe. Dann hat wahrscheinlich er ihr die anonyme SMS geschickt.« Sie schüttelte sich ab. »Jedenfalls war sie fuchsteufelswild. Und sie wollte Markus zur Rede stellen. Und deswegen …«

»Haben Sie Angst, dass sie etwas mit seinem Tod zu tun hat. Wollten sie schützen.«

Nicken. »Aber da ist noch was. Deswegen rede ich jetzt doch.«

»Ja?«

»Sie war gestern am Vormittag mit Jorge Castellanos verabredet.« Es klang unheimlich wichtig.

Und irgendwo klingelte es auch, aber akkurat hatte er keinen Dunst, was er mit dem Namen anfangen sollte. »Bitte klären Sie mich auf.«

»Ein spanischer Lehrer, der glaubt, die Weisheit mit dem Löffel gefressen zu haben. Attackiert die Esma im Internet …«

Jetzt dämmerte es Katz. Kevin hatte ihn im Zuge seiner ersten Rechercheergebnissen erwähnt.

»… und macht sie schlecht. Die meisten nehmen ihn eh nicht ernst, aber unangenehm ist es doch. Und er ist auf Einladung von der Irene, also der Stockhammer« – Katz nickte geschwind erkennend – »für einen Cante-Kurs in Wien. Und Esma hat sich gedacht, sie klärt das mit ihm. Und jetzt frage ich mich, ob die beiden vielleicht aneinandergeraten …« Sie zuckte hilflos mit den Schultern.

Er legte seine Hand auf dieselben. »Liebe Frau Mauer, davon hätten wir gehört.«

Die Verunsicherung blieb in ihrem Gesicht hocken.

»Nein, wirklich. Oder glauben Sie ernsthaft, dieser Mann kennt sich so gut in Wien aus, dass er eine Leiche spurlos verschwinden lassen kann?« Als er den Satz zu Ende gesprochen hatte, verdammte er sich für seine Brutalität.

Doch die schien bei Mauer keinen gröberen Schaden angerichtet zu haben, denn sie zuckte abermals mit den Schultern und meinte: »Im Hotelzimmer vielleicht?«

Katz klatschte vor ihrem Gesicht in die Hände. »Und jetzt denken wir wieder logisch. Der Mann wird kaum unter einem Falschnamen eingecheckt haben, denn dann müsste er bereits Mordabsichten gehabt haben. Und das kommt mir reichlich weit hergeholt vor. Aber wir werden das überprüfen. Okay?«

Nicken. Aufbäumen. »Aber er ist heute auch nicht da. Bei der Fiesta. Und am Nachmittag hat er angeblich schon Unterricht gehabt. Er müsste also da sein.«

»Haben Sie schon Frau Stockhammer gefragt?«

Kopfschütteln.

»Eben. Liebe Frau Mauer, Sie sind doch eine gstandene Person. Und jetzt einfach ein bissel aufgeregt. Ein Stamperl Baldrian oder Klaren … hm? Und den Rest lassen Sie uns machen.«

»Sie nehmen mich nicht ernst«, flüsterte sie.

»Doch. Wir nehmen die Nichterreichbarkeit von Esma sehr ernst.«

Vor allem, weil sie bei Markus Koller gewesen war. Kurz vor seiner Ermordung. Aber das sagte er ihr nicht. »Eine Frage noch vorweg, Frau Mauer. Wieso hat Esma seit ihrer Rückkunft eigentlich so ein Geheimnis um ihr Privatleben gemacht? Wir haben niemanden außer Ihnen gefunden, der darüber Bescheid weiß.«

Die Augen der Frau füllten sich von einem Moment auf den anderen mit Tränen. »Hat. Sie haben *hat* gesagt. Nicht *macht*.«

Oh, mein Gott, die Gute war wirklich nahe am Nervenzusammenbruch. »Doch nur, weil wir durch Sie jetzt ihm Bilde sind. Meine Wortwahl hat sich unbewusst darauf bezogen.«

Sie drückte die Tränen mit den Lidern aus den Augen und wischte sie ab. »Aber das ist doch klar.«

»Für mich nicht.«

»Wenn Markus und Jan Eva sehen, rechnen sie zurück. Und dann passiert genau das, wovor Esma weggelaufen ist. Da hätte sie gleich da bleiben können.« Die Augen füllten sich wieder mit Tränen. »Wäre vielleicht besser gewesen, denn dann wäre sie jetzt nicht …«

Heftiges Schluchzen.

Und Katz wusste, dass sein Hemd jetzt auch gleich ruiniert sein würde.

2/20

Fuck off. Das sagst du doch immer. Jetzt ziehen wir das Ding einmal durch. Und dann schauen wir weiter. Also, wie legen wir es an?

Du wirkst nicht so, als ob dich das freuen würde.

Psychologisier da jetzt nicht. Bernhard Fellner. Checken wir das einmal. Also … im Herold … in Wien nur drei. Einer im Zweiten mit Lokal, einer im Fünften, der ist Masseur, und einer in der Simmeringer Hauptstraße.

Simmering. Das gibt's nicht. Zeig her. Da muss doch auch irgendwo der Moderator …

Vielleicht hat der eine Geheimnummer. Ist doch auch völlig egal. Die anderen drei …

Das gibt's nicht. Schau bei Facebook.

PAUSE.

Da gibt's überhaupt nur einen in Wien. Der ist Musiker.

Shit. Du hast nicht richtig gesucht. Gib mir einmal …

Nein. Und außerdem ist der Moderator doch völlig egal.

Du hast recht.

PAUSE.

Was machst du, Chris?

Ich schau in der Bildergalerie.

Aber du weißt doch gar nicht, wie er ausschaut.

Doch. Ich hab ihn gesehen.

Am Ende der Straße?

PAUSE.

Vorher war er nicht am Ende der Straße.

Was jetzt?

Also … bevor ich in den Garten bin, habe ich ihn gesehen, wie er zum Haus gefahren ist.

Verstehe.

PAUSE.

Das könnte er sein. Da war er aber noch sehr jung.

Kick-Box-Meister. Würde passen. Aber keiner von den anderen, von den Älteren, schaut dem da ähnlich.

Eben. Wer weiß, wo der steckt. Und überhaupt …

Überhaupt kneifst du schon wieder. Ich kann Weicheier nicht ausstehen.

Ich bin kein Weichei. Ich habe … die Revolution begonnen.

PAUSE.

So, wie du herumzickst, glaube ich langsam …

Was?

Nichts. Dann hilf mir jetzt, sie zu Ende zu bringen.

PAUSE.

Würdest du mich auch … mögen, wenn ich die zwei Ratten nicht umgebracht hätte?

PAUSE.

Aber du hast sie umgebracht. Und jetzt weiß ich, dass ich mich auf dich verlassen kann.

Okay.

Also … du stattest jedem Einzelnen einen Besuch ab, sind ja nur drei. Und wenn du unseren Lieferanten wiedererkennst, machst du ihm ein bissel Dampf … das kannst du ja.

Okay.

Und zwar jetzt. Es ist jetzt mitten am Nachmittag, Börek, wir müssen das erledigt haben, bevor die Fiesta beginnt. Wir müssen da nämlich hin. Um uns die Leute für morgen …

WIR müssen da nicht hin.

PAUSE.

Wenn ich da nicht auftauche, fällt das auf.

Nice try.

Was meinst du damit?

TAG 2 / MAYER

Leidenschaft. Überall Leidenschaft und Sex und Liebe. Und sie stand vor der Glasscheibe und sah zu.

In einer heißen Nacht.

Und jagte einen Feder-in-den-Arsch-Stecker.

Wartete auf Ergebnisse.

Super.

Mayer drehte sich zur Straße. Doch da fiel ihr ein, wie im Lokal gegenüber Alex diesen Pfeifer angebaggert hatte. Und wenn sich der Herr Ritter was in den Kopf gesetzt hatte, dann bekam er es auch. Üblicherweise.

Leidenschaft.

Super. Echt, alles voll leiwand.

Sie sah zur Ecke. Der Alte tauchte noch immer nicht auf. Zwei Quasseltanten, das konnte noch dauern. Und genau das war der Grund, warum sie nicht mehr zurück wollte. Reden, reden, reden, den ganzen Tag nichts als reden. Und sie hatten noch immer nichts Handfestes. Nun gut, eine verschwundene Esma. Aber das trug nicht wirklich zur Aufklärung bei, sondern war vielmehr eine weitere Baustelle. Tot? Nein, tot war sie nicht. Wenn der Täter sie auch im Haus entdeckt hätte, wären sie über ihre Leiche gestolpert. Er war nicht zimperlich. Selbst Mittäterin? Konnte sein. Doch das hieß, dass sie es mit einer Psychopathin zu tun hatten. Nur solche Menschen konnten einerseits liebevolle Menschen für ihre Familie sein, und das war Esma, egal, wie verschroben das Ganze aufgebaut war, und andererseits zur gleichen Zeit mit einem Mann Sex haben und ihn dann zu Tode foltern.

Hm. Eine Psychopathin.

Nein, jetzt musste man einmal abwarten, ob Schmitz und seine Leute morgen in der Villa irgendwelche Spuren von Esma fanden, sprich, ob sie überhaupt dort gewesen war. Ob sich ein Taxler an sie erinnerte. Das konnte dauern, bis bei diesem Schichtdienstsystem alle die Nachricht erhielten. Und dann blieb noch dieser Spanier. Seinen Unterricht hatte er brav abgehalten, so gerade eben die Stockhammer. Zur Fiesta war er entgegen seiner Beteuerung und zu ihrem Ärger noch immer nicht erschienen. Da genoss wohl jemand das heiße Wiener Nachtleben ohne heißen Flamenco. Nachricht auf seinem Handy, Nachricht im Hotel. Es war nur eine Frage der Zeit, bis sie ihn erreichten.

Und tote Hose auch bei Kevin. Dabei hatte er ihr eine SMS geschrieben, dass sie ihn dringend zurückrufen sollte.

Mayer trat näher zur Scheibe. Jetzt war da drinnen richtig Remmidemmi. Alle Darbietenden befanden sich im Bühnenbereich und machten nacheinander kurze Einlagen. Alex stand, wie auch so einige andere, und klatschte enthusiastisch mit. Unwillkürlich sah sich Mayer nach Pfeifer um, doch sie konnte ihn nirgends entdecken. Vielleicht war er schon nach Hause gegangen. Dann musste Alex sich um Ersatz umsehen. Und bei dem Caipirinha-Spender war sich Mayer nicht sicher, ob der Alex' Verwandlung von einer schönen Frau zu einer ältlichen Transe mitmachte.

Pfui, sei nicht so gehässig, Mädel. Nur weil sie neidisch war.

Und das musste sie nicht sein, durfte sie gar nicht. Sie hatte ja Aussicht. Wenn der Fall vorbei war, würde sie mit Laura in die Weinberge fahren und eine heiße Nacht zwischen den Reben verbringen. Egal bei welchem Wetter.

Scheiß Fall.

Hm. Das mit dem ausgeräumten Lager. Das alles nur wegen ein paar Geschenken von Diktatoren? Nun ja, die konnten schon was hergeben. Und das hatte nur jemand wissen können, der gut mit Koller war. Verdammt, alle Pfeile deuteten auf Walter Jelinek. Der und ein Kompagnon, der fähig war, eine derart perfide Folterszene aufzubauen.

Ein Kompagnon.

Ein Freund.

Bernhard Fellner.

Nein. Neinneinneinnein. Das konnte nicht sein. Er hatte geheult.

Er war durchtrainiert. Hatte den Ansatz zum Doppelkinn.

Neinneinneinnein.

Mayer aktivierte ihr Tablet und suchte die Hintergrundinfos heraus, die Kevin zum Zeugen Fellner gesammelt hatte. Okay, ebenfalls Simmeringer wie Jelinek, Türsteher, jajajaja … öha, einmal verurteilt wegen Körperverletzung. Verdammt, das war wichtig und … neu, sagte das Einstellungsdatum. Vor einer Stunde. Okay, Kevin hatte sich anscheinend während des Lagerbesuchs gelangweilt und weiter recherchiert. Sie machte den Akt auf. Volltrunkener Zustand, Spielautomatentschumse um vier Uhr früh, blöde Meldung von Fellner, der andere haut ihm eine in die Goschn, Fellner kann sich nicht wehren, weil torkelig, ein paar Tage später passt Fellner den Kontrahenten ab und verdrischt ihn mit Karateschlägen bis knapp zum Exitus.

Das war kalt. Noch nicht eis, aber schon sehr.

Das hatte wohl auch der Richter befunden, denn Fellner war zu einer Therapie verdonnert worden.

Mayer las die Zusammenstellung von Kevin weiter durch. Ah ja, vorher Mitarbeiter bei einer Sicherheitsfirma in Österreich, davor bei einer in den USA. Sie gab den Firmennamen in die Suchmaschine ein. *We are the solution to your problem.* Abgesehen von diesem Versprechen blieb die Page ziemlich vage in der Beschreibung ihres Angebots. Dann Zeitungsartikel zu dieser Firma. Ein Tochterunternehmen war im Irak eingesetzt gewesen. Hm. Ein Österreicher und Waterboarding. Das klang absurd.

Sie suchte nach Bernhard Fellner. Weitere sieben Personen dieses Namens im österreichischen Telefonverzeichnis, drei davon in Wien. Einer schien ein Lokal im Zweiten zu besitzen, ein anderer war Masseur, aber seltsamerweise von diesen keine FB-Accounts, kein Twitter, Instagram oder Sonstiges, zumindest nicht auf den ersten Seiten. Dafür von einem anderen Bernhard Fellner, einem Musiker, dessen Profilfoto mit Jelineks Freund keinerlei Ähnlichkeit hatte. Sie wechselte zur Bildergalerie. Und in der fünften Zeile fand sie den gesuchten Fellner, um lockere zwanzig Jahre jünger, in einer langen weißen Trainingshose und mit definiertem, glänzendem Oberkörper sowie Boxhandschuhen. Das Foto stammte von der Seite eines Kick-Box-Clubs, die die Meister auflistete. Mayer ging wieder zu den Texteinträgen, gab Fellner und Kick … Quatsch. Zeitverschwendung. Zurück zu Kevins Papier. Na, eben, da stand das alles auch – und noch mehr. In der Jugend war er auch Triathlet, Bungeejumper, Eistaucher und Afrikadurchquerer mit dem Motorrad gewesen.

Okay, ein Abenteurer. Ein Sportler. Aber ein Iraksöldner, Folterer und Mörder?

Mayer rief das Einvernahmeprotokoll auf. Mit jeder Notiz, die sie las, fragte sie sich ein Stückchen mehr, wieso sie heute Vormittag nicht im Ansatz … er hatte geheult. Das Zögern hingegen, und die Aggressivität … vielleicht ganz normaler Lebensfrust. Shit, shit, shit.

Sie schaute wieder zur Ecke. Und als hätte Katz ihre Verwirrung und Aufgeregtheit gespürt, tauchte er endlich hinter derselben auf. Winkte ihr zu.

Neben ihr bremste sich ein Taxi ein. Und Kevin hüpfte heraus.

Er winkte Katz zu und war mit zwei Schritten bei Mayer. »Ma, so cool, dass ihr noch da seid. Mein Handy, kein Saft. Ich nehm eh schon immer das Kabel mit, weil diese Dinger so viel Strom fressen, aber heut am Abend hab ich's vergessen.«

»Jaja«, meinte der Alte, »das war ein Vorteil der nicht smarten Geräte.« Er runzelte die Stirn und sah sie abwechselnd an. »Ihr wirkt beide so erregt. Hab ich was verpasst, während ich Stehtaschentuch für die ehrenwerte Gigi Muralla gespielt habe?«

Kevin sah Mayer an. »Ich hab …«

»Ich weiß. Hatte dieselbe Idee und hab deswegen dein Material gefunden. Deswegen sollte ich dich …?«

»Ja, weil ich so das Gefühl habe, dass wir uns das gleich anschauen sollten.«

»Glaube ich auch. Jetzt gleich.«

»Und inzwischen hab ich … hat mir ein Kontakt … also …«

Mayer grinste ihn an. »Spuck's aus. Informell.«

»Er hat achtunddreißig Psychopathie-Punkte.«

»Heißt?«

»Da gibt es so eine Checkliste nach einem Ami, Hare, Robert Hare. Und vierzig Punkte ist höchstgradig psychopathisch.«

»Scheiße. Davon hab ich gehört. Der Check soll gut sein. Und Psychopathen können sich gut verstellen.«

»Darf ich mitspielen?« Katz mit einem übertrieben großen Schnoferl.

Kevin deutete mit der ausgestreckten Hand auf Mayer, sie machte die gleiche Geste zu ihm.

»Ihr könnt's auch im Duett singen. Hauptsache, ihr beiden sagt mir jetzt, was los ist.«

Mayer nickte Kevin zu, und der fasste exakt ihren eigenen Gedankengang zusammen.

Katz fuhr sich über die Glatze, dann massierte er seine Schläfe. *Tu weiter, Alter!*

»Ich kenn den Hare-Check auch. Und nur weil jemand die Anlage dazu hat, muss er es noch nicht sein. Es leben weit mehr nicht kriminelle Psychopathen unter uns als straffällige. Und bis auf die eine Körperverletzung hat er nichts Offizielles am Kerbholz.«

»Karl!«

»Okay, schauen wir uns den Rest an. Ihr glaubt also, dass jemand, der Erfahrung im Kampfsport hat, auch fähig ist, einen Mann zu foltern, um aus ihm das Versteck von Wertsachen herauszuholen?«

»Nicht, weil er Sportler ist«, ereiferte sich Kevin, »sondern weil es mit ihm ständig bergab gegangen ist. Irgendwas muss da in Amerika bei dieser Firma passiert sein.«

»Oder im Irak«, warf Mayer ein.

»Ja, oder dort. Denn normalerweise wäre er mit solchen Referenzen bei uns der Hero, aber die Sicherheitsfirma in Wien, bei der er dann gearbeitet hat, stellt nur Nachtwächter zur Verfügung. Und dann diese Körperverletzung, und jetzt Türsteher und Suff. Der ist total down. Aber total down.«

»Und dann dieser Fasttotschlag. Und der Test.«

Katz rubbelte sich wieder den Kopf. »Na ich weiß nicht.«

»Mein Gott, Karl, come on! Wir müssen ihn ohnehin wegen etwaiger Komplizen von Jelinek befragen. Dann machen wir das halt etwas unorthodox jetzt in der Nacht.«

»Später Abend«, sagte Kevin. »Es ist fast noch nicht unorthodox.«

»Genau, er hat recht. Das einzige Problem ist, ob Fellner ansprechbar ist oder schon im Delirium liegt.«

Katz sah in das Innere des Lokals. Mayer tat es ihm gleich. Da brach gerade jubelnder Applaus aus, die gesamte Garde an Künstlern verneigte sich. Jetzt quoll die Menge gleich auf die Gasse. Und mit ihr ein Rehauge.

Du willst jetzt aber nicht echt auf Dolce Vita machen, Alter? Oder ist es, weil du selber nicht auf die Idee mit dem Fellner gekommen bist? Nein, aus, pfui, schon wieder ein hässlicher Gedanke. Sie war ein Neidhammel. Exakter wohl eher ein neidisches Schaf.

Katz wandte sich vom Lokal wieder ab und putzte die Rückseite seiner Hose. »Versteht mich nicht falsch, das ist schon alles richtig, was ihr sagt. Und wenn da nicht die Feder wäre, würde ich auch Hurra brüllen.«

»Er hat den Koller selber als Gockl bezeichnet! Und außerdem … irgendwann wird sich dieses blöde Ding schon aufklären.« Mayer merkte, dass sie ihn angefahren hatte. »Sorry, ich mein ja nur.«

»Passt schon. Wie schaut mein Hemd aus?«

»Feucht. Aber vertretbar.«

Katz' Handy klingelte. Er holte es aus seiner Hosentasche und betrachtete das Display. »Keiner von unserer Truppe.« Er nahm den Anruf entgegen, stellte sich offiziell vor. »Ja, hallo Frau … Was ist? Ich hab Sie nicht ganz verstanden. – Ein umgedrehter Polster?« Er runzelte in Richtung Mayer und Kevin die Stirn, schüttelte den Kopf. Anscheinend verstand er wirklich nur Bahnhof.

Die Tür des Lokals ging auf. In stummer Übereinkunft flüchteten sie drei zwanzig Meter weiter.

»'tschuldigung, Frau Koller, aber was genau wollen Sie mir sagen? – Verstehe. – Ja, jetzt verstehe ich wirklich. Wir haben das bereits auf unserem Plan. Aus anderen Gründen. Ich sag Ihnen das morgen. – Gut, Frau, Koller. Und versuchen Sie, wieder ein bissel zu schlafen. Wir werden das alles aufklären.« Er unterbrach die Verbindung.

»Mutige Worte.«

»Ja, die weinende Gigi hat in mir den Edelmann wachgeküsst, der allen armen, schwachen Maiden zu Hilfe eilt.«

»Okay, und was haben wir bereits auf unserem Plan?«

»Die Villa nach Spuren von Esma Baykurt zu durchsuchen. Also das von Esma habe ich ihr jetzt noch nicht gesagt, aber das Durchsuchen. Der Zierpolster in Markus Kollers Schlafzimmer liegt verkehrt herum.«

»Was?!« Kevin ausnahmsweise so gar nicht unterwürfig gegenüber Katz wie sonst, sondern eher mit genervtem Ton. Und Mayer konnte ihn nur allzu gut verstehen.

»Der Zierpolster von Koller ist eierschalfarben mit einer Rose mit Stängel drauf. Und weil seine Großmutter immer die Rosen verkehrt herum zum Trocknen aufgehängt und er ebendiese Großmutter sehr geliebt hat, muss der Zierpolster immer auf dem Kopf stehen, also Stängel oben und Blüte unten. Das wissen alle, auch die Putzfrauen. Sonst gibt's ein Gebrüll. Und jetzt liegt der Polster verkehrt herum, wie Marjana Koller feststellen musste, als sie meinte, im Zimmer ihres ehemaligen Mannes ein bisschen schluchzen zu müssen.«

»Aha.«

»Ja, Dani, genau. Sie ist also felsenfest davon überzeugt, dass jemand das Bett gemacht hat, der Markus nicht wirklich gut kannte. Und zwar nach dem Tod ihres Mannes. Also der Mörder.«

»Wieso soll der das Bett machen?«

»Das frage ich mich auch.«

Das Rehauge winkte herüber, Katz winkte zurück. Und für einen Moment hatte Mayer das Gefühl, dass der Alte sie beide allein zu Fellner schickte.

Er wandte sich vom Lokal ab. »Aber ich glaube ihr. Ich denke, das ist keine Einbildung. Irgendjemand hat das Bett gemacht. Esma? Möglich, meiner Erfahrung nach aber nur bedingt. Ein Schlafgast macht das Bett, beziehungsweise räumt es weg. Ein Sexpartner lüftet es höchstens, schüttelt es vielleicht auf, wird sich beim ersten Mal aber kaum in die quasi Privatsphäre des anderen einmischen. Dann Jelinek? Wieso sollte der auf die Idee kommen, für den Mann, den er gerade auszurauben versucht, das Bett zu machen? Das kann ihm doch völlig scheißegal sein. Genau das trifft auch auf den etwaigen großen Unbekannten zu.« Blick zu Kevin. »Oder meinetwegen Fellner.«

Mayer sah auf einmal eine Bettwäsche mit Sonnenblumen vor sich. Geglättet. Das einzige Mal, dass ihre Ex, es war ganz am Beginn ihrer Beziehung gewesen, bereits am frühen Morgen, noch vor Mayers Rückkunft vom Nachtdienst, das Bett gemacht hatte. Sofort war Mayer klar gewesen, dass Carmen fremdgegangen war. Sie hatte es bis zum Schluss abgestritten, aber diese Handlung war zu eindeutig gewesen. »Vielleicht wollte dieser Jemand vertuschen, dass Esma im Haus gewesen ist. Man untersucht es nach Haaren, überzieht es vielleicht sogar neu …«

Katz rieb sich wiederum die Schläfe. »Okay, doch vielleicht Esma. Wenn sie den Mord mitbekommen und sich währenddessen versteckt hat. Dann bin ich beeindruckt von ihrer Kontrolliertheit. Ich mein, sie sieht den Mann, mit dem sie die Nacht durchgevögelt hat, nackt baumeln und denkt cool daran, ihre Spuren so richtig und komplett zu verwischen. Wir haben auch keine Gläser und nichts gefunden.«

»Jeder reagiert in Ausnahmesituationen anders«, gab Mayer zu bedenken.

»Schon.« Seine Stimme war voller Zweifel.

»Und Fellner? Jelinek?«, warf Kevin ein. »Jelinek war doch verliebt in sie. Er könnte nicht gewollt haben, dass sie mit dem Tod von Koller in Verbindung gebracht wird.«

»Dein Gedanke, Draganović, gefällt mir. Gefällt mir wirklich gut. Nur passt er nicht zu Jelinek. Der war nicht verliebt in die Baykurt, der wollte sie vögeln. Und außerdem frage ich mich, woher er gewusst haben soll, dass sie bei Koller war. Denn wenn sie beim Türöffnen bei Koller gewesen wäre, hätte er keine Gewalt angewandt in ihrer Gegenwart. Dann eher Abflug und ein anderes Mal probieren. Wenn sie erst später aufgetaucht wäre, verschlafen oder so, dann hätte sie was abgekriegt, denn dann wäre sie eine unerwünschte Zeugin gewesen. Also kann er sie nicht gesehen haben. Und Koller hat nichts über seine Affäre ausgeplaudert. Hat er schon die ganze Zeit nicht. Ich glaube nicht, dass er das ausgerechnet knapp vor seiner Ermordung getan hat.«

Wo er recht hatte, hatte er recht. »Aber das bedeutet fast zwingend«, überlegte Mayer, »dass es noch einen Mitspieler gibt.«

Sie sah Katz an, der sie, dann Kevin, sie Kevin, der sie. Mayer hörte förmlich, wie die Ganglien von ihnen drei krachten und grammelten. Der Gedanke, den sie aus heiterem Himmel gehabt und ungeprüft ausgesprochen hatte, klopfte an das Ideengebäude, das sie sich aufgebaut hatten. Klack. Klack.

Stöckelschuhe. »Wer spendiert mir einen Whiskey sauer?« Die Arme von Alex platschten auf Katz' und ihre Schultern.

Katz befreite sich. »Nicht jetzt, Schatzl. Wir denken. Geh zu deinem Angebeteten und mach dir eine schöne Nacht. Aber nimm ihn nicht allzu sehr her, weil wir brauchen den morgen in der Früh frisch bei uns in der Berggasse.«

»Bohre nicht in meinen Wunden, mon cher. Monsieur

Cornet est disparu*. Und meine zwei Kavaliere sind definitiv zu hetero. Also ich brauche Trost.«

In Katz' Augen blitzte es auf. »Du könntest mir einen Gefallen tun. Sozusagen als Lobbyist. Dafür übernehm ich auch die Rechnung.« Er zupfte aus der Gesäßtasche seine Geldbörse heraus.

»Willst du mich beleidigen, Honey? Mit einem Webdesign verdien ich netto drei von deinen Monatsgehältern brutto. Einen Freund bezahlt man nicht.«

»Okay.« Nun fasste Katz Alex um die Schultern und zog ihn ein Stückchen Richtung Lokal. Mit einer kleinen Handbewegung deutete er auf das Rehauge namens Maria. Redete auf Alex ein. Der lachte sein hellstes Divenlachen und stakste seinem Auftrag entgegen.

Katz kam zurück und grinste Mayer und Kevin an. »Alles gemanagt. Sausen wir los, lösen wir den Fall.«

Na wenigstens hatte der Alte jetzt wieder einen freien Kopf. Mayer beneidete ihn darum. Und um seine Aussicht auf mehr.

* Herr Hörnchen/spitze Tüte (Anm.: meint Cornetto) ist verschwunden.

2/21

Was meinst du damit?

PAUSE.

He, Chris, das mit der Polizei, das war die alte Esma. Jetzt sind wir ein Team. Waffenbrüder. Ich würde nie etwas gegen meinen Waffenbruder unternehmen. Wirklich, Chris, das musst du mir glauben.

PAUSE.

Chris?

Ich habe mich dir heute vollkommen offenbart. Und ich habe ständig das Gefühl, dass du im Gegenzug dazu nicht ehrlich bist mit mir. Ja, ja, ja, ich weiß schon, was du sagen willst. Verzeih mir, das bin ich. Ich bin in meinem Leben zu oft beschissen worden. Du musst mir zugestehen, ich wiederhole, du musst mir zugestehen, dass ich etwas länger brauche, um nach dem ganzen Scheiß, den du am Beginn aufgeführt hast, Vertrauen aufzubauen. Ich bin am besten Weg dazu, aber ich brauche noch. Okay?

PAUSE.

Okay.

Okay. Also vergessen wir einmal den Abend. Bis dahin fließt noch viel Wasser die Donau hinunter. Ich gehe jetzt einmal zu den Fellners.

Scheiße.

Was?

Der Moderator heißt Fellinger. Bernhard Fellinger. Deswegen haben wir …

Das interessiert mich einen Scheiß!!

PAUSE.

Was ist mit dir, Chris?

PAUSE.

Nichts. Was soll ich ihm sagen, wenn ich ihn gefunden habe?

Was meinst du?

Na, ich kann ja ihm ja kaum auf die Schulter klopfen und sagen, he, Alter, du hast eine Schlüsselkarte gestohlen, wie du was in die Villa vom Koller geliefert hast. Und diese Karte, die brauchen jetzt wir. Also rück sie raus.

Doch. So ungefähr würde ich das sagen.

Du spinnst, Esma.

Nein, was soll er machen? Er hat sie ja selber gestohlen. Und wenn du ein bissel nachhilfst …

Okay. Ja. Okay. Ich werd ihm einmal kurz eine aufs Aug geben, und geht schon. Ja.

PAUSE.

Weißt du was, Christoph?

Was?

Ich hab dich immer falsch eingeschätzt.

PAUSE.

Ich liebe dich, Esma.

Ich weiß.

Deswegen tu ich alles für dich.

Ich … finde das wunderbar.

Nein, du nützt es aus.

PAUSE.

Nein, das tu ich nicht. Und irgendwann wirst du mir glauben.

Das würde ich gern.

PAUSE.

Chris! Warte! Was mache ich … ich mein, wenn was falsch, etwas schiefläuft, also nur falls, du wirst das schon checken, da bin ich mir sicher, aber man weiß ja nie …

Ja, Esma?

Und du kommst nicht mehr zurück, kannst nicht mehr zurückkommen …

Dann gebe ich jemandem Bescheid. Brigitte.

Sie hat keinen Schlüssel. Niemand außer uns hat den Schlüssel.

Es gibt einen Schlüsseldienst.

PAUSE.

Und wenn du nicht mehr Bescheid geben kannst? Weil du einen Unfall gehabt hast oder …

Du glaubst, ich schaff das nicht.

Nein!!! Aber es kann ja wirklich was passieren. Theoretisch.

PAUSE.

Ich programmier eine Mail so, dass sie automatisch in zwölf Stunden abgeschickt wird.

In zwölf Stunden.

Ist ja nur für den Notfall.

Danke.

Ich bin in ein paar Stunden wieder da.

TAG 2 / KATZ

Der Gemeindebau war aus den Siebzigern und dementsprechend fade das Design bis hin zum Gitter des Eingangstors, das lediglich aus glatten Stäben gefertigt war. Doch er war beinahe ebenso großzügig angelegt wie seine Vorfahren aus der Zwischenkriegszeit, denn nach dem Gitter breitete sich vor ihnen ein Innenhof von mindestens hundert mal hundert Metern aus.

Katz drehte sich einmal im Kreis. »Mist, wo ist da die Stiege sieben?«

Kevin zählte von links die Eingänge ab. »Dort. Uhrzeigersinn.«

Der kleine Klugscheißer. Katz folgte ihm und Dani über die gepflasterte Fläche, die lediglich von drei Baumgruppen und einer Sandkiste durchbrochen war. Auch etwas, das gegenüber den Vorbildern abstank, die oft fast parkähnliche Anlagen aufwiesen. In der linken Ecke lungerten fünf Halbstarke herum. Sie rauchten, verstummten, als Katz, Dani und Kevin näherkamen. Zu ihren Füßen standen und lagen Dosen in verschiedenen Größen. Bier und Energydrinks. Ein Fenster wurde zugeknallt. Unmittelbar danach erklang gedämpftes Gebrüll. Bald danach schrie ein Baby. Katz' Blick tastete die Fassade unwillkürlich nach dem Fenster ab, das geschlossen worden war. Doch natürlich waren nirgends die Silhouetten von einem streitenden Paar zu erkennen. Etwa die Hälfte der Wohnungen war noch erleuchtet, um fast Mitternacht. Heutzutage gingen die meisten Menschen definitiv später ins Bett als in Katz' Kindheit. Auf ein paar Balkonen konnte er sogar Gestalten erkennen, die offensichtlich die laue Nacht mit einem Glas Bier genossen. Aber die meisten Außenbereiche wurden als Stauräume benützt. Schade drum.

Die Tür zu Stiege Sieben stand offen, ein Holzkeil untergeschoben. So viel zur größeren Sicherheit aufgrund von Gegensprechanlagen. Kevin steuerte den Aufzug an.

»Kinder, Kinder, zu Fuß sind wir doch dreimal so schnell.« Katz nahm zwei Stufen auf einmal.

Die Youngsters folgten ihm, zunehmend keuchend. Okay, die eingeschlafenen Beine von vorhin waren nur Zufall gewesen, er hatte es noch immer voll drauf.

Tür Elf war so neutral, wie eine Tür nur sein konnte. Kein Namensschild, kein Pickerl gegen Atomkraft oder Ausländer oder Werbematerial, keine Kratzer im Lack, keine Schuhe vor der Tür. Lediglich ein grüner Fußabstreifer.

Dani drückte den Klingelknopf, der tatsächlich noch ein Knopf und kein Schalter war.

Nichts.

Klingeln.

Nichts.

»Ich hab nicht das Gefühl, dass der Wirt uns einen Blödsinn erzählt hat«, sagte Dani. »Er muss daheim sein.«

»Das war sicher kein Blödsinn.« Nein, mit all den Details, die ihnen der Wirt von zu Mittag über die Fußballleidenschaft seines Stammgastes erzählt hatte.

»Und heute spielt Real, die kann er nicht leiden, da schimpft er immer hundsordinär. Also schaut er daheim«, zitierte Kevin.

Dani fingerte ihr Telefon heraus und sah auf die Uhr. »Vielleicht ist er noch einmal weg? Das Spiel ist ja schon lang aus. Und Real hat verloren. Er könnte feiern gegangen sein.«

»Ruf ihn noch einmal an, Kevin. Bitte.«

Der Junge tat wie geheißen. In der Wohnung ertönte *Theo, wir fahren nach Lodz.*

»Das ist jetzt aber nicht wahr.« Katz war immer wieder erstaunt, manchmal sogar geschockt, welch unsägliche Klingeltöne sich manche Menschen einstellten.

Kevin rief nochmals an. Vicky Leandros rief erneut nach Theo.

»Das ist jetzt aber nicht wahr.«

»Nicht nachäffen, mein Schatz, du kennst das Original nicht, bei dir muss der Schock viel tiefer …« Katz wandte sich zu Dani.

Die war einen Schritt zurückgetreten und starrte auf den Boden. Er folgte ihrem Blick. Neben der Schmalseite der Türmatte schimmerte es rot. Und erst jetzt fiel es Katz auf: Der Abstreifer lag nicht mittig der Tür. Er zog Kevin mit sich weg von dem Ding. Dani ging in die Hocke, fingerte einen Kugelschreiber aus der Tasche und schob mit ihm die Matte ein kleines Stück Richtung Türmitte. Ein großer Fleck verwischtes Rot. Das noch sehr rot und noch gar nicht braun war. Sie fädelte den Kugelschreiber in die Matte ein und hob sie hoch. Fünf Zentimeter weiter der nächste große Fleck und ein kleinerer daneben. Dani beugte sich zu der Flüssigkeit und schnüffelte.

Sie sah zu ihm und Kevin. »Blut.«

Und es sah nicht nach gewöhnlichem Nasenbluten aus. Da hatte anscheinend jemand nicht genügend Zeit gehabt, Spuren gründlich zu entfernen.

Katz holte automatisch seine Waffe aus dem Holster, wie auch Dani und Kevin. Man wusste nie. Zu oft schon waren Einsatzkräfte von Wahnsinnigen überrumpelt worden.

»WEGA*?«, flüsterte Dani.

Katz schüttelte den Kopf. »Auf was hinauf?«

Sie seufzte.

Aber so war es nun einmal. Sie hatten nichts als ihre Hirngespinste in der Hand.

Er postierte Dani links von der Tür, sich selbst und Kevin als Rückendeckung. »Dani.«

»Polizei! Bitte öffnen Sie die Tür!«

Nichts.

»Polizei! Aufmachen!«, sagte sie nun etwas lauter. Man könnte es auch brüllen nennen.

Die Nachbartür ging auf. »Meine Herrschaften, was schreien S' denn da so herum?« Ein alter Mann in brauner Stoffhose und beigefarbenem Hemd, auf einen Stock gestützt.

»Bitte bleiben Sie in Ihrer Wohnung«, zischte Katz ihn an.

»Was? Zuerst brüllen S' so, und jetzt flüstern S'. Außerdem fuchtelt man wirklich nicht mit Waffen herum. Was soll das? Lausbuben, ihr. Ich werd die Polizei verständigen.«

Dani hob die Hand – so energisch, dass auch der Nachbar die Luft anhielt.

---

* WEGA: von Wiener Einsatzgruppe Alarmabteilung (früherer Name); Sondereinheit der österreichischen Polizei in Wien

Sie legte das Ohr an die Tür. Und da war tatsächlich etwas. Nämlich ein Schmerzenslaut.

»Dani, knack sofort das Schloss.«

Unterdessen sprang Kevin mit zwei Schritten zu dem Greis und hielt ihm den Ausweis unter die Nase. »Wir sind die Polizei.«

Der Mann nahm ihm den Ausweis aus der Hand und betrachtete ihn ausführlich. Ohne Brille.

Zugleich ging auf der anderen Seite eine Tür auf. Ein vielleicht zwölfjähriges, extrem dünnes blondes Mädchen lehnte sich an den Rahmen. Sie knabberte an einer Strähne ihres Haars.

Katz machte in ihre Richtung eine wedelnde Handbewegung, doch die Göre bewegte sich keinen Zentimeter – nein, tat sie doch. Sie ließ sich am Rahmen entlang auf den Boden rutschen.

Katz machte einen Ausfallschritt zu ihr. »Das ist nicht CSI. Das ist echt. Verschwinde.«

Das Mädchen grinste. Und blieb sitzen. »Cool.«

»Und das ist sicher keine Kopie?«, hörte Katz den alten Mann sagen.

»Nein!«, schnauzte ihn Kevin an. »Und jetzt gehen Sie bitte wieder in Ihre Wohnung und bleiben da.«

Katz ging unterdessen zu dem Mädchen und zog sie am Arm in die Höhe.

»Au! Sie tun mir weh!«

»Was machen Sie da mit Larissa?« Die Mutter der Kleinen.

»Auf sie aufpassen. Was eigentlich Sie tun sollten!«, keifte Katz zurück. »Polizei.« Er stieß beide in die Wohnung. »Und auf Wiederschauen.« Er zog die Tür zu.

»Wir können.« Dani postierte sich wieder links der Tür und drückte sie auf.

Kevin sprang mit der Waffe im Anschlag zur Mitte des Eingangs, Katz gab ihm Rückendeckung. Im Vorzimmer brannte das Licht. Blutige Fußspuren auf dem hellgrauen Linoleum. Sie sprangen zurück in Deckung.

Danis Kopf schoss vor. Zurück. »Vier Türen. Zwei links, eine rechts, eine Stirnseite. Die eine Handbreit offen. Dahinter Licht.«

Kevin wieder zum Eingang, ins Vorzimmer.

Katz schräg hinter ihm. Er öffnete links die erste Tür. »Klo. Gesichert.« Er gab Deckung.

Kevin die Tür rechts. »Küche. Gesichert.« Er gab Deckung.

Katz öffnete die zweite Tür links. »Bad. Gesichert.« Er gab Deckung.

Dani positionierte sich in der Toilette.

Kevin drückte die Tür auf der Stirnseite auf und schlüpfte in die Küche zurück, gleichzeitig Katz ins Bad.

Kevins Kopf schnellte vor und zurück, dann sprang er selbst zur Wand neben den Türangeln, hielt die Waffe in den Raum, schwenkte sie langsam von links nach rechts. Als er die Mitte erreicht hatte, wechselte er die Seite, Katz übernahm seine Position in der Küche und Dani seine eigene im Bad.

Kevin ließ die Waffe weiter den Raum abtasten. »Scheiße.«

Sein Ton war eindeutig. Katz spürte, wie echter, tiefer Grant in ihm hochstieg. Schon wieder eine Leiche.

»Gesichert.« Kevin ging in den Raum, Katz und Dani folgten ihm. Das Wohnzimmer. Oder zumindest etwas Ähnliches. Grau melierte Couch, schwarzer Holzcouchtisch, Sprossenwand, Metallstellage mit Hanteln in allen Größen bis auf eine, an der Wand eine Springschnur, daneben eine Metallfeder, Flatscreen, Ministereoanlage für ein iPhone. Und mittendrin auf dem hellbraunen Laminat der Körper von Bernhard Fellner. Neben seinem blutigen Kopf die in der Stellage fehlende Hantel.

Kevin betastete die Halsschlagader. »Lebt noch.«

Katz nickte Dani zu, die im Hinausgehen ihr Handy zückte. Dann nickte er Kevin zu und deutete auf die Tür, die vom Wohnzimmer abging.

Sie positionierten sich wieder links und rechts. Dieses Mal drückte Katz die Tür auf und sondierte blitzschnell die Lage. Schwarz. Kleine weiße Punkte auf einer Seite. Jalousie. Das Licht aus dem Wohnzimmer modellierte Schemen. Großes zerwühltes Bett, Nachtkästchen, Digitalwecker, der null Uhr siebzehn anzeigte. Kasten wohl hinter der Tür. Süßlicher Geruch mit einer Beimischung. Im Moment nicht festlegbar.

Atmen.

Katz zuckte zurück. Er deutete Kevin, Person anwesend. Nickte Richtung des Bereichs hinter der Tür. Licht an, Sturm, Rückendeckung.

Nichts. Also niemand.

Sie sahen sich beide um und fixierten zeitgleich das Bett. Kevin ging auf die Fensterseite, Katz blieb beim Eck zur Tür.

»Polizei!« Sie hatten es synchron gebrüllt.

»Rauskommen!«, setzte Katz hintennach. »Ganz langsam. Mit den Händen voran. Ich will die Hände sehen.«

Geräusch von Rutschen, Klimpern wie von Metallringen. Eine Hand tauchte auf. Zierlich und mit extrem langen, in Blau lackierten künstlichen Fingernägeln. Am

Gelenk silberne Armreifen. Die entsprechend andere Hand gesellte sich dazu. Die Finger hielten schwarze Plateauschuhe aus Lack. Ein Kopf mit blond gefärbten langen, splissigen Haaren, ein nackter Rücken, ein Strapsgürtel in Hellblau, nackter Hintern, Beine in schwarzen Strümpfen.

Die Frau kniete sich hin und sah Katz aus einem völlig überschminkten Gesicht an. »Ich nix getan.«

2/22

Ich bin in ein paar Stunden wieder da.

ZEHN STUNDEN SPÄTER.

He! Verdammt noch mal! Lass mich nie wieder so lang allein in diesem Loch! Hast du verstanden?! Ich … ich … hätte mich verschlucken können, ersticken, und keine Sau hätte mir geholfen! Ein paar Stunden, ein paar Stunden! Ich hab schon geglaubt, irgendein Bus hat dich zusammengeführt. Oder der Typ hat dich erschlagen! Mach das NIE wieder mit mir! Hast du mich? Nie wieder!

Ja, Esma.

PAUSE.

Was ist los mit dir? Du bist ja völlig verschwitzt.

Es ist heiß draußen.

Und was ist das? Was sind das für Flecken?

PAUSE.

Nein. Aufhören. Warte, Chris. Da! Da ist das Sackerl. Da rein. Kotz da rein.

PAUSE.

Was ist los, Chris?

PAUSE.

Chris? Komm, sag es mir. Ich bin es, Esma.

Er ist tot.

Wer?

Fellner.

Was? Wieso?

Ich … hab ihn erschlagen. Mit seiner Hantel. Zehn Kilo.

PAUSE.

Ja, so ist es gut, kotz dich ruhig aus.

Geht schon wieder.

Scheiße, du hast ihn echt erschlagen.

Es tut mir so leid, es tut mir so wahnsinnig leid. Ich fasse es nicht. Ich wollte das nicht. Ich bin doch kein Mörder. Ich habe mich nur gewehrt. Er ist auf mich los. Hat mich beschimpft. Hat gesagt, dass ich Würstel nicht versuchen soll, ihn zu erpressen, hat mich geohrfeigt, hat mich gepackt, da hab ich einfach nur – irgendwas. Er war so wütend, so echt stinkwütend, und da habe ich Angst … und da habe ich dann das Ding in der Hand gehabt, einfach so, und da hat er mich angegrinst, und da habe ich … da ist er dann da gelegen, einfach so. Ich wollte das nicht. Ich wollte das nicht. Scheiße, ich wollte das nicht.

PAUSE.

Hör auf zu flennen.

PAUSE.

Was heißt erpressen?

Ich … hab ihm gesagt, dass ich der Polizei anonym sage, dass er die Karte gestohlen hat.

Die Karte.

Ja. Dass er ein Dieb ist.

Ich hätte dich auch ausgelacht.

Wieso?

Weil das gelogen ist. Du hast ihm gesagt, dass du ihm den Koller in die Schuhe schiebst. Weil du ihn zur Tatzeit dort gesehen hast.

Nein.

Doch. Und dann würde ich auch ausrasten, wenn jemand versucht, mir einen Mord anzuhängen.

Nein, so war es nicht!

Nein? So war es nicht? Du piepst. Menschen, die piepsen, lügen.

Nein! So war es nicht!

Oder hast du ihm gar nichts anhängen müssen, weil er es getan hat? Hast du ihn damit erpresst?

Was soll der Scheiß? Ich hab doch … hab doch den Koller …

Sprich es aus.

PAUSE.

Jetzt kotzt du wieder. Und weißt du, warum? Weil du bestenfalls ein fucking dämlicher Totschläger bist, aber kein Mörder. Ich hab die ganze Zeit das Gefühl gehabt, dass das alles ein großer Schwindel ist. Ein Scheiß Fake Video. Ich weiß zwar nicht, warum du die Show abgezogen hast, aber jetzt ist sie auf jeden Fall vorbei. Ich hab die Nase voll von dir.

Esma …

Fuck off. Jemand, der einen Menschen nackt aufhängt, ihm eine Feder in den Arsch steckt, kotzt nicht, wenn er einen anderen mit der Hantel erschlägt. Du bist nichts als ein beschissener Psycho.

PAUSE.

Warum schaust du mich so an?

PAUSE.

He! Warum schaust du mich so komisch an? Ich red mit dir.

Weil ich dich das erste Mal so richtig sehe.

Geh bitte, nicht schon wieder diese crazy Nummer.

Keine Sorge. Es ist vorbei.

Was ist vorbei? Gar nichts ist vorbei. Du hast den Fellner erschlagen. Oder ist das auch nur eine Show?

Nein, das stimmt.

Okay, dann …

Und ich hab dem Markus die Feder in den Arsch gesteckt.

Ma, echt! Von mir aus, wenn's dir Freude macht. Aber du musst jetzt … Wo gehst du hin? Verdammt, bleib da!

TAG 2 / MAYER

Mayer spürte, wie ein absolut zwingender Lachanfall in ihr hochkroch. Da standen ihre beiden Kollegen in bester Bruce-Willis-Manier mit gezogener Waffe und starrten eine nackte Frau an. Es war nichts komisch an der Situation – außer vielleicht Kevins knallroter Kopf –, aber sie reizte Mayer zum Lachen.

Tief einatmen.

»Ziehen Sie sich an.« Sie warf der Frau das enge schwarze Kunstlederjäckchen zu, das sie auf ihrem Rückweg vom Telefonieren unter dem Couchtisch erspäht hatte. Sofort war ihr klar gewesen, wie Fellner die Niederlage von Real gefeiert hatte.

Die Nutte tat wie geheißen, zog unter der Bettdecke auch noch so etwas Ähnliches wie einen Minirock hervor, wenn man einen breiteren Gürtel als solchen bezeichnen wollte, und schlüpfte in die Schuhe.

Währenddessen verstauten die beiden Männer ihre Waffen.

»Kevin, du übernimmst die Dame hier!«, befahl er dem Armen.

Aber der Stoß ins kalte Wasser war wohl die beste Strategie, Kevin ein wenig abgebrühter zu machen. Manchmal fragte Mayer sich, wie er die Zeit bei der Streife durchgestanden hatte, denn da sah man viel. Verdammt viel. Und vor allem Dinge, die man so nie sehen wollte.

»Ich muss einmal eine rauchen«, brummelte der Alte weiter und strebte zur Wohnungstür.

Mayer hockte sich zu Fellner und zwängte ihm die Lider auf. Ohnmächtig oder komatös. Die Wunde an der Schläfe blutete kaum mehr, immerhin etwas. War aber eine hässliche Delle. Stabile Seitenlage? Mayer beschloss, genau nichts zu tun, sonst ruinierte sie vielleicht noch etwas. Die Erste-Hilfe-Ausbildung war ein steter Quell der Qual für sie gewesen und der Notarzt sicher gleich da.

»Was? Du? Gesehen?«, prononcierte Kevin. Mittlerweile sehr laut.

»Sag ihr, dass sich dummstellen nichts nützt. Wir besorgen ihr einen Dolmetscher, für welche Sprache auch immer!«, rief Mayer ins Schlafzimmer.

Sie ließ einmal ihren Blick kreisen. Die Einrichtung erzählte von Sportfanatismus und keinerlei Wohligkeit. Den starken Mann als Türsteher markieren, saufen, schlafen, trainieren, starker Mann, saufen, Fußball, Nutte, schlafen, trainieren, starker Mann, saufen, schlafen – eine total langweilige Endlosschleife. Aber die Literatur sagte, dass Psychopathen oft ein sehr geregeltes Leben führten, das sie mit extremen Kicks aufpeppten.

Sie betrachtete wieder den Verletzten. Statt eines ausgeklügelten Verhörs und einer Festnahme hatten sie nun einen weiteren Niedergeschlagenen. Grandios.

Und schon wieder kitzelte sie dieser Lachanfall. Die dummen Bullen, immer ein Schritt vor und zwei zurück. Da ist die Lösung, guck guck, nein, doch nicht, ätsch.

Keinerlei Kunstgegenstände in der Wohnung, nichts, was nach Geschenk eines Oligarchen aussah.

Die Blutlache neben seinem Kopf war verwirbelt. Von ihr führten die Spuren weg.

»Ich hätte ihm das Bein stellen sollen.« Der alte Nachbar stand in der Wohnzimmertür.

Mayer stemmte sich in die Höhe, ging zu dem Mann und hakte sich unter. »Sie dürfen da nicht herein. Spuren und so. Kommen Sie!«

»Ich hab aufgepasst.« Er zeigte mit seinem Stock auf die Abdrücke im Vorzimmer. »Da am Rand geht es.«

Mayer schob sich mit dem Nachbarn an ihnen vorbei. Sie waren Gold wert, weil sie ein ganz klares Sohlenprofil zeigten. Drinnen unzerstört, draußen mangelhaft verwischt. Da hatte es jemand sehr eilig gehabt. Es könnte auch Panik gewesen sein.

Vor seiner Wohnung stellte Mayer den Mann ab. »So. Wem hätten Sie ein Bein stellen sollen?« Plaudern. Damit beruhigen.

»Diesem Rüpel, der die Stiegen hinuntergerannt ist. Ich bin gerade bei der Haustür herein, und er hat mich fast umgestoßen. Kein Benehmen, also wirklich.«

»Ja, Sie hätten ihm das Bein stellen sollen.«

»Und dann eins drüber mit dem Stock.«

»Das ist für schlechtes Benehmen aber ein bissel hart, oder nicht?«

»Ja, aber ihr hättet ihn gleich mitnehmen können.«

»Wir sind von der Kriminalpolizei. Für Randalierer sind die Kollegen von der Streife zuständig.«

Der Mann stützte beide Hände auf den Stock auf und beugte sich zu Mayer. Studierte ihr Gesicht. »Fräulein, Sie sind aber nicht gerade von der schnellen Fraktion.«

In Mayer kämpfte sich wieder etwas nach oben. Es war rot und heiß. »Also was erlauben Sie sich e…?« Dann war da nur mehr Hitze, die sich hoffentlich nicht in Röte entlud. »Sie meinen, der Rüpel war der Täter?«

»Das sag ich doch die ganze Zeit, Fräulein.«

Mayer zückte ihr Tablet und setzte sich auf die oberste Stufe des Stiegenaufgangs. »Wie kommen Sie darauf?«

Zwei Stock tiefer wurden schnelle gummibesohlte Schritte hörbar.

»Hier sind wir«, rief Mayer. Sie stand wieder auf und lehnte sich in die Ecke zur Wohnung des alten Mannes. »Also?«

»Ich bin wie jeden Abend unten im Hof gesessen. Das mache ich, damit diese Lausbuben, die mit ihren Zigaretten und dem Bier James Dean nachäffen, nicht so laut sind.«

»Und das hilft?« Mayer kannte solche Gangs wie die vorhin in der dunklen Ecke zur Genüge. Die schissen einem Alten normalerweise auf den Kopf.

»Nachdem ich zwei Mal die Polizei gerufen habe, ja. Aber leider halten sie länger durch als ich. Die senile Bettflucht hat einen großen Bogen um mich gemacht. Ich brauche meine acht Stunden.« Er seufzte.

Die Rettungsleute erreichten das Stockwerk. Mayer zeigte zur offenstehenden Tür. Der Trupp verschwand in Fellners Wohnung.

»Ist das nur, weil das so sein muss, oder lebt er wirklich noch?«, fragte der Nachbar leise. Es klang sehr anteilnehmend.

»Er lebt noch.«

Der Alte rieb die Lippen aneinander. »Er hat mir immer das Mineralwasser eingekauft.«

»Verstehe. Gut. Sie waren also im Hof.«

»Ja, und da kam dieser junge Mann. Und ich hab gleich gewusst, das ist Besuch. Denn er hat mich nicht gegrüßt. Mich grüßen alle.«

Der Alte war offensichtlich der heimliche Regent des Gemeindebaus. »Und woher wollen Sie wissen, dass er zu Bernhard Fellner ist?«

»Weil kurz danach aus dem Wohnzimmer von Fellner Streit zu hören war. Und er das Fenster geschlossen hat.«

Mayer setzte sich wieder auf die Stiege und machte nun endgültig das Tablet betriebsbereit. »Verstehe. Und wann war das?«

»Das weiß ich nicht. Vielleicht eine Viertelstunde, bevor Sie gekommen sind.«

Verdammter Kack! Katz mit seinem Zögern. Mit seinem Auftrag an Alex. Nein, so durfte sie nicht denken. Das Was-wäre-wenn-Spiel war ein total sinnloses. Sie tippte als ungefähre Uhrzeit dreiviertel zwölf ein.

»Haben Sie verstanden, um was es gegangen ist?«

»Nur einen Satz. Fellner hat gebrüllt: Du Scheißer willst mich erpressen?«

Mayer sah den Alten an. »Und das ist Ihnen nicht gleich komisch vorgekommen?«

»Wissen Sie, man hört hier so viel, das bedrohlich oder ernst klingt, ohne, dass es das wäre. Ich habe aufgehört, mich immer gleich einzumischen. Man ist damit nur der Dumme.«

Aber Jugendliche erzog er sehr wohl. »Okay, und wie hat der Besucher ausgesehen?«

Wieder Getrampel im Stiegenhaus. Mayer stand neuerlich auf – nicht zu früh. Denn die Kollegen von der Streife kamen im Laufschritt in den zweiten Stock. Sie wies sie ein. Jetzt konnte es auch nicht mehr lange dauern, bis Schmitz und seine Leute antanzten.

Zur Sicherheit blieb sie stehen, obwohl ihre Beine bleiern waren. »Okay. Also?«

»Das kann ich Ihnen nicht sagen, wie er ausgesehen hat. Ich hör zwar noch gut, aber ich seh nichts mehr. In der Ferne.«

»Ich hab geglaubt, er hat sie fast umgerannt.«

»Eben. Das ist sehr schnell abgelaufen. Er war sehr groß, sehr massig und blond. Ja, der helle Fleck war sehr groß. Er hat wohl lange Haare. Mehr kann ich Ihnen beim besten Willen nicht sagen.«

Mayers Herz tat einen Sprung. Das klang total nach … aber das konnte nicht sein.

Sie nahm die Personalien des alten Mannes auf.

Welche Verbindung gab es zwischen … sie mussten etwas übersehen haben.

Sie bedankte sich und lief die Stiegen hinunter.

Oder vielleicht doch nicht. Fellner hatte ja erzählt, dass er einmal bei einer Fiesta gewesen war. Okay, miteinander bekannt konnten die beiden sein. Aber wieso Erpressung?

Sie trat in den Hof. Viele, viele Menschen, aber kein Katz. Wo steckte … er saß mitten unter den Jugendlichen auf dem Tisch der Sitzgruppe und beobachtete etwas, was einer der Burschen tat. Auf einem Block mit einem Stift. Bei dieser Klientel ein höchst ungewöhnlicher Anblick.

Die Nutte trat aus dem Haus und strebte ohne Gruß zum Ausgang des Gemeindebaus.

Dicht hinter ihr kam Kevin. »Es hat Sturm geläutet. Irgendwann hat es Fellner gereicht und er ist von der Dame …«

»Abgestiegen«, half ihm Mayer, wobei sie sich ein Grinsen nicht verkneifen konnte.

»Ja, er hat sich angezogen und ihr eingeschärft, dass sie im Schlafzimmer bleiben soll. Dann hat sie Streit gehört, wobei sie aber nur das Wort Erpressung verstanden hat. Und dann ›I bring di um.‹ Da hat sie es mit der Angst zu tun bekommen, hat zusammengefischt, was sie von ihren Sachen in der Schnelligkeit erwischt hat, und ist unters Bett.«

»Gesehen hat sie den Besucher nicht.«

Kevin schüttelte den Kopf.

»Und wieso war sie nicht schon längst weg?«

»Wie die Tür ins Schloss gefallen ist, hat sie rausgeschaut und den Fellner am Boden gesehen. Sie hat geglaubt, er ist tot. Dann war ihr zuerst schlecht, und dann hat sie nicht gewusst, was sie tun soll. Sie hat versucht, ihren Zuhälter anzurufen, aber der hat nicht abgehoben. Und dann waren eh schon wir an der Tür.«

»Und Polizei ist böse, oder was?« Mein Gott, sie hätten sich so viel Stress ersparen können, wenn diese Gurke ihnen einfach aufgemacht hätte.

»Angst. Hab geglaubt Trick«, zitierte Kevin mit hoher Stimme und gekonntem Akzent. Er hielt ihr ein Sackerl mit einer Plastikkarte hin und zuckte mit den Augenbrauen.

»Sag jetzt nicht ...«

»Doch. Vom selben Storage.«

»Aber das Lager ist doch leer.«

»Vielleicht hat er den ganzen Krempel einfach in ein Nebenlager umgeräumt.«

»Ja, wäre nicht so blöd.«

»Wir könnten dann ja noch hinfahren und die Karte ausprobieren. Wenn Schmitz die Fingerabdrücke genommen hat.«

»Könnten wir.«

Kevin rubbelte sich den Entenschnabel, sah sich um,

seufzte. »Bald ist der gesamte Gemeindebau auf den Beinen.«

Mayer sah sich ebenfalls um. In den eineinhalb Minuten, die sie nun vor der Tür stand, hatte sich die Zuschauermenge verdoppelt. Klar, die Einsatzwagen, da wusste man, dass es etwas zu begackern gab.

»Komm!«, sagte sie zu Kevin und ging mit ihm zu Katz und den Jugendlichen.

Die machten auch gleich Platz für sie. Katz musste sie mit einem genialen Schmäh in den Griff bekommen haben. Er grinste Mayer an und zuckte mit den Augenbrauen, sagte: »Der Dürer von Simmering.« Verfolgte wieder gebannt die Kritzelei des Burschen neben ihm. Stoppelglatze, wässrig blaue Augen, Narbe auf dem rechten Wangenknochen, Piercing in der Unterlippe, flächendeckende Tattoos auf den Armen, weißes T-Shirt, blaue Jeans, weiße Sneakers. Mayer beugte sich über seine Schulter, betrachtete das Papier.

Christoph Pfeifer sah ihr aus einem noch nicht ganz fertigen, aber ziemlich perfekten Porträt entgegen.

2/23

Ma, echt! Von mir aus, wenn's dir Freude macht. Aber du musst jetzt … Wo gehst du hin? Verdammt, bleib da!

Schiffen.

PAUSE.

Chris, was soll das? Was willst du mit dem Messer?

Du hast es gesagt. Die Show ist vorbei.

Aber … aber …

Aber. Aber. Die wortgewandte Esma stottert wie ein Baby. Hast du jetzt Angst? Ja?

Willst du, dass ich Angst habe?

Vielleicht.

Ist das für dich Liebe?

Wenn du so kreischst, bist du ziemlich unsympathisch.

PAUSE.

Und bitte, Esma, nimm dieses Wort nicht mehr in den Mund. Du verdreckst es.

Ich verdreck es.

Ja, du hast noch nie jemanden geliebt. Immer nur dein Spiegelbild in den anderen …

Das stimmt doch nicht. Spiegelbild. So ein blöder Spruch. Hast du von einem Kalender, oder was?

Okay. Wen liebst du?

PAUSE.

Eva. Ich liebe Eva.

Ja, solange du nicht dein Leben für sie ändern musst. Aber es ist egal.

Nein, ist es nicht.

Doch. Und ich mach dir nicht einmal einen Vorwurf. Wir lieben alle nicht, wir rennen alle nur irgendwelchen Bildern nach.

Was soll das jetzt? Psychostunde für Anfänger?

PAUSE.

Warum lachst du?

Echt, Esma, was ich mein ganzes Leben aufgeführt habe, nur damit du mich einmal anschaust. So richtig ansiehst. Es ist … soooo lächerlich. Warum hat mir nie jemand eine verpasst, damit ich munter werde?

Ich versteh. Gerade. Gar nix.

Zuerst war ich klein. Dann hab ich mich klein gemacht. Ich hab gesehen, wie du die anderen wegstößt, wenn sie dir zu nahe kommen. Ich wollte nicht weggestoßen werden. Ich habe mich klein gemacht. Ganz klein. War dein Handtaschenhund. Besser das als gar nicht bei dir.

Ich hasse Hunde.

Das hatten wir schon.

PAUSE.

Weißt du eigentlich, wie widerlich ich es finde, wenn du so schnodderig bist?

Wer war da gerade schnodderig? Verdammt, Chris, was ist plötzlich mit dir los? Du bist plötzlich so anders.

Ja, das ist der andere Chris. Der Christoph. Der ein Zinshaus verwaltet, der eine ganze Bibliothek daheim hat. Der durch Spanien wandert. Der war die ganze Zeit da. Und dein Chris hat ihn versteckt. Vor allen Leuten. In der ganzen Szene. Ich frag mich, warum das nie jemandem aufgefallen ist. Also ich meine nicht dich. Du siehst nur das, was du sehen möchtest. Aber den anderen. Heute die Bullen …

Bullen?

Sie haben mich nach deiner Wohnadresse gefragt. Sie suchen dich. Und sie haben mich gesehen. Also Christoph. Sie haben Christoph gesehen. Sie werden mich in alle Einzelteile zerlegen. Sie wollen mein Alibi für den Mord an Markus. Morgen.

Na, das kann ja nicht so schwer sein. Irgendwer wird dich schon irgendwo zur fraglichen Zeit gesehen haben.

Und als ich euch gesehen habe, auf der Terrasse, so glücklich … du warst so glücklich. Ich hab euer Spiel gesehen. Mit der Pistole. Du hast dich ihm völlig ausgeliefert.

Sie war nicht geladen. Und ich war mit Markus nicht glücklich. Wir haben ständig gestritten. Das weißt du doch.

Ja, du hast ihn gehasst. Und geliebt. Und ich … ich hab nur mehr Rot gesehen. Ich bin die ganze Nacht in dem scheiß Auto gesessen und habe mir ausgemalt, wie ich ihn erwürge. Oder absteche. Ich habe mir Mut angesoffen, mit so einem billigen Fusel von der Tankstelle. Ich hab gewartet, dass du weggehst, damit ich … ihm dann wenigstens eine in die Goschn hau. Diesem Drecksack, der seine Barbiepuppe für dich nie verlassen hätte.

Das habe ich auch nie von ihm verlangt.

Unterbrich mich nicht. Und dann ist dieser Typ gekommen. Der Fellner. Ist ins Haus gegangen. Und lange nicht mehr aufgetaucht. Aber ich habe gewartet. Alk macht stur. Und dann ist der Walter aufgetaucht. Und nach ein paar Minuten abgezischt. Voll die Panik. Da hab ich auch die Panik gekriegt. Weil ich war nicht im Garten, da hast du schon recht. Und ich hab geglaubt, du bist noch drin. Aber ich hab ja schwer reingehen können und fragen, was los ist. Irgendwann ist dann auch der Typ weg. Und da bin ich dann rein.

PAUSE.

Warum hast du nicht die Polizei geholt?

TAG 2 / KATZ

Am Ende der Gasse zeichneten sich die Silhouetten der Buden am Naschmarkt gegen den nachtblauen Himmel ab. In Gedanken durchquerte Katz die zwei Reihen der Verkaufsstände, sprang über die Rechte Wienzeile, tauchte in das gegenüberliegende Gassengewirr ein und prallte zufällig vor einem netten Weinlokal mit dem Mokkaauge Maria zusammen. In dem sie, in verzweifelter Sehnsucht nach dem gut aussehenden Polizisten, die Stunden nach der Fiesta verbracht hatte. Ganz nahe dem ersten Ort ihrer Begegnung. Siebenhundert Meter Luftlinie. Er hob ab …

Das Bild zerbröselte. Seine Einzelteile flatterten Fledermäusen gleich ins dunkle Nichts.

… und krallte sich im letzten Moment in Kevins Arm. »Scheiß Kante.« Er trat gegen den Gehsteig.

Und im nächsten Moment hatte er das unbändige Bedürfnis, zu lachen. Es war einfach unglaublich, wie bedürftig er im emotionalen Bereich war. Da schaffte er es doch tatsächlich, bei zwei Leichen und einer verschwundenen Frau, ja sogar beim wahrscheinlichen Durchbruch im Fall an eine Liaison zu denken. Krank.

»Da ist es«, verkündete Dani. Sie erklomm die Stiege, die am Ende der Laimgrubengasse den Gehsteig auf das Niveau der Linken Wienzeile hob, und zeigte auf einen schmalen Eingang eines Weinkomptoirs. Oder so etwas Ähnlichem.

Katz sah sich um, bemerkte aus dem Augenwinkel, dass es die beiden anderen ebenso taten. Bestellt und nicht abgeholt, so könnte man die Situation kurz zusammenfassen. Er setzte sich auf die Stufen, die Hose war ohnehin schon ruiniert.

Ein Taxi bog quietschend in die Gasse ein und blieb direkt bei ihnen stehen. Der Fahrer sprang heraus und winkte wie ein fröhliches Kleinkind.

»Was machen Sie denn hier?«, formulierte Dani Katz' Verwunderung aus.

Der Taxler vom Vorabend schüttelte ihnen der Reihe nach die Hand. »Gautam Mistry, zu Diensten. Habe Ihre Frage vernommen, habe mich gleich gemeldet. Nette Frau am Telefon hat mir gesagt, wo ich Sie finden.«

»Sie hätten auch anrufen können.« Dani wirkte leicht genervt. Wahrscheinlich fürchtete sie die Schwafelei des Inders so wie Katz selbst.

Mistry rollte die Unterlippe nach außen.

»Okay, Herr Mistry«, und im letzten Moment verkniff Katz sich ein Seufzen. »Ihr Einsatz ist toll. Was liegt an?«

Der Taxler strahlte wieder. »Junge hübsche Frau, die Polizei sucht, ist in Taxi gestiegen. In Wildgrubgasse. Bei Nachbar.« Er wackelte mit dem Kopf. »Stück nach Nachbar.«

Kevin scrollte auf seinem Handy und hielt ihm das Display vor die Nase. »Die?«

Nicken.

»Wann?«

»Acht Uhr fünfunddreißig. Halb acht ich bestellt. Drei

Minuten gewartet. Losgefahren. Also acht Uhr fünfunddreißig.«

»Was haben Sie denn um die Uhrzeit dort gemacht?«, fragte Katz ehrlich verwundert.

»Ich habe Mann und Frau geholt von Sexparty. Bei Nachbar.« Er zwinkerte ihm zu, so von Mann zu Mann. »Habe Ihnen gesagt, dass ich diskret, sooooo diskret, Master. Und deswegen immer bestellt.«

Beim Eingangstor des Nachbarhauses kam Hannes Rössler heraus. Im Eilschritt schlüpfte er durch ihre Gruppe durch, verlautbarte dabei »Komme gleich!« und verschwand im Weinkomptoir. Eine staatsanwaltliche Geistererscheinung.

Katz verbot sich sinnloses Nachdenken und zwang sich zum Zeugen zurück. »Äh … ja. Und die junge Frau?«

»Ist dort gegangen. Sie hat Stöckel, ich habe Mitleid, ich fragen Paar, ob auch Mitleid, ich halten und sie bitten mitfahren.«

»Und wie hat sie gewirkt?«, fragte Dani.

»Seeehr sexy.« Mistry zwinkerte erneut.

»War sie verwirrt oder ängstlich?«

Der Taxler legte den Kopf nach links, nach rechts. »Hat gelächelt. Die ganze Zeit. Wie Frau von Paar.«

»Danke, Herr Mistry. Sie haben uns sehr geholfen.«

Der Inder verbeugte sich. Kevin nahm nun offiziell seine Daten auf.

Dani setzte sich zu Katz. »Sie hat kein Taxi zum Oberen Schreiberweg bestellt.«

»Vielleicht wollte Koller nicht, dass man sie sieht.«

»Sie hat auch keines nach unten bestellt.«

»Aber sie hat gelächelt. Klingt nicht danach, als wäre sie vor etwas Furchtbarem geflohen.«

»Auf jeden Fall wissen wir jetzt einmal sicher, dass sie dort gewesen ist. Und noch quicklebendig war …«

»Als der Mann an der Tür geklingelt hat. Vielleicht hat sie geglaubt, dass der Typ reinkommt. Und sie wollte einer Begegnung aus dem Weg gehen.«

Mistry winkte ihnen zu, hüpfte in sein Taxi und brauste die Gasse hinauf.

Kevin gesellte sich zu ihnen. »Das wird immer stranger. Täterin, Opfer …«

»Und sie könnte eine Zeugin sein. Verdammter Kack, wir brauchen diese Frau endlich!«

»Schön sprechen, Katz!«, ertönte es hinter seinem Rücken.

Rössler hielt drei kleine Cola-Flaschen in der Hand, die er ihnen nun reichte. »Soweit ich den verwirrenden Sätzen deines Anrufs Sinn geben konnte, lieber Karl, habt ihr noch eine längere Nacht vor euch. Wer war das eben?«

»Eines nach dem anderen.« Katz nahm einen Schluck von der Brühe, der er sich sonst verweigerte. Aber in einer Ausnahmesituation brauchte man manchmal eine Alternative zu Kaffee. Und besser als ein Energydrink war sie auf jeden Fall.

Die Kohlensäure schien in seinem Kopf zu explodieren und sämtliche Wattebäuschchen von Müdigkeit und Überarbeitung hinauszutreiben. Doch nicht so schlecht, das Gesöff.

»Darf ich fragen, warum wir uns hier und nicht im Büro treffen?« Dani zwischen hastigen Schlucken.

»Weil ich da drinnen«, Rössler zeigte aufs Weinlokal, »noch ein Betthupferl getrunken habe, und weil ich da oben«, sein Arm wies zur obersten Etage des Nebenhauses, »wohne.«

»Ja, aber …«, hob sie an.

Blitzschnell zückte Rössler aus seiner Sakkotasche einen Umschlag. »Für Notfälle habe ich immer was daheim. Also wen wollen wir verhaften und was wollen wir durchsuchen?«

»Verhaften wollen wir Christoph Pfeifer«, brachte sich nun Kevin ein, »wegen dringenden Tatverdachts im Falle des Mordversuchs an Bernhard Fellner.«

»Details?«

Katz nickte dem Youngster zu. Er war in den letzten Stunden selbstbewusster geworden, das galt es zu unterstützen. Er entwickelte sich brav weiter – und das sollte er selbst auch. Und während Kevin nun quasi seine Rolle einnahm und die Ereignisse der letzten Stunden zusammenfasste, wandte sich Katz ab, um sozusagen Kevins Rolle einzunehmen und in Ruhe am Smartphone die Mails und die internen Mitteilungen zu checken. Vielleicht hatte ja Schmitz mit seinen Leuten inzwischen noch etwas Bahnbrechendes gefunden. Eine versteckte Geheimtür, hinter der sich Esma Baykurt verbarg. Oder etwas ähnlich Abstruses.

Die alte Mail von Kevin bezüglich der Bio von Fellner. Sonst nichts.

Auf seinem privaten Account ebenfalls nichts. Nun ja, die Dame wusste, dass er im Einsatz war.

Nun wieder brav zurück zum Beruflichen … eine eben eingetroffene Mail. Und beim Namen des Absenders wurde ihm heiß. Er überflog den Inhalt. Das konnte nicht sein.

»Okay, die Sache Pfeifer ist klar. Und was wollen wir durchsuchen? Abgesehen von seiner Wohnung?«, hörte Katz Rössler fragen.

»Esma Baykurt ist verschwunden«, sagte Dani.

»Ja, das habe ich gelesen.« Rössler.

»Ja, und ein möglicher Ort ist …«

»Ihr Studio.« Katz drehte sich zu den anderen um und zeigte ihnen sein Handy. Was natürlich Blödsinn war, auf die Entfernung konnten sie nichts lesen.

Kevin aktivierte auch sofort sein Telefon und scrollte.

»Die Mail ist an mich persönlich, Draganović.« Er sah Dani und dann Rössler an. »Von Pfeifer.«

»Ja, und?«, drängte Dani.

»Ruf Verstärkung! Volles Programm! Große Neugasse!« Er drückte Rössler das Telefon in die Hand und rannte los. Die paar Meter die Gasse hinauf zum Wagen. Wo er Gott sei Dank in zweiter Spur stand. Fahrbereit.

Sehr geehrter Herr Chefinspektor Katz! Diese Mail ist so programmiert, dass sie automatisch in zwölf Stunden zugestellt wird. Wenn Sie sie also lesen, dann ist alles schiefgegangen und ich bin wahrscheinlich tot.

Katz sprang ins Auto, die anderen drei Bruchteile von Sekunden nach ihm. Er startete, schob den Gang hinein, sah durch die Windschutzscheibe – die Gasse hinauf zur Gumpendorfer Straße. »Scheiße. Blöde Einbahnen. Was ist schneller? Kirche ums Kreuz oder zu Fuß über den Naschmarkt?«

»Blaulicht. Horn.« Rössler. Der das Handy an Dani weiterreichte.

Katz rüstete auf und gab Gas. Gumpendorfer. Sperl*. Rote Ampel. Kurzes Abbremsen. Zweierlinie.

Und ich bin schuldig. Ich weiß, wer Markus Koller und Walter Jelinek umgebracht hat und habe es Ihnen

* Das Café Sperl.

nicht mitgeteilt. Warum, das tut jetzt nichts zur Sache. Aber ich bezeuge hiermit schriftlich, dass ich Bernhard Fellner am Tatort gesehen habe.

»He! Redet mit mir!«, quengelte Kevin.

Dani gab ihm das Handy. »Fuck! Wieso hat sie der eingesperrt? Ich blick gerade überhaupt nicht durch.«

Vier vereinzelte Autos, die, dämlich auf den drei Spuren versetzt, die ganze Fahrbahn blockierten. Katz fuhr Slalom. Wieder Rot. Kein Auto. Zwei Männer auf der Straße. Torkelnd. Er bremste. Sie hüpften zurück zum Würstelstand am Beginn des Naschmarkts. Er gab Gas. Links. Rechts. Operngasse.

Und seit Kurzem ist mir auch klar, warum er die Morde begangen hat. Es geht um Wertgegenstände, die Markus Koller in einem Lager untergebracht hat. Und ich vermute, dass Walter Jelinek sterben musste, weil er Fellner bei Koller überrascht hat. Ich hab ihn beobachtet, wie er voller Panik davon gelaufen ist. Und Fellner ist ihm kurze Zeit danach hinterher.

Das Schikaneder*. Bislang eine Minute fünfzig. Das Lokal der Fiesta. Dunkel.

»Ich pack's nicht!« Dani. »Während der für uns den Volltrottel gespielt hat, ist die Esma ein paar Meter weiter eingekerkert gewesen. Ich hab ja gesagt, mit dem stimmt was nicht. Ich hab's ja gesagt!«

»Ihr habt mit diesem …«

»Pfeifer.«

Ein Radfahrer mit Karacho aus der Preßgasse. Katz riss das Steuer herum. Er hörte, wie neben und hinter ihm Körper gegen Verkleidungen und Scheiben schlugen.

---

* Schikaneder: Programmkino

»Schon Kontakt gehabt?«, japste Rössler.

»Hat sich gemeldet, wie Sie zum Theater …«

Geradeaus ein Auto, das trotz Signal und Blaulicht keinen Platz machte. Katz hupte. Überholte links über den Fahrradweg.

Doch das alles ist nicht so wichtig wie Folgendes: Ich habe Esma Baykurt aus Gründen, die Sie nichts angehen, in ihrem Studio in der Großen Neugasse eingesperrt. Der Ersatzschlüssel befindet sich im Postfach Nummer Zwei.

Katz bremste. Retourgang. Links hinein. Stopp. Zwei Minuten einunddreißig.

Sie stiegen aus.

Ein Souterrainlokal mit Scheiben aus Milchglas, davor Eisenstäbe. Der Eingang ohne Schriftzug. Kein Licht.

Dani ging zur Tür und horchte. »Nichts.«

Sie schwiegen.

»Dieses Mal sollten wir aber …«

»Ja, Kevin. Wir warten auf die WEGA. Keine Sorge. Obwohl …«

»Er hat Fellner erschlagen. Einen Riegel*«, wandte Dani ein.

»Warum sind wir dann überhaupt so gerast?« Rössler.

Katz sah ihn an. Eine selten dämliche Frage … der allerdings ein Hauch von Berechtigung innewohnte.

»Gefahr in Verzug. Kann immer sein«, rettete Kevin die Situation.

»Okay, okay, dann schauen wir wenigstens einmal, ob das mit dem Schlüssel stimmt«, lenkte Rössler ein.

Dani öffnete mit dem Postschlüssel den Hauseingang. Kevin holte aus den Tiefen seiner Jeans ein Schweizer-

---

* Riegel: großer, mächtiger Mann.

messer heraus und zwängte das Türchen des Briefkastens auf. Ein Ring mit zwei Schlüsseln blinkte ihnen entgegen.

Draußen auf der Straße ertönten Martinshörner.

Ich hoffe, dass es ihr noch gut geht, wenn Sie das lesen. Und sagen Sie ihr bitte, dass es mir leidtut.

2/24

Warum hast du nicht die Polizei geholt?

Um als Freak dazustehen?

Ja, aber …

Ich weiß es nicht, Esma. Ich weiß es nicht. Ich war besoffen. Der einzige Gedanke war, dass niemand mitbekommen soll, dass du bei ihm gewesen bist.

Hast du echt geglaubt, dass ich was damit zu tun habe?

Nein. Ich weiß es nicht. Keine Ahnung. Ich habe einfach das Bett gemacht. Ohne nachzudenken. Das Geschirr abgewaschen. Das Bad sauber gemacht. Ja, und die Pistole abgewischt.

PAUSE.

Aber warum hast du …?

Ihm die Feder in den Arsch gesteckt?

Das warst wirklich du?

PAUSE.

Das frage ich mich auch. Ich seh mich, wie ich ins Theater bin für die Vorbereitungen. Ich weiß, wie ich mitbekommen habe, dass die Marjana nicht nach Hause will. Dass der Markus noch länger nicht … dass niemand wissen wird, wer der Typ …

Jelinek.

Nein. Denn wenn der Alarm geschlagen hätte, wäre die Polizei schon zum Haus und die Marjana benachrichtigt. Außerdem habe ich gewusst, dass die Freunde sind. Ich hab den Fellner damals mit dem Jelinek bei der Fiesta gesehen.

Du hast die ganze Zeit gewusst, dass es der Fellner war?

PAUSE.

Scheiße. Warum bist du zu ihm? Dass der ausrastet …

Scheiße, Scheiße, Scheiße. Warum bist du zu ihm? Warum bist du zu ihm? – Du hörst dich so lächerlich an.

PAUSE.

Sag, Esma, hast du mir den ganzen Schwachsinn von der Revolution überhaupt eine Sekunde lang geglaubt?

Du warst überzeugend.

Das war doch hirnrissig. Von A bis Z vollkommen durchgeknallt.

Nicht für einen Psycho.

Ja, Psycho. Hm. Vielleicht bin ich wirklich einer.

Ich kenn mich grad überhaupt nicht aus. Du bist jetzt so … ruhig. Und vorher warst du so …

Ja, vorher war ich so. Wie so? Bin ich wirklich auch so?

Werd jetzt nicht philosophisch.

Och, ich finde den Zeitpunkt gerade richtig. Ich habe einen Menschen getötet. Das verändert alles. So wie eine Geburt. Da ist nichts mehr wie vorher. War das bei dir eigentlich auch so?

Ja, schon. Irgendwie.

Irgendwie. Klar. Du bist ja davongerannt. Ich werde nicht davonlaufen. Ich stehe zu meiner Schuld.

He, Chris, es war Notwehr.

Ich hätte mich schon sehr oft in meinem Leben … notwehren können. Aber heute habe ich es getan. Und ich putze mich nicht ab. Drogen verändern dich nicht, sie holen nur etwas raus aus dir, was du sonst gern versteckst.

He, warst du also wirklich drauf? Auf was? Koks? Das ist ein Milderungsgrund.

Nein, bei Fellner war ich schon nüchtern.

PAUSE.

Weißt du, Esma, ich will einmal einfach so fliegen. Wie es war mit dem Zeug. Nur ohne.

Verstehe ich. Äh, sag, Chris, willst du nicht das Messer weggeben?

Keine Angst. Ich tu dir nichts.

PAUSE.

Wirklich nicht. Und es tut mir leid, dass ich dich geschlagen habe. Das tut mir wirklich leid.

PAUSE.

Ich schätze, dass du das schon die ganze Zeit einmal tun wolltest.

PAUSE.

Und weißt du, was das Schlimmste ist, Esma?

Dass du jetzt wirklich jemanden umgebracht hast?

Das auch. Aber es wäre nicht so schlimm, wenn ich nicht …

Was?

Ich weiß nicht mehr, ob ich dich irgendwann einmal wirklich geliebt habe.

Wie meinst du das?

Ich wollte, dass du mich liebst. Das ist etwas völlig anderes.

PAUSE.

Ich werde jetzt fliegen.

He, Chris, lass den Scheiß! Dir geht's nicht gut. Du bist jetzt depressiv, das ist immer so nach Koks. Das geht vorbei. Komm, Chris, nicht! Drück dir das drauf und … Scheiße, wo ist das Handy? WO IST DAS HANDY????

Der Schlüssel. Gib mir den Schlüssel. Wir brauchen … Verdammter Kack. Du kannst doch nicht so einfach … Da, mein Rock … wir binden …

Lass mich, Esma.

Nein, ich lass dich nicht!!!! Ich lass dich nicht! Ich lass dich sicher nicht! Du kannst dich da doch nicht so einfach neben mir …

Eben. Neben dir.

TAG 2 / MAYER

Gesichert. Gesichert. Gesichert. Gesichert. Gesichtsmasken, schweres Gerät, Helme.

Ohrenbetäubende Gitarren.

Dröhnendes Klatschen. Gleich Paukenschlägen. Mayer griff sich an die Brust. Versuchte, dagegen zu atmen.

Eine rauchige Frauenstimme. Martialisch in ihrer Lautstärke.

Da Sieg is der unsre
Und wir san der Sieg
Sei Farb ist di Liebe
Und Liebe is Krieg

Ein riesiger Raum gleich einer Arena. Auf den Stufen Tischchen, Hocker, Sitzpölster und eine Wasserpfeife. Sie brannte lilafarben. Der Lichtstrahl einer der Taschenlampen.

An der Sekante die Bar. Davor schwarzer glänzender Boden.

Blut. Grellrot. Die Taschenlampen und ein Scheinwerfer. Daneben eine männliche Gestalt in Embryohaltung.

Eine Frau in Höschen, weißem T-Shirt und dunkelroten Flamencoschuhen.

Sie tanzte und tanzte und tanzte.

Esma Baykurt ignorierte zwanzig WEGA-Beamten, zwölf Streifenpolizisten, drei Ermittler und einen Staatsanwalt. Kein Aufbrechen der Tür und kein Sicherheitsgebrüll hatten sie aus ihrer Trance reißen können.

Katz ging zu dem erhöhten Barbereich, sah sich um, fand offensichtlich das Gesuchte. Denn er fingerte herum, und im nächsten Moment herrschte Stille.

Esma Baykurt tanzte und tanzte.

Rössler und der Chef der WEGA verständigten sich, dass der Trupp abrücken konnte. Während die Mannen nach draußen strömten, kämpften sich das Notarztteam und Wagner herein.

Der Gerichtsmediziner betastete den Hals von Christoph Pfeifer und schüttelte den Kopf. Beugte sich über die Gestalt. »Schöne, klare Schnitte entlang der Adern. Die Nummer sicher.«

»Selbstmord?«, fragte Katz.

Wagner nickte. »Eine Fremdperson hätte das nicht so hinbekommen. Hätte man aber ordentlich verbinden können.« Er sah zu Esma Baykurt.

Mayer folgte, wie auch Katz, Kevin und Rössler, seinem Blick.

Sie tanzte.

Wagner scheuchte die Rettungsleute an den Rand des Raumes. »Da muss vorher Schmitz ran.« Er hockte sich wieder zu dem Toten und krümmte sich über ihm. Kroch förmlich in das Szenario. »Naja, versucht hat sie's wenigstens. Da ist ein blutiger Rock.«

Mayer ging zu der Tanzmaschine. Ein Schritt. Noch einer. Die musste doch langsam … man musste die irgendwie … sie wich wieder zurück. »Herr Wagner!«

Der Angesprochene schlenderte in beinahe nicht aushaltbarer Ruhe zu Esma Baykurt.

Sie tanzte.

Er fuchtelte vor ihrem Gesicht herum.

Sie tanzte.

Er wandte sich ihnen zu. »Ich darf das. Aus medizinischen Gründen.« Drehte sich zurück und knallte ihr eine.

Baykurt stolperte ein paar Schritte seitwärts. Dann hielt sie sich die Wange. Langsam wanderte ihr Blick vom Nirgendwo zu Wagner, zu ihnen. Zur Leiche. Zu ihnen zurück. »Er wollte es so.«

Schweigen.

»Und das ist das Einzige, was Ihnen einfällt?«, hörte Mayer sich schreien.

Baykurt ging in die Hocke, umklammerte ihre Knie und weinte. Sie wirkte wie ein kleines Mädchen, das sich schlecht behandelt fühlt und trotzig greint.

Wieder Wirbel am Eingang. Schmitz ließ lautstark hören, dass er nun endgültig eine Vergrößerung *seiner* Gruppe, eine Aufstockung *seines* Etats und überhaupt mehr Anerkennung wolle, wenn das so weiterging mit all diesen Leichen. Und es wäre ja kein Ende abzusehen bei dieser Hitze. Alles Wahnsinnige. Wahrscheinlich war auch noch Neumond.

»Vollmond«, korrigierte ihn Katz.

»Blöd Jerücht. Neumond. Do is et noch schlimmer. Ich weiß dat us Erfahrung.«

Seine Leute wuselten sich an die Arbeit.

Rössler, Katz, Kevin und Mayer standen wie eine Insel in dem Getümmel. Sie schwiegen und beobachteten und schwiegen.

Rössler drehte sich zu ihnen und straffte sich. »Ihr habt es wieder einmal innerhalb von achtundvierzig Stunden geschafft. Gratulation.«

»Dreißig«, widersprach Kevin. Er zuckte zusammen, sah sie der Reihe nach an. »'tschuldigung. Ich … ja.«

Katz legte ihm den Arm um die Schulter und sagte: »Wie mein formidabler Kollege eben richtigerweise festgestellt hat: Es waren nur dreißig Stunden. Das begründet sich in einem guten Team. Was sage ich gut? Exzellent. Und wenn wir das verstärken …«

Rössler hob die Hände. »Das entscheide nicht ich. Aber ich werde mich dafür einsetzen. Versprochen.« Er wich Richtung Tür zurück. »Versprochen. Ich setze mich für eure Verstärkung ein. Wie heißt er noch einmal? Oppitz? Klingt ja fast wie optimal. Wunderbar. Also bis morgen, ihr Wunderwuzzis. Ich gehe jetzt in mein Komptoir zurück und nehme einen Schlaftrunk. Goodbye, Arrivederci und Auf Wiedersehen. Es hat mich sehr gefreut.*«

Sie sahen ihm nach. Und Mayer beneidete ihn.

Synchron drehten sie sich wieder zu Esma Baykurt. Betrachteten die Frau, die ihnen die ganze Zeit ein Rätsel gewesen war, verlacht als unnötige Spur und nun offensichtlich Mittelpunkt einer gröberen Tragödie.

Liebestragödie. Wenn Mayer das Lied bei ihrem Eintreffen richtig interpretierte. »Sollen wir sie verhaften oder nach Hause bringen?«

Katz seufzte. »Gute Frage.« Er hakte sich bei Kevin unter und sah sie an. »Die Draganović und ich jetzt alleine klären werden.«

»Was heißt das?«

»Dass du jetzt deine Laura anrufst. Raus klingelst. Dir deine Lorbeeren und deine Belohnung abholst. Und dass

*Spruch von Kaiser Franz Josef I., der komplett lautet: Es war sehr schön, es hat mich sehr gefreut.

wir beide«, er grinste Kevin an, der zurückgrinste, »einen positiven Spätschichtbericht am Tisch liegen haben wollen.«

Die beiden waren Zucker. Mayer spürte, wie sich Stakkato in ihren Herzschlag mischte.

ENDE

DANKSAGUNG

Oft fragen mich Leserinnen und Leser, wie ich zu meinen Geschichten komme, und ich muss ihnen eine konkrete Antwort schuldig bleiben. Meist murmle ich nur etwas von »die kommen zu mir«. Und so war es auch dieses Mal.

Tatsächlich war ich bereits tief in eine anderes Thema samt zugehörigen Roman versunken, als ich bei einem Treffen der BIZ-Ladies (denen ich mit der Erwähnung der Homepage http://bizladies.org einen Dank für die vielen inspirierenden Abenden aussprechen möchte) so sektsmalltalkte und mir eine Anwältin von ihrem Hobby erzählte: Flamencotanzen. Es klingelte in Bauch – obwohl dieser Tanz für mich lediglich eine Urlaubserinnerung aus der Kindheit in der Form von am Bücherregal hängenden (natürlich Bereich Spanien ☺) Touristenkastagnetten war.

Was folgte: Hitzige Recherche und ein hoffendes Gespräch mit meiner Lektorin, die ja eigentlich bereits auf ein ganz anderes Buch eingestellt war. Und Claudia Senghaas machte mit mir problemlos den Schwenk mit, wofür ich ihr (und nicht nur dafür) von Herzen danken möchte!

Ich vertiefte mich in Sachliteratur, führte Gespräche, besuchte Tanz- und Gesangs-Klassen und genoss Flamencoabende. Und diese Begegnungen waren wirklich bereichernd, wofür ich allen sehr danke. Speziell vor den Vorhang bitten möchte ich (a. o.) Sabine Diener (ebenjene Anwältin), Susanne Heinzinger und Julia Petschinka, die ihre Flamencoseele weit für mich geöffnet haben, sowie Gerda Berger und Jelena Reiter, die mir Einblicke in den Gesang ermöglicht haben.

Mein allwissender und unglaublich entgegenkommender Helfer seitens der Polizei war einmal mehr Günter Kelz vom Stadtpolizeikommando Favoriten. Die kölschen Sätze steuerte mein lieber Kollege Edgar Franzmann bei – so schade, dass wir aus Leseflussgründen nicht die »harte« Version verwenden konnten!

Weiters danke ich meinen Testleserinnen und Testlesern, die mir eine unbezahlbare Stütze sind – die da dieses Mal waren (a. o.) Sabine Diener, Heinz Fromm, Susanne Gebhart-Siebert, Michaela Glanzer, Asta Krejci-Sebesta, Harald Naber, Susanne Schubarsky, mein Mann Robert Stöger (der mir auch abseits davon wiederum liebevollen seelischen Beistand geleistet hat), Marion Wiesler und Julia Winkler.

Und großer Dank gebührt ein weiteres Mal dem Gmeiner Verlag mit seinem tollen Team, der erneut sein Vertrauen in mich gesetzt hat, sowie meinem Agenten Lars Schultze-Kossack.

Für Interessierte – ausgewählte, weiterführende Flamenco-Web-Adressen in Wien:

- Peña flamenca – Flamencoverein in Wien unter http://www.flamenco-lagranaina-wien.at
- Academia Flamenca unter http://www.flamenco-academia.at
- Studio Alegria unter http://flamenco-wien.at

Weitere Krimis finden Sie auf den folgenden Seiten und im Internet:

WWW.GMEINER-SPANNUNG.DE

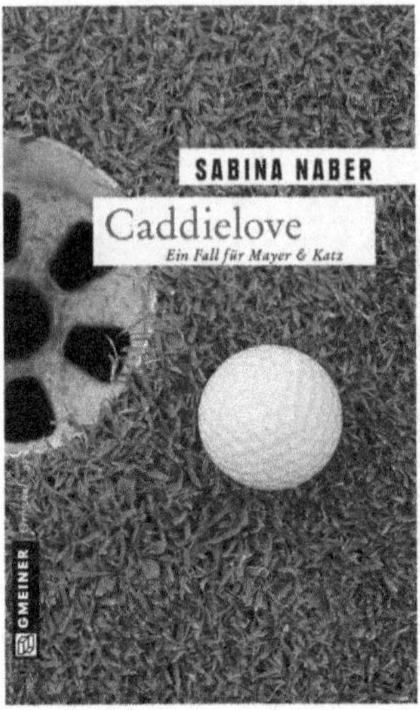

SABINA NABER
Caddielove

978-3-8392-1532-6 (Paperback)
978-3-8392-4359-6 (pdf)
978-3-8392-4358-9 (epub)

»Tatort Golfplatz«

Explosion auf einem Wiener Golfplatz, Leichen im Keller des Clubmanagers und eine junge Profigolferin, deren selbst ernannter Beschützer seine Aufgabe etwas zu ernst nimmt – Chefinspektor Katz und Gruppeninspektorin Mayer tappen verwirrt durch die ihnen unbekannte Welt des Golfs und die dunkle Vergangenheit einiger Clubmitglieder, können einen weiteren Mord nicht verhindern. Erst als sie die ihnen zunehmend klarer werdenden Regeln des Spiels verinnerlichen, nehmen sie die Spur des Täters auf.